王乐溥◎著

中国文史出版社

图书在版编目（CIP）数据

暗礁 / 王乐溥著 . — 北京 ：中国文史出版社，
2024.4
（实力榜·中国当代作家长篇小说文库）
ISBN 978-7-5205-4648-5

Ⅰ . ①暗… Ⅱ . ①王… Ⅲ . ①长篇小说－中国－当代
Ⅳ . ① I247.5

中国国家版本馆 CIP 数据核字（2024）第 076135 号

责任编辑：全秋生

出版发行：中国文史出版社
地　　址：北京市海淀区西八里庄路 69 号　　　　邮编：100142
电　　话：010 － 81136602　　81136603　　81136606　（发行部）
传　　真：010 － 81136655
印　　装：廊坊市海涛印刷有限公司
经　　销：全国新华书店
开　　本：710 毫米 ×1010 毫米　　1/16
印　　张：21.75
字　　数：340 千字
版　　次：2025 年 1 月北京第 1 版
印　　次：2025 年 1 月第 1 次印刷
定　　价：66.00 元

锲　子

"七点半，梁季辉在对面钟表行门口和人接头。一旦他摘下帽子，行动立即开始。一组冲上去按住嫌犯。二组原地不动，观察周围动静，发现可疑人物，立即抓捕。外围两个组负责接应。今天的差事看着容易，但变数极大。这里是法租界，要尽最大可能速战速决。出了岔子，可就是光屁股拉磨，转着圈丢人了。再有好事，也轮不到咱们啦。"

众人陆续散去，剩下个戴眼镜、瘦得皮包骨的家伙。

"老六，你盯着地图不说话，想什么呢？"

老六瞪起小眼睛："今天这鱼可不小。"

"看这架势，不会比徐芝园小。你没看老邢、老严都被叫走了吗？凡是军统出身，一律回避。刘长官也没到现场，一定是怕被认出来，坏了大事。"

老六眨巴眨巴眼睛，欲言又止。

田队长眯缝着眼睛："我这眼皮一阵跳，可别有什么闪失。"看看手表，"你到底想说什么？"

"队长，按长官的部署，往外跑风雨不透，但是往里跑的话……"

"往里跑？"

"这条道转过去，就是巡捕房。要是钻进去，咱们就只能徒呼奈何。"

田队长长出一口气："你想到的，长官早想到了。老耿他们俩守在这条道上，不会有差错。"

"这么大的鱼，肯定有帮手。一旦老耿他俩被人算计……"

田队长寻思了半天，下了决心："你挪到巡捕房门口，不行就开枪，别打死就行。"

"改动方案，要不要给刘长官打个电话？"

"没这个必要。屁大点事也请示，他不烦我还烦呢。"

天已经彻底放亮，扫街的、送奶的、拉灰的、拉粪的那一批早班已经下场，换上了卖早点的、卖报的、卖小菜的、拉脚的……叫卖声不绝于耳，车铃声此起彼伏，趴了一宿的电车也开始吭哧吭哧地跑起来。街面上拥挤着各式行人，也充斥着各种各样早点的味道……

冒着呼呼热气、一人多高的笼屉被伙计挪开，露出今天的主角——军统特派员袁天牧紧绷的脸。仓促唤醒沉睡者，贸然接头，虽然是迫不得已，实在是危如累卵。梁季辉会不会已经叛变？探路回来的老潘从黄包车上下来，冲这边点点头，报了平安。袁天牧暗自松了口气，喝完最后一口面汤，抹了嘴，抓起礼帽起身往前走。距离接头时间不到半个小时了。

过了前面的转盘，再走不到两百米就是接头的钟表行。如果是个圈套，一定会有人守在这里负责扎紧口袋，走过去就是万劫不复。袁天牧下意识地减慢了速度，向前张望。

老滕也该到了。

很快，骑着自行车的老滕出现在视野里，看见袁天牧隔着马路打了下车铃示警。袁天牧紧走两步，排队上了前面的公车，映在窗玻璃上的脸孔还是紧绷绷的……

第一章

手头工作都没有交接，就急如星火地赶到上海，立足未稳又贸然接头。如此操作，袁天牧着的哪门子急？方案反复斟酌，人员精挑细选，连自己也因为军统出身，只能坐镇七十六号遥控指挥。如此严密还是漏网，袁天牧是长了千里眼还是顺风耳？

刘省身正在纳闷，勤务兵进来报告："顾先生回来了。"

刘省身回过神。"快请。"

电讯处的工程师顾星浅最近一直在外出差，还没和初来乍到的顶头上司打过照面，二十多岁的样子，五官还算清朗，身材中等，气质有些清高，举止有些拘谨。

刘省身很温暖地客套："我来的时间不长，但是耳朵都磨出了茧子。处里同人都夸奖你头脑灵光、业务精通、做事有板眼，所以我特意嘱咐小李，你一上班就请过来。以后在一起共事，还望老弟多多支持。"

顾星浅似乎对这种江湖客套有些不以为意或者不大适应，但也一直赔着笑脸。

"谍报工作都是驴粪蛋子表面光，背后耗费大量的人力、物力，时间长了谁都吃不消。李先生责成我兼任二大队和电讯处，就是想有所变化，核心就是四个字——安内攘外。内勤工作做好了，外勤工作才能事半功倍。电讯处每天截获不明电文数十件，多的时候上百件，看着成果斐然，实际上都是自娱自乐，百无一用。当务之急就是抓紧破译，让这些占着地方睡大觉的电文活过来，变废为宝。老弟科班出身，平日里又对密码颇感兴趣，所以这个差事就拜托了。"

刘省身态度诚恳却不容置疑，不待顾星浅表态，起身从抽屉里取出一包东西："这是前几天的电文，还有现场缴获的书籍，我怀疑其中有密码本，但是无论如何演算都对不上。"

顾星浅大致翻了翻，刚要告辞，却被止住。

"生逢乱世，身不由己。"刘省身坐回对面，"如果不是这场战争，以老弟在大学的成绩，应该会是个出色的学者。可惜造化弄人，也是没有办法的事情。历史变局之际，只能顺势而为。西方有句谚语，条条大路通罗马。老弟虽然没能在学术上有所造诣，但在情报战线一定可以大有作为，以你的素质脱颖而出，实在是指日可待。希望你不要拘泥这个那个，切实把工作做起来。我在这无人可用，急需帮手，对你可是寄予厚望。"

顾星浅一头扎进电文，演算的草纸堆成了小山。忙得不亦乐乎，其实一点进展也没有。电文翻烂了，连最基本的也没弄明白——英文二十六个字母，为什么只出现了二十一个？

功夫不负有心人，破局的是一台打字机。七十六号有名的干将、草莽英雄派头的卢道雄看顾星浅鼓捣英国字麻烦，深层意思是缓解还账压力，送来了新缴的打字机，没想到却歪打正着。缺少的五个字母正是键盘最右侧的五个字母。去掉之后，剩下每行七个，共三行字母。电文上两个字母一空。按照密码书里的替换法，每个字母代表一个两位数，电文就变成了一连串的四位数。

刘省身对进展还算满意，送来日本海军本部密码专家小池一郎撰写的培训教程以资鼓励，还特意设家宴款待。菜品谈不上丰盛，只是板鸭和几碟小菜，胜在主人亲手烹制。

刘省身一身便装，热情招呼："快坐快坐。来上海几个月了，难得有休闲时光。今天不谈工作，小酌几杯，不醉不归。"说罢，笑容满面地过来斟酒。

顾星浅连忙摆手："我自己来。"

刘省身执意倒了酒："到我这来，就到家了，没那些礼数。"又给自己倒上，举起杯，"我不擅应酬，但是和你一见如故，盼着以后能像亲人一样，多多亲近。"

顾星浅也很乖巧地改了口："承蒙大哥不嫌弃，我愿效犬马之劳。"

"我们是友谊，不是江湖义气。"刘省身摆摆手，眼光有些深邃，"星浅，我们和他们不一样。"

顾星浅莫名地有些感动，没说什么点点头。

放下杯子，刘省身笑容舒展，抛出第一个话题："老弟对时局怎么看？"

顾星浅朴实作答："时局我说不好。不过再打下去，老百姓可太苦了。"

"国事已不可为，何苦为之？蒙古铁骑南下，十万军民投海殉国。满清入关，多少人为了大明王朝掉了脑袋。现在看来都是没有意义的。命是自己的，不是帝王将相的。朝代更迭，天意使然，没有必要做历史进程的牺牲品。我们都是小人物，都是讨生活，还是踏踏实实地过日子好。"

顾星浅摆出一副愿闻其详的样子。刘省身却话锋一转："看到你，就像看到年轻时的我，一样的神态，一样的举止。我读书的时候，最大的梦想是修建各式各样的大桥，可惜家徒四壁，没有机会读大学，后来阴差阳错入了复兴社，一失足成千古恨，再回头已是百年身。现在看来，读了大学也是枉然。生逢乱世，能苟活就是幸运儿，哪有理想可言。"

"我一生坎坷，怀才不遇，没想到最后得展所长，却要戴着汉奸的帽子。日本人真的占领了全中国，我要被人戳脊梁骨。日本人战败了，我要上断头台。"刘省身眼中泛起泪光，脸色也变得红润起来。交浅言深，这是大忌。刘省身却不以为意，"其实也等不了那么久。我现在可是戴老板眼中的一等红人，不定什么时候就被军统要了性命。"

"长官，您多虑了。军统式微，自顾不暇，覆灭是早晚的事。"

刘省身对顾星浅的宽慰一笑而过："不说这个。你看看美国、英国，二三百年就发展成这个样子。我们呢？就知道四书五经、科举八股，就知道宫闱内斗、朋党相争。国人的智慧都被耗光了。日本，中国人眼中的蕞尔小国，仅仅一百年的变革，就变成了世界强国。甲午海战举国震惊，都在抱怨官僚腐败，朝廷昏庸，可是有几个人看清了症结所在？中国正面临千古未有之变局，不睁眼看世界，什么时候也强大不起来。没有孙先生，没有同盟会，我们现在还梳着猪尾巴，看见长官还得磕头。愚昧啊！愚昧！时至今日，辛亥革命已经三十年，国人的心里还在跪着，还梳着猪尾巴。什么时候能站起来，安安静静搞经济、搞科学，中国就好了。我恐怕是等不到那天了。"

一个特务竟能有如此眼界！一个亲日分子竟如此爱着中国！顾星浅深感人性的复杂，对很多观点颇为赞同。刘省身的话很跳，应该是很久没有和人深谈过了，有一些交流上的急不可待，另一方面也说明面色平和的他背负着巨大的精神压力。

说来也怪。喝过这顿酒之后，工作突然变得顺畅起来。经过一个多月反反复复的验算，顾星浅终于得出结论——电文使用的是替换加密，将现场发现的书籍逐一验证后，一串串生冷的数字变成了具有实际意义的文字。就像读书时做出了难题一样，顾星浅欣喜万分，急着交卷。刘省身仔细复查了一个下午，消失了，再见面是在七天后的大会上。主席台上，七十六号头面人物悉数登场。中间的日本人，介绍说是梅机关的松尾大佐。李先生亲自主持会议，通报成绩，表扬了二大队和情报处，重点指出功在电讯处——破获密码，是行动成功的关键所在。

是自己破译的电文吗？是自己造成四名同胞罹难，八名同胞被捕？顾星浅正恍惚间，被同事老高推醒："叫你上台呢！"

顾星浅一脸茫然站在台上，下面一片模糊，只看见坐在第一排刘省身的笑脸还是那么温暖，但又是那么遥远。顾星浅被授予二级旭日勋章，晋升两级。松尾把勋章别在顾星浅的洋服上，操着有些生硬的中国话："顾桑，你是大日本帝国的忠实朋友。"

顾星浅如坐针毡，浑身上下没有一个地方不难受，终于挨到散会，勉强应对完同人的祝贺，仓皇退到办公室，脑子里只记得四人罹难、八人被捕。真的杀人了？变成了自己厌恶的刽子手、人人得而诛之的卖国贼、双手沾满同胞鲜血的汉奸？虽然身处魔窟数年，但心里一直认为这是份像银行职员、教书先生、饭店伙计一样普普通通的工作，与卖国无关，心底也远拒汉奸的名声，到今天才觉得后怕。坐实了汉奸身份，何颜面对饱受蹂躏的同胞？何颜面对自己的良心？顾星浅头皮发麻，脑袋胀得愈发厉害，仿佛随时都可能炸开。

"笃、笃。"敲门声响过几遍之后，刘省身推门进来，连叫了两声"星浅"。顾星浅才反应过来，机械般起身打了招呼。刘省身想说点什么，看看顾星浅失魂落魄的样子，张张嘴没有说出来。两个人对坐在沙发里，像雕像一样沉默。挂钟敲过四下，又敲了五下。天色暗了下来，屋里彻底黑了。

刘省身起身拍拍顾星浅的肩膀："我刚开始也是这样，慢慢就好了。"走出房间，轻轻带上门。

顾星浅木然站起来相送，却什么话也没说。

第二章

　　租界奉行外国法律，享有外交保护。接头有诈的话，一定会有人守在巡捕房门口，堵死这颗活眼。要不是老滕用一块光洋从报童嘴里套出话——剃头的瘦子是头一回露面，那天直接就栽了。

　　时隔数月，再次唤醒沉睡者，而且还是个淞沪会战前临时征召的毛头小伙子。固然是情急所致，可是病急乱投医，结果能好吗？再有诈，可就出不来了。刘省身绝对不会在同一个地方跌倒两次。

　　袁天牧安排好后事，谢绝两名部下探路的好意，直奔大光明电影院海报栏后面拿着报纸的黑影："这几天的天气一直不好。"

　　黑影一颤，有些结巴："过几天……可能会好一些。"

　　"往年这个时候气温会高一些。"

　　"但是雨天也多一些。"

　　黑影就是顾星浅，终于被启用，有些紧张，身子绷得紧紧的，脸也有些微红："我的任务是什么？"

　　"提供刘省身的行踪。"袁天牧面无表情，"弄清具体的时间地点。动手的事有人负责。"

　　顾星浅脸色一变，没想到第一个任务就如此残酷："为什么要杀刘省身？"

　　袁天牧压抑住不满，耐心解释："刘省身在总部工作多年，一直藉藉无名，突然叛逃，没人知道原因，也没人知道他到底有多大能量。一年以来，他打掉了我们多个潜伏小组。"

"其中也有我的罪孽。"顾星浅满是羞愧。

袁天牧有些意外，也有些感动："你不要自责。这是必须付出的代价。"

"能不能不杀人？没有别的办法吗？"顾星浅有些怯生生的。

"不杀怎么能终止卖国行径？不杀怎么能以儆效尤？"袁天牧反问道。

"我的意思是说，暗杀只能招来日本人疯狂报复，对老百姓任意屠杀。"

"这是命令。"布置任务还要啰唆，毛头小伙真是麻烦。僵持片刻，袁天牧话锋软了下来，"修行之人不能树下三栖，就是怕时间长了会有感情，所以你的想法很正常，但是要明白，战争时期以暴制暴可能是最有效的办法。"

顾星浅还是有些木然。

袁天牧轻叹了一口气，语气再度缓和："以暴制暴不是长久之计，但能起到立竿见影的效果。你还年轻，又一直从事技术工作，慢慢就理解了。第一次执行任务没有经验。你一定要注意两点，一是决不能让任何人看出有探听消息的意图。二是要注意细节，从细节中找出真相。刘省身非常谨慎。你一定要留心他的只言片语，从中找到蛛丝马迹。"

靠在椅背上的顾星浅又一次恍惚了。四名同胞罹难的阴影还没有彻底过去，又要再开杀戒吗？卧底就是杀人吗？窗外雷声滚滚，接着一阵大风肆无忌惮，大雨就迫不及待地下起来，落在地上轰轰作响。雨水很快没过边石，道路变成小河，甭说黄包车、自行车，就连四个轱辘的汽车都窝在原地不敢动弹了。

上次下这么大的雨，还是淞沪会战开始那天……

顾星浅是净身读的大学，平日里靠着在食堂干点零活，挣几个钱填饱肚子。室友刘仲达看着可怜，拉他去读书社，说去了就有补贴，还说是社长黄先生的意思。顾星浅不愿意无功受禄，婉拒了好意。刘仲达就不再搭理他，反倒是黄先生见面总是乐呵呵地招呼。

真到山穷水尽的时候，顾星浅就去方先生家打短儿。方先生教授物理，总是很严肃，没个笑模样，但是除了学习的事，别的一概不问。顾星浅喜欢那种单纯的感觉，第一次去不好意思，后来也就习惯了。

大战传言一起，刘仲达就没了影。有人说去延安了。顾星浅不相信。刘仲达不喜欢共产主义，怎么会去延安？再说床铺上的东西都没收拾，更像是出了意外，不会跟读书社有关吧？

战争的味道越来越重，市面上越来越乱。政府机构早就开始内迁，手眼通天的达官贵人忙着跑路，故土难离的就想法子往租界里钻。学校里整天人心惶惶。老师没心思教，学生也没心思学。偌大的教室就剩下顾星浅还有心思读书。

黄先生这个时候突然闯进来，让去水房锅炉后面取封信，送到上面的地址，说是十万火急，还塞了张钞票。顾星浅不敢怠慢，赶紧去办，等到出门上了电车，越合计越觉得不对劲。跑趟腿用得着给这么多钱？信还要放到锅炉后面？说话的时候神情紧张，左顾右盼？地址还是日本人的商店？不会是奸细吧？学校到处张贴着揭发匪谍的告示。顾星浅看过，才有了联想。

太异常了！黄先生要是奸细，送信岂不是助纣为虐？顾星浅额头见了汗。这封信就是拉着引信的手榴弹，必须尽快处理掉。按地址送过去？自己是中国人，打死不能做汉奸。把信撕掉？黄先生怪罪下来，自己吃罪不起。按告示上说的，把信交上去？要是万一搞错，怎么对得起黄先生，还容易引火烧身。可是不这么做，如果真是情报，怎么对得起自己的良心？顾星浅脸开始发烫，脑袋晕乎乎的，身子也僵硬起来，只有脑子还在飞快地转动，来来回回反复了几遍，终于下了决心——宁可招惹是非，也不能让奸细卖国。

打完告示上的电话，来人拿走了信，还让他赶快回去就说送到了。顾星浅害怕露馅，揣摩了一路语气和表情，却没用上。看到他回来的黄先生连脚步都没停，手上好像还有个禁止的动作。

顾星浅担惊受怕了两天，有神秘人物找上门了。

"顾先生？"

学生身份的顾星浅第一次被人这样称谓，愣了愣，点点头。那人身材高大，面相不怒自威，有点像方先生，自称姓蔡，供职军统。"黄济棠我们跟了半年，一直没有抓捕，就是想揪出他在警备司令部的眼线。昨天那封信帮助我们确定了嫌疑人，已经缉拿在案了。"

顾星浅松了口气，没有闹乌龙就谢天谢地了："黄先生呢？"

"黄济棠拒捕，被打死了。"

顾星浅心里不是滋味。那个总是笑呵呵、前天还说过话的黄先生死了！因为自己！

"顾先生、顾先生。"

叫了两遍，顾星浅才醒过神。

"黄济棠死无对证。有些事想请教顾先生。"

难道是引火烧身？顾星浅心里打鼓，也只能点头同意。

"黄济棠为什么会选择你去送这么重要的情报？"

顾星浅赶紧自证清白："当时教室只有我一个人，可能是没有别的人选吧。我们之间不是很熟悉。你们盯了半年，应该知道。"

"你之前怀疑过他吗？"

"没有，就是觉得有点奇怪。好像读书社的人都受过恩惠。他出手很大方。"

"那天有什么异常吗？"

"他好像很紧张，一直在左顾右盼，不给我说话的机会。信放在水房锅炉后面，还是我去取的。"

"如此异常，他不担心你怀疑吗？"

"他塞了一百美元，想收买我，但我和他真的没有关系。"

"顾先生，你不要误会。刚才不是讯问，而是测试。"

"测试？"顾星浅变成了丈二和尚。

"大战一触即发。国军支持不了几个星期，沦陷已成定局。这半年除了肃清匪谍，我们的主要工作就是安插潜伏人员，布局未来的敌后工作。明天我就要随总部撤往武汉。临行之际，我突发奇想，想征召你加入军统，留在上海潜伏。你像我预先猜测的一样，不仅聪明过人而且善良正直。党国危亡之际，急需你这样的有为青年为国效命。"

不谙世事的顾星浅一时半会，有点缓不过来。

"委座在庐山讲话中训示——无论何人，皆有守土抗战之责任，皆应抱定牺牲一切之决心。老弟是大学生，学的又是科学，是不可多得的人才，值此非常时局，更应该肩负起自己的使命，为国尽忠。"

"我能做点什么？"

"日本人占领上海后，一定会组建特务机构，大肆招兵买马，以你的机智参加进去应该不难。不要怕委屈、怕误解。做得越真实越长久越好，敌人就会越信任你，才能发挥更大的作用。"

整个谈话过程非常急促。蔡先生语速很快，根本没给反应时间。顾星浅直到下车也是懵懵懂懂，没有给出明确的答复。蔡先生临走的时候反倒变得不急不躁："你有的是时间思考。我们唤醒你可能在几年之后，即便看到寻人启事，你也可以视而不见。"

从小到大一直苦心求学、梦想成为大学者的顾星浅对蔡先生这番谈话并不是很赞同。国家兴亡，匹夫有责——这话先生讲过。可是怎么担起这份责任？一定要加入军统，潜伏下来做汉奸吗？没有别的方式吗？不可以教育救国吗？

蔡先生走后的第四天，下了一场罕见的大雨。淞沪会战就在雨中爆发。苦战三个月后，国军退去，丢下这座大都市和数百万黎民百姓。大战之后的上海，一切都笼罩在灰唰唰当中，包括外滩高楼、道边的民房还有市民的脸色。行人走路都没有力气，眼神空洞，像是孤魂野鬼的感觉，也许这就是亡国奴的样子！

顾星浅战后第一次出来，站在街边恍如隔世，觉得空气都变了味道。就在这时突然响起了刺耳的警笛声，几卡车如狼似虎的日本兵突然出现，封锁了整个道路，把路人驱逐到附近的空地。紧接着来了辆摩托车，坐在车斗里的日本军官，拿着喇叭用汉语喊话——昨晚两名皇军军医在此地被杀。三分钟之内不交出凶手，就要采取非常措施。

有个头发花白的老爷子夿着胆子、颤颤巍巍地回话："皇军，我们都是小老百姓哪知道谁是凶手。求求您，放过我们吧。"大家都怕得要命，跟着老爷子哀求。

日本军官根本不理睬，看过手表后，开始说日语。顾星浅能听懂他的意思，是要把人群分到两侧。凶神恶煞的日本兵立刻行动，逼着人群分开，面朝里站着。顾星浅心里吓得不行，两条腿直抖，恍恍惚惚中听见军官的命令——"射击！"

枪声、惨叫声、栽倒的声音混杂在一起，顾星浅大脑一片空白，不知道是死了还是活着，好半天才缓过来，转身看时，眼前的情景简直就是人间地狱！对面那些人都被打死了！硝烟还未散尽，血还在汩汩地流淌。几分钟前的大活人变成了尸体！有人大叫着扑向对面，呼天抢地。有人吓得不能动弹，嘴里发出各种奇怪的叫声。顾星浅一屁股坐到地上，心脏先是停摆继而狂跳不止。仅仅因为站在这边，而不是那边，侥幸存活！生命就像蝼蚁一样，说被踩死就被踩死。这是什么样的日子？这样的日子才刚刚开始！是慑于敌人的淫威苟延残喘，摇尾乞怜？还是挺起胸膛和他们战斗，哪怕死。顾星浅没有犹豫，要是站在那边，现在已经死了，哪还能抉择。以后过一天就是幸存一天，就要和日本人战斗一天。害怕一点点消散，到最后荡然无存，换成了赤裸裸的仇恨，一定要替那些死难的同胞报仇！顾星浅那一刻在心里回复了蔡先生——加入军统，和日本人血战到底。

刘省身异常谨慎，没事不出七十六号半步，有事都是说走就走，根本没有可乘之机。几近绝望之余，顾星浅决定改变策略主动出击。

刘省身正在写东西，见是他摆摆手，示意随便坐："有事情？"

"听说山阴路有家法国馆子菜做得很地道。明天正好是我生日，想请长官去尝一尝。"

刘省身顿了一下笔，没有抬头："你过生日，应该做大哥的请客。"

顾星浅客气地笑了："总得给我个机会。"

"好吧。"刘省身依然没有抬头。

"那长官先忙，明晚六点不见不散。"

刘省身抬头望着顾星浅的背影，踌躇片刻，拿起电话："老田，派个精干的人跟一下顾星浅。另外，马上去山阴路的法国馆子看看环境，调一组弟兄在附近守候，明天晚上可能有情况。总体的原则是外松内紧，一定不要让人察觉出来。"

放下电话，刘省身掷了笔靠在椅背上，望着窗外愣愣地出神，好像突然想起什么，又拿起电话："老田，顾星浅执行特殊任务，一定要确保他的绝对安全。出了问题，我唯你是问。"

刘省身接受了邀请，事情成功了一半。要是一切顺利，自己应该继续潜伏，还是另谋出路？出路又在哪里？又想起刘省身，想起平常的点点滴滴，顾星浅的泪落了下来，慢慢地睡着了。梦里的刘省身一身细纹洋服，面无表情地注视许久，一言不发，转身离开，一任自己在后面不停地呼喊。

再睁开眼睛，已经四点二十。一股凉风闯进来，顾星浅打了个寒战，赶忙关了窗，一下子清醒了。今天就是刘省身最后的日子了。大哥，你可不要怪我啊！虽然情同手足，但国仇不共戴天，我也是别无选择。

刘省身今天没有来上班。没有人知道他的去向，也没有人问起。顾星浅忙着手头的工作，尽管心乱如麻，效率低下，但绝不能让人看出内心的不安。

电报班班长霍珂冒冒失失闯进来："顾先生，小孙不在啊？"

"去特委会了。"

霍珂面上有些不好意思："麻烦顾先生帮忙把这些文件交给宋秘书。电报班就我一个人值班，实在走不开。"

顾星浅不愿她啰唆，一口应了下来，接过文件上楼去找宋秘书：

"你要的文件。"

宋秘书叫宋天宇，是李先生的秘书，高高瘦瘦的，人长得也精神，平日里常在一起打球，关系不错，很客气地站起来："星浅，快坐。"

"这哪是久留之地？我还是回去吧。"

"哎，"宋天宇一把拽住顾星浅的胳膊，"急什么？长官都没在。"

顾星浅只好坐下。

"还没恭喜你获得勋章。"

顾星浅笑笑："谢谢。"

"星浅，你不是外人，我透个底。原来你是三级勋章，是刘长官主动让贤。"

顾星浅心里泛起波澜，五味杂陈，勉强应付："长官厚爱，无以为报。"

"刘长官还坚持要把处长的兼职让给你。李先生正在考虑……"

顾星浅觉得脑子有些胀，好像有些东西要喷出来，生怕宋天宇看出破绽，极力想掩饰，却掩饰不住……正巧这时电话响了。宋天宇起身接了电话，态度有些暧昧："今晚不行。前天不是和你说了吗？所有的长官都去了……我是在等文件，文件齐了，马上就得去南京。好了，我一回来就去陪你。"

幸亏宋天宇是背身接的电话，顾星浅才得以调整好情绪，表情正常回到办公室。去南京开会为什么不通告自己？是怀疑有诈，将计就计？顾星浅被结论击溃，瘫在椅子上绝望至极，脑子乱成一锅粥，后背冒出冷气，渐渐裹满全身。潜伏两年，第一次行动就暴露了，而且还会连累旁人。顾星浅为自己的愚蠢和轻率懊恼不已。

通知袁天牧已经来不及了。一旦异动，就等于不打自招，躲在暗处监视的人就会跳出来抓住自己。没有办法了，顾星浅彻底绝望，甚至想到了自杀，枪顶在太阳穴上，又放下了。实在不甘心，出师未捷身先死，而且死得这么窝囊！"当、当、当、当、当。"挂钟打了五下，每一下都打在心上。不管怎样也要去，不行就亲自动手，一命换一命。

山阴路的法国馆子优雅别致，桌子上铺着色调明快的格子布。水晶花瓶里插着新折的桃花树枝，带来满屋芬芳。唱机播放着法文歌曲，声音很小，烘托着浪漫的氛围。与氛围格格不入的顾星浅如同热锅上的蚂蚁，坐立不安，不知道下一秒会发生什么？

不知道过了多久，一辆轿车停在饭店门口，从车里下来两个保镖模样的人，左右观察之后打开车门。一个身材中等的男人下了车，立着很高的风衣领子，快步走进饭店，像是刘省身，但不能肯定。很快，男子原路折返，钻进车子一溜烟儿走了。

顾星浅还在云里雾里，被服务生喊去接电话。话筒里是熟悉的声音："星浅，我这边突然有紧急的事情脱不开身，害你久等了。"

"没什么。您……"

"实在身不由己，改日一定赔罪。"

演出到此结束。顾星浅涉险过关，直到两天后见到袁天牧才明白原委。原来，袁天牧接到情报后反复推敲，觉得一定是顾星浅急于完成任务，贸然设计，所以没有行动。

顾星浅满脸羞愧，刚想说话，被袁天牧止住："第一次执行任务没有经验，犯错在所难免，以后一定要多想少动，慢慢就好了。"

顾星浅连连点头。

袁天牧正色道："时间紧迫，任务不变，加倍小心。"

第三章

再见面的时候，两个人谁也没提那天的事，心里都有些微妙。顾星浅按捺住焦急的心情，耐心地等待机会，直到有一天中午路过刘省身的门口。

正是桃花烂漫得一塌糊涂的时节，院子里电话班姑娘叽叽喳喳照相的声音依稀可闻。刘省身端着咖啡，站在窗前出神，阳光打在身上，仿佛镀了一层金色，有感而发轻吟了一句唐诗："弹琴看慕容，春风吹鬓影。"

顾星浅察觉到了刘省身眼里的光亮，一激灵——他心里有个刻骨铭心的女人，复姓慕容。因为原句是"弹琴看文君，春风吹鬓影"。这个女人给顾星浅带来了希望。可人在哪里，想从刘省身嘴里套出无异于痴人说梦。从哪入手呢？

急促的电话铃声给顾星浅带来了灵感。电讯处查个电话还是非常方便的。电话簿里一共有两家慕容。顾星浅下了协查函——因部分地区出现不明信号，请提供下述区域居民的基本情况。这是电讯处的基本工作，外人是不会怀疑的。两个慕容家很自然地放在里面。

几天后，结果反馈回来。一家户主叫慕容秉钧，大学教授，没有子女，独身。另一家户主叫慕容伯奢，原国民政府财政部官员，因出任伪职与其女慕容诗一起遇刺当场殒命。

刘省身曾在财政部任职，会不会有过一段罗曼蒂克，或者暗恋？

会不会是慕容诗的死极大刺激了刘省身，促成了最终的叛逃？如此情深，每逢忌日，刘省身一定会去墓前凭吊。顾星浅翻出当时的报纸，确定忌日就在下月月初，接着又冒用同学身份，在电话里套出了地址。

十几天后的下午，窗外阴云密布。刘省身手执黑伞，从办公室出来交代了勤务兵几句，走过顾星浅门口又折了回来："晚上到我那喝一杯。"

脚步声渐渐远去，顾星浅再无心思工作。

时间仿佛停顿，一切归于沉寂。多少年后，顾星浅还是会想起那个下午桃花的芬芳，想起那句话——晚上到我那喝一杯。

快到下班的时候，走廊里有了异动，隐隐约约听到有人说："刘大队长被打死了。"顾星浅锁了门，一任泪水滑落。那之后很长一段日子，每到后半夜两点，顾星浅都会准时醒来，眼睁睁地看着天亮。

谁都没想到机敏过人的刘省身会落得如此下场。军统的情报功底让人震撼，也让纠集在七十六号的叛徒们胆战心惊。李先生的副手齐修治亲自披挂上阵，主持内部审查。齐修治人到中年，保养得很好，每根头发都精神抖擞地向后梳着，彰显着精明与活力。

刘省身周边所有人都要写交代材料，都要过堂。两轮之后，齐修治圈定三审名单，顾星浅赫然在列，接受最高强度的审查。虽然没有用刑，但是连续十天不分昼夜的审讯，让顾星浅疲惫不堪，生不如死。脑袋昏昏沉沉，眼睛肿了看不清东西，牙齿疼得钻心，嘴唇上都是裂开的口子，胳膊好像已经不听使唤，两条腿仿佛灌了铅。衣服、裤子和身体粘在一起，变成了厚厚的壳子，切断了和外界的一切交流，难受得要命。顾星浅的意志力消磨殆尽，终于想到了死。乘人不备，撞墙吧！除掉刘省身是对国家、民族的交代。如今要对刘省身交代啦！

顾星浅等待机会自行了断，却意外等来了好消息——"真凶"落网。有人放出田炳文擅自更改部署的猛料。李先生暴怒，如果当天捕获袁天牧，哪还有后来之事。田炳文被认定为刘省身遇刺一案的凶手，于当天晚间被执行枪决。其实大家都明白，这是急于破案的无奈之举。案子没完没了，对李先生、对七十六号的面子都不好看。

"乱世出英豪。七十六号的英豪，刘省身算一个。他机敏练达，熟悉外勤业务，对监听、密码这些内勤业务也是驾轻就熟，尽管共事时间不长，但给我们留下了太深的印象。李先生说过，七十六号有五个刘省身，大事可成。所以我们正在加强这方面人才的培养，而你就是重点培养对象之一。正如汪先生所言，只有给年轻人机会，我们的事业才能持续向前。"

齐修治的开场白冠冕堂皇，并没有对十天的审讯做任何解释或者安慰。也许在他眼里，审查是常规之举，本来就无须多言吧。顾星浅和齐修治不熟悉，只是在被审期间有些接触。整体而言，留下的印象是老奸巨猾，表面和善，内心冷酷无情。顾星浅深为忌惮。

"自打刘大队长罹难，电讯处群龙无首，工作杂乱无章，急需内行人来掌舵。我一直在考虑处长的人选。你是人选之一，我个人也比较倾向。不过，还是太年轻，我有些顾虑。"

顾星浅急忙站起，表达衷心："请长官放心，卑职一定竭尽全力，报效党国。"

齐修治摆手示意顾星浅坐下，表情庄重："风云变幻的年代，和平运动如火如荼。新的南京政府刚刚成立，正是开创事业的大好时机。现在的年轻人都愿意早早出人头地，你可不能落伍啊！希望你能抓住机会，尤其是在这段特殊时期，把方方面面的工作做好，让丁先生、李先生都能看到电讯处的变化。另外，也要处理好上上下下的关系，不仅是工作关系，还有私人关系。七十六号是一个大家庭，该有的走动还是得有，不要太拘泥于本职工作。"

齐修治两眼深邃，意思已经表达清楚了。要处理好私人关系，怎么处理？还是得拿钱。顾星浅虽然不谙世故，但这话应该听得明白。这个乡绅之子，和家里基本没什么来往，薪水能维持生活就不错了。如果拿出大钱，就可以肯定他是军统的卧底，一定和刘省身的死有关。

顾星浅确实听明白了弦外之音，联络之后把袁天牧给的汇票换成二十根金条锁到柜子里，准备找个时间给齐修治送过去。吃过中饭正要眯一会，霍珂敲门进来："顾先生，有台发报机不太灵光。您帮我看看？"

发报机问题不大，换了二极管就正常工作了。起身刚要走，霍珂笑意盈盈地递过来一包糕点："小小意思，不成敬意。"

顾星浅打趣道："霍班长今天怎么这么大方？"

"借花献佛而已。郝姐先生高升了，我敲的竹杠。"

"郝姐怎么没跟我说？"顾星浅先是一怔，继而一笑，"想必姐夫破了什么惊天大案？"

"就是轮船公司保险柜被盗的案子。"

"那好像是去年夏天的事情，才破案吗？"

"郝姐说是轮船公司文书做的。那个小子太蠢了，薪水少得可怜，家里又没钱，这半年花天酒地，还包个戏子，就这样被姐夫盯上了，一审什么都招了。其实要是不那么挥霍，案子上哪破去？"

回到办公室平躺在沙发上，半梦半醒之间，霍珂的话在眼前一遍遍过——薪水少得可怜，家里又没钱，整天花天酒地，还包个戏子，就这样被盯上了，一审就什么都招了。其实要是不那么挥霍，案子上哪破去？

顾星浅一激灵坐起来，自己是不是犯了同样的错误？薪水不多，家里也没什么来往，哪来的二十根金条？如果齐修治怀疑金条的来历，或者这本身就是圈套，那岂不是自投罗网。头一次感到实实在在的危险，顾星浅浑身上下的毛孔都紧张得闭起来。看来齐修治是外松内紧，举重若轻啊！那张出油的大脸后面是何等的阴险！顾星浅感觉头皮一阵阵发紧，被恐惧紧紧包裹住，过去也曾经害怕过，但从来没有这次这么真实。悬崖边上走钢丝，一步也不能走错，错一步就是粉身碎骨，就是万劫不复。

风平浪静地过了几天，顾星浅又被叫去。

齐修治正襟危坐："上峰怀疑一位唐姓政府高官是重庆方面的卧底，一直在秘密调查。这是最近截获的电报，你负责把它译出来。"

顾星浅接过电报，撩了一眼："长官，没有密码本，短期内不可能破译的。"

"今天晚上高官家里有个舞会，我们一起过去。到时候会有人帮你进入书房，一定把密码本找出来。"

顾星浅怀疑这又是圈套："我没做过外勤工作。"

齐修治摆摆手："内外兼修，全面发展。这是我送给你的八字箴言，也是期望。你不要有太多的顾虑，高官身边有我们的眼线，可以肯定密码本就在书房内，但是找了几次也没有结果。我的意思，派外勤去也是这么一个结果，不如你去。你头脑灵光，一定会找到。"

晚上，两个人坐车到了高官家里。齐修治下去应酬，把顾星浅留在车里。"当、当。"有人敲了两下车窗。顾星浅轻轻下车，猫着腰，跟着跑到楼后。那人示意顾星浅蹲下，四下看了看，学了两声猫叫。很快，二楼小窗打开了，一条绳子垂了下来。那人抓住绳头，做了向上的手势。顾星浅接过，顺势爬了上去。

大概三十平方米大小的房间，陈设简单，一桌、一椅、一柜、一茶海而已。柜子里都是书，没有笔记本之类的东西。顾星浅照了相，坐进椅子顺势把手搭在柜子上，把临近的一摞书拿下来细细翻阅。有本法国小说好像经常翻阅，不少字旁边有钢笔点过的痕迹。顾星浅瞄了一眼门口警戒的黑影，在封面上折了个角又将平放回原地。折角是警示，抚平是担心黑影万一察觉。

第二天一早，齐修治的司机李山城就把要的书送来了。顾星浅找出那本法国小说，研究一上午，破译了电报，到了晚上接头的时候，把情况汇报给袁天牧。袁天牧非常重视，叮嘱一定要等到上峰指示后才能向齐修治汇报。

"这是汇票换的二十根金条。"

"没送给齐修治吗？"

"齐修治肯定是在试探。像我这样的人，上哪弄二十根金条？"

"原来如此。"袁天牧恍然大悟，有些羞愧，"我自诩经验丰富，这次都没看出来。齐修治果然老谋深算。星浅，你时刻都要警惕。"

第四章

"顾星浅？"看完推举电讯处长的报告，眼神幽暗的李先生有些疑惑，"你不是一直怀疑他吗？"

"能挺住十个昼夜的轮班审讯，躲过我的试探，应该是可靠的。电讯处的工作自从省身遇害后杂乱无章，亟待能人出来收拾局面。这次夜探唐府，顾星浅仅用三天时间就破译出密电码，充分说明他有能力掌控电讯处的局面，为外勤工作提供充分的技术支持。"

李先生若有所思地点点头："省身说过人才难得，一直想把处长的兼职让给他。这次我能后来居上，力压墨邨出任警务部长，顾星浅功不可没。汪夫人也是在看了唐先生的密电之后转了态度。现在的情报工作与以前不同，内勤的作用越来越大。省身的工作能脱颖而出，也是依赖于这一点。不能因为有嫌疑就弃之不用，因小失大。不过，省身死得不明不白，一直是我的隐痛。希望你外松内紧，一定把凶手绳之以法。"

"电讯处群龙无首，几次出现失误，确实已经影响到我们的工作。"李先生拿出笔，在报告上签上名字，"我倒要看看，你和省身一致看好的顾星浅能弄出什么名堂。"

当天晚上，鉴于同人的强烈要求，顾星浅在和平饭店做东请客。酒席宴前，卢道雄来回招呼，宛若东道主。顾星浅不擅应酬，正好一推了事。

酒过三巡，卢道雄又颤颤巍巍地站起来："星浅荣升处长，在我们这些同人中开了个好头。我再敬一杯酒，祝愿各位电讯处同人万事顺意，前程万里。"

老高极力奉承："卢队长，喝完星浅的高升酒，下回就轮到你了。"

卢道雄哈哈大笑："借你吉言。"

吃了几口，邓文辉又举起杯："顾处长，以后兄弟们都跟着你了。你可得多多照应。"邓文辉是电话班班长，鬼机灵，用卢道雄的话来说粘上毛比猴都精。

"文辉，你说远了。都是同人，相互照应是应该的。"顾星浅连忙回应。

"谁当了官眼皮往上翻，"卢道雄接过话茬，"星浅也不会，永远都是好兄弟。"

"那正好为永远都是好兄弟干一杯。"邓文辉话接得很快。

霍珂也端起酒杯："谁当处长也不如顾先生。顾先生精通业务、善解人意，绝对会是一个好上司。"

顾星浅连忙客气："过奖了。我不胜酒力。"

卢道雄又插话："就冲善解人意这几个字，你就应该连喝三杯。"

众人大笑，霍珂脸红了。

老高见状岔开话题："小郝，你弟弟高升，你不敬一杯？"小郝就是霍珂嘴里的郝姐，满月式的脸庞，颇有几分福相。

郝姐有些腼腆，不知道该说什么。

卢道雄帮着解围："自家姐弟客气什么？郝姐又不是因为星浅会当处长才照顾的。"

"我上班第一天就认识郝姐。那个时候狼狈得很，得了急病还是郝姐和姐夫把我送到医院，照顾了三天三夜，才捡回这条命。"

郝姐笑了："举手之劳，你别放在心上。"

顾星浅眼圈微微有些发红，用力点点头没说什么。

上任伊始，适逢梅机关特邀的密码专家小池莅临七十六号检查工作。大清早，顾星浅穿戴整齐跟随齐修治在院子里恭候。很快在两卡车日本宪兵护送下，小池驾到。可能是竖纹洋服的原因，小池显得比一般的日本人要高一些，身材瘦长，脸庞细长，眼睛也是细长，给人的感觉是有些卓尔不群。令人惊奇的是还带了一条纯种的日本柴犬，毛发发亮，一看就是经过精心饲养的。小池和两个人握过手之后，径直进入事先准备好的耳楼。门口有日本宪兵轮流把守。任何人没有小池的准许，不得跨越雷池半步。

当天晚上，袁天牧紧急约见："你是不是正在接待叫小池的日本专家？"

"是。"

"小池是日本海军本部的专家，正在对汪伪集团内部密码体系进行总体改良。任由为之，后果不堪设想。总部下了死命令，绝对不能让他活着离开上海。"

"又是杀人？"刘省身的死还在内心深处隐隐作痛，这杀戒一开再开。

"至仁者能救人也能杀人。你就是至仁者，超度恶魔，救万民于水火。"袁天牧目光炯炯，直击顾星浅心底。

顾星浅抬起头，眼神有些执拗："我看他就是个读书人，不是恶魔。"

袁天牧叹了口气："魔生万象，岂是靠你一双肉眼就能分辨出来的？"

顾星浅又低了头。

袁天牧苦笑连连："星浅，你太善良。因为小池的缘故，成千上万的国人遭遇厄运。这样的人还不是恶魔吗？"

顾星浅的心里怎么也不能把小池和恶魔画上等号，但是国人的鲜血不能白流。至仁者能救人也能杀人，如今只能靠这句话支撑自己了。

小池很快召见顾星浅，没有一点客套，只做了请的手势："开始吧。"顾星浅刚讲了两句客套话，就被小池硬声打断，"请说重点，我不听无关的东西。"

顾星浅只好竭尽所能，把密码体系中存在的问题、漏洞一一讲出来。小池听得很细，不停地插话询问。言语间彰显的业务能力，让顾星浅头脑里渐渐形成清醒的认识——如果任由他完成汪伪密码系统的改良，军统数年的努力就会付之东流。

正讲得热闹，那条柴犬不声不响地进来，凑到顾星浅脚边。顾星浅天生怕狗，又没有注意，吓了一跳。不苟言笑、声音冷淡的小池好像换了一个人，柔声召唤："八公，过来。"柴犬乖乖地跑了过去。小池俯下身摸摸狗脑袋，说了句什么。柴犬跑走了。顾星浅继续讲完。小池提了几个问题，要求准备资料，随后端茶送客。整个过程快捷高效，没有一句套话，没有一点应酬，顾星浅竟然十分受用，颇有惺惺相惜之感。惺惺相惜归惺惺相惜，顾星浅已经认定除掉他是最好的解决办法。

出了楼，迎面遇见小池的司机，顾星浅连忙鞠躬致意。小池的司机阴着脸，好像很不高兴的样子，对顾星浅的致意毫不理会。之后连续两天这个时间，小池的司机都会从外面回来，手里还拎着纸袋子。

顾星浅的跟踪只维系了三个路口，就被甩开，只好垂头丧气地回到办公室冥思苦想。除了食品，别的东西不会天天去买。应该是刚出锅，要不然不会这么准时。买给谁吃呢？小池？不能。小池极为谨慎，不可能吃外面的东西。会不会是买给那条狗？小池那么喜欢。如果是这样，能不能从这里打开缺口，找到击毙小池的办法呢？

"笃、笃，"霍珂进来销假。

"外婆怎么样了？这两天接待日本专家，忙得不可开交。我还打算等他走了，和同人们过去看看呢。"

"谢谢处长挂念。外婆好多了，昨天出院了。"

"那就好。"

霍珂从身后变出个皮夹子放在办公桌上："谢谢处长关照。"

"谢我什么？又没帮什么忙。"

"多亏处长帮我家安了电话。医生说再晚十分钟，就来不及了。"

顾星浅突然有了想法，反复核计了一下午，天一黑就跑到黄浦江边。袁天牧这些天一直在那里等待消息。

一见面，袁天牧就迫不及待："怎么样？有眉目了吗？戴局长催得很急。"

"小池一直待在楼里不肯出来，不过他的司机每天下午两点准时外出，回来的时候拎着挂油的纸袋子。"

"他到哪里去？"

"我跟了三个路口被甩了。"

"跟踪的事情绝对不能再做。你一定要保护好你自己，不能妄动。这是命令，必须执行。剩下的事我来安排。"袁天牧想了想，"这个点，不少熟食店起锅。他会不会去买熟食？不过，我得到的消息是小池非常谨慎，绝对不会吃外面的食物。"

"东西是买给狗的。"

"狗？"

"小池非常喜欢他的狗。我们就从它身上下手，在食物里下毒，保证后半夜犯病。小池爱狗心切，一定会到帝国军犬医院看病。你事先打好埋伏，一旦发现小池，立即射杀。"

袁天牧沉吟了一下："现在也只能这样了。一旦刺杀成功，梅机关追查下来，你暴露的可能性很大。总部命令，行动成功后你即刻结束潜伏，撤回重庆。"

顾星浅微微一笑："你多虑了，还没到最后时刻。"

"星浅，不能做无畏的牺牲。"

"言重了。我有一个想法——把案子推到小池司机身上。我近距离观察过，他好像是心事重重的样子。你查一下他的底，找个相似的人裹得严严实实的，到朝鲜银行开个户头，存一笔钱。"

"他有什么特征？"

"和我身高差不多，偏瘦，左脸有一颗痣，很显眼。"

"这么短的时间，找个身高体型差不多的还行，再戴个帽子，弄个墨镜，上哪找左脸有痣的人？"袁天牧有点焦躁。

"找不到有痣的，就用糨糊粘上东西做一个，或者贴个膏药，欲盖弥彰。难的是如何让梅机关知道这笔钱？"

袁天牧沉吟半晌："这倒不是太难。刺杀成功后我安排把存单放进司机的上衣口袋。"

"一定要按上指纹。银行职员和司机两个人的。"

"放心。我会安排好的。"袁天牧眉头紧蹙，"敌人会轻易地相信存单吗？"

"据我所知，宪兵队的队长吉野刚刚调往北平，特高课课长岗村正在极力争取这个位子。这样关键时刻，一定会寻求尽快破案。存单加上朝鲜银行职员的指证，如果司机真的像我判断的那样，摊上了什么事的话，一切天衣无……"

袁天牧打断顾星浅："这里面有明显的漏洞。"

顾星浅稍一迟疑："你是说……司机没有存钱的时间。"

袁天牧点点头："按你说的，司机除了下午买货，一直待在七十六号，什么时间去的朝鲜银行？"

"只能拖延司机的时间。"

袁天牧仔细核计了一下："我回去想办法。"

城隍庙附近，一辆车从斜刺里驶出，跟在小池车后面。很快，小池司机发现后面可疑车辆，就势靠边。跟踪的车没有减速，径直开了过去。小池的司机再次启动，拐了两个弯，停在一家饭店门口。

二十分钟之后，老滕匆匆进了袁天牧的家："查清了。城隍庙附近的老陈记。"

袁天牧倒了茶水："还顺利吗？"

"这家伙太狡猾了，"老滕急三火四地喝了茶，"要不是你提醒，真得跟丢。老潘刚跟了两条马路，他就在道边停车。幸亏我留了一手。"

袁天牧皱皱眉："难怪说小池狡猾，司机都这么难办。"

"下一步怎么办？"

"买的东西查清楚了吗？"

"买的是猪肝，老陈记的特色。先腌制三天，然后上锅蒸，起锅后淋上老汤，沥干就行了。"

袁天牧眉头紧锁："怎么才能耽误时间呢？"

"安排撞车吧。"

袁天牧一口否决："撞车很容易查出来。我再想想。下毒的事你考虑得怎么样了？"

老滕也皱起眉头："我听伙计说，最后淋上的老汤是起锅前十五分钟加热的。"

"看来只能打这锅老汤的主意。这几天你守在老潘家里等我的电话。一旦小池出了七十六号，你们马上去帝国军犬医院埋伏。"

急着打发走老滕，是不想让他知道得太多。避免一旦出现问题，牵出顾星浅。袁天牧刚刚发现了整个计划的巨大漏洞——不管在腌制汤里还是老汤里下毒，都会牵连无辜。虽然毒性不强，对人体危害不大，但是小池司机没有在老陈记下毒的可能。据此一条，梅机关就会把他排除在外。必须精准，才能嫁祸。

怎么才能精准下毒呢？袁天牧百思不得其解。就在此时，电话铃声响了三下，挂钟响了五下——顾星浅要求见面。袁天牧拎起外衣，急匆匆赶往见面地点。

车子还没停稳，顾星浅已经上了车："小池突然改变行程，后天一早离开上海。"

袁天牧心中一沉："只有明天一天的时间了。星浅，我又发现了漏洞。买猪肝的人都会中毒，而小池司机没有进入老陈记下毒的可能。据此，梅机关马上就会认定另有其人。很难嫁祸。"

"昨天你一走，我就想到了这个问题。今天想了一天，终于想到办法。"

袁天牧转忧为喜："快说说。"

"弄些巧克力撒在熟食汤里。"

"巧克力？"

"巧克力含有一种叫甲基黄嘌呤的物质，人吃了没事，狗受不了。你买二两纯度最高的黑巧克力，叫人撒在煮熟食的汤里。"

一贯高冷的袁天牧罕有地露出笑意："你真是百科全书。"

老陈记原本只是家饭馆，因为熟食做得好，才在大门旁边开了窗口专司零卖。这天下午一点半多钟，饭馆里还有两桌人吃饭。窗口的伙计刚把老汤放在炉子上，就听见后面吵吵起来了，急忙放下手里的家伙，跑过去看个究竟。

一个体态臃肿、满脸横丝肉的家伙用力地拍着桌子，大吵大嚷，"掌柜的。"

"来了，来了。"掌柜一叠声地跑了过来，"客官，有什么吩咐？"

横丝肉斜着眼看看掌柜："你这菜里怎么还有苍蝇？"

掌柜满脸堆笑："客官说笑了。小店经营几十年，最讲究干净卫生。您看这桌子、地面都能照出影儿。我这抹布都能当帕子用。"

横丝肉冷笑一声："睁开你的狗眼看看，这是什么？"果然，鱼香肉丝里面卧着一只苍蝇。久经场面的掌柜一眼就看出了端倪，若是烹饪过程中掉落的苍蝇早就细碎了，这只却是非常完整。明摆着，横丝肉想吃白食。

掌柜回身取过筷子，夹起苍蝇细看："客官，您误会了。这是我们店专有作料——四川产的花椒。"一抖手扔进嘴里，咽了。

趁着横丝肉还有些发蒙，掌柜拱手作揖："客官，这盘菜算我孝敬的。您多多包涵。伙计，算账。"

横丝肉灰溜溜地走了。伙计开始忙着起火。这个时候，小池司机已经从七十六号出来了，途经岔路口斜刺里突然杀出个骑着自行车的小伙子，一手拎着鸡蛋筐，一手扶把。眼瞅着就要撞上，小伙子刹车不及，但反应迅速，一骗腿儿跳了下来。失去控制的自行车平着撞到车上。小池司机大怒，高叫着："八格牙路。"小伙子吓坏了，呆若木鸡。小池司机骂了人却并没有停留，一溜烟儿到了老陈记饭庄，取了猪肝掉头往回走，到了刚才的路口，就听见"砰、

"砰"两声，前风挡一片模糊，连忙一脚刹车，细看才知道是被人掼了两个鸡蛋。不用问，一定是刚才那个小伙子干的。

小池司机气得哇哇直叫，却毫无办法，下了车，闯进道边的杂货铺。里面的老太太看见日本兵气势汹汹地闯进来，吓得够呛，说话都不利索了："皇军，您有……什么吩咐？"

小池司机环视一圈，没有发现水桶一类的东西，冲着老太太大叫："水、水。"

老太太吓得一激灵，颤巍巍递过一杯水，被劈手打掉。小池司机闯进后屋，端出盛满水的脸盆泼到挡风玻璃上，又取了抹布擦了几下，上车扬长而去。

与此同时，一辆一模一样的车停在朝鲜银行门口。穿着军装、戴着墨镜、脸上贴着膏药的司机疾步进了银行，存完钱出来速度飞快地掉头而去，差点轧了门口摆摊的小贩。

当天午夜，帝国军犬医院门口，四名军统特工如风而至，连发十几弹，击毙了刚刚下车的小池及司机。接下来的事情确如顾星浅所料。负责侦办此案的上海宪兵队特高课课长岗村在司机兜里翻出了存钱单子，随即到朝鲜银行组织辨认。职员很肯定地从一堆照片里找出左脸上有痣的小池司机。门口的小贩也准确地报出了车牌号，再加上调查得知司机债台高筑。至此，铁案如山。岗村也因破案有功，当上了渴望已久的宪兵队队长。

小池殒命几个月之后，梅机关新来了个电讯主管小井，身材不高，有些瘦弱，举止彬彬有礼。

顾星浅拜见之后，奉上茶叶："听说小井君醉心茶道，正好有朋友带来一些，请您品尝。"

"这怎么好意思，初次见面就要星浅君的礼物。"

"区区薄礼，谈不上礼物，是朋友家乡的特产。"

"这是上好的黄山毛峰，市面上不多见的。"

果然是行家。幸好没拿大路货，否则就难堪了，看来半个月薪水没白花："以后在小井君治下，还望您多关照。"

"关照谈不上。只要做好工作，这些原是用不着的。"小井果然爽快，说罢递过文件，"我的想法是多建立一些固定的信号追踪地点，这对快速发现敌台是很有效果的。"

"我回去马上向上峰报告。"顾星浅接过文件，仔细翻阅，"小井君，这些地址多在租界区域，不仅需要我的上峰批准，恐怕还需要巡捕房方面首肯。"

"你看一下时间，半年内落实即可。"小井随口答道。

答非所问。回到七十六号，顾星浅还在想小井的话——半年内落实即可。小井思维敏捷，口齿伶俐，不会是口误。难道过几个月就不需要巡捕房方面同意吗？是不是日本人准备进入租界？应该是这样。日本已经同美国宣战，进入租界已经没有了外交顾虑。

第五章

"上好的明前龙井。"从来都是不苟言笑的袁天牧居然带了礼物。

顾星浅接过放在一边："我喝不出好坏的。"

"这可是好货。现在世道很差，茶庄靠熟客预定，没人敢存货。我这次进的货还剩下十七斤，不知道该怎么处理，弄不好就得压在手里。"

"这么着急见面，不会是让我帮着卖茶叶吧？"顾星浅语调轻松。

"还是有紧急任务。《申报》总编金先生昨天晚间被七十六号杀死了。"

"我早上看了报纸。"

"周佛海大力推行中储券的事情，你晓得吗？"

"晓得。这些日子七十六号全员出动忙这件事。"

"中储券是伪中央银行发行的货币，任由发展后果不堪设想，为此我们开展了一系列抵制活动。周佛海大为光火，威逼《申报》刊登中储券替代法币的最后通牒。金先生严词拒绝之后，也预见到七十六号可能要下毒手，所以一直深居简出。老母亲和太太已经送到苏州乡下，只有三岁的儿子因为有病暂时没走。昨天晚上，金先生接到神秘电话，随后带着儿子出门，接着就出了事。"

"电话查过吗？"

"公用电话亭。"

"金先生接电话时说了什么？"

"女佣说，金先生只说了一句'好的'，就带着孩子出门了。"

"为什么要带着孩子？"

"女佣没敢问。"

"还有什么线索？"

"没有了。"袁天牧有些挠头，"总部的命令是三天之内。"

理不出头绪，只能看看能不能从卢道雄那里打听点消息。平常没事总来，今天偏偏不来。顾星浅急不可耐，却没有办法。好不容易熬到十点多钟，人终于来了。

卢道雄径直推开门，大模大样地坐进沙发。顾星浅一脸深沉，用钢笔敲敲办公桌："进长官的办公室为什么不敲门？"

卢道雄不以为意，还把两条腿放到茶几上。

顾星浅泄了气："今天怎么才来报到？我还以为你出去了。"

"前段日子推行中储券太忙，总得歇一阵。"卢道雄给自己倒了茶，"昨晚喝多了，才上班。"

"我看也没喝多少。你的酒量我还不知道。"

"酒量这玩意跟身体状态有关。我昨天状态不好。"

"你状态还能不好？什么时候看都跟牛似的。"

"前天晚上我值班，一宿没睡。"

"你们值班不就是睡觉嘛。"顾星浅看似闲聊，却在一点一点套卢道雄的话。

"前天可一点没睡觉。前半夜去南市，后半夜去闸北，累得够呛。"

金先生就死在南市，时间、地点都对得上，而且前天晚上只有卢道雄一个小组值班。顾星浅随意调侃："大晚上不睡觉，肯定是去四马路推行中储券。卢队长真敬业。"

卢道雄翻着白眼："你少造谣。我什么时候去过那种地方。"

按照以往的习惯，接下来就会绘声绘色地讲个没完。可是今天卢道雄也是奇了怪，就此打住了话头。怕他起疑，顾星浅也不说话。闷坐了一会，卢道雄站起来："我出去转转。"

顾星浅垂头丧气，只能重新想办法。坐在办公室值班，怎么会知道金先生的行踪？肯定是接到了命令。晚上八九点钟，下令只能用电话。先查电话。顾星浅起身拎了杯子进了电话班。

邓文辉迎过来："顾处长，有什么训示？"

顾星浅笑笑："我来倒杯水。你忙什么呢？"

"警政部要的报表，我正找数呢。"

"你先忙吧。"

倒水的时候，已经瞥见前晚的通话记录。前晚七点四十七分，齐修治家里的电话打到值班室，时长一分十七秒。顺藤摸瓜，下一步要查清谁在之前给齐修治去的电话。电话班只能记录七十六号所有电话的来去情况。想查清谁给齐修治家里去的电话，只能去电话局。电话局方面的业务一直归老高管。

等了一会，老高敲门进来："顾处长，有什么吩咐？"

顾星浅站起来去翻卷柜："自己弟兄，弄这么见外干吗？"

"自己弟兄是自己弟兄，长官还是长官。该有的场面还得有，只是该关照还得关照。"

"老哥的贯口真是不错，撂地都够用。"顾星浅翻出包烟扔过去。

老高见了烟比饭还亲，放到鼻子底下闻了闻，眉开眼笑。

"孩子的事情办好了？"

"办好了。我走了电话局老秦的路子，联系上了那个督学。事情办得还挺顺利。"

"那就好。孩子的事马虎不得。"

老高找电话局老秦这事，顾星浅听小孙说过。故意提起，是因为电话局有几件批文还压在自己手里，老高肯定会就坡下驴。

"办完事，我请老秦吃了顿饭。老秦托我问问批文的事。"

顾星浅恍然大悟："你不说，我都忘了。"从一沓文件中取出批文，"我一会儿看看。"

老高有点神秘兮兮："电话局一直是我跑。按照梅机关的规定，电话局每年都得报批，咱们有权随时随地检查，所以老秦上杆子给我办事。过几天他们局长回来，还要登门拜访。"

顾星浅摆摆手："老高，我当了处长，还是你老弟。电话局的事还是你管。你告诉老秦，不用来拜访我。"

老高挺高兴："礼不可废。要是不方便，咱们过去也行。"

顾星浅想了想："这样吧。我下午去电话局看看，做到心里有数。"说罢，提笔在批文上签上字，"剩下的事情，你自己办。"

老高笑眯眯地点头："我这就安排。"

下午到达电话局的时候，面相敦厚的老秦已经在门口恭候多时了："顾处长大驾光临，有失远迎，恕罪恕罪。"

顾星浅平和一笑："您客气了。我来就是了解一下情况，以后有什么事还是找老高。"

"老高大哥常在我面前夸您年轻有为，前途无量。真是闻名不如见面，见面胜似闻名。"

三个人说笑着，进了楼里的接待室，分宾主落座，有人上了茶水。

老秦笑着开口："还是得先恭喜顾处长高升。这是敝局一点心意，还请笑纳。"说罢，递上一张银行本票。

顾星浅连忙推辞："秦经理，这我可担当不起。"

"我们电话局的生意一直有赖于电讯处关照。尽一点心意是应该的，不收就是见外了。"

"那好吧。"顾星浅也没过多客气，接过本票递给老高，"大哥收着。以后处里有什么花销就从这里走。"

老高笑眯眯地揣起本票，从公事包里取出批文递给老秦："你要的公文，顾处长已经批过了。"

老秦喜出望外："顾处长果然爽快。我们局长出差在外，一直记挂这件事，回来还要登门拜访。真没想到，顾处长还亲自给送来了。"

老高接过话头:"接触长了,你就知道顾处长绝对是心胸宽广,干大事的人。今天来,主要是想看看你们的工作情况。顾处长精通电报和密码,对电话业务不是很熟,想了解一下。"

老秦一笑:"一看顾处长就是好学之人。"

"我们处长可是大学生,要不是赶上这场战争,肯定是大学者。"

顾星浅摇头:"别听我大哥的。我就是什么事都想弄个清楚。"

老秦想了想:"我们一起去实地看看,边看边说吧。"

两个人在老秦的陪同下,逐个环节参观。顾星浅不停地问这问那,老秦细心讲解。最后,几个人走进了话务中心。很大的屋子,上百名报务员坐在机器前忙得不亦乐乎。

顾星浅看得饶有兴致。老秦讲得眉飞色舞:"这是电话局最核心的部门,也是我们的心脏。全上海上万部电话实际上都是在这里打进打出。"

顾星浅点点头:"每个电话都有记录吗?"

"是的。"老秦点头,"按照要求,我们每天晚上十点记录成册,交档案室保存备查。"

"你拿这两天的记录,我看看。"

接过电话记录本,顾星浅佯装无心翻到前晚卢道雄接电话的时间段。果然在那之前,齐修治接了三三四七九的电话。三三四七九随后又打往二三八六六。

回到办公室,顾星浅立刻找来电话号码簿查找。三三四七九是家杂货铺的公用电话,二三八六六是家租车行的业务电话。

明知道外面有人追杀,还要外出,肯定是有极其重要的事情。有什么重要事情,晚上七八点钟了,要带着三岁的孩子外出?孩子是因病留在上海的。带着孩子外出,肯定是看医生。电话一定是告诉他医生联系好了,可以过去了。这是符合逻辑的唯一解释。那人打完电话之后,肯定去了医生那里和金先生碰面,确认无误后报告齐修治,所以金先生一定是在诊所附近遇刺。顾星浅翻出昨天的《申报》,遇刺地点是辣斐德路。地图上标识,辣斐德路附近有家彼得儿科诊所。

顾星浅查清号码，出去寻了个僻静的电话亭："请问是彼得诊所吗？"

"是的。您有什么吩咐？"

"我孩子病了，想问问彼得先生什么时候回来？"

"彼得先生前天下午已经回来了。"

看来和预想的差不多。电话三三四七九的杂货铺离诊所不到五百米。诱出金先生的人，肯定是到这儿打的电话通风报信。可是孩子去哪了？《申报》上说，凶手本来准备掠走金先生，因为遭遇反抗，才痛下杀手，后来又遇上巡捕，迫不得已留下了尸体。金先生带着三岁的孩子会反抗吗？不会。既然反抗了，就说明孩子不在现场。孩子在哪？诊所？谁会把孩子一个人留在诊所？

顾星浅左思右想没有结果，又想起另一个号码二三八六六。往租车行打电话肯定是要车。没有车，应该先步行离开是非之地。为什么一定要坐车？还是得套套护士的话，看看有没有意外之喜。

顾星浅换了个电话亭，也换了口音："彼得诊所吗？"

"是的。您有什么吩咐？"

"前天晚上，我去诊所给孩子看过病。想问问你们有没有捡到孩子的帽子？"

"没有。"

"会不会是拿错了？"

"前天晚上，彼得先生只看了您一个病人，所以不可能拿错。对了，您朋友不是带孩子先走了吗？会不会落在外面？"

顾星浅有一点小小的激动，真相应该不远了。金先生把孩子留在上海，应该是在等彼得。那个人说彼得回来了，所以金先生马上带孩子赶了过去。孩子在诊所里哭闹，金先生又要和彼得探讨病情。那个人很自然地接过孩子，借口出去转转，到附近杂货店打电话报告了齐修治，又担心被人注意，所以要了出租车。

第六章

挂着公用电话牌子的杂货店里，只有老板一个人在理货。

老潘挑帘进来："来包茄力克。"

老板麻利地递上烟："十五块。"

老潘拿出一百元扔在柜台上："不必找了。"

老板一愣，继而眉开眼笑："菩萨保佑，您一定发大财。"

"大前天晚上这个时候，是不是有人带个孩子打了两个电话？"

"对的。"老板记得很清楚，"那个孩子一直哭，所以我印象很深。"

"电话内容是什么？"

"内容？"老板核计了一下，"好像是看病……什么诊所……后一个电话是叫出租车。过了一会车来了，他带着孩子就走了。"

"我打个电话。"老潘拿起话机，"是四方车行吗？"

"是的。"

"大前天晚上也是这个时候，我带一个三岁的孩子在辣斐德路要了出租车。给我找一下当时的司机。"

"您稍等，司机找到了，正在这里值班。"

"好的。你让他再到大前天那个地点来，我还要用车。"

老潘放下电话，目光凶悍地盯着老板："今天的事情不要和任何人说，否则你性命难保。"

一会儿，外面响了几声喇叭，出租车到了。老潘出来上了车。

司机打量下："您好像不是那位先生。"

老潘伸出一巴掌："五倍车钱，还到那个地方。"

"好嘞。"司机喜出望外。

"有什么不像？"

"那位先生小个子，圆咕隆咚。"

"说什么了吗？"

"孩子哭个没完。哪有时间说话。"

"他一直在哄孩子？"

"那位先生可有耐心烦了，一直在哄。"

很快，出租车到了爱多亚路。司机指指前面小楼："就是那。"

老潘点点头，拿出钱递给司机："这件事就烂在肚子里。"

司机麻利地接过钱："您放心。我属猴的撩爪就忘。"一溜烟儿开车走了。

很快，袁天牧和老滕驾车赶到。

老潘上车指指前面："那幢楼。"

袁天牧转过脸吩咐老滕："你下去看看。"

老滕下了车，看四下无人，借着路边的大树，几下翻进院里，一会儿回来："没错，就是照片上的那个人正在哄孩子睡觉。"

袁天牧点点头："行动。"

三个人迅速翻进院子，蹑手蹑脚来到房门口，顺着雨水管爬上二楼，从开着的窗户爬了进去。透过对面敞开的门，看见个胖男人正唱着《摇篮曲》，耐心地哄着孩子。袁天牧做了个等待的手势。三个人静静地站在黑暗里。

一会儿，孩子睡熟了。胖男人放下孩子，打了个哈欠，伸了伸懒腰，轻手轻脚地退了出来，刚进到走廊，被老滕一把薅住，还没喊出来，嘴已经被死死捂住。

袁天牧走到跟前："朱家和？"

胖男人惊恐地点头。

"金先生的事是你告的密吧？"

"不是……不是。"胖男人极力狡辩。

"你在杂货铺打的告密电话，然后要的出租车。对吗？"

胖男人立刻就傻了，苦苦哀求："七十六号逼我干的，说是周佛海的命令。饶了我吧。我也是迫不得已。"

袁天牧冷笑："现在是委座命令，就地正法。"

老滕手起刀落。胖男人哼都没哼就栽倒在地上。

袁天牧拿出相机照了相："抱孩子，撤。"

隔了一天的《申报》头版大篇幅报道了此事——"告密叛逆前日伏诛，公子重回慈母怀抱。"并且配发了朱家和尸体的照片。

"老齐，你怎么看？"李先生放下报纸，面无表情。

"朱家和极为机敏，在电话里谢绝我的保护就是担心人多眼杂，会出意外。没想到军统这么快就找上了门。"

"机敏？"李先生皱皱眉，"还有人比省身更机敏吗？省身尚且不是对手，何况区区一个朱家和？"

齐修治一时语塞，没有吭声。

"这件事确实蹊跷。军统真的是能掐会算，还是长了三头六臂？你看看《申报》的报道，有理有据，娓娓道来。哪里是什么报道，明明是事先写好的剧本。什么人能把这些支离破碎、毫无关联的东西捋得如此清楚？前两次还似有似无，这一次却是依稀可见。卧底就在我们身边。老齐，你还是要集中精力把他挖出来。否则，我们之前积累的清誉可能会尽付流水。"

"省身的事情还动用了上海区的行动队，这两次却是一点风声也没有，说明这条线已经成型，可以独立运作，负责解决最为棘手的麻烦。袁天牧虽然没有四大金刚的名气，但实力不逊。我原以为他是为替换徐芝园而来。现在看来，戴笠的初衷就是在上海部署两支互不隶属的力量，各行其是。这背后的心思值得玩味。徐芝园已是笼中之虎，不足为虑。袁天牧再加上这个卧底，未来很长一段时间，将是我们的心腹大患。"

"打掉军统南京区、青岛站，特别是徐芝园的事情有些眉目之后，我觉得胜负已定，军统在华东已无立足之地。现在看来，想多喽。我们低估了对手，还得从长计议。徐芝园的事情进展得怎么样了？"

"上次见面之后，徐芝园的态度日趋明朗，准备相机而动，把上海区和江南救国军一网打尽。"

李先生沉吟片刻："一网打尽固然是好，可是也要防止夜长梦多。出了朱家和这件事之后，我的顾虑越来越多。一定要抓紧时机，该断则断，防止意外发生。我的意见，行动时间定在十天之内。"

快下班才开完会，办公室一片漆黑，打开灯，顾星浅吓了一跳。卢道雄坐在沙发里，眼睛直勾勾地盯着窗外。

"你是遇见鬼了，还是请着神了？"

"唉！"卢道雄收回目光，长叹一声，"刚才回来遇见个算命瞎子算了一卦，说我这几天有血光之灾。"

顾星浅哭笑不得："就这事，弄成这样？"

"嗯。"

"这几年跟我在一起，那么多优点你一点没学会不说，怎么还信上鬼神了？"

"我平时也不信，今天觉得有些闹心，看见瞎子就想算一卦。"

"算命的都是两头堵，看你闹心就满口胡诌。这你也信？前年去龙华寺抽签，大师说我命犯桃花。这都几年了，桃花瓣也没见着。"

"星浅，"卢道雄少有的恳切，"要是真的出了什么事，我家里就拜托给你了。"

顾星浅一皱眉："别瞎咧咧。没事的。"

"一会儿我们有行动。我真有点害怕。"

"上哪去？你怕成这样？"

"不知道。老齐让带好洗漱用品，一会儿集合。"

"要是实在不安心，我把你立事牙敲了，放点血，血光之灾就破了。"

卢道雄苦笑一声，走了。接下来两天，一直在市政厅开会的顾星浅总觉得心绪不宁。卢道雄肯定是因为杀了金先生良心上有点过意不去才有些反常。不会真出什么事吧？

"军统上海区区长徐芝园前天下午和下线接头之后就再没有动静。"袁天牧带来的消息越来越严重。

"下线呢？"

"暂时还不清楚谁是下线，应该是他私自发展的。"

顾星浅一愣："怎么会有这样的事情？"

袁天牧脸色沉重："现在来不及恼火。情况非常紧张，一旦他叛变，整个上海的地下组织就会被全部摧毁。"

"马上组织撤离吧。不要抱有任何幻想。"

"我明白你的建议是最理智的，但是建立这样的组织，耗费了大量人力物力。一旦撤离，想要再建实在太困难了！总部现在动用一切资源，一定要找到他。活要见人，死要见尸。"

"总算这次的任务不是杀人。"顾星浅长舒了一口气。

袁天牧目光凌厉："星浅，你要明白，不管是杀人还是救人，都是抗日。"

顾星浅没有说话。

袁天牧叹了口气，目光变得柔和："我知道你宅心仁厚，不愿意打打杀杀。但是战争年代，实在是没有办法。不杀人就得被人杀。"

卢道雄执行任务，还要带着洗漱用品，会不会是去看管徐芝园了？如果是这样，齐修治肯定是组织者，只能从他身上打开缺口了。

第二天一上班，顾星浅就给齐修治打电话，没人接，接着打给勤务兵老何。老何是齐修治的远房亲戚，从小一起长大，一贯俯首帖耳，唯命是从，而且一根筋，认死理。老何说，齐修治这几天一直没来。好容易熬到下午，齐修治终于回来了。顾星浅从窗口看见他进楼，却没听见走廊里的脚步声，看来是直接上楼见李先生了。很快，齐修治回来了。顾星浅拿起文件跟了进去。

"坐吧。"齐修治兴致不是太高。

顾星浅一连汇报了几个事。齐修治皱着眉头，一言不发，明显心不在焉。

"铃……"一阵电话铃声响起，打断了汇报。

"李先生，"齐修治非常恭敬，"还是不行。"

顾星浅感到一阵目光扫来，起身拿了文件退了出来。

还是不行——是不是表示徐芝园还没有招供，还需另想办法？站在窗口前冥思苦想之际，意外看见李山城拎了桶水从楼下走过，顾星浅决定下去探个究竟。

"李大哥，这么勤快！回来就擦车。"

"没办法。齐长官爱干净。不擦就得挨训。"

快半个月没下雨了。只有沿着河走，车才会溅上泥点。左侧的泥点已经干了，说明去的时候河在左手边。顾星浅仔细推敲地图，只有苏州河往南一条道满足条件。南面是大块荒地，很远才有个小镇。小镇不通电，没有电话，不是藏人的理想地点，加上汽车进进出出非常扎眼。不怕暴露吗？

顾星浅绞尽脑汁，终于想到重点——藏人的地方没电话肯定不行。保密单位普通地图上找不到，但是线路图一定会标注。果然，线路图上小镇附近有一处国军的废弃军营，那里的电话还在正常使用。晚上，顾星浅在约定的胡同，两车交错的时候把手绘的地图扔进了袁天牧的车里。

第七章

算命瞎子还真有一套。卢道雄挨了一枪，但并不严重。听到信的顾星浅匆匆赶到市立医院，没进病房就看见卢道雄穿着蓝白相间的病号服倚在床头情绪低落，这才暗自松了口气："卢大队长，大难不死必有后福。"

见是顾星浅，卢道雄笑逐颜开："你可来了，这两天把我憋坏了。我看看带什么来了？"伸手接过袋子，一边翻着一边嘟囔，"怎么连瓶老酒也没买？"

"你几时见过看病号买酒的？"

"买只板鸭也行啊！"

"那东西太油腻，现在不能吃。"

"你单买这些水果，我也不爱吃。"

"不爱吃正好别吃。"顾星浅抢过袋子放到小桌子上，"伤怎么样了？"

卢道雄还是大大咧咧："没事。我是小病大养。"

"没事就好，正好休息休息。"

"我这背字算是走不完了。人家升官发财死老婆，我这官没升、财没发，老婆还难产死了，撇下个吃奶的孩子。哎！"

"孩子咋样了？"

"还能咋样？"

顾星浅很奇怪自己的从容。如果枪口向内偏离几公分，卢道雄肯定会一命呜呼。什么时候自己的心变得如此坚硬？"看来那个算命瞎子还是蛮灵的，哪天找来给我算算前程。"

从市立医院出来，顾星浅步行十五分钟赶到约好的地点。袁天牧已经一脸沉重地等在那里了。

"那天还顺利吧？"

"还算顺利。牺牲了两名同志，伤了两个。"

"找到徐芝园了吗？"

"人没问题。不过……"袁天牧欲言又止。

顾星浅疑惑地看看袁天牧。

"总部觉得有古怪。接头的下线是他独立发展的，没有人知道是谁，解救时也没有发现。据他讲是特高课的翻译官，目前还没有找到，更让人奇怪的是他身上很干净，没有受刑的迹象。"

"你怀疑他落水？"

"上峰确实怀疑，正在加紧调查。"

"这种调查短期内怎么会有结果？"

袁天牧轻叹口气，皱起眉头。

"组织受到破坏了吗？"

"目前还没有，一切正常。我们的行动打乱了敌人的部署。此时抓捕，效果不会好，就等于宣告徐芝园叛变。"

"这些都是推断，没有任何证据支持。不能因为被捕，就怀疑同志的清白，而且敌人还有使用离间计的可能。"

"敌情复杂，稍有闪失，满盘皆输。鸿门宴里樊哙有句话——大行不顾细谨。特殊时期事情不可能做得那么圆满。"

"你是说——不管怎样他都会被处死？"

袁天牧闭上眼睛，点了点头。

顾星浅心里充满了凄凉。没有任何证据，仅仅因为被捕过，因为身上没有伤痕，就要被自己人除掉，现实的残酷让他不寒而栗。"如果上次中了刘省身的计策，你们会不会直接给我扣上汉奸的帽子置于死地？”

“星浅，不要感情用事。处死徐芝园，确实有些草率。但他身上问题确实不少，至少是严重违反规矩，私自发展下线，导致被俘。至于是不是敌人的离间计，我们有自己的判断。”

“今天晚上我就要采取行动。现在形势诡谲，什么事情都可能发生。近期不要联系了。如果有紧急情况一定要联系，见面地点是菲尔斯茶餐厅。赴约之前，你先给餐厅打电话，找欧阳青先生。如果我不接电话，你立刻进入蛰伏状态，直到见到新的寻人启事为止。”

回到家里的袁天牧坐立不安，毕竟和徐芝园有过数年同事之谊。尽管行为确实可疑，但是没有叛敌实据，总部的命令是不是太草率了？踌躇再三，袁天牧决定安排老滕去完成任务。半个小时后，老滕匆匆赶到。袁天牧把他让进内室，关上门：“你今天晚上解决掉徐芝园。”

老滕愣了一下，点点头。

袁天牧拿出汽车钥匙，放到老滕面前：“天黑以后行动。”

老滕收好钥匙：“如果事后证明徐芝园是冤枉的，怎么办？”

袁天牧摆手：“那是总部的事。我们只管执行任务。”

出了城，路上几乎看不到车。老滕寻了个僻静场所，卸掉车牌，继续赶路。道路渐渐狭窄，加上路况不熟，尽管小心翼翼，还是蹭到了石头，尾部瘪了一块。

到了目的地附近，老滕停好车，看看没有什么异样，轻手轻脚走到房子跟前敲了三下门，两长一短，无人应答。正迟疑间，门轻轻开了，竟是虚掩的。地上是两具尸体，徐芝园不见了！

老滕拽出手枪四处看看，慢慢地俯下身去，摸了摸死者脉搏，余温尚存，随即退出来开车返回，路上几次拐进空地，灭火熄灯，确认没有人跟踪。

到了袁天牧家附近，老滕观察四周无人，重新安上车牌。没等敲门，袁天牧开门把他让了进去：“怎么样？”

“徐芝园不见了。看守都死了。”

袁天牧大惊失色："没有别人吗？"

"没有。门是虚掩的。"

"有打斗的痕迹吗？"

"没有异样。"

"人是怎么死的？"

"匕首一刀致命。"

"你估计死了多久？"

"刚死，还有体温。"

"你马上回去，不要再和任何人联系。"

袁天牧强压焦急的心情，在屋子里来回踱步，梳理各种可能性。死亡时间不长，不会有重新布置的时间。如果是外面来人，没有暗号，两个人不会开门。破门而入，门上会有痕迹，两个人也不会束手待毙。人是徐芝园杀死的，这一点基本可以肯定。总部虽然采取了一系列应变措施——所有人员停止工作、部分人员转移、原来密码停止使用，可是徐芝园在上海区耕耘多年，谁也不知道会有什么样的后果。

袁天牧取出电台和备用密码本，向总部发报："守卫遇害，徐芝园失踪。"

一个小时后，总部回电："联系暗礁解决之。"

心急的袁天牧不到十一点就已经坐在菲尔斯茶餐厅二楼靠窗口的位置，不停地看着窗外。不管是本意还是被逼上梁山，徐芝园已经落水附逆，上海区即将面临灭顶之灾。这样的紧急关头，试图通过除掉徐芝园从而保全上海区是不是过于天真了？稍有不慎，暴露出暗礁，岂不是因小失大？

就在这个时候，齐修治穿过弄堂抵达对面二楼的现场，站在窗口后面，手持望远镜密切监视着一切。从凌晨四点锁定到现在已经过去了整整七个小时。时间不停流逝，发生意外的风险成倍增加。迟迟不下令抓捕，就是为了顺藤摸瓜。如此微妙时刻，能来接头的人肯定就是潜伏在七十六号的卧底！终于到了收网的时刻，齐修治隐隐有些激动。会是谁呢？会是他吗？

时钟敲过十一点，顾星浅正准备出门，邓文辉敲门进来："顾处长，东西准备好了。宋秘书催好几遍了。"

"赶快送去吧。"

"我租辆车吧？"

顾星浅往楼下一瞥："车不都在嘛。"

"车是都在，司机都休息了。"

顾星浅拿出钥匙扔给邓文辉："开我的车去。"

"您怎么办？"邓文辉有些不好意思。

"我叫出租车。"

车都在，没有司机，说明昨天夜里有行动。什么行动如此兴师动众？会不会是解决徐芝园时出了问题？顾星浅没有头绪，决定先查查昨晚的通话记录。昨天夜里，每逢整点就会有九个不同电话打到值班室，通话时间很短。这些电话遍布上海市区，无一例外都是路边亭子里的公用电话。唯一不是整点的电话是凌晨三点二十七分打进的。四点钟，有八个电话。之后，再没有电话。

说明什么？

昨天夜里，七十六号兵分九路地毯式搜查，并利用路边的公用电话与值班室保持联络。三点二十七分的电话肯定是报告已经找到目标，所以值班室在四点通知其余人马结束搜查。

那个电话肯定在目标附近！顾星浅摊开地图，找到位置，不由得大惊失色——距离袁天牧家只有一里路！袁天牧暴露了！如果不是邓文辉来借车，现在自己已经被捕了！顾星浅顾不上害怕，当务之急就是报警，否则还会出问题。可是严密监控之下，稍有不慎，自己也会折进去。

菲尔斯茶餐厅二楼桌子上的烟灰缸堆满了烟蒂。顾星浅迟迟不来，袁天牧有些惴惴不安。会不会出事了？还是有推不掉的工作？苦苦等到一点半，袁天牧黯然离开。

如意算盘落空的齐修治沉默良久，决定改弦易辙，主动出击，返回到七十六号立即召开全员大会："军统在上海的重要人物袁天牧已经被锁定，正处于严密监视之下。眼下的关键就是顺藤摸瓜，查出隐藏在七十六号内部的奸细。"

齐修治目光如炬，依次扫过每个人的脸庞："奸细就在你们中间。我奉劝你认清形势，及早投降，不要再做无谓的抵抗，不要心存幻想。李先生和丁先生正从南京赶回，等他们到了，你的末日也就到了。"

会场上鸦雀无声，死一般的寂静。

齐修治语气威严："为了保证行动的顺利进行，从现在起，任何人不能离开办公室。散会。"

齐修治走了一步险棋。按照常规套路，当下应该做的就是盯紧袁天牧，切忌打草惊蛇。现在反其道行之，齐修治心里是有盘算的。昨晚全城搜索道奇车的消息，最迟明天一定会泄露。徐芝园逃跑、下线爽约，现在的袁天牧就是惊弓之鸟，稍有风吹草动，肯定会切断和外界的所有联系。到那个时候再寄希望于严刑逼供，可能性不大。与其傻等到明天，不如用敲山震虎这一招，卧底自乱阵脚跳出来更好，跳不出来就继续等机会。

顾星浅面色如常回到办公室。小孙跟进来通知，梅机关有个会，要求三点半准时参加。一旦袁天牧被捕会供出自己吗？除了死人没有人值得信任，这是袁天牧一再告诫过的。即便守口如瓶，也难保敌人不会从他身上发现蛛丝马迹，进而找到自己。逃跑吗？齐修治把话说到这分上，一点机会都没有。顾星浅看出了齐修治用的是敲山震虎之计，这说明他对袁天牧没有多少信心，想从自己这方面找到突破口。

怎么办？

袁天牧反复说过——如果七十六号抓住我，一定不要营救，你要做的第一件事永远是保护你自己。可怎么能见死不救？怎么救？妄动只能暴露，于事无补。顾星浅左思右想，毫无头绪。还是得先顾眼前，去不去开会？不去不行。去，会不会引起怀疑？还是得去，至少得先请示，否则说不清。

　　齐修治正站在窗前，精心伺候一盆含苞待放的四季茶，听见声音，没有回身："什么事？"

　　"梅机关三点半有个会，我想请示一下？"

　　齐修治放下剪子，走到脸盆前净了手，用毛巾擦干："去吧，日本人的会耽误不得。早去早回。"

　　顾星浅刚离开，李先生的电话就来了。

　　"袁天牧中午去了菲尔斯茶餐厅。"

　　"没和人接触吗？"

　　"没有。"

　　"下一步你准备怎么办？"

　　"我已经开了会，通报了情况，要求所有人在行动结束前不能离开。"

　　"你是准备敲山震虎？"

　　"是。"

　　"如果袁天牧中午确实是在等下线，有可能顺延时间再去接头。你这么做，岂不是打草惊蛇？"

　　"袁天牧最迟明天一定会得到昨晚全城搜查道奇车的消息，马上就会进入静默状态。与其这样，不如敲一下试试，看看有没有应手。"

　　"这样也好。这边的情况呢？"

　　"只有顾星浅三点半在梅机关有个会，正准备去。"

　　"安排人跟了吗？"

　　"正要安排。"

　　"不跟也好，免得横生枝节。"

　　"如果他借机逃跑怎么办？"

　　"真的逃跑，也不见得是件坏事，至少可以确认他就是卧底。派人跟踪被发现的话，卧底就更难找了。"

　　梅机关会议室里，顾星浅心乱如麻，又不敢流露出来，只能机械地记着笔记，好容易到了中途休会的时候才觉出口渴，又紧张过头，连杯子里的茶叶都倒进嘴里。

茶叶！

上海滩真正的明前龙井都出自瑞昌行。因为价格昂贵，茶庄都是收到定金才来要货，很少压货。如果假扮豪客购买十七斤明前龙井，茶庄肯定会去瑞昌行如数补货。袁天牧应该能发现问题。

散会回去的路上，顾星浅确认无人跟踪，走进道旁的茶庄。一个精瘦的小伙计迎上来："先生，里面请。"戴着墨镜的顾星浅面无表情地走到柜台前，打开茶叶罐，闻了闻，摇摇头。伙计看这架势不敢怠慢，喊来掌柜。掌柜笑吟吟地端上茶："您尝尝，上好的明前龙井。"

顾星浅喝了一口，把茶盏重重放在桌子上："这么大的茶庄也敢以次充好，欺负生客。"

掌柜连忙训斥伙计："赶快换。"

顾星浅一摆手："不必。我要十七斤最好的明前龙井，明天中午来取。"说罢站起来，从钱包里拿出一沓钱，数也不数掷在桌上。"这是定金。价钱不是问题，谅你不敢以次充好。"扭头就走。

掌柜追上去："我给您打个收条。"

顾星浅头也不回："上海滩还没人敢吞我的钞票。"

走出茶庄，外面已经变天了，乌云压得很低，仿佛伸手可及。一场大暴雨已经呼之欲出了。

第八章

顾星浅爽约会不会是出了问题？回到家中的袁天牧正胡思乱想，接到了伙计电话——远来茶庄要十七斤明前龙井。今年年景不好，茶价又高，茶庄肯定是有主顾上门才会要货。什么人会要这么大的量，而且不多不少，正好十七斤？以前接头时无意间提到过这个数，是不是顾星浅以此来警示自己？放弃常规途径，如此隐晦，是要警示什么？一定是自己暴露了。顾星浅迫不得已出此下策。

想到这，袁天牧告诉伙计，茶叶已经有人定了。之所以这么说，是担心远来茶庄进货之后找不到买主，肯定会大肆渲染。一旦事情被七十六号掌握，就会牵连出顾星浅。不给供货，远来茶庄吞了定金占了便宜，自然不会声张。

放下电话，袁天牧坐在床沿上仔细梳理。昨天安排老滕结果徐芝园的时候肯定没有暴露。一夜之间就暴露了，问题出在哪了？不管问题出在哪，撤退是必然的。刚搬进来的时候，袁天牧就用化名买了隔壁房子，挖了地道直通外面的下水井。明早趁人多的时候，从井里爬出来，说不定会有逃生的机会。

这两天的情景一幕幕重现，还有老滕的配音——虚掩的门，两具尸体，还热的体温……人刚死，地方又如此僻静，徐芝园走不远，肯定躲在附近看见了老滕。茫茫人海找不到人，唯一的线索就是车。老滕办事牢靠，车牌肯定会卸掉。问题会出在哪呢？袁天牧百思不得其解，站在窗帘后面仔细观察外面的情况。

外面夜色如水，静谧如常。

其实，怎么暴露的已经不重要了。关键问题是顾星浅冒死通告，肯定会留下痕迹。敌人发现自己逃走，一定会仔细梳理每一个电话，很快就会查到远来茶庄，进而找到顾星浅。袁天牧直冒冷汗，一旦顾星浅被七十六号锁定，后果不堪设想。

徐芝园落水，自己暴露，军统在上海遭遇重创。只有留下顾星浅这颗火苗，才能死灰复燃。用自己的死，换来顾星浅的安全，这是最明智的选择！袁天牧迅速做出决定，发出最后一封电报——我已暴露，为保全暗礁，决意放弃逃生，杀身成仁。

不是一死就可以无忧。敌人耐心有限，一旦冲进来，发现有价值的东西都已销毁，人却没有逃走的意思，一定会怀疑是为了保护同党而欲盖弥彰。为了把顾星浅从敌人的怀疑中摆脱出来，必须得演一出戏。

第二天上班忙到下午三点，袁天牧告诉伙计，先走一会儿。工部局附近有家常去的书店，进深大，架子高，书籍也多，极利于隐蔽，是个接头的好地方。在书店里磨蹭了近半小时后，袁天牧驾车离去。

齐修治听完报告，致电李先生："袁天牧今天正常上班，下午三点离开，去了外滩的书店，半小时后回家。刚刚屋子里传出烧纸的味道。"

"一定是走漏消息了，马上抓捕。"

七十六号特务破门进入的时候，袁天牧从容喝下手里的毒药，壮烈殉国，留下的绝笔是用颜体写的《再改汪兆铭诗》：当年慷慨歌燕市，也曾从容作楚囚。今日引刀成一快，终究不负少年头。

卢道雄绘声绘色讲述详情的时候，顾星浅血往上涌，几乎不能自己，大拇指死死摁住食指，才克制住内心万千起伏，没有露出破绽。

袁天牧没有尝试逃跑，是为了保护自己。想起袁天牧，也想起刘省身。一个因他而亡，一个为他而死。于公是各为其主，于私都是他的好兄长、好大哥。如果不是日本人的入侵，他俩都会过着平静的日子。刘省身应该会完成学业，满中国去建他的大桥。袁天牧也会像偶像徐霞客一样，寄情于祖国的秀丽山川。

当年慷慨歌燕市，也曾从容作楚囚。今日引刀成一快，终究不负少年头。顾星浅轻轻地念着四句诗，眼里泛起光亮。原诗是汪精卫年轻时因刺杀摄政王被捕，在狱中写的《被捕口占》：慷慨歌燕市，从容作楚囚。引刀成一快，不负少年头。"还都"闹剧上演之后，《大美晚报》发表《改汪精卫诗》讥讽革命勇士失节：当时慷慨歌燕市，曾羡从容作楚囚。恨未引刀成一快，终惭不负少年头。汪精卫恼羞成怒，下令七十六号将作者陈剑魂残忍杀害。

眼泪静静地流淌。日本人打碎了和平，改变了多少人的命运。只有赶走日本人，才能真正过上好日子。只有战斗才能赶走日本人。当初做出潜伏的决定，从大的方面讲是因为民族大义，从小的方面讲也是对特工工作的好奇。今天的顾星浅历经数年的历练，心智已经成熟，已经有了信念，是在为信念工作。

"你肯定是在书店得到的消息？"李先生听完报告，面色阴沉。

"袁天牧昨天没有和外人接触。今天上班，也没发现什么可疑人物。"齐修治没有正面回答。

李先生沉吟半晌："电话监控的情况呢？"

"他昨天在家一共接过三个电话，都是行里打来的。从内容看，没什么问题。今天在行里一共打进打出九次，经查都是工作电话，报警的可能性不大，而且一般来讲，得到消息马上就会处理善后，所以我断定他是在书店得到的消息，正在排查。"

"不必了。书店如果是军统所开，不会作为接头地点，以免跟着暴露。袁天牧老谋深算，不会犯这种低级错误。书店应该是交换情报的地方，利用满柜子的书籍，不用见面就达到目的。一定是有人事先在某本书里夹了纸条，或者连纸条也不用，只是特定的摆放就起到了警示作用。"李先生沉默片刻，又问起顾星浅。

"顾星浅昨天参会期间没有迟到早退，来回的时间也对得上，今天全天在七十六号没有外出，但不排除是他安排别人去的书店。"

"这种卧底不会和第二个人联系，不可能是他。"李先生双手抱在胸前，"杀手有消息吗？"

"徐芝园只看见背影。我组织对瑞昌行的伙计进行辨认，没有发现。"

"从开始策划到现在历时整整两年，本来以为能毕其功于一役，全歼军统在华东的力量，没想到最后关头功亏一篑。"李先生难掩失落。

齐修治主动担责："这都是我的过失。"

李先生放下胳膊，一只手搭在桌面轻轻扣动几下，重新坐好，目光有些阴冷："没有你的运作，哪有今日两大悍将一死一降的局面？不过最后时刻的瑕疵，确实失色不少。"

齐修治有些面赧。

李先生也觉得话有些重，又圆了回来："能给梅兰芳配戏的都是名角。留给袁天牧搭档的，怎么会是泛泛之辈，何况我们又不是第一次领教。黎元洪大总统有句话——沉机默运我不如袁世凯、明测事机我不如孙中山。这两点，我们都不如这位卧底。绝不轻易出手，出手又没有痕迹可循，完全游离于常规体系之外，连安插在戴老板身边的内线对此也是一无所知，看来我们确实是遇到高手了。"

"这几年，我们和军统同场竞技，一直处于上风，绝不能在这个人身上栽跟头。当年曾国藩一败再败，却最终剿灭太平天国，靠的就是六个字——结硬寨、打呆仗。一点一点积累优势，耐得住寂寞，经得起失败。我们不怕失败，也不怕一败再败，怕就怕不能汲取教训。"

"这个卧底再干练，也是人，不是神。只要是人，就会有漏洞。我总觉得他是一个普普通通，总是被我们忽视，或者是被定义为肯定不是从而排除在外的人，绝不是像顾星浅那样聪明挂相的人。不过，任何人都不能轻易排除。我们得有耐心，用再长的时间找出这个卧底都是值得的。现在的情况，他可能很长一段时间会保持静默。所以我们要做的，首先是扎好自己的篱笆，确保不再出问题。"

李先生的脸上多云转晴，挤出一丝笑意："老齐，除了你没有人能拔出这颗钉子。我深信我的眼力。"

送走李先生，齐修治点了雪茄，站在窗前若有所思。刚才李先生一手胡萝卜、一手大棒地来回招呼，齐修治怎么会听不出来，心里是不服气的。李先生能有今天，靠的是和军统较量中取得的骄人战绩，这里面他齐修治厥功至伟。随着徐芝园投降，军统的势力摧毁殆尽，李先生这山望着那山高，据传正在运作江苏省省长的位置。这个时候，肯定是想弄出个大动静，脸上有光。徐芝园的投降，适逢其时啊！

他真的希望一网打尽吗？为什么不同意跟踪顾星浅？这样紧急关头，应该秉承的是宁可错杀一千，决不放过一人。看来，李先生有自己的算盘，即便当上省长，仍然不想放弃对七十六号的控制。毕竟，七十六号是他起家的资本，养寇自重的道理还是明白的。摧毁上海区，逼死袁天牧，短期目的已经达到，剩下的可以徐徐图之。

不过，这一年来李先生的变化确实值得玩味。推心置腹变成了心存芥蒂，难道他知晓了自己的底细，想彻底切割和梅机关的关系？先是想用刘省身替换我，现在想用徐芝园。刘省身命短，徐芝园命长吗？

清晨的滂沱大雨，让上海的早晨格外清爽。一群小鸟落在电线上叽叽喳喳，给最近情绪一直低落的顾星浅带来了好心情。闸北警察局门口，顾星浅正要亮出证件，突然听到有人喊自己。原来是师母——方先生的夫人。

顾星浅喜出望外："师母，您怎么在这？"

"你老师被抓起来了，我来办保释，可是他们不给办。"师母一脸焦急。

"老师出了什么事？"

“警察局说他们有反日言论，非法集会。”

“师母，您先回去。事情交给我。”

师母犹豫片刻：“那你就多费心了。你老师身体不好，我有点担心。”

“您放心，我今天一定把老师送回家。”

再晚一秒，师母就会看见证件，绝对是小鸟带来了好运。顾星浅顾不得后怕，掂量了一下，只能求助于齐修治。齐修治的面子闸北警局不敢不给。至于齐修治会不会给自己面子，不敢肯定。

“你不是去闸北警局开会吗？”顾星浅敲门进到屋里，齐修治刚放下电话。

“我有件急事来求长官。”

“说吧。”

“我大学老师因为反日集会被闸北警局抓了，想求长官出面斡旋。”

“别的事情都好办。涉及日本人一定要慎重。反日集会可不是小事。”齐修治说一套做一套，没待顾星浅反应上来，已经打通了电话，“马局长吗？我是老齐。有个人叫……”

“方慕石。”

“方慕石，涉及我们一个案子。请老兄高抬贵手，移交给我。”

“那先多谢了，我这就安排去带人。”

齐修治放了电话：“我正好找你有事。让卢道雄去一趟，把人带回来。”

卢道雄还真是麻溜，没到中饭时间就回来了：“尊师已经安全到家。”

顾星浅满脸是笑：“还麻烦卢队长亲自出马。来来，坐坐。”一边说着，一边忙着沏茶。

卢道雄很迟疑地坐下了：“你突然这么热情，不会有什么企图吧？”

顾星浅把杯子一蹾，没了好气：“要喝自己倒，没人伺候。”

卢道雄嘿嘿笑了："这样我就舒服多了。"

"我老师状态怎么样？"

"挺好的。"

"没说漏嘴吧？"

"我这脑子本来挺灵光，就是这几年让你挤兑的，一年不如一年。"

"我问你漏没漏嘴，说脑子干吗？"

"我什么脑子，这点事还办不明白？我跟你老师说了，约瑟夫老板让来的。我是青帮弟子。没错吧？"

"没错、没错。"顾星浅眼里满是深情，"老师对我恩重如山。读大学的时候，没钱吃饭，都是到老师家里吃。"

"能看出来。你今天特别紧张，对我也特别热情。"卢道雄眨眨眼睛，"你这个人知道感恩，和我一样够义气。"

"够义气？"顾星浅摇摇头，"没看出来。我就觉得我这东西总是见少。"

卢道雄撇撇嘴："我那不是不外吗？"

铜锣巷子深处的老师家，门前海棠花竞相怒放。加入七十六号之后，顾星浅害怕老师察觉，再没有登过门。多少次梦里回到这个地方，听老师的教诲，闻师母的饭香，还有稚气未脱的师妹……

还是那两扇木门，只是油漆有些斑驳了。轻轻推开，里面还是熟悉的院子，茂盛的樱桃树，树荫下的石桌石凳……阳光透过树叶照在方砖上，反射出的强光让顾星浅有一些眩晕，仿佛回到了从前，依稀听到师妹稚嫩的读书声——流光最易把人抛，红了樱桃，绿了芭蕉。只是芭蕉已经换成了蔬菜。战争年代，没有那么多的闲情逸致，只有满树的樱桃还在不知愁地红个透亮。

一声呼唤打碎了顾星浅的清梦："星浅。你来了。"

顾星浅抬头看见师母站在房门前的石阶上，急忙一躬到底，声音哽咽："师母！"

师母忙走下台阶，扶起顾星浅："快起来！"

顾星浅直起腰，看见师母鬓角有了白发，脸上也尽是细密的皱纹，一阵伤感："师母，您身体还好吗？"

顾星浅的父亲顾念祖是落第秀才，家徒四壁，迫于生计，娶了当地首富钱家寡居的独生女。钱氏过门五年，肚子一直没有动静，听人劝把陪嫁的丫头菱儿给顾念祖收了房。第二年，菱儿生下顾星浅。没想到再转过年来，钱氏也生了儿子，便不再待见菱儿母子。顾念祖惧怕钱氏不敢干涉，菱儿不久忧郁而死。顾星浅也就在白眼中度过了童年。因为招弟有功，钱氏也没有为难顾星浅，早早送出去读书，有眼不见心不烦、免得将来争夺家产的意思。顾星浅早早懂得人情冷暖，离家十多年总共回去两次，也都是住两天就走。只有在师母这里，顾星浅才找到母爱，心里一直当母亲的。

"好、好。快进屋吧，老师在屋里呢。"

屋子里还是从前的陈设，一点没变，只是家具有些陈旧了。老师闻声从里屋挑帘走了出来。顾星浅麻利地放下手里的礼物，恭恭敬敬地鞠了个躬。没想到一贯严厉的老师伸出臂膀拥抱了他。顾星浅泪流满面，只有在老师家，才真正有回家的感觉。

几年的时间，老师老了，从精力旺盛的中年人变成了老者，头发白了大半，身子也不是那么直了："星浅，这几年你跑到哪去了？"

顾星浅早已经编好了故事："日本人来的时候，我糊里糊涂地认识了个德国商人，先去了广州，下半年才回的上海，一直想来看您和师母，可一是工作太忙，二是混得不好，没脸见您。"

"嗨！"老师长叹了一口气，"乱世做人不如狗。哪还有什么好不好的？活着就好。你现在做什么？"

"在这个德国商人的公司里做襄理。"

"可惜了。如果没有这场战争，凭你的天赋和努力，一定会在学术上有一番成就。"老师一脸的惋惜。

顾星浅低下了头："老师，乱世之中能活着就行了，我没有太多的奢求。"

"你师母说是你把我救出来的。你怎么会认识那些人？"

"那个马局长和我们公司有些往来，所以我哀求老板出面求的情。"

"原来如此。我说你不会和那些汉奸有瓜葛。今天送我回来的那几个，说是青帮的，看着也不像是好人。"

"那几个是我老板找的，帮着走个过场。"顾星浅暗自庆幸，多亏当时留了个心眼，否则肯定会穿帮。

"星浅，现在外面世道很差。很多人做了汉奸，你可千万不能做对不起祖宗的事啊！什么时候都得记住，你是中国人。"老师又恢复了昔日的威严。

顾星浅恭恭敬敬："老师的教诲，学生一定谨记。"

正说话间，外面门响，进来个亭亭玉立的姑娘："爸爸，您可回来了，他们没把您怎么样吧？"

"没事的，我这不是蛮好嘛。你看谁来了？"

顾星浅仔细打量这位姑娘，端庄中带着秀气，清雅中融着温和，脱口而出："师妹。"

"顾大哥，好久不见。"

顾星浅心脏仿佛被什么重物狠狠击了一下，狂跳不止："师妹你长大了。"

"顾大哥，你这几年过得还好吗？"

"就是混口饭吃。"

"要不是这场战争，媛儿今年也该大学毕业了。"师母叹了口气，"前几天，我们还提起你第一次来的情景——满脸通红坐在椅子上，迟迟不肯动筷。你还记得我当时说的话吗？"

"师母说，以后这就是你的家。"

"星浅，还是那句话，这就是你的家。"

顾星浅点点头，眼里亮亮的。

第九章

新上线姜未鸣出现得比预期要早得多，也是人到中年、微胖、很寻常的样子，只是相对于袁天牧的江湖气质多了些雅气："我是袁天牧的表弟，有些连相吧？"

顾星浅想起袁天牧，心头一紧，低头不语。

姜未鸣按住顾星浅的肩膀："抗日总会有牺牲，不要太感情用事。表兄放弃最后的逃生机会，不是为你个人，是为了抗日大业。我过去一直是文职，没有特工经历，加入军统是半路出家。戴局长直言，之所以选中我也是受了你的启发。七十六号军统叛徒云集，熟悉我们的套路。换我来就是想抛掉过去的坛坛罐罐，另起炉灶，乱拳打死老师傅。"

"你虽然是沦陷前临时征召的，没有上过特训班，但无师自通，任务完成得非常出色，屡屡给总部带来了惊喜。过去总部有所保留，现在授权我向你通报淞沪地区潜伏人员现状。南京、上海两个区的军统组织基本破坏殆尽，两名区长落水附逆。目前，只有一些像你这样单线联系的同志还在坚持战斗。"

"七十六号正在全力查找卧底，你一定要多加小心。徐芝园诡计多端，只要闻到一点血腥，就会扑上来一口咬住，希望你能像你的代号'暗礁'一样，伏在水面之下，耐得住寂寞，经得起考验，关键时刻给敌人致命打击。"

"徐芝园怎么处理？"

"君子报仇，十年不晚。徐芝园和我有国仇家恨，但没有上峰的命令，我不会妄动。你有什么想法？"

"我破译的密码还在使用吗？"

"唐先生那套密码主要用于迷惑敌人，目前看来效果不错，这都是你的功劳。"

"我有一个想法。总部给唐先生发报，大概内容是已有人按计划进入汪伪内部，寻机完成斩首计划，希望暗中协助。用词一定要隐讳，绝对不要出现徐芝园的名字。"

"会不会有反作用？敌人会有那么简单吗？"

"到目前为止，徐芝园的计划收效甚微，一定会下大力气进行破坏，一段时间内必是我们的心头大患。电报的用意是为了造成敌人内部的争议，像丁先生这样的仇家，需要这种东西。"

"总部已经着手这方面的工作，正在策反和他一起附逆的原军统人员，准备彻底解决。之所以刚才没有透露，总部的意思是尽量不要牵扯你，除非他威胁到你的安全。"

"还有一个情报，日本人很快就会进入租界。"

"什么时间？"

"情报是梅机关的电讯主管透露的，当时说半年之内，现在已经过去四个多月了。"

"日本人进入租界，我们的活动空间会被大面积压缩，形势会进一步恶化。我马上调整相关部署。"

姜未鸣亮相的同时，徐芝园也浮出了水面，急着完成李先生交办的首个任务——刺杀抗日英雄谢晋元。

"谢晋元虎落平阳，余威犹在。七十六号几次无功而返，说明这是块难啃的骨头。"徐芝园放下望远镜回过身，倒八字眉下的眼睛很迟疑地眯着，"这次任务是我们在七十六号的开山之作，不容有失。"

"坐困愁城，前途渺茫。就算谢晋元铁石心肠，也难保几百部下心态不会发生变化。这几个人我盯了快两个月了。每逢放假外出，别人都是去买点日用品，或者去街心花园转转。只有他们四个肯定是到这来，虽然什么也买不起，仍然乐此不疲。"说话的秦笑天是原上海区行动队队长，个子中等，五官细致，一瞅就是个精明人。

"有欲望就好。"徐芝园点点头，"笑天，心急吃不了热豆腐，要有耐心。"

东游西荡的四个人溜达到当铺门口，冒出来个戴金丝眼镜的中年人，正好撞个满怀。金丝眼镜"啊"了一声，蹲下去打开撞掉的箱子，里面的古董花瓶已经碎掉了。金丝眼镜迅疾站起，急赤白脸地高叫："你赔我的花瓶。"

"不是我撞的。"

"就是你撞的，走路也不长眼睛。你要是不赔钱，我们就到巡捕房说理去。"

四个人不干了："明明是你撞我们。"

金丝眼镜撇撇嘴："呦呵。仗着人多欺负老子。老子可不是吃素的。诸位给评评理，这几个小赤佬想要赖账。"

周围几个人七嘴八舌："小伙子，碰坏人家的东西得赔啊。""要不一会巡捕来了，把你们抓进去就不好弄了。"

四个人面面相觑："这小子明显是讹诈。""咱怕啥，收拾他一顿就老实了。""不行。闹大了，团座饶不了咱们。"

嘀咕了一会，四个人准备花钱消灾，凑齐兜里的钱递过去："给。"

金丝眼镜看也不看："你们打发要饭花子呢？我这是嘉靖年间的古董。"

"再要，就是老子这条命。"

金丝眼镜不吃这套："敢在这里犯横，我现在就叫巡捕。"

正僵持中，有人喝道："金三，不去倒页子，改学八旗子弟碰瓷了。"秦笑天出场了。

金丝眼镜立刻换了面孔，满脸堆笑："秦爷，您老人家好啊！"

秦笑天冷冷一笑："拿着碎片赶快滚。要不然我送你去巡捕房尝尝牢饭的滋味。"

金丝眼镜收拾箱子仓皇而逃。

四个人拱手道谢："多谢先生仗义相救。"

秦笑天微微一笑："几位像是行伍之人，怎么会落魄至此？"

"我们是谢团长麾下。"

"谢晋元团长？"

"是。"

"失敬失敬。"秦笑天抱拳拱手，"八百壮士威名，秦某久仰。相请不如偶遇。今天正好借这么一个机会，请几位一聚。"

四个人一再推辞："多亏先生相救，我们感恩不尽，怎么能再叨扰？"

"几位太客气了。能结识诸位，秦某三生有幸。这点面子还是要给的。"说话间，秦笑天拉扯着四人上了旁边酒肆的二楼，叫了酒菜，"几位虎落平阳，困在这里受苦了。秦某今天略备薄酒，犒劳大家。我们不醉不归。"

秦笑天知道他们下午四点前必须归营，故意把酒局拖得很晚。四个人也是多少日子没见过荤腥，一上桌根本没什么顾忌，等到酒足饭饱走出酒肆，天已经彻底黑了，时间也过了八点。

再见面已经是一月之后，还是在那家酒肆的楼下，秦笑天迎面遇上四人："几位，不是约好见面，怎么屡屡爽约？"

"上次晚归我们挨了军棍，被关了一个月禁闭，今天才放出来。"

"原来如此，都是秦某的罪过。"秦笑天连连鞠躬道歉，"我们今天一定按时归营。"又把四个人拽上了酒楼，赔罪后，开始话入正题，"几位老弟，谢团长真的是治军有方。按说，你们早就缴了械，又困了这些年，何必还如此严格？"

这话可是对了胃口。四个人大倒苦水，抱怨个不停。秦笑天心里一笑，差不多了："几位空顶着八百壮士的英名困在这里，不知道什么时候是个头，没想过将来吗？"

"不瞒您说，也想过。可是我们没有良民证，出了租界就得被抓回来。"

"现在的局势，国军恐怕是指望不上了。照此发展下去，日本人迟早会进入租界。到时候，不是死，就是进战俘营。"秦笑天一边说，一边察言观色。

四个人低了头，喝着闷酒。

"就算日本人不进租界，就这么待一辈子吗？"

半天，有人搭茬："秦先生见多识广，帮兄弟们指条明路吧。"其余三人也连声附和。

"兄弟们，我置身事外，话好说，但是事情难办。"秦笑天话里有话，细心观察几个人的表情。

搭茬的人笑了："秦先生，我们破衣烂衫，怎么会被碰瓷的选上？您费这么大的劲，不会就是为了请吃几顿饭吧？"

秦笑天一愣，看来这一个月的禁闭没白关，索性实话实说："几位既然看破，我也就不藏着掖着了。我原来也是军统，现在跟着日本人干，走这一步，也是没法子，总得活着吧。"

四个人不吱声，等着秦笑天往下说。

"现在你们几位要么困死在这里，要么进战俘营。不想这样，就得跟我干。"

"投降当伪军我们可不干。"四个人事前肯定是沟通过，想讨价还价。

"每天投诚的国军成千上万。几位想投诚，日本人还不一定要。"

四个人泄了气。

"只有一条路可以走。"一句话让四个人又来了兴致，"杀死谢晋元。"本来准备下回揭晓谜底的秦笑天，索性加快了节奏。

四个人面不改色，还是想过的。

"杀死长官，要掉脑袋的。"半晌，那人又开口。

秦笑天暗喜，事情已经上了轨道："顺势而为，你们没得选择。巡捕房那边我们已经说好了，事成之后用死囚狸猫换太子。你们换了身份去满洲警察局听差。每个人二十万安家费。"

四个人面面相觑:"我们办完事,你们要是翻脸不认账,上哪去说理?"

"李先生托我给你们带句话——七十六号,义字当先。我也可以对天发誓,如果有对不住几位,天打雷劈。"

四个人不说话,还在掂量。

"不干必死,干还有机会。你们不愿赌一把吗?当真要在这里耗一辈子吗?"

四个人犹豫片刻,下定决心:"干。"

就这样,曾经被国人敬仰的抗日英雄,在威逼利诱下,变成了可耻的叛徒、汉奸、卖国贼。

第十章

滴答，滴答。

暴雨刚刚停歇，芭蕉叶子上残留的水珠还在不停地落下。一脸忧郁的顾星浅站在窗前呆呆地出神。一直仰慕的抗日名将谢晋元被兵痞袭击而死，让他心绪难平。淞沪会战期间八百壮士死守四行仓库的壮举、那面飘扬的青天白日满地红，让多少人坚信中国不会亡。谁承想当年的壮士里竟然有人被七十六号买通，刺死了谢团长。人心叵测，世事无常，真让人唏嘘不止。

"上次接头以后，我汇报了敌人即将进入租界的情况。总部指示，一定要赶在敌人进入之前救出谢团长。为此，我们采取了营救行动。谢团长最后关头拒绝上车，誓要与弟兄们生死与共，没想到几天之后就惨遭毒手。这次的任务就是除掉杀死谢团长的兵痞。"

顾星浅一愣："不是被巡捕房枪毙了吗？"

"那是烟幕弹。兵痞临刑前被徐芝园用死囚换出来，安置在八仙桥一带。你的任务就是查清准确地址。"

顾星浅有点困惑："八仙桥一带至少五六千民房，从何查起？"

"这是唯一线索。下个月八日是谢团长的五七忌日，重庆《中央日报》将发表社论祭奠英灵。"

"只有半个月的时间。"

"不是半个月，是一周。"姜未鸣眉头紧锁，"兵痞月底就要离开上海，一定要抢在前面。"

这件事也不能说一点头绪也没有。跟随徐芝园一同反水的昔日手下，最近几天有四个没了踪影，应该是去看管兵痞了。四个兵痞加上四个守卫八个人，吃饭是大问题。顾星浅的想法就是在送饭环节上找到突破口，但是八仙桥那一片饭店林立，不下七八十家，逐个筛查，时间根本来不及。

顾星浅一筹莫展，坐在办公桌前发呆，等肚子叫了才发现错过了饭点，赶忙去食堂。食堂管事的瘦子也姓顾，每次见面都是特别热情："顾处长，您来了。"

顾星浅解释："忘看表了。还有饭吗？没有我出去吃。"

"谁来没有，本家兄弟来也得有。正好尝尝新来的回族师傅手艺。"说罢冲厨房里面喊，"老白，麻溜炒俩菜。"

"回族师傅？"

"一大队不是来俩回民嘛，我这备的师傅。这个礼拜刚找的。"

顾星浅很快查实，徐芝园最近失踪的四个手下中有两个姓马，应该就是老顾说的回族。顺着这条线索，姜未鸣很快锁定了一家回民饭店，那里的伙计一天三顿往对过的石库门里送饭。行动时间确定在第三天一早。

第二天，顾星浅来得有点晚，还在楼梯上就听见齐修治的咆哮。挨训的是后勤处长冯道三，心眼贼小，什么事都自己搂着，这次回老家半个多月，弄得七十六号鸡飞狗跳，难怪齐修治动这么大的肝火。

等冯道三灰溜溜地走了，老何又过来叫。齐修治有点余怒未消的意思，看见顾星浅才有所缓和："警政部在无锡有个会，涉及通讯方面，李先生点名让你参会。你准备一下。中午十二点二十的火车。我让山城送你。"

顾星浅看看表过了十一点，怕不赶趟，就直接去了食堂。老顾安排白师傅开了小灶，做了盘熘肝尖。顾星浅吃了两口觉出不对味。冯道三没在家，谁招的厨师？老顾没这个胆量。齐修治哪会管这种鸡零狗碎。以前最多的时候行动大队五个回族，也没看谁给请个厨子。初来乍到的徐芝园哪有这么大面子？单凭送饭就确定兵痞位置本来就不是很把握，顾星浅不踏实的心思变得惴惴不安，扒了两口饭赶紧回到办公室，把城区地图铺在桌子上，围绕着那座房子一点点地查看。房子很普通，临街交通便利，但是这一片相对封闭，一共只有三个出入口，一旦封死就是瓮中捉鳖。

会不会是一个陷阱？先放出八仙桥的消息，再弄个回民厨师，不留痕迹地引出那幢石库门。顾星浅觉得脑袋里的血管呼呼地直跳……一切都是推论，都不确定。姜未鸣初到上海连续受挫，急于打开局面，难免有些浮躁，就像当初的自己一样。宁可放过那些兵痞，决不能置同志于如此危险的境地，必须马上通知姜未鸣。再晚就来不及了。

"笃、笃，"李山城在门外喊："顾处长，该走了。"

顾星浅应了声，拿了包和李山城一起下了楼。时间紧迫，只好冒险出击了。

李山城一边开车，一边搭话："无锡可是个好地方，正好逛逛。"

"连来带去总共六天，还得开四天会，哪有时间逛？"

"也是。单坐火车也够闷的啦。"

"你这一说，我想起来了。小说忘拿了。"

"回去取吗？"李山城看看表有点迟疑。

"走这么远了，还取啥了。前面右拐好像有个书店，我再买一本。"

正在柜台里收拾的姜未鸣猛然看见顾星浅，先是一愣，随即招呼："先生，您好。"

顾星浅刚要说话，瞥见李山城推门进来，就没搭茬，转了转："有小说吗？"

"这边都是新进的小说。"

顾星浅随便拿了两本，交钱走人。姜未鸣翻开钱里夹着的纸条，上面两个字——陷阱。

"背叛军统，加入七十六号不是我的本意。有谁愿意背负汉奸的骂名？不过，识时务者为俊杰，终究也得顺势而为。南宋勉强维持一百多年，南明苟延残喘十八载，最终都被一统。今天的重庆政府也避免不了重蹈覆辙。"

"本来是想全歼上海、南京两区还有忠义救国军，拿着这份投名状，风风光光加入七十六号，没想到先是被侯国治发现，后来又被军统意外找到，最后弄得个灰头土脸。"

"进门伊始，咱们兄弟齐心，干净利落除掉谢晋元，算是旗开得胜。本来还想趁着这股热乎劲，把立足未稳的继任区长连同七十六号的卧底一锅端掉，没想到在八仙桥苦巴巴地守了一个礼拜，连个影子也没看到。我到现在也没想明白问题出在哪了。消息肯定是传过去了，老白也明晃晃在食堂待了小半个月。按说，也应该……"

"大队长，原先预判会来接任的几位已经查实还在原位，看来新区长不是军统出身。"说话的是原上海区的副区长林集鲁。

"不是军统出身？戴老板这是玩的什么把戏？"

"按我看，八仙桥这次落空也是正常的。新区长初来乍到，还没摸着门道。"

"我也是这么解释的，但李先生并不认同，倾向于是七十六号的卧底技高一筹，看出了破绽。这些年这个卧底兴风作浪，让李先生颇为头疼。我关键时刻掉链子，也全是拜他所赐。李先生话里话外的意思，是想让咱们把差事揽下来。我没应声，下车伊始，还是得先看看水有多深。话虽如此，该做的事情还得做，不能由着我们的性子。寄人篱下，这碗饭不是那么好吃的。"

"您准备从哪里入手？"

徐芝园胸有成竹："我想了很久，还是应该从刘省身一案下手。"

"不是田炳文吗？"

"哪个庙里都有冤死的鬼。当时久拖不决，李先生面子过不去，只能让田炳文代人受过。刘省身是我在复兴社的老相识，天生就是干特工的料。集鲁，你好像和他也认识？"

“打过交道。一直不太得志。”

徐芝园笑了：“他有个习惯，从来不擦鞋。”

“有什么关系？”林集鲁有些纳闷。

“不肯折腰，所以出彩的活轮不到他，净干一些出力不讨好的活，好不容易有了功劳，又被人抢走。他叛逃之后，上峰追查原因。其实这还用查吗？此处不留爷，自有留爷处。”

“我当时接到的指令是在万国公墓第六区埋伏，等到目标出现为止。这说明卧底已经发现了背后的秘密。刘省身异常谨慎，还能够发现他的秘密，一定是身边人，而且非常机敏。”

“满足这两个条件的，只有顾星浅。”秦笑天胸有成竹，十分肯定。

“顾星浅？电讯处那个处长？”徐芝园有些狐疑。

秦笑天点头：“听人说刘省身特立独行，极少和人接触，在七十六号只有顾星浅一个朋友，常在一起喝酒。”

“哦。”徐芝园想了想，“我们不要先入为主，还是一步一步来。第六区里一共埋葬着一千四百多人，重点查一下忌日在出事前后两周的，一个一个过筛子，一个也不能错过，把和刘省身有关系的人挖出来。”

数次面授机宜，直接委以重任。李先生的用意昭然若揭——制衡齐修治。机会千载难逢，这才一下子派出两员大将。揪出卧底是最好的投名状，就可以在七十六号和齐修治分庭抗礼了。

电讯处收到的电报不管是明码还是密码，都要交顾星浅签字处理。只有一部特定电台例外，由值班班长直接呈给齐修治。齐修治如果不在，电文送保密室暂存。如此神秘，顾星浅却没有染指的想法。搞到电文容易，搞到密码本实在太难了。密码本锁在保险柜里，要想拿到必须有三样东西：办公室钥匙、保险柜钥匙和开柜密码。钥匙还好办一些，密码藏在齐修治脑海里，如何下手？一次偶然的机会，还是激起了顾星浅的觊觎之心。那天汇报工作的时候，恰巧老何进来送薪水。齐修治一边接过，一边从兜里取了钥匙，插进保险柜，刚扭了一下，李山城敲门进来递上份卷宗。齐修治径直站起，翻阅卷宗。趁此机会，顾星浅惊鸿一瞥，保险柜旋钮指向二十一。

等齐修治锁好保险柜，电话又响了："我马上过去。"

顾星浅见状也站了起来。

"我去冯道三那补个签字，马上回来。你等我。"

环顾四周，只能通过穿衣镜的反射，观察开柜密码。顾星浅来回调整，寻找偷窥的最佳位置，确认报夹和窗户中间的位置刚好合适，决心冒险一试。

熬了一个月，又到了发薪水的日子，顾星浅积攒了几项工作去汇报。老何如常进来送薪水，齐修治又去开保险柜。按照计划，这个时候应该假意去拿报夹，移动到预定位置。但就在起身的一瞬间，顾星浅否决了自己的计划。慢说能不能偷窥到，单单贸然站起，就一定会引起齐修治的警觉。即使不怀疑自己的动机，简单改一下密码，就会前功尽弃。头脑不能发热，妄动是大忌！

密码只能先放一放，搞到钥匙再说。

七十六号几乎每个月都要举办篮球比赛，背后的原因就是冯道三投其所好，讨好齐修治。顾星浅的算盘就打在这上——齐修治从外面回来赶上比赛，把衣裤脱给老何。事先在老何的茶水里做手脚，趁机弄到钥匙印痕。机会说来就来。顾星浅在食堂听见冯道三安排比赛，就知道齐修治下午一定回来。

三时二十分，顾星浅拎着包茶叶，进了屋子："老何，尝尝日本人的茶叶。"

老何如获至宝，一个劲儿念叨："还是顾处长惦记我。"

三时二十二分，外面传来喧哗，顾星浅走到窗边："又比赛？不是下周吗？"

"下周齐长官还得出门，串到这周了。"

"齐长官啥时回来？"

"两点四十七的车，山城去接了。"

"那快到了。你怎么还不准备衣服？憋了半个月了。"

三时二十五分，老何起身出去。顾星浅看四下无人，把药水倒进茶水。

三时二十七分，老何回来，顾星浅故意站在窗口多说了几句，等到他喝了茶，才一起下楼。

三时二十九分，李山城的车进了院子。齐修治下车，换了裤子和鞋，跑进场里开始活动。

三时三十七分，老何"呲"了一声。

"怎么了？不舒服啊？"

"肚子有点不太得劲。"

"中午吃什么吃坏了？"

"没吃什么。哎哟，这肚子越来越疼了。"

"赶快上厕所吧！"

老何刚要走，又疼得"哎哟"了一声。

顾星浅伸手抓过齐修治的行头："你赶快去吧。"

老何刚要说话，又"哎哟"一声，转身小跑进了楼。

三时三十八分，顾星浅看四下无人注意，进楼回到办公室，锁上门，拿出早已准备好的特制印泥，把钥匙依次按进模子。刚进行到一半，厕所门"当"响了一下，传来老何拖沓的脚步声，啪、啪、啪。顾星浅汗毛"刷"地一下立起来，清楚地听见自己的心跳声，怦、怦、怦。突然，老何发出一声呻吟，飞快地跑回厕所。顾星浅长出一口气，镇定地把钥匙按完。

三时四十分，顾星浅擦干净钥匙，起身下楼，走到一半又觉不妥——这些东西太扎眼，转回去站到厕所门口，心还在狂跳不止。一旦老何回到球场没发现自己，肯定会告诉齐修治。不管借口如何巧妙，齐修治马上就会检查钥匙。残留的印泥短时间内去不掉，自己立刻就会暴露。顾星浅为自己的轻率感到后怕，但是开弓没有回头箭，接下来要做的是先试试钥匙。

后半夜两点，顾星浅换了软底布鞋，蹑手蹑脚地打开门。走廊尽头值班的季道奎伏案而睡，鼾声大起。电报班那边，也没有动静。

顾星浅慢慢走到齐修治的门口，取出配好的钥匙伸进去，左扭不动，右扭也不动。印痕精度不够，钥匙不好使。不过，顾星浅早就想好了后续步骤。

周末，齐修治不在。顾星浅夹着文件走过门口，看见老何正百无聊赖地坐在椅子上，便径直走进去："发什么呆？"

老何憨厚地笑笑："老了，想打个瞌睡也睡不着。"

顾星浅用脚勾把椅子坐下："齐长官出差，你还来干什么？"

"不来不好。别人要说闲话的。"

顾星浅一脸无奈："你心眼太实诚了。"

"我不比你们，从乡下来，什么也干不了，不能给修治丢脸。"

"腰还疼吗？"

"能强一点。"

"上次我和老卢去春江浴池洗澡，碰见个扬州师傅说是治疗腰腿疼最拿手。走，去看看。"顾星浅站起来不顾老何的扭捏，连拉带拽。老何很不好意思地道着谢，跟着下楼。

春江浴池里人不太多。老何头一次来，摸不着门，跟在后面有样学样。进到热气腾腾的大池里泡了将近一个小时，顾星浅睁开眼问老何："怎么样？"

老何舒服得不行："从来没这么好受过。我活了五十年，头一次上这种地方来。"

"你今年五十吗？看着不像。"

"我是光绪十七年六月生人，今年正好五十周岁。"

"你比齐长官大六岁？"

"档案上的不准。修治是光绪二十一年中秋节生人。"

"二十一。"顾星浅心里一颤。老齐那天右扭二十一，不会是用生日作密码吧？

泡完澡，老何被扬州师傅好一顿敲打。直到有人哼着"我本是卧龙岗散淡的人……"走过去，顾星浅才叫停了扬州师傅去穿衣服，用手摸摸，里面多了一把新配的钥匙。当晚又赶上季道奎值班。机会难得，顾星浅夜里拿着新配的钥匙顺利进门。

　　农历应该是十五左右，月光清朗，照得屋子里亮堂堂的。顾星浅戴了手套，猫腰走到保险柜前，把钥匙插到一半插不动了，汗一下子下来了。这把钥匙如果不好使，之前一切努力都付之东流了。

　　顾星浅抹了汗，深深吸一口气，正要再试一次，却赫然发现有个人正在窥视自己！！！岂能束手就擒？只有拼死一搏！顾星浅"嗖"地一下站起，对面的人也跟着站起，竟是镜子里的自己！高度紧张让顾星浅有了幻觉，衣服已经湿透了。

　　努力平静下来，顾星浅稳住心神，闭了眼，胜负就在此一举，稍微一用力，钥匙进去了！顾星浅心花怒放，把保险柜的旋钮右扭到二十一，左扭到八，右扭到十五，一转把手，保险柜的门纹丝不动，又按照档案上齐修治的生日操作了一遍，还是不对，随即拔出钥匙，慢慢地退了出去，回到办公室已是浑身瘫软。一个是太紧张，再一个也是失望。密码不对，功夫都白搭了。

第十一章

开门雨，关门也没有停的意思。顾星浅冒雨赶到静安寺附近的酒馆，刚下车，电话局的老秦就举着伞迎了上来："顾处长，您可来了。"

顾星浅一边掏钱包，一边问："什么事急成这样？"

老秦抢先付了车钱，回过头把顾星浅引到路边屋檐下："我真的是有事相求。您一定要帮我。"

顾星浅一头雾水："我能帮上什么忙？你尽管说。"

老秦看看周围："先进去再说。"

进了酒馆，两个人相对而坐。

老秦略带哭腔："顾处长，咱们接触时间不长。按理不应该打扰您，可是我真的遇到麻烦。我表弟杜六，昨天被你们七十六号抓进去了。"

顾星浅连忙安慰。

老秦平稳了一下情绪："我就这么一个姨妈。听说这件事后，人马上就不行了，再拖下去，非死了不可。七十六号我就认识您和老高两个人。老高不可以托付。只有您和那些人不一样，一定得帮我。"

顾星浅皱皱眉："你知道我虽然一直在七十六号，可是不擅交际。"

老秦有些急："我知道您不愿意管这些闲事，不愿求人。可这次真的没有办法，您一定得帮大哥这个忙。求求您啦！"

顾星浅架不住哀求："我帮你问问。"

老秦面露喜色："您聪明绝顶，答应就没有问题了。"

顾星浅摇摇头："和机器打交道还行，和人打交道我不在行的。"

老秦这时才想起来倒酒："我敬您一杯"。

两个人碰了杯，一饮而尽。

顾星浅放下酒杯："你表弟犯了什么事情？"

老秦长叹一声："啥事也没犯。杜六也是个老实人，比我精明，以前在杜先生门下跟着管家跑腿。日本人来了之后，杜先生去了重庆，留下管家守着这一大摊家业。七十六号有个姓卢的队长想打主意，把管家抓了，杜六也跟着进去了。"

"卢道雄？"顾星浅心里一激灵，想了一下，"老秦，这件事杜先生肯定能插手。最好还是等等，否则忙也是白忙。"

老秦摇摇头："您说的理确实是这么个理。可是杜先生远水不解近渴。再说，管也是管他的管家，怎么会管我表弟这样的小沙弥？杜六再不出来，我姨妈肯定就完了。"说罢，从衣服里取出一个布口袋，放在顾星浅面前，"顾处长，这是我和姨妈的全部家当，四根金条。"

顾星浅摆摆手："你不了解我。"

"您的为人我清楚。这次强人所难，您一定得帮我。"老秦看顾星浅推三阻四，撩起前襟就要下跪。

顾星浅手疾眼快一把拉住："我试试吧。"

七十六号这些人吃人不吐渣，和他们办事无异于与虎谋皮，尤其是卢道雄牵涉其中，更是得小心行事。抛开关系不说，打探内幕消息还得指望卢道雄。要是翻了脸，损失就大了。可是老秦几次提到杜六的母亲，顾星浅最怕这两个字。

第二天一上班，顾星浅就打电话找卢道雄。那边说在审讯室。在七十六号待了这么长时间，顾星浅光知道审讯室在后院地下一楼，去还是头一次，没走到门口就听见里面鬼哭狼嚎。

卢道雄很快被叫出来。"你怎么到这来了？"

顾星浅故作高深："没什么，就是想看看。"

卢道雄推开铁栅栏走出来："这不是你该来的地方，去办公室吧。"

一进办公室，卢道雄就关上门，神情紧张："出什么事了？"

顾星浅一脸轻松惬意："就是突然间特别想你。"

卢道雄撇撇嘴，循例把两条腿放到茶几上："不愿说就不说。我看你怎么张口。"

顾星浅没有别的办法，只好张口："老卢！"

卢道雄装作没听见，抓起一张《申报》，津津有味地看起来。

顾星浅坐到对面扯开报纸："老卢！"

卢道雄一脸不解："不就是想我吗？接着想吧。"

顾星浅满脸堆笑："卢队长今天真精神！"

卢道雄打了个哈欠："一宿没睡，都快神经了。有事快说，我要去补一觉。"

顾星浅继续笑容："卢队长圣明烛照。我有一事相求，还望成全。"

"讲。"卢道雄腔调十足。

顾星浅一敲茶几，喝道："把脚拿下来。我瞅着别扭。"

卢道雄撇撇嘴，乖乖地把脚放下。

顾星浅跷了二郎腿："最近又做什么缺德事了？"

卢道雄亮着白眼："我什么时候做过缺德事？"

"老卢，咱俩可是生死弟兄。我说句肺腑之言，弄谁不好，怎么还弄到杜先生门下了？你不后怕吗？"

卢道雄有些窘迫："谁告诉你的？"

"别管谁告诉我的，是不是你做的吧？"顾星浅提高了嗓音。

"你小点声，别让人听见。"卢道雄一个劲儿央求。

"怕谁听见？"顾星浅敲着茶几，"你都把杜先生管家弄到审讯室上了刑，七十六号还有谁不知道？上海滩还有谁不知道？"

卢道雄低头不语。

顾星浅语重心长："老卢，我知道这半年，你们日子不好过。可是再不好过，也不能打杜先生的主意。虽说杜先生现在龙游浅滩，窝在香港了，可是上海滩愿意为他拼命的还是大有人在。别傻了，听我一言，把人放了。你别看吴四宝绑架化工大王弄了钱眼热。我跟你讲，吴四宝恐怕有命赚，没命花。"

卢道雄表情讪讪："这都是上峰的意思。"

"哪个上峰？老齐？"

"不是，老齐很反感这种事。是我们看吴四宝绑架化工大王没事，估计是李先生默许的。兄弟们才私下做的。"

顾星浅一肚子气："你清醒点好不？吴四宝再这么干下去，迟早得掉脑袋。你想步他的后尘吗？方太太抬棺大闹市政厅，你没听说啊？"

"还有这事？"卢道雄有些傻。

"区区一个吴四宝能只手遮天？你静下心来想想，换你是汪先生，是宪兵队长，愿意有人在你的地盘上胡作非为吗？"

卢道雄低头认输。

顾星浅看看他有些同情："你做这些事没征求老齐的意见？"

卢道雄很神秘地笑笑："你不知道老齐现在靠边了，李先生不得意他了。"

"别听他们瞎说。"顾星浅有些意外。

"冯麒麟上个月跟我咧咧的，他可是吴四宝跟前的红人。李先生现在忙着当省长，不愿意整天和军统掰手腕，怕逼急了，坏了好事。老齐没看出步数来。"

顾星浅心里一动，面色不变："长官的事咱们别掺和，小心被人家算计了，还不知道怎么死的。再说老齐对咱俩不薄，越是困难的时候越需要支持。你可不能做出格的事。"

卢道雄有些扭捏："这个不能。我听你的，你说怎么办就怎么办。"

顾星浅斜了卢道雄一眼："别扯远了。眼前这事咋办？"

卢道雄一脸诚恳："不瞒你说，今天早上杜先生的管家已经放了，就剩下了个跑腿的。"

顾星浅一愣："跑腿的为什么不放？"

卢道雄嘿嘿一笑："管家有人赎。跑腿的没人赎。"

顾星浅起身拿过布包，取出三根金条扔在茶几上："我赎。"

"你赎什么？"

"受人之托，忠人之事。"

"你不懂行情，最少八根。我倒没什么，你的钱我也没少花，可是兄弟们不愿意。"

顾星浅大怒："就三根。你给我带句话，不怕杜先生报复，不怕老天爷报应吗？"

卢道雄看顾星浅真急了，连忙让步："那就这样。"瞥了一眼布包，"那不是还有一根吗？"

顾星浅翻了一眼："积点德吧！剩下一根，我给人退回去，不得治病过日子啊！"

卢道雄怏怏地走了。

其实，齐李之间的微妙顾星浅已经察觉到了，今天在卢道雄这得到了印证。是不是可以利用这一点做些事呢？正合计着，郝姐拎了一网兜肉粽进来。

顾星浅有些不好意思："我就顺口一说，你还真包啦。"

"我就这么一个弟弟，当然得照顾。再说你姐夫也爱吃……差点忘了。昨天的《大华晚报》你看没看？"

"没来得及看。"

"有个《寻人启事》好像是找你。"

顾星浅连忙翻出细看——家兄顾星浅十三年前负笈上海，杳如黄鹤。现家中变故，本人专程来沪寻亲，急盼重逢。落款是顾星远。隔水弟弟顾星远，小时候仗着嫡出的身份没少欺负自己，可是一切都过去了。家里出了什么变故，他能跑到上海千里寻亲？

《寻人启事》留的地址是家破破烂烂的大车店。卢道雄看看招牌："没错，三江旅社，就是这。"顾星浅正要和门上的人打听。有人从旅社里冲出来，一把抱住顾星浅："哥！"尽管多年不见，尽管风尘仆仆、衣衫褴褛，早没有了大少爷的做派，顾星浅还是一眼认出了弟弟。以前在一起的时候，两个人是很淡漠的，顾星远从来没有叫过哥。现在时空迥异，经历了太多的变故，两个人相拥而泣。正所谓：渡尽劫波兄弟在，相逢一笑泯恩仇。良久，两个人分开。

　　顾星浅拍拍弟弟的肩头："来了就好。家里怎么样？"

　　顾星远大哭不止："什么都没有了。家里被日本人的飞机炸平了。我侥幸出门才活了下来。爸爸妈妈都没了。"

　　尽管没有什么感情，父亲顾念祖的形象还是一下子出现在脑海里。顾星浅的泪落了下来。卢道雄结了旅社的账，又开车径直奔了饭馆，叫了一桌子菜。顾星远狼吞虎咽，明显是饿坏了。顾星浅没有胃口，眼看着弟弟，心里油然升起一种责任感。

　　顾星远打着嗝，放下筷子："哥，吃饱了。从家乡出来就没吃过饱饭了。"

　　顾星浅怜爱地笑笑："有哥在，以后天天能吃饱。"

　　顾星远很有骨气："我不能白吃饭。哥你帮找个营生，我能养活自己。"

　　顾星浅心底有一丝暖流流过。弟弟和自己一样，身体里流淌着爸爸的血。尽管爸爸冷漠，但是知道羞耻，知道上进。

　　卢道雄笑着插话："星远，别忘了我也是你哥。"

　　回到家里，顾星浅伺候弟弟洗了澡，安置他先睡下了。几个月流离失所，终于到了安全的地方，终于见到了亲人，顾星远鼾声大起，睡得十分香甜。顾星浅坐在床头，看着弟弟酣睡的样子出神。

　　想起妈妈受的苦，临死前握着自己的小手，满眼不舍与不安的眼神，顾星浅的眼泪像断了线的珍珠落个不停。想起自己一个人的孤单和无助，这些年的坎坷，心里像打翻了五味瓶，难以名状。如今爸爸也没有啦！想起那个木讷、不善言辞的父亲，顾星浅爱恨交加。毕竟是父亲，毕竟是他用尽各种办法供自己念的书。

爸爸妈妈都没有了，自己没有亲人啦！正想到这里，酣睡的顾星远换了个姿势，口中喃喃自语。顾星浅心里猛然一翻个。这个隔水弟弟，是自己唯一的亲人！

第十二章

"我听说你弟弟来了。"

"是"。

"家里还好吧？"

"没有家了。家父已经作古。日本人的飞机。"

齐修治垂了眼帘，半晌开了口："星浅，听到这个消息，我心里也很难过。战争时期，有些事是没有办法的。以后，不要再和任何人说起这件事，否则对你会很不利。"

"我明白。"

齐修治把信封推到顾星浅跟前："我的一点心意，给你弟弟买些东西安顿下来。"

顾星浅有些感动："谢谢长官。我听说您母亲住院了，好些了吗？"

齐修治眼里迟疑了一下，很快目光一垂，低低的声音："医生说，就是这几个月的事。"

顾星浅明白自己话多了。齐修治明显不愿意别人知道他的家事。看来老何要挨训了。

半晌，齐修治淡淡地吸了一口气："我也快是没有家的人了。"

自打两个人结识以来，这是第一次谈工作以外的话题。顾星浅第一次感到齐修治还有正常人的一面。

"这样也好，就没什么牵挂了。"齐修治面无表情，"有一件正事。苏嘉瑞这个名字有印象吗？"

苏嘉瑞。顾星浅脑海里快速闪回。风华正茂的年代，白衣飘飘、雍容华贵的校花一下子出现在他面前，赶紧定了定心神："当然记得。大学时代的校花，多少男同学的梦中情人。"

齐修治哈哈大笑："也是顾处长的梦中情人吧？"

顾星浅也不知道苏嘉瑞算不算自己的梦中情人。梦里的确见过，但梦里的她和现实中一样高不可攀。

齐修治敛去笑容："苏小姐的父亲、党国元老苏文卿先生上个月从重庆取道香港到南京投奔汪先生。当前敌我形势犬牙交错，晦暗不明，苏先生到底为什么来，恐怕汪先生也不一定清楚。你的任务就是去搞清楚。明天晚上苏家有个舞会，你和我一起去，利用同学关系联系上苏小姐，从她身上打开缺口，搞清楚苏文卿的来意。"

顾星浅犹豫了一下："我和苏嘉瑞本身就是两个世界的人，读书的时候只接触过一两回，恐怕她早就不记得我了。再说……"

"再说，这是外勤工作，你又不擅长。"齐修治面沉似水。

顾星浅看齐修治话说得很重，只好软了下来："卑职遵命就是。"

齐修治面色趋缓，话里有话："你是周先生亲自点的将，调查结束之后还要去官邸当面汇报。这样的机会可不是总有的。"

苏公馆灯火辉煌，站在院子里就能感受到扑面而来的奢华。初来乍到就有如此声势，足见人脉之深厚。

"满堂花醉三千客，"齐修治感慨万千。

顾星浅还记得下句，急忙附和："一剑霜寒十四州。"

正这个时候，几辆轿车闪着灯开了进来。"丁先生来了。"

丁默邨是个身材瘦弱的中年人，金丝眼镜后面里总有一种让人捉摸不透的东西。齐修治和丁先生握过手，侧身让出了位置。

丁先生非常客气地把手伸向顾星浅："顾老弟辛苦了。"

顾星浅双手握着丁先生的手，恭恭敬敬："长官辛苦。"

"走，进去说。"丁先生一马当先，两个人尾随在后。

屋里人声鼎沸，比预想的还要奢侈，还要热闹。看见丁先生进来，东道主赶紧过来招呼。苏文卿戴着玳瑁眼镜，儒雅风范，和丁先生久别重逢的样子，甚是亲热。

寒暄完毕，丁先生介绍两位部下："我的得力助手齐修治先生。七十六号最年轻的处长顾星浅先生，年轻有为，前途不可限量。"

苏文卿非常客气地和两个人握了手："幸会！幸会！苏某初到贵地，还请两位老弟多多提携。"

两个人正在应酬，外边厢有人喊："周先生到。"

人群自动闪出一条通道。伪南京政府三号人物周佛海红光满面地登场了。周佛海个子高大，身形适中，走路铿锵有力，讲话底气十足，一瞅就是风云人物。周佛海不停地与人握手，握到顾星浅的时候，丁先生介绍："这位青年就是我几次提过的顾星浅先生。"

周佛海热情洋溢："久仰久仰。青年才俊，后生可畏。"

顾星浅正在表达谦恭，一个声音在耳边响起："周叔叔好！"循声望去，一位雍容华贵、落落大方的女士出现在众人眼前。多年未见，当年的校花多了一层成熟，美得让人窒息。

周佛海满面笑容："我们的小公主真的长成公主了。"

人群中爆发出赞叹声。

"周叔叔也是越来越年轻了。"

"我可是权当真话听喽。"

在周佛海的笑声中，苏嘉瑞向顾星浅伸出玉手："好久不见，还记得我吗？"

顾星浅轻握指尖："校花风采，未敢忘怀。"

周佛海面带疑惑："你们认识？"

顾星浅一脸恭敬："苏小姐是我的大学同学，也是公认的校花。"

周佛海兴致很高："一个才俊，一个校花，蛮般配的。"

人群中再次发出赞叹声。欢笑之后，音乐响起，舞会开始。周佛海和苏嘉瑞跳了第一支舞。一曲终了，赢得满堂彩。

周佛海双手抱拳："诸位，实在抱歉。周某公务在身，先行告退。"

周佛海的离去，让舞会更加轻松，气氛越来越热烈。望着舞池里飞旋的人们，顾星浅油然想起两句诗——"暖风熏得游人醉，直把杭州作汴州。"想想又不对路，当年的杭州毕竟没有沦陷，今天的上海却是妥妥的敌后占领区。应该是"遗民泪尽胡尘里，南望王师又一年"。想想还是不对，眼前歌舞升平，哪有什么泪尽可言？还是"商女不知亡国恨，隔江犹唱后庭花"应景。不过也是不切题。国并没有亡，将士还在前线浴血杀敌。顾星浅国文一直马马虎虎，实在想不出应景的诗句，索性不再寻诗，改为寻人。苏嘉瑞无疑是舞会的明星，吸引了所有人的目光。眼望着舞姿婆娑、裙裾飞扬的苏嘉瑞，顾星浅浮想联翩。以自己在大学里的穷酸样子，断然入不了苏嘉瑞的法眼。能一眼认出自己，百分之百是事先做了功课。什么人通风报信？又为了什么告诉她？齐修治？正在远处和几个朋友谈兴正浓，他今天的任务就是带出自己，看得出来的轻松惬意。他未必通晓全局，何苦一手做局，一手拆局。丁先生？正和苏文卿把酒言欢的他会把消息透露给苏家吗？不会。周佛海之所以钦点自己，就是源于他的举荐。要是他，何必多此一举？周佛海是事情的发起者，更不会透露，何况刚才校花和才俊的言论明显是为今后的接触留下借口。不管是谁泄露，自己在一个两面都知道底的局里到底扮演什么角色？设局试探自己？顾星浅很快否定了这个想法。把周佛海拉进来试探，自己没那么大分量。

"顾同学，"银铃般的声音打断了顾星浅的思考，"好久不见也不请我跳支舞？"苏嘉瑞不知道从哪里冒出来。

顾星浅有些拘束："我舞跳得不好。"

"没关系。我可以带你。"

舞池里，顾星浅稍显笨拙地跟着节拍，好在苏嘉瑞舞艺娴熟。距离校花如此之近，加上名贵香水的不停侵袭，顾星浅有些眩晕。

"顾同学好像不擅此道。"苏嘉瑞打趣道。

顾星浅实话实说："上次跳舞还是读书的时候。"

"跳舞应该是特工的基本技能吧？"

顾星浅一惊，急忙辩解："我不是特工，是内勤人员。"

"顾同学可是七十六号的重点培养对象。"苏嘉瑞什么都知道。

"那都是戏言。你见过这么笨手笨脚的特工吗？"

"顾同学可是有大智慧的，怎么会是打打杀杀的小角色？"

一曲终了，顾星浅获得了极大解脱，偷偷抹去额头的汗滴，和苏嘉瑞在一旁椅子上坐了下来。

苏嘉瑞抿了一口酒："这些年在忙什么？"

"没忙什么。毕业的时候正赶上淞沪会战，我没什么门路，一直困在这，后来赶上汪先生组建新政府，就在衙门里混口饭吃。"

"顾同学未免太过自谦。周叔叔'才俊'二字可不是轻易予人的。"

"我就是做一点技术工作。"顾星浅的解释很苍白。

苏嘉瑞粲然一笑，善解人意地转了话题："大上海人生地熟，物是人非。可有兴趣陪我故地重游？"

"顾某求之不得。"顾星浅暗暗松了一口气。

极为罕见地梦见父亲。午夜梦回，顾星浅再也睡不着，索性套上外衣，爬到老虎窗上面静坐，遥望深邃静谧的星空良久，长叹一声，潸然泪下，用了二十多年的时间终于完成与父亲的和解。身无长物，一介腐儒，被大妈欺负了一辈子的父亲，用了什么样的心思把自己送出来读书？其中的故事永远不会有人知道了，也许这就是他最隐晦的表达方式吧！

往事已矣，不可再追。母亲好歹入土为安，父亲却是尸骨无存。怎么也得有块墓地安置亡魂。顾星浅几经奔波，在南郊公墓立下衣冠冢，墓穴里只有父亲用过的一支钢笔。西式公墓没有新坟三年不立碑的说道，顾星浅虽然不愿意刻下大妈的名字，但也没阻拦。家破人亡、亡国灭种之际，谁还会计较这些恩恩怨怨？

顾星浅献上鲜花，跪在坟前满面哀伤，却又无话可说："爸爸您放心，我一定会做好自己，照顾好弟弟。"顿了一下，"爸爸、大妈，你们好好安息吧！"尽管小时候不待见自己，但顾星浅知道弟弟不坏，只是有一些乡村子弟的狭隘。作为哥哥，必须顾及弟弟的感受。

顾星远跪在地上号啕痛哭。一直生活在乡村小世界里的他骤逢大变，一时难以适应。顾星浅知道他需要宣泄，良久才过去拍着肩膀："别太难过了，要不他们走不安生。"

卢道雄也过来解劝："星远，人死不能复生。听哥哥的话，好好活着吧。"

顾星远听话地站起来，抽泣不止。卢道雄还是很有风范的，整个过程忙前忙后不说，又请兄弟俩大吃了一顿。

饭桌上，顾星远旧话重提："哥，你帮我找个营生。我不想吃白食。"

顾星浅笑笑："不着急，慢慢来。你吃哥的，是应该的，有什么不好意思？你看你卢大哥，从来都是拿哥的钞票当自己的花。"

卢道雄正啃着鸭腿，一听这话翻了白眼："你少说我。明天我就给星远谋个正经差事。"

顾星浅一脸不屑："你能找着什么正经差事？"

卢道雄很不服气："我先给星远弄个挂名外勤。"

顾星浅用眼神制止卢道雄继续说下去。弟弟来的这些日子一直没有问过自己的工作，莫不是发现了什么？尽管瞒不了多久，顾星浅还是不想让弟弟过早地知道。

卢道雄一点就透，连忙找补："别听我瞎说。明天找个熟人做铺保，让星远去学徒。"

"算你良心未泯。"顾星浅回过头问弟弟，"你想做什么？"

顾星远想了想，"还是学做生意吧。"

二十大几的人，老待在家里不是个事。不过，找个什么样的工作，心里真的没谱。吃完饭，兄弟俩回到家中，坐在堂屋太师椅上各怀心事地翻着书。顾星浅细看才觉得，弟弟的眉眼、气质比自己更像父亲。依稀间，仿佛看到多年前在书房里的父亲，也是一样地看着书。

顾星远悄悄放下书："哥。"

"嗯。"

"去县公署办事临走的时候，爸爸可能是有预感，突然说让我到上海来找你。"

"原话怎么说？"

"爸爸说，日本人一天天地近了。留在家里，怕有变故。上海虽然是敌占区，但毕竟是大都市，情况能好一点，让我来找你。兄弟俩能有个照应。爸爸说他老了，看淡生死，希望我们兄弟俩能好好活着，还说对不起哥哥母子，今生无法偿还，希望来生再报。"

理智如顾星浅者，也分不清弟弟的话到底是真是假。真的是父亲袒露心声，还是弟弟借机缓颊，只能沉默不语。

顾星远鼓足了勇气："哥，你是汉奸吗？"

顾星浅一激灵，呆呆地看了弟弟一眼，回身从口袋里取出工作证："我在中央特务委员会特工总部工作。不过，只是一些技术工作，整天和机器打交道。"

顾星远把工作证拿在手里端详："极司菲尔路七十六号……是那个魔窟吗？"

顾星浅点点头。空气中弥漫着尴尬的味道。

"我没想到你会是汉奸。我们可是中国人啊！"

顾星浅勉强笑笑："满清入关的时候，先是嘉定三屠，后是扬州十日，等到坐稳了江山，剃头易服，每个人脑后都梳着猪尾巴。怎么办？总得生存吧。"

"生存也可以找个一般的营生，没必要直接给日本人做汉奸。"顾星远语气有些胆怯，更有一丝倔强。

顾星浅看着弟弟，心里有些酸楚："有些事情真的很难说。"

顾星远还想说什么，但忍住了。

顾星浅只能开导："你一直在乡下，刚到大上海，慢慢熟悉了就好了。"

"哥，"顾星远躲闪着顾星浅的眼神，"爸爸是被日本人炸死的。"

顾星浅无言良久，才抬起头："生逢乱世，总得生存。爸爸不是也希望咱俩好好活着吗？"

顾星浅的解释很生硬，也很无力，知道说服不了弟弟，只好把话题岔开："你先别急着找差事，等安顿好了，慢慢来。"

卢道雄还真是办事人，第二天就来找，说是给星远找了差事。顾星浅想都没想直接婉拒了。弟弟不会要通过七十六号找的差事。尽管除了七十六号，也没有什么别的关系可用。

第十三章

"第六区的逝者当中，共有四十七个人的忌日是在出事前后两周。其中有二十一人死亡时间超过十五年，剩余二十六人中有三人年龄不超过五岁，还有两名外籍人士，所以我们重点排查了其余的二十一人，目前已排除了七人。余下十四人中八男六女，其中五对夫妻、一对父女、两个单身男人。最大殁年八十九岁，最小的三十一岁。目前就掌握这些情况。"

徐芝园对结果不是太满意，抿抿嘴唇没言语。

"公墓所资料不全，查找起来太费时间，很难展开。"秦笑天开始叫苦。

"你们下一步有什么打算？"

"还是老套路，挨个查。"

"常规套路不行，必须另辟蹊径。"徐芝园眼珠子转来转去，"省身素来谨慎，即便被人窥到秘密，也肯定是只言片语，充其量就是条线索。要想理清全脉，一定得深究才行。死人没法开口，只能找活人。"

"您是说让我们假冒公墓所职员去这些人家里，问问最近有没有人来探过风？"林集鲁一点就透。

徐芝园满意地笑笑："知我者集鲁也。事不宜迟，赶快去。"

两个人应声而退。刚到门口，秦笑天想起什么又折了回来："顾星浅的弟弟来了。"

"从哪来？"

"从家乡来。据说家被飞机炸平了，才过来投奔顾星浅。"

"什么样的人？"

秦笑天轻蔑一笑："乡下来的小赤佬。"

徐芝园一皱眉："乡下来的小赤佬？如果顾星浅真的就是我们要找的那个人，他的弟弟也不能掉以轻心。"

秦笑天连忙解释："他是顾星浅的隔水弟弟。"

"哦？"

"顾星浅是庶出。他是嫡出。"

徐芝园的食指在桌上画了几个圈，猛然顿住，轻点桌面："看来确实应该在这位乡下少爷身上多下点功夫。"顾星浅可是齐修治眼前的红人。要是真能从他弟弟身上打开缺口，可就把火烧到了齐修治身上。本来还为齐修治树大根深难以撼动而纠结，这可真是想啥来啥。

没过几天，顾星远在晚饭桌上通报——找到营生了。顾星浅心中一愣，世道这么差，没有铺保，竟然能这么快找到营生？

顾星远微微有些得意："今天出去溜达，有个无赖诬陷我撞了他，多亏旁边铺子掌柜出来解围。一听口音，还是乡党，就让到里面叙旧，恰好他那里缺人手，就这样说定明天来上班。"

顾星浅有些疑惑，但没有表露出来："世道不好，外面乱得很，你还是待在家里吧。"

顾星远很肯定地摇摇头："我有营生了，不用再吃你的、喝你的了。"

顾星浅无奈点头同意。

顾星远眉飞色舞："那里管吃管住，明天我就搬走。"

顾星浅又是一愣："咱们兄弟俩多年没见，正应该多亲多近，为什么要搬走？"

顾星远有些执拗："你营生忙。我不想总打扰。"

顾星浅明白弟弟的心理。小时的事情他不会忘，住在这里有些心虚。另外，自己的汉奸身份也让他忌惮。没有办法，只能听之任之。

第二天一早，顾星远就搬走了。顾星浅心里七上八下不是个滋味。好不容易骨肉团圆，没想到这么快就要分开。倒是弟弟大大咧咧："没事的。我一歇工就回来看你。"宁愿吃苦，也不愿意留在家里享福。有这样的弟弟，不知道应该高兴还是难过。顾星浅隐隐约约觉得这件事有些古怪，想过去看个究竟，偏赶上事情多，一直没倒出工夫。

事情的发展远超顾星浅的想象。粮铺赵掌柜不仅给了顾星远营生，还把他拉进了铁血暗杀团："今天给大家介绍的新同志叫顾星远，老家被日本人的飞机炸平了。一个人跑出来，主动要求加入我们的队伍，为父母报仇。现在正是用人之际，星远来得正是时候。明天我们就要有所行动，目标是伪上海市政厅的傅正庵。情报显示，傅正庵明晚九时会到龙华寺诵经。我们提前一个小时在这里集合，乘坐卡车到附近埋伏。"

众人点头散去。赵掌柜闩上门，回到座位："星远，你第一次参加行动，没有具体任务，跟着我去感受感受就行了。以后，再教你打枪，甩手榴弹。"

顾星远频频点头，脸上表情很兴奋。

第二天晚上八点，雨下得很大。一辆墨绿色的三菱卡车停到隋记粮铺门口。几个人陆续上了车，一路上都不言语。雨点打在车棚上，哗哗的声音特别大。卡车转过几个弯到了龙华寺附近停下。赵掌柜从长凳下拽出藤条箱子，分发了武器，带领众人到对面埋伏。车里只剩下顾星远。

几个人猫着腰过了马路，眼看就要到达埋伏的地点。突然间，两辆卡车从远处疾驰而来，大灯闪亮。几个人完全暴露在灯光里。大雨中听不见机枪的声音，只见火舌狂舞，几个人转眼倒在血泊中。

一切就发生在几秒钟之内。顾星远哪里见过这样的阵仗，还没反应上来，就被人摁住堵上了嘴，戴上头套。黑暗里的顾星远惊恐不已，蒙了，等被带到地方摘掉头套，睁开眼睛看到的一切，更是让他毛骨悚然。

审讯室里各种刑具一应俱全。炭火盆里火烧得正旺，噼啪作响。一左一右站着两个穷凶极恶的家伙。对面桌子亮着台灯，后面坐着人，看不清相貌。顾星远有些哆嗦，这就是戏文里的过堂吧？

"姓名？"桌子后面传来阴森的声音。

"顾……顾星远。"

"职业？"

"隋记粮铺的伙计。"

"什么时候加入的铁血暗杀团？"

"昨天。"

"昨天？说实话。"

"是昨天。"

"怎么加入的？"

"赵掌柜介绍加入的。"

"知道犯了什么罪吗？"

"我……"顾星远浑身哆嗦，满头是汗。

"六人持枪行凶，你坐镇车里现场指挥。我们有充分的理由怀疑你是这次行动的策划者。"

"我不是。"顾星远激动地站起来，被旁边的人摁回到椅子上。顾星远挣扎着哭喊，"我真的是昨天才加入的，真的什么也不知道。"

审讯者从桌子后面绕出来，小个子，脸盆挺大，五官挺小，伸手从炭火盆里取出烧得通红的烙铁，一手揪住顾星远的衣领子，刚要说什么，迟疑了一下："你叫顾星远？认识顾星浅吗？"

"他是我哥哥。"

"你哥哥？亲哥哥？"

"亲哥哥。"

小个子放下烙铁，表情有些古怪，坐回椅子："这里就是七十六号。你哥哥顾处长就在这里工作。"

顾星远终于找到救命的稻草:"求求你,看在我哥哥的情分上,饶了我吧。"

"犯下这么严重的罪行,你哥哥别说救你,恐怕他也一定会受到牵连。"

顾星远彻底傻掉了。

沉默了片刻,小个子接着说:"你哥哥是七十六号最年轻的处长,深受李先生青睐,前程远大。可惜了!你害人害己。"

顾星远痛哭流涕。

小个子走过来,按住顾星远的肩膀,语气变得柔和:"我和你哥哥私交很深,真的不愿意看到他的前程被你毁掉。现在只有一条路,能救你,救你哥哥。"

顾星远抬起头,迫不及待:"干什么我都愿意。"

小个子一脸神秘:"只要你愿意立功赎罪,为我们工作就行了。剩下的事情我来处理。"

就这样,一个满嘴爱国的人,仅仅一个回合就变成了汉奸。平日里多少人总是正义附体,夸夸其谈,可是真到了关键时刻,又有几人能大义凛然,视死如归。一句"水太凉"让多少人明白人性的复杂。

"好在知道内情的人都被干掉了,应该不会再有麻烦。粮铺回不去了,先回家吧。你要记住,我们的工作是有特殊性的,上不告诉父母,下不告诉妻儿。你懂我的意思吧?"

弟弟突然辞了营生回来,表情还有些不大自然,目光也有些闪躲。顾星浅也没多想,粮铺的活可不轻松,还是郝姐给找的书局校对更适合弟弟。顾星远很喜欢这份新营生,每天早出晚归干得起劲。

安顿好弟弟,顾星浅给苏嘉瑞打了电话,说是想尽一下地主之谊。苏嘉瑞非常高兴地把见面地点定在母校门口。再见面的苏嘉瑞依旧妆容精致,美丽逼人。顾星浅一见面就有些局促,还是苏嘉瑞落落大方,提议先进母校走走。

故地重游，自是多了很多感慨。两个人一路并肩前行，谈着往事，说着故人。道路两侧的白玉兰开得正艳，偶尔有零星的花瓣落在肩上，平添了浪漫的氛围。顾星浅有些恍惚。恍惚间，好像和师妹并肩走着。

"星浅，在想什么？"苏嘉瑞换了称呼。

顾星浅注意到了变化，很客气地回应："没想什么。"

"学校还是那个学校，世界已经不是那个世界。"苏嘉瑞的声音也有些变化，变得温柔起来，"人都说，大学是象牙塔。我们走出象牙塔，却没想到外面的世界变化如此之快。"

"你比我理智得多。"顾星浅说的是心里话。

"瞎说。学国文的女生比学科学的男生理智，这不是天方夜谭吗？"苏嘉瑞一口否决。

顾星浅很严谨："学科学的男生理性但不理智。"

"理性和理智有什么区别？"苏嘉瑞穷追不舍。

顾星浅回答得很直白："理性是知道应该做什么。理智是知道不应该做什么。"

苏嘉瑞顽皮一笑："狡辩。你真的是入错了行当，应当去哲学系当教授的。"

母校出来，再向前走不多远，是国立三小。正值课间休息，孩子奔跑打闹的喧嚣声引起了两个人的注意，不约而同停住了脚步。

良久，苏嘉瑞表情忧郁："星浅，你快乐吗？"

顾星浅摇摇头："快乐是孩子们的专供品。"

"你幸福吗？"

顾星浅又摇摇头："幸福是小说里的事，听说过，没见过。"

两个人不再说话，沉默了一会，刚想要走。校园里出现的倩影让顾星浅心中一颤，是师妹方鹿希。师妹也看见了顾星浅，微笑着走了过来。世界变得明亮起来，一切都淡化了，只有师妹。

师妹温和地一笑："顾大哥，这么巧？"

顾星浅有些紧张，脸上泛起红晕："师妹，你怎么在这？"

"我昨天刚到这里教书。"

苏嘉瑞说话了:"星浅,帮我介绍一下。"

顾星浅吓了一跳,刚才几乎忘了苏嘉瑞的存在,连忙介绍:"这位是我同学苏小姐。"

师妹眼里快速掠过一丝不易察觉的失落,很大气地招呼:"苏小姐,您真漂亮。"

顾星浅这时才想起来:"这是方小姐,我们系方教授的女公子。"

苏嘉瑞优雅回应:"方小姐气质如兰,确实很有令尊之风。"

师妹落落大方:"您客气了。"

学校里响起铃声,师妹告辞离去。苏嘉瑞侧过脸,笑嘻嘻地看着顾星浅。

顾星浅故作不解:"怎么了?"

苏嘉瑞莞尔一笑:"你很喜欢方小姐。"

"没有,没有。只是师妹,很熟悉。"顾星浅的辩解,自己都觉得苍白乏力。

苏嘉瑞振振有词:"她也很喜欢你。请相信女人的第六感。我刚才的出现是不是很讨人厌?"不待回答,接着往下说,"我让你介绍一下,你却先向师妹介绍我。从心理学上讲,你跟她很亲近,或者有和她亲近的想法。"

顾星浅语塞。

苏嘉瑞侃侃而谈:"刚才那一幕是可以拍电影的。名字我都想好了,就叫'陌上人如玉,公子世无双'。"

顾星浅不喜欢把工作和感情弄在一起,一面极力否认,一面努力岔开话题。苏嘉瑞看透一切的样子真的让他很无力。见面像预想的一样,毫无进展。

第十四章

夕阳笼罩下的梅机关安静祥和，宛若科研院所。只有像顾星浅这样知道底细的人，才能感觉到它骨子里的阴森恐怖。

办理完手续，顾星浅进入二楼小井办公室。小井听见声音抬起头，非常客气地走过来，握了手："顾先生亲自到访，没有远迎实在是太失礼了。"

顾星浅把两包茶叶放到桌子上："一点小意思。请小井君品尝。"

小井满脸笑容："顾先生总是这么客气。"

顾星浅在沙发上坐定："邓班长临时有事。正好我也好长时间没见小井君了，借这个机会来拜访一下。"

"有劳顾先生挂念，还这么破费。"

"小井君醉心茶道。一般的茶不敢拿来，这是别人刚刚从福建捎来的上品。"

小井把茶叶放到鼻尖闻了闻："绝对是好茶，顾先生费心了。"

小井像一般日本人一样严谨，但不那么古板。顾星浅此行就是想通过和他的交流，找点有用的东西。

小井仔细翻阅了顾星浅的报告："普济桥附近出现可疑电台？"

"是。"

"看来互查机制收到了预期效果。"

按照惯例，随后会安排信号收集车，对新发现电台区域进行重点监测，但小井没有，只是在送顾星浅出门的时候，随意地说了一句——浙江一带江南救国军闹得厉害。佐藤课长带着信号收集车去支援了。

很快，姜未鸣紧急联络了顾星浅："总部来电，苏先生附逆是戴老板的诈降计，目的是策反周佛海、丁默邨为我所用。"

"这两个汪精卫的忠实拥趸，还有回头的可能吗？"

"如今战事进入相持阶段，妄图两面下注、立于不败之地的人比比皆是，他俩也不例外。总部的意思，利用他们的投机心理，实现战略利益的最大化。如果他俩能为我所用，或者退一步，能两面兼顾，对抗日大业是非常难得的。这个计划保密级别非常之高，总部只有三个人知道。因为你的介入，总部决定调整计划，责成你暗中监视整个事件。"

"苏小姐也是我们的人吗？"

"我得到的消息里没有提到，这说明她肯定不是总部的人。不能因为她父亲就放松警惕。就是苏文卿本人也不好说。战乱年代，人心叵测啊！"

"会谈已经进行了四次，周佛海一直没有态度。这是意料之中的，但我汇报了你的情况后，总部开始担心苏先生也在为日本人工作。一旦周佛海的动向被日本人掌握，整个策反工作将会遭遇灭顶之灾。"

"能不能先暂时叫停苏先生的策反工作，给我空出时间。"

"总部费了九牛二虎之力才和周佛海联系上，一旦叫停，周佛海一定会怀疑我们的诚意，之前大量的工作都付诸东流了。"

顾星浅想了一下："苏先生和总部怎么联络？"

"本来准备使用我的电台，配备专门的发报员，可是被苏文卿以安全为由否掉了，最后的方案是对苏嘉瑞进行培训，由她负责。"

"也就是说苏文卿随身带有一部电台，直接和总部联系。"

"是。"

"七十六号已经捕捉到了来自苏公馆附近的可疑信号。那一带都是小洋楼，人口密度低，很容易被查到。在这样危险区域设置电台，苏先生不怕暴露吗？更让人起疑的是梅机关无缘无故调走了信号收集车。"

"你怀疑其中有诈？"

"这恐怕是一个完整的计划。"顾星浅合计了一下，"我需要这部电台和总部的详细联络时间。"

姜未鸣随后送来的资料，佐证了顾星浅的判断。发报次数没有问题，但时长对不上，基本是两倍的关系。也就是说和总部联系之后，这部电台还在继续工作。另外，苏先生电台收报九次，而总部的记录是五次。

忙了一天的顾星远摘了套袖，换了衣服，刚走出书局，就见七十六号的牛组长站在马路对面冲他努嘴。

顾星远有些茫然，也有些惶恐，慌乱地过去："牛组长，您找我？"

牛组长很客气："星远，新工作怎么样？"

"挺好的，比粮铺轻快得多。"

"那就好。我今天来是告诉你一个坏消息。铁血暗杀团已经掌握行动那天的底细，正在到处找你。"

顾星远害怕得说不出来话。

牛组长宽慰地拍拍顾星远的肩头："别害怕，我们会保护你的。但是你要明白，一个编外人员，寸功未立，暂时又没有任务在身，单凭顾处长弟弟一条，是不可能获得长久保护的。"

顾星远低头不语，心里害怕极了。

牛组长看在眼里："一切都得靠自己。顾处长有今天也完全是靠自己的努力。你可是嫡长子，绝对不会比他差。"

炸弹在顾星远心里最薄弱的地方炸响。最大的心病被一语中的。自打见到哥哥，多年积累的嫡长子心理优势荡然无存。哥哥对他越好，他的心里就越不好受，所以宁愿去扛麻袋，也不在家里待着。他是嫡长子啊！

牛组长明白自己的话起了作用，暗暗得意，突破口找得实在太准了："星远，事情到了这一步，要想自保必须得有功劳。一个校对每天面对铅字，能立什么功？还是得留意身边的人、身边的事。你是聪明人，我就不多说了。出入一定要小心，有事给我打电话。"

顾星远浑身发冷，像是三九天掉进了冰窟窿，觉得街上每个人都在不怀好意地盯着自己，赶紧叫了黄包车坐上去，拉上车棚，把衣服领子立起来，才好一些。

家里没人，哥哥还没下班。顾星远瘫在床上思前想后。牛组长在铁血暗杀团肯定有线人，否则无法解释那天的事情。现在铁血暗杀团锁定自己，他正好可以借此机会转移视线保护线人。说不定就是牛组长故意暴露的自己。可即便如此，又能如何？牛组长提醒自己注意安全，还提醒了什么？七十六号不会保护自己，要立功。立什么功？留意身边的人、身边的事。谁是身边的人？哥哥！

顾星远被答案吓了一跳，牛组长是要自己监视哥哥！这怎么可能？哥哥也是七十六号的人，还是处长。可是牛组长的话应该、肯定指的是哥哥，因为没有第二个人。他们怀疑哥哥？他们是不是在做局逼迫自己监视哥哥？

顾星远真的后悔，后悔来上海蹚这趟浑水。该不该告诉哥哥？顾星远很矛盾。说吧，可怜的自尊不允许。即便不顾自尊，哥哥能帮自己躲过铁血暗杀团吗？七十六号那么多人都没办法，哥哥只有一个人，何况还被怀疑。不说吧，自己对付得了吗？说不定哪天，他们就会冒出来给自己一枪。

顾星远浑身发冷，又想起牛组长的话——还是得立功。

正想着，顾星浅拎着菜回来了，打过招呼就在厨房里一边做饭，一边想着心事。这几天一直在市政厅忙乎，姜未鸣联系不到自己。苏文卿的事情也不知道有没有进展？

"笃、笃、笃。"两长一短，有人敲门。顾星浅心里一惊，过去开了门。出现在门口的是姜未鸣！

顾星浅左手在身前做了摇手的动作，语气不太和善："秦襄理，怎么还找到家里了？"

姜未鸣会意，迈步进门："顾处长，我这也是上支下派，没有办法。"

"请坐。"顾星浅冲里屋喊了一声，"星远。"

顾星远闻声出来，冲客人点点头。

"你去街口买包茄立克。一般的烟，秦襄理不抽。"

顾星远拿钱出去了。

"那位是？"

"我弟弟，刚从老家来。"

姜未鸣四处张望："房子不错，地点也蛮方便。"

"比不上秦襄理洋房别墅，栖身而已。"

"顾处长太自谦了。"

楼下传来"啪"的关门声。顾星浅走到窗前，看到弟弟的背影，回过身打开电匣子："老姜，你怎么来了？"

"总部急电。我一时联系不上你，担心误事，只好登门拜访了。"

"有什么指示？"

"总部判定苏文卿应该是为梅机关工作。"

顾星浅长舒一口气，"那就好。立刻叫停策反吧！"

"策反不可能停止。机会千载难逢。一旦叫停，周佛海一定会怀疑我们的诚意，再策反就难了。"姜未鸣一脸严肃。

"那怎么办？"

"总部明确指示，由你接手对周佛海的策反工作。"姜未鸣双目如电。

顾星浅一惊，不敢相信自己的耳朵。

"这也是没有办法的办法。策反不能停止，只有你接手才不会浪费过去的功夫。从目前会谈看，周佛海还在做最后的权衡，一旦有了明确的回头意向，一定会听取你的汇报。正好可以当面把事情挑明。"

"临阵换将，周佛海会不会怀疑我们的诚意？"

"总部已经考虑过了。你可以向周佛海公开卧底身份，这是军统所能展现的最大诚意。其实该谈的已经基本谈完，周佛海只要表态愿意为军统工作就可以了。你要做的就是敦促周佛海尽早回头，告诉他，军统不会无限期等待。"

"总部会不动声色地继续安排苏文卿和周佛海会面，以免引起梅机关的怀疑。周佛海八面玲珑，肯定能判断出是苏文卿出了问题，一定会虚与委蛇，这点演技还是有的。即使谈判失败，周佛海真的铁了心附逆到底，也不会为难你。他处事圆滑，也了解军统的行事风格，心里应该清楚——如果敢对你有所举动，军统将不惜一切代价进行报复。"

"好吧。"顾星浅点头同意。

"我先走了。"姜未鸣刚到门口，又回过头，"你弟弟什么时候来的？"

"前些天从老家来。"

这时楼下传来动静，顾星浅语调又变得冷淡："既然如此，我也没什么话说。您请便。"

姜未鸣开了门，看见顾星远从楼下上来，点点头："再见。"

顾星远进了门，看见哥哥一脸怒容站在窗口："哥，怎么了？"

顾星浅随手闭上电匣子，转过身来，脸色好了一些："没什么。都是工作上的事。"

用了那么长时间下楼，是在偷听吗？为什么偷听？突然辞工不干，是回来监视自己？弟弟怎么会监视自己？顾星浅左思右想，怎么样也说服不了自己，决定试一试。

昨天那个人应该和哥哥是一伙的。敲门声两长一短，肯定是事先约好的。一见面就打发自己出去买烟，接着打开电匣子，人一走就闭上了。为什么如此谨慎？一上午顾星远都在发愣。

同事老彭看出了问题："怎么了？星远，身体不舒服吗？"

顾星远缓过神来："没什么。昨晚没睡好。"

老彭笑笑，把资料抱到窗台上，往下面看了一眼："楼下那两个人鬼头鬼脑的，站了一下午了。"

顾星远一惊，也凑到窗口。果然，对面楼下有两个人正鬼鬼祟祟地四处张望。难道是铁血暗杀团的人找上门了？生死攸关，顾星远血都凉了，管不了那么多了，只有给牛组长打电话一条路。老彭忙乎完去了印刷厂，屋子里没有别人。顾星远踌躇良久，狠了狠心拿起话筒，打了电话："牛组长，我是顾星远。"

　　"有什么情况吗？"

　　"楼下有两个人鬼鬼祟祟，我怀疑是铁血暗杀团的人。"

　　"星远，跟你说过的，"牛组长语调轻松，"我能保护你一时，不能保护你一世。你还是得立功。"

　　最后的防线被击破，顾星远把心一横："牛组长，我有一个情况。"

　　"什么情况？"

　　"昨天晚上有个姓秦的襄理来找我哥哥。"

　　"说什么了？"

　　"好像是找我哥要欠账。"

　　"欠账？"

　　"我刚听了一点，就被我哥支出去买烟了。"

　　"你为什么怀疑？"

　　"敲门声两长一短，肯定是事先说好的。那人一进门，我哥就打发我去买烟。我前脚走，我哥后脚开了电匣子，回来就闭了，肯定是不想别人偷听。"

　　"那个人长什么样？"

　　"中年人，中等个子，有点胖。"

　　"你再见能认识吗？"

　　"能。"

　　"星远，我们的工作很特殊，相互监视是必须的。你放心，只要认真工作，七十六号一定给你厚报。"

　　稿纸上有残留的印记。顾星远掀起细看。"哗"的一声，纸裂开了，索性撕下整页，对着灯光端详，辨认出印记的内容——五号电台暴露，出现叛徒。怪不得哥哥听见电话铃声，饭也不吃急匆匆地出去。

顾星远跌坐到椅子上，明白立功的时刻到了。立功意味着唯一的亲人人头落地。真的到了这一步，顾星远也是两脚发软，头脑发蒙。毕竟是亲哥哥，怎么下得去手？可是铁血暗杀团随时都会杀上门来。不立功性命难保啊！火烧眉毛了，还是保命要紧，别的都往后排吧。

闲逛了半个小时才回来的顾星浅一打眼，就知道弟弟进来过。不管是办公室还是家里，椅子走向是固定的，和左面的抽屉拉手一齐。刚开始是刻意为之，现在已经习惯了。桌子上的东西也动过了，稿纸还残留了一条小边。不用问，弟弟把留有钢笔印记的那一页撕走了。

判断是准确的——弟弟被争取过去了。顾星浅五雷轰顶，过了半天才稳住心神。敌人下手太快，用什么方法争取弟弟？顾星浅在屋子里来回转圈，脑子陷入极度混乱。几个月前还是骨肉重逢，情真意切。几个月后却是兄弟反目，相煎何急。《诗经》中说，兄弟阅于墙，外御其悔。弟弟怎么能如此糊涂？现在最主要的问题是下一步怎么办。唯一的亲人给自己出了卧底以来最难的一道题。

不能含糊，生死一线。姜未鸣到访的消息，肯定已经走漏。姜未鸣危矣！上海情报网危矣！按照规矩，出现这样的情况，必须马上报告。可是一旦上报，姜未鸣肯定会采取极端措施，来确保绝对安全。弟弟是自己唯一的亲人啊！

理智和情感两个小人在脑海里来回地占据着上风。顾星浅一夜无眠，眼睁睁地看着窗外泛起鱼肚白，做出最后决定，也是一生中少有的，情感战胜理智的决定。

天大亮了，顾星浅爬起来给弟弟做了最后一顿饭。餐桌上，顾星远什么也没说，匆匆吃过早饭，穿上外衣，低了头："哥，我去上班了。"

顾星浅把准备好的饭盒还有剩的两个煮蛋放进网兜递给弟弟，又伸手取了上衣和围巾："一起走吧。"

兄弟俩无言下楼，一前一后走出弄堂。深秋的早晨，天气已经很冷。看着前面裹紧衣服还在瑟瑟发抖的弟弟，顾星浅心里有些发酸，摘下围巾给他围上。顾星远低了头，背影有些佝偻。

电车正好来了。顾星远低头说了句："哥，我走了。"排队上了车。顾星浅站在稍远处，好像在张望什么，突然一跃，赶在车门关闭前上了车。

"哥，你怎么也上来了？"

"我突然想去办点事。"

兄弟俩并排站着，望着窗外不说话，心里翻江倒海。过了两站，顾星远低声说："哥，我到了。"转过身刚要下车，被顾星浅拽住了。顾星远隐隐觉察到了什么，眼望着窗外，呆呆地发愣。阳光透过树叶照在车厢里，照在人脸上，照在过道上，时明时暗。兄弟俩都不由自主地想起了童年，想起了父亲……

阳光洒在顾星远的脸上，照得亮亮的，眼里的泪也是亮亮的。顾星远心生悔意。有什么事不能和哥哥说呢？无家可归的时候，能想到的，只能是自己的哥哥。千里来投，哥哥热情相待，在乱世里给了自己立足之地。可是，自己又是怎么做的？

电车停停走走，乘客上上下下，距离终点火车站愈来愈近。两个人都知道这是最后的共聚时光。小的时候，他们相互漠视很少交流，后来天各一方，最后短暂相聚，从此天涯陌路，再无相见之日。

电车终于停了，终点站火车站到了。兄弟俩缓过神来，依次下了车。顾星浅拽着弟弟到了附近僻静的角落，看看四下无人，回过头恶狠狠地怒视。顾星远喉咙里哽咽一声，羞愧地低了头。

沉吟半晌，顾星浅叹了口气，从口袋里拿出一沓钱："走吧。坐火车到武汉，永远别回上海。"

"哥哥，为什么要撵我走？"顾星远带了哭腔。

顾星浅冷冷一笑："去武汉慢慢想吧。"说罢，转过身头也不回地走远了，满眼是泪。这样处理是不理智的，但理智就是除掉弟弟，顾星浅理智不了。不管姜未鸣如何追究，不管今后发生什么，顾星浅心意已决。

第十五章

"失踪？"徐芝园听完报告，气打五湖四海一起来。

牛组长小心翼翼："书局的人说他今天没来上班。"

徐芝园转向另一侧的赵掌柜："你那边呢？"

"负责跟踪的弟兄说，今天早上两个人一起上的电车。剩下的就不知道了。"

"为什么不跟上去？"

"顾星浅应该是有所察觉，一直站在车下，好像送人的样子，车门马上要关的时候，突然跳上车。我们的人一时没反应过来。"

"竖子不足与谋。"徐芝园气急败坏。精心组织这么长时间，眼看就要有了成果，就这样被轻松化解，怎能不让他恼羞成怒？慕容家保姆已经证实，案发前有人电话询问过小姐的墓地。刘省身一定是暗恋慕容小姐。以他的谨慎，一般的事情尚不会外漏，何况这种风花雪月。几乎可以认定，有人通过细节发现了秘密，预判出行踪。能够完成这一系列推算的人，绝对是心思缜密，而且和刘省身亲密无间，就像秦笑天说的——只有顾星浅，所以他才精心设计了圈套，一步一步诱导顾星远上钩。直觉告诉他，秦襄理就是顾星浅的上线。南京艺专的肖像专家今晚就能赶到上海，按照顾星远的描述画影图形。本来以为按图索骥就可以大功告成，没想到又出了这么大的差头。

"电车终点站是什么地方？"

"火车站。"

"顾星浅几点上的电车？"

"七点四十。"

"坐到终点需要多长时间？"

"二十五分钟左右。"

"顾星浅几点回来上班？"

"八点五十。"

"从火车站到七十六号需要十五分钟左右，也就是说顾星浅在火车站逗留了近半个小时。"徐芝园从抽屉里翻出火车时刻表，手指在上面滑动，"顾星浅一定会等到火车出发再离开。扣除买票、检票、上车的时间，这趟去武汉的车可能性最大。你们两个拿着顾星远照片，带上人，马上赶往武汉，一定要找到他。"

"是。"两个人转身要走。

"慢。"徐芝园侧过脸，"笑天，你辛苦一趟，先行一步到武汉协调有关单位。我处理完手头的事情明天赶过去。"

三人散去，林集鲁坐进沙发，一副欲言又止的样子。

徐芝园看透了他的心思："集鲁，你怎么看？"

林集鲁干咳了一声："大队长，慢说乡下少爷没上那趟车，就算是上了，也可能中途下车，即便真到了武汉，人海茫茫能找得到吗？动用这么大的人力、物力找不到人怎么对李先生交代？"

言之有理啊！徐芝园叹了口气没有作声。有一层心思他不想说——武汉全城搜捕，抓到人固然是好，抓不到，把声势造出去，一旦军统闻风而动，不就可以间接证明顾星浅的卧底身份吗？

"星浅，你从来都是无事不登三宝殿，有何贵干？"齐修治今天心情不错，少有地打趣。

顾星浅有点腼腆地笑笑："您知道我不擅长交际。"

"搞技术的都这样。"

顾星浅敛去笑容："苏先生的事，我基本查清了。"

齐修治一摆手："事情知道得多不见得好。我现在是多一事不如少一事。"

顾星浅一时不知道怎么接话，没言语。齐修治也没继续说。有点冷场。就是这个冷场，让顾星浅明白齐修治是想知道结果的。如果他不想知道，直接岔开话题就可以了。齐修治给了一个暗示。他想知道结果，但不想让别人知道这一点。

"长官多虑了。周先生通过您把这个差事布置给我，对我是信任的，对您更是信任。我向您汇报，只是对工作的交代，等有机会再单独向周先生汇报。""单独"两字发音有些重，暗示齐修治——是不会让别人知道的。

齐修治报以模棱两可的微笑，不置可否。

顾星浅正色道："苏先生入住普济桥别墅后，附近多次出现不明电波。现初步查明其至少与两部电台保持联系。"

"说明什么？"

"苏先生一仆二主。"顾星浅开门见山，直奔主题。

齐修治收敛笑容，站起身来踱了两步："苏文卿，留学日本期间加入同盟会，老资格了，不管在汪先生面前，还是委员长面前都是有面子的。这次离开重庆到上海，说辞是厌倦战争、向往和平。早不向往，晚不向往，偏偏在战事激烈的时候向往，还是不甘寂寞啊！随身携带电台，这是肯定的。不过，怎么确定他同时与外界两部电台保持联系？"

"有四次发报时间超长，期间均有一分钟左右的停顿，应该是用于切换频段。"

齐修治半靠在桌子上若有所思片刻："梅机关的情况通报上怎么说？"

"梅机关的信号车最近不在上海。通报上没有这个情况。"

"哦。"齐修治坐回椅子，"仅仅因为停顿，就断定一仆二主是不是有些牵强？难道不会是伸个懒腰，或者喝杯水？"

"停顿基本是在发报中间的瞬间。伸懒腰、喝水这样的事情随意性很大，不会这么有规律。"

"怪不得老何说，什么事情都瞒不过顾处长。"齐修治笑笑，一只手放在桌面，五根手指依次轻轻敲打桌面，目光有些直，好像是在想事情，很快恢复常态，"星浅，事关重大。你说的这些，我赞同是基于平日的了解，但是拿到桌面上都是旁证，没有办法说给周先生，还是查实后再说更为稳妥一些。不然一旦汇报有误，我们就太被动了。"

我们？顾星浅心里一动。按照齐修治的说法，这件事与他无关。既然无关，怎么会说我们？看来齐修治的心里一直在惦记这件事。

顾星浅的确没有必要汇报。一开始齐修治就说过——周先生钦点，会直接听取报告。但顾星浅一直觉得，苏嘉瑞能在第一时间叫出自己的名字，一定有人事先通报。通报的人不担心自己怀疑吗？一定不是周先生，他没有必要。丁先生是这件事的启动者，也是策反目标之一，所以也没有必要。只有齐修治既知道内情，又有必要，通过这样一个细节在提醒自己——他不是局外人。所以，一定要看看反应。齐修治的反应印证了自己的判断——他和梅机关是一体的，在操盘整个苏文卿事件。

第二天早上一上班，苏嘉瑞就打来电话盛情相邀，下午出去走一走。

顾星浅揣着明白装糊涂："你怎么知道我的电话号码？"

苏嘉瑞呵呵一笑："顾同学可是大名鼎鼎的七十六号最年轻的处长，电话号码还和我保密吗？"

昨天的汇报起了作用。齐修治和苏嘉瑞并不掩饰彼此的关联。他们在下一盘大棋，不想让自己成为半路杀出的程咬金，坏了事情。

见面地点依然定在母校门口，似乎在提醒双方牢记彼此的同学关系。今天的苏嘉瑞与前两次有些许的不同。前两次和学生时代一样富贵逼人，这一次却仿佛心事重重。两个人沿着甬道边走边聊。一路上风时大时小，谈话也是断断续续。

走到苏公馆的门口，顾星浅停住脚步："你回去吧。"

苏嘉瑞摇摇头："再走一会。家里太冷清，我不想这么早回去。

前面有家咖啡店，我们去那坐坐。"

咖啡店不大，温馨典雅。两个人坐在里面，觉得轻松了很多。

"喜欢喝咖啡还是喜欢喝茶？"

"都喜欢，差不多。"

苏嘉瑞浅浅一笑："我觉得你会说，都不喜欢，只喜欢喝水。"

顾星浅接茬："要不是不喝口渴，水我也不喜欢喝。"

苏嘉瑞巧笑："这样讲，才是真话。"如花美眷，似水流年。顾星浅的心弦被人轻轻抚弄。

"读书的时候，我们学国文的女生总觉得读科学的男生很有趣。"

"哪里有趣？"

"你们不会像我们系男生那样写一些肉麻的情诗，不懂得浪漫，也不是不懂得浪漫，但表达的方式很有趣。"

沙发很舒服。小时的艰辛、读书时的坎坷、工作时的战战兢兢仿佛都飘远了，只剩下咖啡的香气，还有氤氲。这样的日子该有多好啊！

"有没有想过离开这里，到国外去过真正的生活？"

"没想过。想也去不了。"顾星浅轻描淡写。

"现在就有这样的机会，只要你愿意。"苏嘉瑞美目含泪，花枝轻颤。顾星浅心底泛起万般柔情。

"有人答应，只要这件事办成，就送我去美国。"

"什么事情？"顾星浅一脸茫然。

苏嘉瑞有点抱怨的意思："念书的时候，很多老师就说你聪明绝顶，现在更是如此。你知道我为什么来上海，我也知道你为什么出现。"

顾星浅不知如何作答，一副拿手的发呆表情，低头默默地搅拌咖啡。

苏嘉瑞表情变得正式："和我一起去美国吧！远离战争，享受生活。"

顾星浅犹豫了，抬起头，看见苏嘉瑞梨花带雨，泪水无声滑过脸颊。如花美女，款款深情。顾星浅心中大动，怜香惜玉之情一时泛滥无边："嘉瑞，莫哭。"

苏嘉瑞取出手帕拭了泪，柔声细语："爸爸说他老了，故土难离，让我们俩一起去美国。"

顾星浅从来没有和女人如此之近，说如此之言，有些手足无措。怎能辜负美人恩？抛开一切，不再管山河破碎、不再想共纾国难，只为自己而活。顾星浅迷茫了，茫然看着窗外不远处悬挂的青天白日旗和旗帜上多余的布条出神。

窗外两个日本宪兵走过，路上的中国人忙不迭地脱帽鞠躬。一个衣衫褴褛的小叫花子无意间撞在宪兵身上，被枪托狠狠敲击，脸上血流不止。顾星浅怒不可遏，却毫无办法，只能无力地窝在沙发里。万般柔情遇上一腔怒火，让顾星浅很快归于平静，开始细细品味。苏嘉瑞到底是春心萌动还是美人计？顾星浅有自知之明，念大学的时候入不了她的法眼，现在也进不了她的世界。上次见到师妹时，她超脱的表现说明了一切。为什么变化如此之快？是自己和齐修治说的一番话在发酵吗？办好这件事就会得到两张护照，指的是劝说周佛海回头，军统开的价码吗？她从一开始就知道自己的底牌，而且从不刻意隐瞒。这是任性还是别有用心？

苏嘉瑞起身准备去卫生间，发现裙子上有一点褶皱，耐心地抚平。顾星浅哑然一笑。万般柔情之际，还有心于一点褶皱，细节破坏了整个演出。她是在演戏，试图用美人计来安抚住自己。这个女人怎么看也不像局外人，明知道自己身负使命，不担心泄露机密吗？其实只要远离就可以，可是却每每主动相约，是自信满满，还是刻意要传递什么信息？

是不是齐修治的通报引起了苏家的担心？有这种担心，不管苏家和梅机关有没有牵扯，都是正常心理。不过，苏嘉瑞的表演是不是目的性太强了，太自信对男人的把控了。

苏嘉瑞从卫生间回来，还是含情脉脉："星浅，在想什么？"

顾星浅回过神来："没什么。我们学科学的人，不爱遐想，讲究有一说一。"

第十六章

深秋的傍晚，不知道什么时候起的风，刮得行人稀少，树枝乱舞，叶子落了一地，又被卷起，打着旋儿。

一辆轿车追上来，停在顾星浅身边。戴礼帽的中年人摇下车窗，点头示意："顾先生？周先生想见你。"

窗外风声鹤唳，车里一团肃静。二十分钟后，轿车驶进院子，径直停在三层小楼的门口。中年人下了车，顾星浅一路相随。厚厚的羊毛地毯，走在上面一点声音也没有。每到门口，就有人自动从内侧把门打开。

敬畏感油然而生。

走到三楼尽头的门口，中年人做了原地等候的手势，敲门进去，很快出来，侧身而立："顾先生请。"

美式风格的房间，进深很大，水晶吊灯、壁炉、家具等一应俱全。背影高大的周佛海正站在巨幅油画前驻足欣赏。顾星浅不敢打破这份宁静，双腿并拢，站得笔直。

几分钟后，周佛海缓缓转身，随意地招呼："你来了。"

"卑职顾星浅奉命赶到。"

"请坐。到家了，不要拘束。"周佛海话语亲切，但表情严峻。

"墨邨数次提到过你，说是人才难得。我也一直想见见，适当的时候，会给你机会。"周佛海果然老成，寥寥几句，一副礼贤下士的风范："不过，时局纷杂，很多事情要慢慢来。你怎么看当前的局势？"

"卑职位卑言轻，不敢造次。"

"陆放翁有言——位卑未敢忘忧国。年轻人生逢乱世，更应该以天下为己任。"周佛海言语随意之间，带着一丝尊贵。

"卑职放肆了。战争打的是实力，不在于一时的胜负。这几年，德军在欧洲、日军在亚洲势如破竹就是因为军事实力占优，可是占领区大了，牵制多了，综合实力下降，所以现在战事相持，进入平衡状态。"

周佛海没有说话，也没有表情，好像入定的老僧。

顾星浅只得继续："美国打破了平衡。自古以来，弱势一方总是寄希望于偷袭等手段，祈求毕其功于一役，所以日本人发动了珍珠港偷袭。从其后反应来看，美军实力并未受到影响。如果国际局势没有什么突发状况，日本方面的失败只是时间问题。"

周佛海对顾星浅的话没有产生共鸣："苏先生情况怎么样？"

"苏先生从重庆来，也是寄希望于周先生能看清形势，及早做出有利于自己的判断。"

周佛海不露声色："这些事情是你臆断的。苏先生弃暗投明，我让你关注，也是怕他受了戴笠的蛊惑，做出不利于中日亲善的事情，毕竟是党国元老。"

顾星浅淡然一笑："有一首诗，不知道您是否记得。心伤慈母线，泪染旧征衣。回首风尘里，中原血正飞。"

周佛海一愣："这是我少年旅日期间写给家母的诗句。你怎么知道？"

"这是令堂说给戴局长。戴局长转达给我的。"

周佛海又恢复了入定的状态。

"周先生没有回头的意思，不会对过气的党国元老如此重视，也不会如此谨慎，冒着泄密的危险，让我置身其中。据我所知，密谈进行了四次，该谈的基本谈完。苏先生已经完成使命，现在我受命全面接手谈判工作。"

"你到底是什么人？"周佛海一脸阴沉。

"卑职顾星浅隶属军统，代号暗礁。"

"你好大的胆子！"

顾星浅没有说话。他知道不管作为属下还是谈判对手，都应该给予周佛海绝对的尊重。事发突然，周佛海需要时间整理思路。

顾星浅瞥见周佛海脸色稍有缓和，从口袋里取出一张照片，双手奉上。周佛海仔细看过照片，悲从中来："姆妈。"良久，才收了泪。

顾星浅轻声细语："周先生节哀。戴局长让我转达令堂遗作——忠奸不两立，生死莫相违。知否渝中母，倚闾望子归。"

周佛海平静下来："家母是什么时候仙游的？"

"民国三十一年七月初五。"

周佛海用力点点头："请转告戴局长，为家母送终的恩情周某记下了，容图后报。星浅兄接手我和重庆方面的联系，这样也好。一家人也好说话。我一直致力于和平运动，这一点希望国民政府能予肯定。"

顾星浅一脸肃然："周先生可曾晓得，陈嘉庚先生在国民议会上的提案？"

周佛海轻轻摇头。

顾星浅一字一句："敌未出国土前言和即汉奸。"

周佛海面色稍变，沉默不语。

顾星浅正色道："神州陆沉，山河腥膻。亿万黎民处在水深火热之中。周先生既然致力于和平运动，更应该尽早投入抗日大业中来，何必在纠结区区两个字眼。"

周佛海顿了一下："暗礁浮出水面，足见戴老板的诚意。不过现在我已经坐实了汉奸的身份，回头也难啊！"

顾星浅听出了周佛海的意思："周先生是想要一个保证吗？"

周佛海微微一笑："星浅兄果然机敏。"

"只要确定回头，戴局长会请委员长亲自书写手令，保周先生生命无虞。"

周佛海还在纠结："我的名分还需要重庆方面给予澄清。"

顾星浅眼神平和，但话锋如刀："周先生贵为伪南京政府三号人物，终究不过一己之私。顾某位卑言轻，却身负中央政府重大使命，不敢轻狂。以一己之私对话中央政府，周先生言重了。"

周佛海面色如常，声音有些黯淡："星浅兄的意思是？"

顾星浅目光如电："周先生手上可以让中央政府感兴趣的砝码不多了。党国的大门也不会永远敞开。我奉劝周先生及早认清形势，回头是岸。"

重锤直击胸口，在和苏文卿谈判中积累的自信轰然倒塌。顾星浅字字如刀、刀刀见血的谈判风格，先柔后刚的谈判节奏让老辣的周佛海乱了方寸，闭了眼睛。本来还想在细节上深究，没想到顾星浅连"谈判"这两个字都不认可，根本没有回旋的余地，彻底击碎了最后的念想。周佛海神色凝重地站在窗口，望着窗外在瑟瑟秋风中来回舞动的梧桐树枝出神，许久终于开口："烦请星浅兄转告戴局长，周某心意已决。委座手令到达之日，即是周某回头之时。"

离开官邸，天已经彻底黑了。能够说服这样的人物回头，顾星浅多多少少有些激动，但心里也明白，是多变的形势说服了周佛海，自己只是借力而已。

车停在来时上车的地方。中年男子从驾驶座位下来，帮着打开车门："顾先生请便。"

等顾星浅下了车，男子递上信封。信封里是一沓美元钞票，还有张便条：星浅兄，今日有缘受教，留词半阕以为纪念。莫听穿林打叶声，何妨吟啸且徐行。竹杖芒鞋轻胜马，谁怕？一蓑烟雨任平生。落款是知名不具。

和周佛海见面的第二天，顾星浅向姜未鸣汇报了见面的情况："周佛海明确表态，委座手令到达之日，就是回头之时。"

"大功告成。我回去立刻向总部报捷。"姜未鸣话锋一转，"你弟弟怎么样了？"

顾星浅一愣，明白姜未鸣已经洞悉一切，"他走了。"

"去哪了？"

"他不喜欢这。我随便给了一些钱打发他走了。"

姜未鸣眼神幽幽："星浅，我们的工作不能混杂私人感情。你弟弟为七十六号工作，在监视你。"

顾星浅低下头。

姜未鸣移开目光："这件事说起来应该怪我。如果那天不去就好了。"

"你是怎么知道的？"

"徐芝园已经开始在武汉搜捕了。"

顾星浅有些紧张："那怎么办？"

"这个时候如果我们也动用力量，就等于是不打自招。"

顾星浅一脸沉重。

姜未鸣给顾星浅倒了茶："事到如今，只能祈求你弟弟没去武汉。如果真的被找到，我们的人已经在回来的路上做好了准备。"

顾星浅浑身一颤。

姜未鸣叹了一口气："你不要想得太多。茫茫人海，找到你弟弟的可能性极低。最坏的打算，一旦你弟弟落网，那边行动失败，我先撤到杭州，等待总部派新的同志接手。你也要做好随时撤退的准备。"

顾星浅低了头："如此造成的损失，都是我的罪过。"

"和你没有关系。"姜未鸣笑笑，"我向总部汇报过了。你一直忙于周佛海的事情，没有发现你弟弟的问题。"

顾星浅勉强笑笑："我明白你的好意。总部不会认同的。"

"总部没有质疑。已经过去了。"

回到家中的顾星浅在床上像烙饼一样来来回回地折腾，难以入睡。本以为一走了之，没想到后果如此难料。此时此刻顾星浅才顿觉情感用事的可怕，除了自责之外，也对"理性"二字有了更深的感悟。

"咣、咣。"黑夜里的砸门声让人毛骨悚然。顾星浅一骨碌爬起来，伸手从枕头下拽出手枪，打开保险。一定是武汉方面出了问题，暴露了！敌人来抓捕了！来不及多想冲到门旁，顾星浅喘了一口气，低声喝问："谁？"

"我。开门。"门外传来卢道雄的声音。

顾星浅像皮球泄了气，把手枪扔在柜子上，打开门气急败坏："你抄家啊？四点半就来。"

"奉旨抄家。"卢道雄大大咧咧地迈进来。

"奉旨抄家的都是公公。"顾星浅一副恶狠狠的表情。

卢道雄白了一眼顾星浅："走走，钓鱼去。"

顾星浅往床上一躺："哪我也不去。好容易有个休息日，我要好好睡一天。"

"大礼拜天睡什么觉？我找了一个钓鳜鱼的好地方，一起去玩玩。去晚了，鱼就没了。"

顾星浅眼睛也没睁："没兴趣。"

"星远呢？一起去。"

星远！顾星浅睁开眼，又合上："走了。"

"这么早去哪了？"

"跟我拌了两句嘴，说是去广州了。"

"你跟他拌什么嘴？当哥得有哥样。他一个人多可怜。"

顾星浅心里一翻个，也许自己多关心一下星远，就不会有这些事了。

卢道雄看顾星浅有些难过，不再啰嗦，一把薅起："赶快点，一会就没鱼了。"

顾星浅上了车就开始睡，醒来已经七点多了，打了个哈欠，下来支开马扎坐上去："我昨天刚和你说，忙了两三个月，今天准备好好睡一觉。你一大早就来折腾，故意的吧？"

卢道雄赔着笑脸："一个人钓鱼太闷，让你来陪陪我。"

顾星浅扫了一眼鱼筐，有些恼羞成怒："一条没钓着？"

卢道雄连忙解释："它们可能也休礼拜天。"

顾星浅气得不说话，也拾起一杆鱼竿上了饵料，把鱼钩甩进湖里，没过两分钟就扔在一旁："没那个耐性。"

"按说你这样喜欢静的人应该喜欢钓鱼。"

"按说你这样喜欢动的人应该喜欢卖肉。"

"卖什么肉？"卢道雄一头雾水。

"骨头沫，一点肉腥不能有。"

"我镇关西啊？"

二人大笑。

"一大早把我弄到这荒郊野岭，不会是钓鱼这么简单吧？"

"提辖大人圣明。"

"说说吧。"

"我有一事相求，还望顾大处长成全。"

"我一个内勤，能帮上你什么忙？"

"我可和你说正事。这事就你能办。"

"别啰嗦。"

"这年头兵荒马乱的，总得给你干儿子攒点钱，我可不想让他再遭这罪。"

"这话还中听。你有什么打算？"

"通过吴淞口倒卖物资。我找明白人打听过，这个行当利大。"

"利大风险也大。再说一般人也插不上手。"

"这不来找顾处长帮忙。"

"我能帮上什么忙？你安排个弟兄到巡防团卧底，然后找个理由去抓人，事不就好办了吗？"

"巡防团现在紧得很，一般人根本打不进去，就算打进去也得时间，到时候保不准会发生什么事。"

"那就收买码头上的白相人留意违禁物资，到时候来个人赃俱获。"

"我这些招数你怎么这么清楚？"

"这几年，你天天来念叨外勤那些破事，我没学会也听会了。"

卢道雄哈哈大笑："要不怎么说你聪明呢！去年巡防团出了事，新换的黄天养诡道得很。我现在一点办法也没有，只有靠你了。"

"我？"

"巡防团铁板一块，想打进去不容易，但我相信，他们一定没闲着，要不吃什么。发挥你的长项，破译他们的电报。抓个现行，看他们还敢不听招呼。"

"巡防团富得流油。黄天养后面还有日本人撑腰，你可别打不着狐狸惹一身骚。"

"日本人最讲规则。要是真让我抓了把柄，把事情摆上桌面，日本人也不会庇护他，所以黄天养一定会大事化小，况且他现在小打小闹，油水不大，还容易出事，也需要像我这样的人，互相帮衬。"

"你想没想过去年巡防团为什么会出事？"

"刘家鼎胆子太大，公开贩卖违禁物资。"

"巡防团靠海吃海，贩卖物资是一定的，但是不能做得太过。黄天养有了刘家鼎的教训，肯定得做好表面文章。要干也可以，得拉个大人物撑场面。"

"老齐？"

"老齐洁身自好，怎么会和咱们同流合污？"顾星浅眼珠转了转，"丁先生的弟弟不是和你有交情吗？给他抽头，还怕没有靠山。"

"行。我这就去找他。"

"还得有人在前面张罗，否则，出了事不好脱身。"

"那让谁干？除了你我谁都信不着。"

"这个人一是头脑得灵光，二是要讲义气，能担住事。"

江浙一带地下武装的供给线因为刘家鼎出事已经被切断半年。姜未鸣一直在苦苦寻找恢复的办法。如果能通过卢道雄从黄天养身上打开缺口，那可真是惊喜！

顾星浅的脑子在飞快转动。卢道雄赚钱心切，利用这条线运输违禁物资再好不过。但是一旦出了问题，就算他咬紧牙关，也难免会牵连出自己，所以一定要找一个局外人："杜六你觉得行吗？"

　　"杜六？"卢道雄迟疑了一下，"那个小子讲义气，就他了。"

　　"我去找他聊聊。"顾星浅主动请缨是有私心的。杜六应该是线人的合适人选。

第十七章

　　一片破败的贫民区，到处都是破烂。雨后不久，地面高低不平，一个连着一个的水洼。道边零星坐着几个老人，衣衫褴褛，面带菜色。

　　顾星浅很客气地鞠躬致意："老人家，杜六住这片吗？"

　　老人指指里头："最里面，贴着门神那家就是。"

　　深一脚浅一脚，走过泥泞的土道，来到门口。门开着，顾星浅连叫了两声无人答应，就进了院子。一只黑狗从里面窜出，狂吠不止。有人出来喝住狗。二十多岁的精壮汉子，大冷天单穿个粗布坎肩，光着两条胳膊："您是哪位？"

　　"你是杜六吗？"

　　汉子点头称是。

　　顾星浅笑了笑："你家不是太难找。我是七十六号的，姓顾。"

　　"顾先生！"杜六连忙深鞠一躬，"救命之恩，杜六永世不忘。"

　　"起来。过去的事不要再提了。"

　　"顾先生，你怎么找到我这里了？"

　　"我有些话想和你说。"

　　杜六挑了帘子："您屋里请。"

　　顶着一股烂菜叶子的味道，顾星浅进了屋子。屋子里面和外面一样杂乱不堪。一位头发花白的老太太坐在炕边，惊恐地看着陌生来人。

顾星浅微微一躬："老人家好。"

老太太手抓着炕沿，愣愣地不说话。

杜六解释："我妈，傻了，不认人了。"

顾星浅叹了口气，环视一圈又叹了口气坐下了。

杜六用破了沿的碗倒了水，放在炕桌上，垂手而立："您找我有什么事吗？"

顾星浅看看老太太，心里一紧："伯母病多长时间了？"

"自打我被七十六号抓进去，我妈一急，就这样了。要不是您仗义相救，也活不到今天。"

"平日里谁照顾？"

"我白天出去干点零活。都是邻居婶子们帮忙。"

老太太咳嗽了两声。顾星浅连忙把水递过去。老太太直勾勾地看了一眼，慢慢地接了过去。

杜六眼里泛起泪花："除了我平常谁给东西，我妈都不要。她也知道您是好人。"

顾星浅也有些低落："家母活着也是这个岁数，可惜我没有机会孝敬。"

杜六低头抹了眼泪。顾星浅从兜里拿出一沓钱递给杜六："明天带伯母到市立医院找大夫，看看有没有法子。"

杜六紧抿嘴唇，把钱揣进口袋："您吩咐吧。"

顾星浅一笑："以后帮我做事吧。"

杜六点点头。

"你现在没什么生活来源，我先帮你找个营生。七十六号的卢长官，你认识的，最近要在码头做点生意，没人张罗。我推荐了你。你以前在码头干过，人都熟悉，干起来也顺手。你愿意吗？"

"有个固定的营生我求之不得。谢谢顾先生。"杜六面无表情。

顾星浅知道他记恨卢道雄："卢长官是我的好友，救你出来是他帮的忙，说起来对你有恩。"

杜六没接茬。

"他的生意就是贩卖违禁物品。你是掌柜，方方面面都要打点好，别惹事，赚到钞票才是最重要的。这种生意都是偏门生意，过去杜先生怎么做的，你心里应该有数。"

第二天顾星浅一到办公室，就打电话给卢道雄，接电话的是个生人："喂，你找谁？"

"我找一下卢道雄。"

"他们都出去了，下午才能回来。"不是行动大队的人，怎么会一个人待在那？七十六号这种地方是绝对不会让闲人进来的。

下午，卢道雄来了："丁先生弟弟那边都说好了。杜六呢？"

"也说好了。他愿意干。"

"太好了。"卢道雄拿出几封电报，"黄天养在二码头有个秘密电台，报务员被我收买了。你赶紧破译。"

顾星浅把电报放进抽屉，想起早上那个电话："我上午给你打电话，是个生人接的。"

"新来的，叫邱叔同。徐芝园人手不够，从外面调进来的，说是以前的手下。"

"哦。"

"徐芝园也不知道搞什么名堂，打电话让他今天务必到。到了吧，又没人管，得亏我好心收留。"

"徐芝园看上的人应该不是白人，能有两下子。"

"说是过目不忘，打电话从来不用号码本。"

"我听口音，好像是浙江人。"

"浙江江山人，戴老板的乡党，同庚。"

过目不忘？今天务必到？邱叔同一定是因姜未鸣而来。会不会是徐芝园找到了弟弟，准备画影图形之后，让邱叔同辨认？一旦邱叔同认出姜未鸣……就算认出又能如何？又上哪去找呢？徐芝园应该明白，一旦弟弟被抓回来，这个人肯定会第一时间得到消息撤出上海。何况姜未鸣之前没有特工经历，我可以随意编造理由搪塞。这次行动注定会竹篮打水一场空。他会那么傻吗？

徐芝园肯定胸有成竹，才会大张旗鼓。如果要使证据链条闭合，唯一的可能就是徐芝园之前就掌握军统上海区负责人是戴老板的高小同学，指望同是戴老板乡党且同庚的邱叔同认出姜未鸣，从而认定我的卧底身份。

　　姜未鸣是戴老板高小同学这个秘密，徐芝园从何而知？如果他不知道，何苦大费周章？如果他知道，我没泄露，姜未鸣没泄露，是谁泄露的？总部？顾星浅吓了一跳，只能是总部。总部卧底曝光了姜未鸣的同学身份，徐芝园才会如此操作。如果是这样，弟弟昨天肯定已经被捕，唯一的希望就是像姜未鸣所言，在路上解决掉。如果徐芝园突破军统的阻击，带着弟弟回到上海，找人画出影像，邱叔同认出了姜未鸣，那么证据链条彻底闭合，自己暴露无遗了！

　　整个下午，顾星浅把自己关在屋子里，苦苦寻找对策，结果一无所获彻底绝望，数年卧底生涯就此告终。顾星浅手脚冰凉，浑身冒汗，已是无路可走，只能靠菩萨保佑了！心有不甘啊！日本人还在肆虐，还有太多的抱负没有施展，却要离开了，壮志未酬。顾星浅很少后悔，这个时候却悔恨不已。军统一条活跃的情报线被生生掐断，带来的损失无法估量，不是一死就可以抵消的。

　　顾星浅青筋暴露，脑子鼓鼓的，像要炸裂。无数次想过暴露的场面，没想到最后毁在唯一的亲人手上。顾星浅欲哭无泪，直勾勾地望着窗外。

　　弟弟你为什么如此绝情？国仇家恨都忘了吗？

　　深秋的武汉，天气还滞留在夏天。火车上的几天，顾星远一直浑浑噩噩，只吃了几个馍馍充饥。这几个月来的事情像电影似的，在脑海里反复播放。

　　作为顾星浅的弟弟，顾星远再傻也傻不到哪去，只是没见过世面，遇到事一下子蒙了。静下心来，一点一点地想明白了——这是一出戏。那个无赖、赵掌柜、牛组长都是一伙的。赵掌柜两天就把自己拉进了铁血暗杀团，这完全是不可能的。当时为什么就轻易相信了？那次行动，确实看到了机枪扫射，看到他们倒下，可是到底射没射中，并没有亲眼所见。不用问，一定是第二幕。接下来的提审，突然发现自己的身份，这都是事先写好的剧本。恰到好处地提醒，铁血暗杀团已经盯上自己，环环相扣，一步步把自己逼上绝路。他们的目的就是逼迫自己去监视哥哥。

从小蔑视的哥哥几个月来嘘寒问暖，无微不至，让自己在最艰难的时刻找到了家，找到了依靠。可是自己却恩将仇报。顾星远无地自容，五脏俱焚，哪还有心思去找工作？随意在火车站附近找了小店住下，整天足不出户，夜不能寐，一心想回去复仇，可是哥哥严命在先，决不能再回上海捣乱了。

焦头烂额、失魂落魄是秦笑天对顾星远现状的基本判断。加上钱还没花了，所以大概率会躲在旅馆里怨天怨地。秦笑天组织了黑白两道近七十人对车站附近旅馆进行地毯式搜查，还开出了五百大洋的悬赏天价。至于为什么范围锁定在火车站附近，一个是判断顾星远走不远，再一个也是就近的原则，总不能满武汉地毯式排查吧。

黑衣人拿着照片盘问伙计的时候，顾星远恰巧出来打水，立即反应出是在搜捕自己，赶忙转身回屋，翻身上了窗台，刚要跳，一个念头蹦了出来——报仇的机会终于来了。"噔、噔"楼梯传来急速的脚步声。顾星远来不及多想，心一横，跳了回来。

大海捞针竟然真有斩获，徐芝园欣喜若狂。临来前，李先生通告——新任上海区区长是戴笠的高小同学。重新组建的上海区基本套用袁天牧的班底，所以最为重要的七十六号卧底一定是由新区长本人掌握。秦襄理绝对就是新区长，就是戴老板的同学。青岛站的邱叔同也是戴老板的同学，不仅记忆力极强，最要紧的是手里还有张毕业照。现在事情变得简单，连画影图形的钱都省了。只要顾星远在照片上指认出那个人，证据就已经充分，顾星浅的卧底身份不言自明。李先生就可以顺势将齐修治扫地出门，自己也就可以在七十六号扬名立万了。

当务之急是把顾星远平安带回上海。闹出这么大的动静，军统不可能不知道，不管是公路、铁路还是水路都会层层设伏，只有明修栈道、暗度陈仓才能确保万无一失。表面上自己坐火车转移军统的注意力，背地里让人押着顾星远乘坐轿车赶往附近的日军机场，搭乘飞机直飞上海。

军统小组处处扑空的时候，轿车已经在盘山道上颠簸了两个多小时，再翻过最后一座山就要到达机场了。后排的顾星远被赵掌柜和牛组长夹在中间一脸沮丧，内心是无比坚定。再没有比这更好的机会。仇人都在，盘山道。

过了最危险的弯道，司机有些放松，两边的人也都松了口气。就在这一刹那，顾星远默念一声"爸爸、妈妈，我来了"。突然从后座蹿起，死死地拽住方向盘。车子一下子冲下山崖，连翻了几个跟头，扣在峡谷里烧了起来。熊熊大火映着顾星远年轻的脸庞。他微微地笑了，喃喃地叫了一声"哥哥"，闭上了眼睛。

第十八章

五点钟的时候，电话响了三下。顾星浅从混沌中醒来，匆匆赶到接头地点，天已经擦黑。

听到脚步声，姜未鸣转过身来，一脸凝重："星浅，徐芝园在武汉找到了你弟弟，为了躲避阻截，暗中派人押解至日军机场。途中，车子从盘山道上冲下来，无人生还。"

"没有人知道车里究竟发生了什么。总部分析认为，应该是星远为了保护你，选择了同归于尽。戴局长委托我向你表示哀悼。星远被人蒙蔽，一时糊涂做了错事，好在迷途知返，慷慨赴死。希望他一路走好。"

顾星浅慢慢地蹲了下去，哽咽不止。本来的煎熬换成了悲伤。唯一的弟弟、唯一的亲人撒手人寰，从此阴阳两隔，永无相见之日。

姜未鸣轻轻拍打顾星浅的后背："节哀顺变。我们还得战斗。"

顾星浅渐渐平静："七十六号已经半年没发补贴了。长官们都在忙着清乡，特务们士气低落。我和你说过的卢道雄正研究在吴淞口码头贩运物资。"

"吴淞口。"姜未鸣眼睛在黑暗里一亮，"要是能就此恢复供给线固然是好，可是我担心会牵扯到你。"

"卢道雄攀上了丁默邨，黄天养有日本同学撑腰，轻易不会有人招惹。我推荐了一个青帮弟子叫杜六，帮卢道雄打理生意。你可以打他的主意。"

"这样最好。不过，行动就会留有痕迹，你一定要减少活动频次。总部调整工作部署，安排你做战略卧底，就是出于这种考虑。目前，战争进入相持状态，很多变节分子回头寻找退路。总部正在利用这一变化，调整工作思路，但你还是要做暗礁，不为一时风浪所动。不要怕错过情报，不要追求完美。一面要你做暗礁，一面安排你工作，确实是很矛盾。敌情复杂，加倍小心。还有一个消息，总部正在通过内线联系徐芝园，劝他迷途知返。"

"袁先生不是白白牺牲了？"顾星浅神色寂寥。

"总部总是从全局看问题，谋求利益的最大化。这一点希望你能明白。不过，从目前情况看，徐芝园已经不可能回头了。这么做，更多的是为了牵制。"

"内线叫范文蔚，公开身份是牙医。刚刚查实，他是双面间谍，同时为七十六号工作。总部指示，关键时刻可以丢车保帅来确保你的绝对安全。不过，范文蔚一张嘴吃两家饭，对敌人肯定有所保留，一旦戳破他的画皮，之前经手的电文就会曝光，后果难以预料，所以不到万不得已，不能走这步险棋。"

顾星浅点头："你知道邱叔同吗？"

"邱叔同？"姜未鸣想了想，"好像有个高小同学叫这个名字。对，是有这么一个同学，他记忆力特别惊人，过目不忘。"

"邱叔同是徐芝园的手下，昨天从青岛赶到七十六号候命。我推断徐芝园的想法是根据星远的供诉画影图形，让号称过目不忘的邱叔同辨认。一旦认出你来，就可以断定我是卧底。"

姜未鸣沉思片刻："我之前没有特工经历。即便认出来，也不能说明什么。你可以找理由搪塞。"

"如果敌人掌握你是戴老板的高小同学，是不是就可以认定我是卧底？"

姜未鸣大惊："这件事只有戴老板、你、我三个人知道。"

"所以我肯定是总部出了问题。"

"总部泄密可能性不大。我们十七年未见。戴老板临来之际看了毕业照才想起我的样子，而且见面是在陪都一个极其隐秘的地点，只有我们两个人。"

　　"毕业照？"顾星浅皱起眉头，"如果看照片的时候有人在场，这个人就是奸细。"

　　姜未鸣不解。

　　"你不要小看奸细的分析能力。出门前无缘无故翻看毕业照，一定是去拜访老同学。至于如何推断老同学派往上海，肯定有别的理由。"

　　恍然大悟的姜未鸣点点头："如果不是星远幡然悔悟，舍生取义，你现在恐怕已经身陷囹圄。"

　　顾星浅在黑暗中无声地落下了泪。弟弟真的走了，永远也不会回来了。他没来上海之前，顾星浅从来没有想念过，如今却肝肠寸断。也许这就是血缘吧。

　　如何向父亲交代？弟弟的死终究源于自己。如果当初多一点关心，也许就可以避免悲剧的发生。顾星浅深深自责，悔恨不已。弟弟魂归何处，没有办法打听。即便建个衣冠冢，稳妥起见也不能刻上名字，也许弟弟世世代代都要做孤魂野鬼了。

　　冤家路窄，几天后在走廊上狭路相逢。顾星浅感觉有团火从心里冲出来，直抵脑海，就是他杀死了自己唯一的亲人，让弟弟命丧他乡。手慢慢地滑向配枪，心里一个念头——手刃仇人为弟弟报仇，然而就在即将触到的一刹那，又习惯性地冷静下来，改了方向插进了裤兜。这是国仇，不是私人恩怨。要冷静，还要战斗下去。

　　不露声色地蛊惑弟弟监视自己，徐芝园这盘棋布局简单却有实效，寥寥几步占了先机。中盘应对又稳又狠，茫茫人海快速找到弟弟。收官阶段，暗度陈仓之计使得如鱼得水。戴老板的四大金刚，果然名不虚传。顾星浅惊叹于徐芝园的手段，必须尽快解决掉。否则，即使不被识破，也会受到极大掣肘。

　　望着越走越近的顾星浅，徐芝园心里也是别有滋味。他坚信自己的判断，顾星浅就是那个卧底。就是他破坏了一网打尽的计划，让自己灰头土脸进了七十六号。也肯定是他识破八仙桥的陷阱，把开门炮变成哑炮。

这次菩萨保佑，万事俱备。可是怎么会有那场离奇的车祸呢？会是顾星远搞的鬼吗？那个乡下少爷胆小如鼠，但是不是他，又会是谁呢？能天外飞仙般地干掉刘省身、小池，无声无息地挖出朱家和，顾星浅暴露出来的功力深不可测，何况他身后还有虎视眈眈的齐修治。不拔掉这颗钉子，别说制衡齐修治，能不能在七十六号站稳脚跟都是问题。

就这样，两个人满怀心事，擦肩而过。

夜色深沉，重庆军统局近半数的屋子还亮着灯。戴笠正在反复斟酌姜未鸣的密电——暗礁密报：七十六号已洞悉我的同学身份，局座看毕业照时身边人即是内奸。戴笠烧掉了译稿，起身在屋子里来回转了两圈，极力回想当时的场景。事情过了一年多，细节都已经模糊。不过，翻看影集时能在身边的不外乎这两个秘书。

第二天早上，李秘书进来口述新闻。

戴笠听完，睁开眼睛："今天立冬吗？"

"是。"

"好长时间没出去走走啦。"

"我陪您散散步？"

戴笠揉着太阳穴："郭秘书呢？"

"在值班室备勤。"

"喊他来，一起走走。"

晨雾已经渐渐消散，街上的人流络绎不绝。三个人沿着石板路慢慢前行。

"最近我时常想起小时候的时光。老话说得不错，近事糊涂远事真。看来真的是老了。"

"局座说笑了。您正是龙马精神。忙起工作，我们两个都熬不过您。"

"不行咯。熬一宿，几天才能缓过来，不像你们年轻人。"

"卖报、卖报。"一个报童站在街角不停地吆喝，"先生，买张报纸吧。"

"这孩子和我小时候一样，脸色蜡黄，营养不良。"

郭秘书插言："我看您那时的照片蛮精神。"

戴笠笑笑："差不多了，回去吧。"

回到办公室，身材细长、小眼睛像是没睡醒的邢处长已经恭候多时了。

"老邢，总部出了内奸。现在唯一掌握的是，内奸曾向七十六号报告，上海区负责人是我的高小同学。我没有和任何人透露过这一点，见面的地点也极为隐蔽。因此怀疑内奸是通过外围情况分析得出的结论。见面前，我曾翻看毕业合照，当时郭秘书在场。你即刻开始调查，有情况马上拘捕，不必请示。"

外围调查并不顺利，郭炳森及其妻子、岳父、岳母包括买菜的佣人都没有发现问题。邢处长把调查范围扩大到经常来串门的关小姐和一对刘姓夫妇。刘姓夫妇男的叫刘健雄，是郭炳森岳母的外甥，在《挺进报》做编辑。女的叫陈暇芝，家庭主妇。两个人去年从武汉来重庆。关小姐叫关紫萍是郭炳森岳父黄浩声的外甥女，两年半前从香港来，公开身份是教员。这三个人的社会关系非常简单，调查也是一无所获。社会关系简单的另一种可能，就是利用电台与外面联系。邢处长想搜一搜他们的住所，又担心被察觉作罢，就径直去总部二台求助。

"老陈，亲自睡觉？"

正在伏案小憩的陈台长被惊醒，睡眼蒙胧地抬起头，伸个懒腰，戴上眼镜："我刚眯着，你又来骚扰。说吧，有什么要我帮忙的？"

邢处长笑着坐进沙发："我可是专门来看你的，顺道有点小事叨扰。"

陈台长打着哈欠："别绕圈子了，我这忙得晕头转向。"

邢处长递过纸条："你帮忙看看，这两个地点有没有敌台？"

陈台长看罢，"两个都有。"

"都有？"

"第一个敌台比我们二台建得都早。第二个……"陈台长想了想，"活跃了两年半。"

"白市驿向南二里地，附近有没有？"

"那一带倒是清净。"

郭家附近没有电台。刘家附近的电台，两夫妇没来重庆前就已存在。只有关小姐是和附近电台同步出现。如果郭炳森确系卧底，接头地点只能在家里。郭家人多眼杂，不可能面谈。情报应该写在纸上，暗中传递。

夜幕下，刚从黄家出来的关小姐，突然被人捂住嘴巴塞进汽车后座。坐在副驾驶的邢处长伸手拽过坤包，从夹层里翻出张纸条，看了看："总算没白忙乎。回总部。"

第二天一早，忙了一宿的邢处长进来报告："郭炳森已经认罪，两年前被妻妹关紫萍策反。局座看过毕业照片后孤身离开，郭炳森因此怀疑是去见高小同学。"

"他怎么知道我的同学即将派往上海？"

"郭炳森觉得，上海区负责人这等人物就职，局座一定会亲自接见，耳提面命。那段时间除了面见委座，局座只离开过这一次。而在总部见过的人中，近期没有消失的。"

戴笠眯了眼睛："郭炳森聪明过了头啊！可惜没用对地方。"

"他想见局座最后一面。"

戴笠走到窗口，望着外面漫天大雾伫立片刻，缓过神来："他祖父是黄花岗烈士。父亲牺牲在北伐途中。没想到家门不幸，出此逆子。就给郭家留最后一点颜面，让他下班途中意外身亡吧！"

第十九章

老何随齐修治出差这种事以前有过，多半是地方远、时间长，跟着过去伺候。但这次一点风声没有，俩人就失了踪，连着半个月，到今天才冒出头。

"老何，这些天上哪去了？"

老何咧咧嘴笑了："有点私事。"一边起身从柜里取出一包竹笋，"尝尝鲜。"这包竹笋说明俩人回老家了。

"没啥事吧？"

老何没接茬："齐长官正找你呢。"

见顾星浅进来，齐修治站起来："来来来，星浅，我给你介绍一位新朋友——南市警察局马精武局长。"

顾星浅连忙上前，和马精武热情握手，表达敬意。

马精武，四十多岁的样子，身材适中，举止干练，很客气："久仰顾老弟大名，果然是风流人物。"

齐修治致开场白："马局长是老相识了。上次你老师的事情，也是马局长高抬贵手。"

顾星浅连连点头："多亏马局长帮忙，在下万分感谢。"

齐修治接过话茬："今天来就是找你请客。"

三人大笑。

马精武连连摆手："老齐，你少编排我。"

齐修治收了笑："星浅，马局长这次来，是有件事情让你帮忙。"

顾星浅连忙表态："马局长有什么事吩咐就是了。"

马精武微笑不语。齐修治言辞恳切："马局长新到南市，人头不是很熟。这片有个人物叫张啸天，不太听招呼。马局长想让你帮着了解点情况。"

"我能做什么？"

"你带着卢道雄那帮兄弟，查查他的底，给马局长一个交代。"

马精武笑眯眯地开了口："星浅老弟，我和老齐是多少年的老朋友了。这次也是没有办法，才来叨扰。张啸天据说是某大人物的亲戚，和日本人还有关联，现在是腰里插扁担，嚣张得很，谁的面子也不给。局里很多人明面支持，背地捣鬼，都在等着看笑话。我初来乍到，立足未稳，只好来求天兵天将帮着过这一关。"

顾星浅很认真地听完："您想怎么发落？"

马精武笑了："老弟果然快人快语，搬掉张啸天，一般的问题没有用，就是通匪、资敌两项。"

顾星浅想了想："您有什么线索吗？"

"这就得拜托星浅老弟了。"

送走马精武，顾星浅还是一脸狐疑。

齐修治点了根雪茄："星浅，想什么呢？"

顾星浅接着一脸狐疑："我不是太明白马局长的意思。"

齐修治明知故问："哪不明白？"

顾星浅皱皱眉头："警察局长收拾个白相人，不是手到擒来吗？怎么还用我们？传出去好说不好听。"

齐修治微微一笑："马精武是个滑头，前年才弄个闸北警察局长。今年南市的老金出事，他捡了个便宜。他最大的问题是半路出家，所以无论闸北还是南市都指挥不动。南市警察局又素来是铁板一块。"

"据他讲，张啸天来头不小，和南京政府里的高官、宪兵队的日本人都有关联，而且可能还操控黑市，与军统也有瓜葛。"

黑市！顾星浅心中一动："如果这些传言都是真的话，马局长不怕捅了马蜂窝，这几方面他恐怕一个也惹不起。"

齐修治语气轻松："传言总是真真假假。不能听见蝲蝲蛄叫，就不种庄稼。马精武一门心思往上爬，总想立大功。往上爬没有大功不行，没有钞票更不行。"

"张啸天鼻孔朝天，不把马精武放在眼里。局里的弟兄吃人嘴软，又欺负老马资历浅，不太听招呼，所以他想拿张啸天开刀，一石二鸟。马精武的算盘可是精得很。这件事于私来讲，马精武是老熟人，过去有恩于我，现在求到门下不好推辞。于公来讲，张啸天操控黑市，有资敌的可能，亟待整肃，所以我才应下了。"

顾星浅点点头："卑职照办就是。"

齐修治俯下身去，从办公桌里取出一包钱："你和卢道雄那班人出去办事，花销肯定不小。这是马精武给的茶钱。跟兄弟们说清，事成之后，另有重赏。"

如果是马精武拿来的茶钱，为了表明没有从中克扣，齐修治一定会当面交付，对两方都好说、好看。怎么会当着马精武的面收起钱，等人走了再从桌子里往外拿？钱一定是齐修治的。什么事能让他如此下本？看来收拾张啸天是齐修治的本意，只是借马精武之口表达出来。

铃声大作。"你好，冯部长。""您交代的事我一定办好，宴请就免了。""我最近确实不太方便，您多多包涵。"

位高权重的部长盛情相邀，一贯圆滑的齐修治都不给面子，是不是有孝在身？鬓角见霜，声音嘶哑，进一步佐证了顾星浅的判断，应该是齐修治的母亲去世了。

顾星浅回到办公室打电话叫来卢道雄："老齐安排个事让咱俩去办。"

"啥事？"

"你记不记得马精武？去年我老师那个事，你去找的那个警察局长？"

"有点印象。"

“他调到南市了，刚才过来，说想收拾张啸天。”

“张啸天？”

“你听说过这个人吗？”

“我还有真有点耳闻。号称是张啸林未出五服的本家弟弟，实际上是拉大旗作虎皮、虚张声势。不过现在名头确实不小。”

“名头再大，也不会跟警察局长作对吧？”

“一般不会，除非后台太硬。你准备这么做？”

“老齐吩咐下来，怎么都得做。他好像和黑市有关系，你让兄弟们查查。水过地皮湿，弄些钱花也是好的。这包是马精武给的茶钱，你先拿一半。”

卢道雄见钱眼开：“多谢顾大爷打赏。”

顾星浅撇撇嘴：“告诉姑娘们，好生伺候着。”

“滚一边去。”卢道雄说笑着走了。

第二天是顾星浅的生日，卢道雄做东请客。两个人酒足饭饱，从饭店出来上了车。顾星浅醉眼蒙眬，大手一挥：“去南市找张啸天，我要训话。”

卢道雄一愣：“你喝多了吧？”

顾星浅斜了一眼：“你什么时候看我喝多过？”

“那你这三更半夜找什么张啸天？”

“你忘了老齐交代的事？”

卢道雄一头雾水：“事还没搞清楚，就怎么方头方脑地上门，你不怕漏了风声？”

顾星浅故作高深：“你先开车。到时我自有计较。”

车开到张啸天赌场外面，卢道雄四处瞅瞅：“请顾大处长示下。”

顾星浅径直下车打开后备箱，支好天线，开始用里面的电台发报。

卢道雄惊得话都说不完整了：“你这是干……什么？”

顾星浅头都没抬：“给重庆发报。”

“重庆？你……”卢道雄的话更不利索了，“你到底要做什么？”

"栽赃。"顾星浅发完电报，开始收拾，"要不怎么进去搜查？"

卢道雄豁然开朗："你这招数也太损了。马精武是找对人了。张啸天就等倒霉吧。"

对付区区一个张啸天，顾星浅有的是招数。难的是要安抚住背后各路尊神、确保黑市的正常运作，还要让齐修治无话可说。最好的办法就是把水搅浑。

小井看见顾星浅，急忙起身相迎："星浅君，多日不见。"

顾星浅笑着递上茶叶："正好有朋友送来武夷大红袍，我特地带来给您品尝。"

小井接过茶叶，殷勤地招呼："快坐。总是这么破费，我怎么敢当？"

顾星浅笑笑："小井君可是没少关照，我尽点心是应该的。"

小井沏好茶叶，一边倒茶一边闲聊："昨天机关长到这来，都夸奖我的茶叶好。"

顾星浅客气地笑笑："小井君深谙茶道，不像我喝什么都是一个味道。"

小井回身递过情况通报："南市地区连续出现新的电台。你们应该认真排查，不能打个报告就算了事。"

顾星浅细看之后，把情况通报放在一旁，表情有些复杂："其实我真的想好好查查，不过情况不允许。"

小井慢条斯理地喝了一口茶："七十六号现在确实有些问题，但都是暂时的，不可能总是这样。星浅君是脚踏实地、认真负责的人，应该做的工作还是得做。否则，通报也失去了意义。"

顾星浅右手食指在太阳穴附近画了圈："中国人这里很复杂。这个时候工作，会有非议的。"

小井笑笑算是同意，合计了一下："要不这样，我以梅机关的名义下一个工作函，要求彻查。如何？"

顾星浅点点头："这样名正言顺，就好办多了。"

两天以后的下午，齐修治少有地走进顾星浅的办公室："星浅，梅机关有个工作函，要求彻查南市地区新出现的不明信号。你去处理吧。"

顾星浅双手接过："我马上去办。"

齐修治没有回去的意思，转身坐进沙发："梅机关从来没有发过类似的函件。"

顾星浅笑笑："是我请小井君发的。不明信号也是我发的。"

齐修治会心一笑："我合计也是这么回事。这个函件对我来说是护身符，以后不管谁来说情，都可以挡回去。不过对你来说，也是一道催命符。又多了个梅机关，你的压力越来越大。"

顾星浅走过来，坐在对面："我找人摸了张啸天的底。事情远比想象的要复杂。既然如此复杂，也就不差梅机关一个了。"

顾星浅的坦诚让齐修治很是感动："星浅，对你的能力我是极度佩服的。不过，你一定要小心。张啸天出身寒微，能有今天，靠的是平地抠饼、对面拿贼的真本领。他可不是小庙的神仙，见过三牲六畜的。这件事是我交办的，我非常满意你全力以赴。如果现在停止，也是可以理解的。"

顾星浅没想到齐修治会说出这样一番话。尽管这话的意思还是要去查，但是语气诚恳，让人宽慰不少。其实，齐修治也没想到自己会说出这样一番话。原意是借此机会查清张啸天的底细，切断军统的物资渠道，顺道考察一下顾星浅。但顾星浅去梅机关弄来公函之举，大出他的意外。这样的公函是需要落实，需要报告的。梅机关是可以轻易对付的吗？顾星浅这是自加压力。如果他有私心，断然不会这样做的，所以齐修治有些后悔，当初不应该搭马精武的茬，蹚这趟浑水。现在叫停这件事，聪明挂像的顾星浅会怎么想？一定会觉得自己不信任他，所以才语重心长地说了一堆模棱两可的话，把球踢给顾星浅。

顾星浅明白公函收到了预期效果："您答应马局长的事，半途而废，没法交代。您放心，我一定不辱使命。"

不知道是真情流露，还是虚情假意，齐修治有些动情："好兄弟，有担当。我给你交个底——张啸天太太的表妹是陈公博的外室，所以，这个事既然要办，一定要快。一切事情你自己做主，不要顾及这个那个。捅了篓子，我兜着。"

陈公博外室？如此隐秘的关系，怪不得杜六查不出来。能弄来这样的情报，说明齐修治在张啸天身边有耳目，而且是个核心人物。按照杜六的情报，核心人物只有两个，一个是张啸天的老婆，一个是管家鲁泽。鲁泽为人精明，黑市的事情都是他一手负责。会不会是他呢？

鲁泽的弟弟鲁明也做点黑市生意，平日里仗着他哥的关系招猫逗狗。一时没有好的办法，只能先从他身上下手，以此离间鲁泽和张啸天的宾主关系，看看有没有机会。

晚上九点多钟，下着蒙蒙细雨。满脸骄横、一瞅就不是好人的鲁明从酒馆里歪歪斜斜地走出来，哼着小曲。卢道雄一班人从车里下来，拦住去路。

鲁明醉眼蒙眬："你们他妈干什么的？"

"南市警察局的，跟我们走一趟。"

"南市警察局是个屁。"鲁明骂骂咧咧，"知不知道我是谁？七十六号我都一脚平蹚。"

卢道雄气乐了："现在就带你去，平蹚一个给我看看。"

鲁明被夹住，嘴里还在骂个不停。

卢道雄吩咐："把嘴堵上。"

"没带毛巾。"

"毛巾没带，袜子也没穿？"

有人脱了袜子，塞进鲁明嘴里。

隔了几天，杜六传来消息："张啸天去了镇江祭祖，家里留下鲁泽坐镇。"

"鲁泽有什么动静？"

"他正在四处活动捞他弟弟，但是南市警察局根本不理这根胡子。"

"张啸天没出面吗？"

"出面了也没用。据说南市警察局的局长和张啸天结过梁子。"

等待的机会终于来了。顾星浅立即致电卢道雄:"准备行动。"

顾星浅赶到的时候,一干人等已经摩拳擦掌等候多时了。卢道雄立刻跑过来:"星浅,都准备好了,就等你一声令下。"

"鲁泽办公室查清了吗?"

"三楼最里面那间。"卢道雄用手指着。

顾星浅点点头:"关键是鲁泽手里的东西。一会儿冲进去,别管别的,先去鲁泽办公室,控制住他,防止销毁资料。"

卢道雄急不可耐:"明白。"

"行动吧,要快。"

卢道雄一声招呼,一干人等下了车,飞也似的冲进赌场。等顾星浅进去,场面已经控制住了。卢道雄的几个手下端着家伙,逼着赌徒和看场子的伙计双手抱头蹲在地上。

顾星浅快速上了三楼。卢道雄迎上来:"鲁泽抓住了。隔壁屋里有电台。"

"电台、电文一律带走。值钱的东西装起来,给兄弟们分一半,剩下的我拿去交差。"

鲁泽是个四十岁左右的男子,两个大眼袋像是粘上去的,很是醒目,一副见惯世面的样子,没有慌乱,很平和地坐在那里。

"你是张啸天的管家?"

鲁泽上下打量顾星浅:"你们是干什么的?"

"七十六号。"

鲁泽听到七十六号,并没有表现出一般人常有的紧张,语气平淡:"我这可是正经生意。"

区区一个管家,竟然不怕七十六号。谁给的勇气?齐修治?这次一定要把这个线人从张啸天身边弄走,否则齐修治时刻掌握违禁物资的去向,太可怕了。

顾星浅饶有兴致地拿起架子上的摆件摆弄了几下:"是不是正经生意,你说了不算。"

鲁泽满不在乎:"这可不是一般的小门小户,只恐怕你来时容易去时难。"

顾星浅气乐了："区区一个管家好大的口气。"转过身冲外面喊，"老卢。"卢道雄应声而至。顾星浅一指，"给他讲讲道理。"

鲁泽被卢道雄一顿拳脚打得鼻青脸肿，嘴角鲜血直流，但依然没有害怕的意思："我看你们怎么收场？"

顾星浅让卢道雄动手，就是想印证一下，鲁泽是不是齐修治的内线。有如此底气，看来十有八九。

顾星浅叫停了卢道雄："怎么收场，不劳鲁管家费心。在你眼里，张啸天手眼通天，在我眼里不值一提。"

鲁泽面色不变，嘴角还有一丝笑意。

顾星浅一脸蔑视："为虎作伥，狐假虎威，还跟我装蒜。如此神通，你弟弟怎么还关在局子里？枉你如此卖命！等把材料交给梅机关，我倒要看看陈姓大人物怎么去向日本人解释。"

鲁泽这才知道来者不善，变了一副面孔："长官，我只是个跑腿的，一切还得等我们老板回来。"

顾星浅没理他，扫视了一圈，目光落在角落："把保险柜打开。"

鲁泽恢复常态："那是老板的东西。你打死我，我也不会开的。"

顾星浅声色俱厉："鲁泽，你放明白一点。我敢光天化日砸场子，就不怕把事情弄大。要是乖乖听话，我可以放你一马。否则，想死都没那么容易。"

奈何鲁泽油盐不进，顾星浅一时也没有办法。

卢道雄凑过来："底下都弄好了。"

顾星浅点点头，转向鲁泽："你是不见棺材不落泪，准备一条道跑到黑了？"

鲁泽还是不吭声。

顾星浅回过身来："老卢，连人带保险柜一起带走。"

鲁泽一听要被带走有些慌乱："你凭什么抓人？"

顾星浅冷笑："只恐怕你出去容易，再回来就难了。"

没想到会出这么一个差头。鲁泽如此护主，看来张啸天管理下属还是有些手段的。

第二十章

卢道雄找来的老贼果然有一套，鼓捣了半个多小时就把保险柜打开了。顾星浅拿出钱扔给老贼："这件事就烂在肚子里。否则，把你剁碎了，扔到江里喂鱼。"老贼很害怕地点点头，拿钱走了。

卢道雄有些咋舌："你说话怎么比我还狠毒？"

顾星浅头也没抬："我学坏都是跟你学的。"

"我跟你也没学着什么好。你自己翻吧。"卢道雄一边还嘴，一边走了。

保险柜里面除了金条，主要是黑市账本。没想到李先生的公司和张啸天还有生意上的往来，怪不得鲁泽如此托大。有了这一点，就可以搪塞住齐修治，维持黑市的继续运转。

第二天一早，杜六来电话通风报信："张啸天回来了。"

顾星浅灵机一动，计上心来："你现在到这来。一会我把鲁泽放了，你跟踪一下看他跟什么人接触。"撂下电话，转身出去让卢道雄放人。

"放人？"卢道雄以为自己听错了，"啥也没说，就这么放了？"

"不放怎么办？还得管饭。"

"最起码得再揍一顿。这小子也太他妈嚣张了。"

"别置那个闲气。我现在给马精武打电话，连他弟弟一块放。"

"鲁泽可是管家，张啸天那些事他都知道。你放了他，还找谁去问底细？"

言之有理。鲁泽知道张啸天的底。如果他是线人，张啸天在齐修治那就是透明的。如果是这样，派自己来干什么？单单是为了考察？即便出于保密心理，齐修治也不会贸然让自己介入。看来判断有误，鲁泽绝对不会是线人。

卢道雄继续发泄着不满："他弟弟跟他一样嚣张，真是一个妈生的。我抓他的时候自称是南市警察局的。这小子叫嚣，南市警察局是个屁，七十六号我都一脚平蹚。"

好大的口气！

"想什么呢？到底放不放？"

顾星浅想了一下："我先出去一下，回来再说。"

出了院子没走多远，杜六从一棵树后闪了出来："顾先生，有什么吩咐？"

"南市警察局押人的地方知道吗？"

"知道。"

"鲁明认识吗？"

"认识。"

"你现在马上过去，一会儿鲁明放出来，你跟着，看他和什么人接触。"

南市警察局拘押所门口，鲁明晃晃悠悠地从里面出来，沿着小路走了一段，拐进路边杂货铺拿起电话："李大哥，我出来了……这几天根本就没有警察找我……我现在就去。"

得到杜六消息的顾星浅匆匆赶回七十六号，在电话班不留痕迹地查出电话是打给李山城的。鲁明就是齐修治的线人，他在张啸天那里根本说不上话，只能靠着他哥的只言片语弄点外围消息，所以齐修治才派自己来搞清楚，这才符合逻辑。

留着鲁明迟早都是祸害。通知姜未鸣除掉他，又难免引起齐修治的怀疑。最好还是借张啸天之手除掉鲁泽，既不露声色，又让鲁明没了用处。

赌场里，留着小黑胡的张啸天正在咆哮："你们这群饭桶，出了这么大的事，查了一天连谁干的都查不出来。"

有人进来禀报："鲁管家回来了。"

张啸天一愣："还不请进来？"

鲁泽进来，毕恭毕敬："老板，我回来了。"

张啸天满脸是笑，拉着他坐在一边："老弟，你没事就好。其他的都是身外事。"

鲁泽感激涕零："多谢老板挂念。"

"什么人干的？"

"为首的是七十六号的处长，姓顾。"

"七十六号？"张啸天合计了一下，"素无瓜葛，怎么会突然对我们下手？"

"听他的口气，好像知道底细。明确告诉我，怀疑咱们通匪资敌。"

张啸天皱皱眉："等下我去问问。"一转头好像是想起了什么，"姓顾的没难为你吧？"

"姓顾的很奇怪，押了一宿什么也没问，一早就直接放我走了。"

"噢。看来姓顾的也不想把事情搞大。休息去吧，有事我再找你。"

张啸天望着鲁泽的背影，琢磨了半天。有人过来伏在耳边："鲁管家的弟弟今天一早也放出来了，马精武亲自下的令。"

张啸天眼珠一转，没说什么。

"老曲说，他弟弟进了局子就被晾在一边，一次都没提审过。"

张啸天眯了眼。

李先生的电话直接打到齐修治家里："我听说顾星浅带人砸了张啸天的场子。确有其事吗？"

齐修治语调恭敬："确有其事。"

"是你安排的？"

隔着电话，齐修治听出了李先生的不满："梅机关发来公函，要求彻查南市地区的不明信号。所以，我安排顾星浅去调查。"

"调查需要砸场子，需要带走管家吗？"

"梅机关公函催得很急。顾星浅应该也是情急所致。"

隔着话机，李先生也听出了齐修治的不满，看来自己也是真的落配了，话锋软了下来："好吧！让顾星浅尽快处理好。"

马不停蹄地挂了几个电话之后，张啸天才发现事情没有想象的那么简单。平时好得不分彼此的官员们，一听七十六号，躲都躲不及，哪还有靠前的？李先生的秘书宋天宇答应问问，也没了下文。

关键时刻还得是亲属。太太表妹反馈回来消息说，这是梅机关的意思，七十六号只不过是在履行职务。领头的处长顾星浅是齐修治的一等红人，十分能干，一定要小心应付。表妹一再声明，李先生面临撤换，齐修治背靠梅机关得罪不起。

梅机关？张啸天后背直冒凉气。真要是被梅机关盯上了，恐怕陈公博出面也未必管用。这回麻烦可大了。正在左支右绌的时候，鲁泽进来报告："老板，姓顾的来电话了。"

张啸天一愣："说什么了？"

"他想和您见一面。"

张啸天深感意外："我正好想会会这位顾大处长。"

张啸天一开始误会面前这个有些腼腆的年轻人是秘书一类人物。顾星浅也没想到，上海滩赫赫有名的新晋大亨会是这副模样——憨头憨脑、粗手粗脚，活脱脱的庄稼汉。果然是面带猪相，心中嘹亮。

张啸天恭敬地握着顾星浅的手："顾处长器宇不凡，张某失敬失敬。"

双方落座。顾星浅率先开口："恕在下冒昧，贸然请张先生到此。"

张啸天可是老江湖，什么样人没见过，赶紧赔笑："顾处长您太客气了，从今天起张某随叫随到。"

顾星浅一笑置之。

张啸天只好开门见山："这几天我愁得觉都睡不着，牙床都肿了，今天一看到顾处长，一天的云彩都散了。别的长官遇到这种事，在非常时刻，都是神龙见首不见尾。顾处长却主动相约，足见胸襟广阔，非常人所能及。张某出身寒微，能有今天，靠的就是各路朋友的关照。您别嫌我高攀，咱俩一定能交上朋友。今后张某唯顾处长马首是瞻。"

顾星浅暗暗好笑，张啸天拍马屁的功夫果然一流："张先生说笑了。这次并不是我的本意。因为出现不明信号，梅机关下了公函要求彻查。我实在没有办法，才前去叨扰。"

张啸天一脸恭敬，仔细听着。

顾星浅面色一沉："不过你那的问题也确实不少。私贩鸦片有吧？倒卖违禁物资有吧？顺着这些查下去，通匪资敌是跑不了的。"

张啸天明白遇着硬茬了，搓着大手急忙争辩："顾处长，当着明人不说暗话。私贩鸦片、倒卖违禁物资都是有的。可是这通匪资敌确实没有，还望顾处长明察。"

"什么人愿意花大头钱在黑市购买这么多的违禁物资，张先生比我清楚。这个保险柜里应该有账可查。"

张啸天一脸憨笑，心头却是一紧。

"查这些不是我的本分。只要把电台、保险柜向梅机关一交，任务就算完成了。"

张啸天真的冒了汗，怪不得说顾星浅厉害，果然名不虚传，赶紧打感情牌："顾处长，人在江湖身不由己。我这一路走来，凡事都循规蹈矩，恐怕不可能有今天。"

顾星浅不置可否地笑了笑。

"我出身寒微，没念过几天书，见惯了白眼，受够了凌辱，靠的就是双手，靠的就是'义气'两个字，才有今天的局面。"张啸天一脸坦诚，"恳请顾处长体谅我的不易，放兄弟一马。"

顾星浅板起脸："张先生好大的排面。黄金荣不可一世，还被卢小嘉弄得灰头土脸，颜面尽失，所以说，人不能太嚣张。你知道哪块云彩有雨。我告诉你，哪块云彩都有雨。"

张啸天还算通透，明白顾星浅是暗示自己得罪人了，频频点头："这两年，我是有些忘形了。顾处长的教诲，我永远记得。"

顾星浅淡然一笑："这都是闲话，姑妄听之。张先生可是老江湖。我这也是关公面前耍大刀，见笑见笑。"

张啸天一本正经："虽然是第一次打交道，我可是领教了顾处长的厉害，佩服得五体投地，还指望今后多多关照。"

顾星浅摆摆手："关照谈不上。这个时候确实应该避而不见，但我向来不在意这些七七八八的事情，之所以开诚布公，主要也是对你白手起家的敬重。都是中国人，我也不想难为你。说到底，陈先生位极人臣，我也开罪不起。"

张啸天如蒙大赦，感激万分。

顾星浅敛了笑容："不过，顾某有几句话不吐不快。江湖中人不惹事、不怕事。这一点，张先生比我体会得深。我再加一句，多一事不如少一事。真的弄到陈先生那里，恐怕也不好说话。陈夫人的脾气我听说也不大好。"

"我对上有了交代，也就算啦。不过，各方面该走的过场还得走。电台交给梅机关，算是交差。鸦片的事交给南市警察局，强龙不压地头蛇的道理，我还是明白的。剩下的电文，还有这个鲁泽死活不告诉密码的保险柜，我完璧归赵。"

张啸天无论如何没想到这么棘手的问题，会这么轻易地解决了，麻利地从口袋里取出一张本票："这是汇丰银行的本票，留给兄弟们喝茶。"

怪不得能有今天的局面，果然出手豪爽。顾星浅瞥了一眼也没客气："我替兄弟们谢谢了。"

张啸天千恩万谢，告辞回到车里，还有点不太相信——这场风波就这么轻易过去了。姓顾的把情况摸得一清二楚，高高举起杀威棒，却又轻轻落下，到底是什么意思？两次提到保险箱。不知密码，却对情况一清二楚，是在故意保护什么人吗？

鲁泽跟了我这么长时间，问题应该不大。可是如果不是他，姓顾的怎么对我的情况了如指掌？会不会是他弟弟的事我没上心，因此怀恨伺机报复。他弟弟的事情也蹊跷，无缘无故进了局子，扔在一边无人问津。我托人疏通，马精武一点面子也不给，除了有梁子之外，还会不会有什么文章？会不会是鲁泽的苦肉计，好把自己摘出去，免得我生疑。他弟弟前脚进局子，我这面后脚就出事，这也太巧了。

除了鲁泽，没人对我和陈公博的关系搞得这么清楚。看来鲁泽什么话都跟姓顾的说了。无论如何，这个人不能再用了。过一段，找个机会把他做掉。

拿鲁明开刀是为了离间宾主关系，那为什么对鲁泽轻举轻放？扣了一宿，不审不问，一大早就急着放人。鲁泽虽然诡道，但和顾星浅斗法，完全是开玩笑。不把底都交代清楚了，顾星浅会这么痛快？他究竟说了什么？

正想着，顾星浅敲门进来："长官，张啸天的事情查得差不多了。从目前掌握的情况看，张啸天和李先生的公司，还有陈公博外室弟弟的公司交易频繁，而且都是些违禁物质。我想请示下您，报不报给梅机关？"

齐修治闭上眼睛，把球踢还："你准备怎么处理？"

"李先生落难之际，把这些东西交给梅机关，外人难免有闲话。于公于私，都不太好做人。交给马精武也是一样。谁都知道是我们查的。最好的办法就是压下来。李先生心知肚明，一定心怀感激。陈公博也应该会松口气，至少不会记恨。梅机关方面，缴获电台算是交差。再把贩卖鸦片的线索交给马局长，让张啸天去服个软，目的也就达到了。"

齐修治眼珠转了转："南市警局你联系过了吗？"

顾星浅马上反应出——他是想问问鲁泽的情况："我昨天致电马局长释放鲁明，想以此来软化鲁泽。没想到这家伙油盐不进，是条看家好狗。"

顾星浅轻描淡写，齐修治也没法细问："也好也好，大事化小，各得其所。"

顾星浅从口袋里取出本票："这是张啸天的一点孝敬。"

齐修治看了看："手笔不小。兄弟们怎么样了？"

顾星浅笑笑："赌场的钱我做主分了一半，剩下一半交公。"

齐修治仔细想想，这可能也是最好的解决办法了："辛苦了。这种事情千头万绪，要让各方都满意太难了，也就是你能办到。"

这件事源于马精武的几句闲话。说者无心，听者有意。齐修治觉得有文章可做，既可以还了人情，还可以借机考察顾星浅，才有了这般操作。如果查获通匪资敌的实据，我齐修治首当其功。要是有什么猫腻，有鲁明这个线人，也一定难逃法眼。可是事情到了今天这一步，齐修治有种哑巴吃黄连、有苦说不出的感觉。本来还想借机查查李先生倒卖违禁物资的底细，可是顾星浅一带而过的淡化处理让他无处落笔。看来都不想得罪李先生，都在寻求自保。

尽管渐生间隙，但表面上和李先生还是一团和气。这次的事情不管怎么说，矛盾已经公开化，再没有回头路了。

第二十一章

自打报到之后，邱叔同泥牛入海，再没露过面。顾星浅有种不祥的感觉，邱叔同一定是被徐芝园打发去站街了——在街上漫无目的地寻找高小同学。虽然这是没有办法的笨办法，效率低下，但是什么事都有万一。

万一……

"铃……"电话铃声急促响起。

"喂？"

"是瑞达公司吗？"

"你打错了。"顾星浅面无表情地放下电话。这是最紧急的联络方式，要求马上见面，一定出了大事。

姜未鸣一脸焦急地等在七十六号附近的隐秘地点："早上有个人进来买书。我觉得有些面善，等他走了，拿你给的照片对了对，是邱叔同。他一定认出我了。"

顾星浅非常冷静："你刚才用的是书店电话吗？"

"怎么了？"

一旦徐芝园锁定姜未鸣，就凭刚才那个"打错的电话"就可以锁定自己。

姜未鸣这时也反应过来，大惊失色："坏事了！"

找不到邱叔同，后果不堪设想。没有第二条路可走："徐芝园去南京开会了，明天回来。今天务必除掉邱叔同。"

"问题是去哪找？"姜未鸣眼睛都要立起来了。

顾星浅一时也想不出办法，看了一眼手表："我十点钟还有会，你先回去等我电话。"

邱叔同发现目标一定会第一时间联络徐芝园。回到七十六号，顾星浅径直去了电话班。将近一个小时前，一个二九六七七的电话打到徐芝园的办公室。刚刚又有一个电话二三九零九打过。

等顾星浅回到屋里，卢道雄已经鸠占鹊巢多时了："去哪了？门也没锁？"

"一会儿开会，我去电话班准备点资料。"第一个电话是距姜未鸣书店五六百米的公用电话，第二个电话在五公里之外，是一家旅馆的电话，"放哪了？"顾星浅一边翻东西，一边自言自语，"新来的那个，过目不忘的那个，叫……"

"邱叔同，怎么了？"

"你看我这记性，过目就忘。"顾星浅漫不经心，"怎么总也见不着？"

"你见他干嘛？"

"跟人学几手，长长记性。"

"这小子刚来的时候露了几面，现在不知道跑哪去了。"

"你不是跟他还行吗？"

"行啥？就是刚来那两天没地住，上我那住的。"

"哦。"

"这小子人还厚道，知道感恩，还请我洗了两回澡。"

"洗澡？"

"这小子皮子不是太好，赶上春天老痒，天天得泡澡。"

旅馆对面就是清华浴池。徐芝园运气好，我的运气也不会差。上帝保佑，邱叔同在那里泡澡。距离开会还有二十分钟，分秒必争。

顾星浅从抽屉里取出张单据："我去趟邮局。"

"我陪你去。"

电讯处的车，老高开出去换机油了。抢时间也只能坐卢道雄的车："你麻利点，我一会开会。"

两个人下楼上车，直奔邮局。到了门口，顾星浅看看表："时间不赶趟了，你帮我取，我去趟卫生间。"

眼瞅着卢道雄进门，顾星浅才钻进路旁的公用电话亭："喂，是清华浴池吗？"

放下顾星浅的电话，姜未鸣迅速戴上礼帽和墨镜，吩咐旁边的老潘、老滕："快，清华浴池。"

到了清华浴池门口，兵分两路。姜未鸣守在车里，两个人进了浴池。浴池里雾气腾腾，只能看见大概人影，根本辨不清长相。没有办法只能下池子分头寻找。在雾气里凭借照片找人，又不能靠得太近，难度很大。耐心地辨认了半个多小时，才把目标缩小到西侧五个人身上。五个人都闭着眼睛浸在水里，只露出脑袋，而且间隔不大，贸然过去，肯定会引起警觉。老潘和老滕嘀咕了一会，分开坐到附近。

老潘突然喊了一声，"老邱。"

坐在中间的人一激灵坐直了身体，下意识地应道："嗯？"

老滕在另一侧不耐烦地应声："在这呢。喊什么喊。"

那个人看了看，知道不是喊自己又闭上了眼睛。过了一会，别的人陆续走了，只剩下中间那个。两个人慢慢凑到左右。老潘打开手里的小瓶子，把药水倒在毛巾上，迅速捂住那人的脸。很快，那人头一歪。两个人站起来一左一右夹着那人出了池子。

伙计迎上来："怎么了？客官。"

"没事，有点晕堂子，透透风就好了。"

吃完中饭，回到办公室正好十二点，电话响了两下。顾星浅心情大悦，吹起了口哨。不知道从何时起，一贯反对杀人的他已经习惯了。渐渐地，口哨停了。顾星浅眉头重新皱起，邱叔同的第一个电话实际上已经暴露了姜未鸣的位置……

从南京开会回来的徐芝园闷闷不乐，邱叔同放出去四个多月了，一点消息也没有。这种大海捞针似的方法收效慢，但是发薪水的日子也没有影子，会不会是出了问题？

"笑天，邱叔同下去查案，一直没有音讯。你去找找看。"事关重大，话没有说透。

"您担心什么？"

徐芝园皱皱眉："他已经半个月没和我联系了，薪水也没取。我担心出了意外。"

"他怎么和您联系？"

"就是这部电话。"

不愧是得力干将，两天时间秦笑天就查出了眉目："您在南京出差期间，一共有十七个电话，其中两个没有找到人，时间都是上周四上午。一个是路边的公用电话亭。另一个是通达旅馆。两个电话间隔将近一个小时，地点相距五公里左右。我实地走了一趟，用时差不多，怀疑是同一个人打的。"

"地点在哪？"

"闸北一带。邱叔同一到春夏就浑身发痒，每天都要泡堂子，所以打完第二个电话，很可能到旅馆对面的清华浴池去泡澡。我担心老板不说实话，给伙计使了点钱。伙计说上周四，也就是打电话那天，有人晕堂子，被两个人架出去上了车。"

"上了车？"徐芝园眉头一皱，"有没有人记得车牌？"

"伙计还真记得。车牌是二七零九。"

徐芝园眼前一亮。

"我查过了。车牌是假的。"

徐芝园叹了口气："能确认吗？"

"伙计说他每晚都来，一直待到关门，所以很肯定。"

"每晚？"

"只有事发当天是上午来的。"

邱叔同一向勤勤恳恳不偷懒，肯定是发现了目标才打的电话，两次没有打通后去的澡堂。就差一天，第二天自己就从南京回来了。

如果接通了电话，不仅邱叔同不会死，那个高小同学也应该在自己掌握之中了。也怪自己，没有安排别人和他联络。但事关重大，交给别人实在是不放心。

邱叔同虽然死了，但还是留下了颇有价值的线索——发现后没有进行跟踪，说明目标不是在街面上，而是在固定场所，就在第一个电话附近。

"虽然总是慢人一步，但是这个人的样貌却越来越清晰。男性，浙江江山人，四十五岁左右，中等个子，有些胖。你密切监视第一个电话附近三公里内所有商号。符合上述特征，在袁天牧死后来上海的人就是我们要找的新区长。"

"我立即召集所有弟兄，挖地三尺也把他揪出来。"秦笑天信誓旦旦。

"是找出来，不是揪出来。"徐芝园慢条斯理，"这回和武汉那回可是两股劲。顾星远是两眼一抹黑。新区长可是手眼通天，一旦漏了风声，就耗子钻洞无影无踪了，所以只能你一个人鸦默雀静地办。找到之后，人不能动，顺着这条线把卧底挖出来才是根本。"新组建的上海区还没成气候，过早打掉，有违李先生养寇自重的暗示。眼下最要紧的还是那个卧底。没有卧底的策应，上海区再闹腾，也翻不出多大的浪花。

齐修治的满洲之行，来来回回正好两个月，下车伊始就收到了两则消息。其一是对前期消息的更正。前期消息是徐芝园在武汉抓捕失败，无功而返。更正的消息是当时抓到了顾星远，押送途中出了意外，导致车毁人亡。顾星远手里肯定有让他感兴趣的东西，所以才如此大张旗鼓。可惜死人没法张嘴。不过这也是好事，真让他抓了顾星浅的把柄，自己可就难在七十六号立足了。另一则消息——徐芝园因为抓捕汪先生身边卧底有功，得到汪夫人接见。看来李先生是铁了心切割梅机关，准备把七十六号交给徐芝园了。两则消息都让齐修治坐立不安，解决徐芝园已经迫在眉睫。

在家里简单收拾了一下，齐修治打电话叫车去看姐姐。去姐姐家，向来是不用李山城的。刚下了出租车，就听到后面有人喊："舅舅。"霍珂呜呜喳喳地跑过来，搂住齐修治的胳膊。原来霍珂竟是齐修治的外甥女！

齐修治仿佛换了个人，没有一点平日的威严："想没想舅舅？"

"想了。这两天天天想。"

"鬼丫头就知道哄舅舅高兴。"

说话进了门，齐修治和姐姐、姐夫打过招呼，开始从包里掏礼物："这是高丽参、木耳、海米。"

霍珂一一接过："我的呢？"

"少不了。俄罗斯方巾，给你的，还有两块料子拿去做旗袍。"

霍珂去屋里照镜子比画了。齐修治才有工夫和姐姐唠家常。

"满洲冷吧？"

"我这回算是领教了。满洲人有个词，叫哑巴冷。大晴天，一点风也没有，那个冷就像锥子一样往身体里钻。"

"不是说一个月吗？怎么这么长时间？"

"中间加了行程，去了一趟奉天。"

"你都瘦了。"

"瘦了还不好？"

霍珂围着布料出来："好看吗？"

"好看。我外甥女穿什么不好看？"

霍珂把布料放在手里揉搓："料子是挺好。怎么选个红色的？"

"我是买给你出阁时穿的，不买红的买什么？"

"舅舅。"霍珂脸一红。

"男大当婚女大当嫁，该嫁人了。"

"可不是吗？前几天对门五婶来提亲，多好的人家，硬生生被她拒绝了。"

"说说你有什么要求。舅舅也帮你看看。"

"是啊！有什么想法你说出来，不能就这么拖着。"

霍珂两只手绞在一起，跷起一只脚，来回扭着腰："我……有喜欢的人。"

"谁呀？"三个人异口同声。

"舅舅认识。"

"我认识？到底是谁？"

"顾处长。"

齐修治心里咯噔一下，没想到出了这么一个岔子。徐芝园花了那么大工夫搜捕顾星远，不会是望风捕影。远一点的刘省身、小池这些案子也都指向顾星浅。霍珂和他搭上界，岂不是引火烧身？退一步讲，就算顾星浅没有问题，现在的局势一旦日本人兵败，也是自身难保，无论如何不能让霍珂惹祸上身。

"顾星浅你就别想了。赶快找个好人嫁了。"齐修治面沉似水。

"为什么呀？你不是很赏识他吗？"霍珂极力反对，涨红了脸。

"你要是还想管我叫舅舅，这个事就不行。"齐修治态度强硬。

气氛急转直下。霍珂眨巴眨巴眼睛，委屈地跑进里屋哭去了。齐修治坐在八仙桌旁眉头紧锁。直眉瞪眼和徐芝园掰手腕，有失身份不说，就等于和李先生摊牌了。没到掀桌子的时候，还得维持表面的一团和气，最好的办法就是借刀杀人。先别管顾星浅端谁家的碗，用他解决掉徐芝园再说。

第二十二章

　　距离姜未鸣经营的书店三四百米有家旗袍店。东家叫谢冬菊，四十多岁的中年妇女，面目和善，身材有些发福，真实身份是军统潜伏人员。因为隶属总部，徐芝园的落水，对她没有造成影响。事实上，谢冬菊一直处于静默状态，直到姜未鸣抵达上海，才被紧急启动，任务是传递情报。同时，作为一道暗哨，策应姜未鸣的安全。

　　这天下午，来了个男人。旗袍店里的男人是很扎眼的。谢冬菊放下手里的烙铁迎上去："先生有什么需要？"

　　戴着金丝眼镜、文质彬彬的秦笑天似笑非笑："我给太太选件旗袍。"

　　"正好我这刚进了一批料子。您太太穿上一定漂亮。"

　　秦笑天随口应着，坐了下来："你拿几样，我看看。"

　　谢冬菊从后面取了料子摊到桌子上："这几块都是高档货，别的店里没有的。"

　　秦笑天用手捻了几下："颜色还不错。一个人做这么大的生意？"

　　"小本生意，和先生两个人。"

　　"先生呢？"

　　"去送货了。"

　　"我听人说，你们手艺好，才特意过来的。"

"我先生的手艺绝对没的说。"

正说着，谢冬菊的先生从外面进来，细高的个子，看见屋里有主顾，笑笑，挑帘进了里屋。

秦笑天站起来："我哪天再来。"

给太太做旗袍，却对料子漫不经心，一个劲搭话，本来像是要长坐，瞅了一眼丈夫，就匆匆而去。会不会是上峰说的密探？正想着，发现那个人从对面照相馆里出来了。谢冬菊和那家的女东家交好，决定去问问。

"冬梅，"谢冬菊挑帘进了屋。

冬梅从暗室里走出来："菊姐您来了。"

"刚才是不是有个戴眼镜的男人进来过？"

"是。说是要照相，也没照。"

"刚才去我那了，说买旗袍也没买，一直套我话。"

"搁我这也是，寻寻摸摸问这问那，听说一个人就走了。"

放下谢冬菊电话，姜未鸣皱紧眉头。顾星浅的判断再一次得到验证。徐芝园已经派人在附近搜寻了。除掉这个人容易，但这就等于是告诉徐芝园——你的思路是正确的，你正在接近目标。杀死邱叔同，来了这个人。再杀死这个人，只会来更多的人。顾星浅是对的。只能一方面先安抚住来人，一方面抓紧时间解决徐芝园。

隔了一天的下午，秦笑天换了装束，又来巡街。刚出了杂货店，一个浑身透着机灵的报童拦住了他："您是秦笑天先生吗？"

秦笑天一惊，没有说话。报童递上一封信跑开了。信没有封口，里面信纸上写着四句话：做人留一线，日后好相见。待到光复日，把酒再言欢。

这是最后通牒，也是最后的规劝。秦笑天明白，他的一举一动都在军统的严密监视之下。如果要他死，恐怕已经死上几十回了。他没有退路，只能回头了。

就在秦笑天回归军统、想办法敷衍的同时，顾星浅正在冥思苦想怎么尽快解决掉徐芝园，一定要先发制人，不能被人牵着鼻子走，可是从哪下手呢？

"咣。"门被一脚踢开。卢道雄气哼哼地闯了进来。

正灌墨水的顾星浅手一哆嗦，打翻了瓶子，洒了一桌子："这又跟谁啊？"

卢道雄满脸涨红，鼓着腮帮子，胸脯一鼓一鼓的，不吱声。

顾星浅起身关了门，收拾好残局，洗了手，坐回椅子："说吧。"

"徐芝园。"

"你得罪谁不好，偏偏得罪戴老板的四大金刚、李先生的红人。"

"他招惹的我。"

"怎么回事？"

"他派人跟踪我，还去巡防团秘密调查。"

"查到什么没有？"

"那倒没有。杜六鬼着呢！黄天养也不是吃素的。"

顾星浅靠在椅背上，眼望着窗外半晌："徐芝园为什么盯上你？"

"看我挣钱眼热呗！"

"老卢，还是得忍。"

"就这么受着？你可不能看我笑话。"

"我现在也是泥菩萨过河。"

"你怎么了？"卢道雄一脸的问号。

"也有人跟踪我。"

"什么人？"

"我估计也是徐芝园的人。"

"你有什么好跟踪的？"

"徐芝园和老齐暗中较劲。你知道吧？"

"有所耳闻。"

"咱俩是老齐的哼哈二将。你往这方面想想。"

"原来如此。怪不得……"

顾星浅手里来回转着钢笔，心里不停地盘算。这一切都是姜未鸣暗中操纵，用意是挑起卢徐二人的矛盾。姜未鸣一直担心徐芝园的步步紧逼，会引起卢道雄对顾星浅的猜疑，所以才设下这出离间计。这步棋妙就妙在未雨绸缪。卢道雄离得太近，确实是个隐患。顾星浅叹服姜未鸣的深识远虑，但是就这么玩弄卢道雄于股掌之上，心里悻悻然，不是滋味。

卢道雄叨咕完想抽根烟，翻出烟盒发现空了，扔在一旁，抱怨道："这么大的处长，连盒烟也不预备。"

"要抽自己买。"

很快，卢道雄拿着两盒烟回来了。

"搁那弄的？"

"买的。"

"你现在是一句实话都没有。"顾星浅头也没抬。

"真是买的。"

顾星浅把档案放回柜里："离这最近的日杂店，开车往返也得十五分钟。你飞去的？"

"你不知道。出门右转有个烟摊。"

"别瞎编。这一带寸草不生，要账的都不敢来，还有人摆摊？"

"真的。不信，你去看看。"

"真的？"顾星浅半信半疑，"真有不信邪的？"

听顾星浅一说，卢道雄也有点生疑："是挺怪。那个老太太连牌子也记不住，管大前门叫前大门。"

顾星浅眼珠转了转，很肯定地下了结论："是来相姑爷的。"

卢道雄跟踪老太太半个多月，大有收获。得到报告的齐修治立即带着顾星浅赶到现场。

"对面就是摆烟摊老太太的家，没什么古怪。您看那里。"顺着卢道雄的手指方向望去，是一家看牙的诊所，两层小楼，"诊所的医生叫范文蔚，今年四十七岁，民国二十六年初开始一直在这里执业。上周一和本周三林集鲁来过两次，都是下午，每次滞留两个钟头左右。临来之前，诊所会挂上出诊的牌子闭门谢客。当天后半夜二楼把山的房间会亮灯半个小时，应该是在发报。"

卢道雄递上记录本："这是具体时间。我怀疑是军统的秘密联络点。"

齐修治翻了翻，递给顾星浅。

顾星浅扫了一眼："这里是什么地方？"

卢道雄把地图铺在桌子上，指给顾星浅："就是这，前面转过去就是跑马场。"

"三十四号敌台就在这附近，活跃了至少两三年时间。"顾星浅操起桌上的电话，"霍班长，查一下这两周三十四号电台的活跃时间，马上告我。电话三二七七六。"

五分钟后，顾星浅放下电话，得出时间一致的结论。

齐修治非常满意，点点头："看来这个牙医就是三十四号电台的主人。道雄，你密切监视，千万不能暴露。"

"是。"

"星浅，这件事涉及敌台。你和道雄密切配合，把它挖出来。"

顾星浅欲言又止："是。"

徐芝园反水的时候，齐修治留了后手，扣了他一个老伙计。老伙计挺讲义气，死活不肯就范，后来齐修治高抬贵手放了他侄子一条生路，这才勉强答应监视徐芝园，但约法三章——绝对保密、事不过三、不能伤及无辜。这次送来的情报只有"范氏牙科诊所"寥寥六个字。齐修治担心妄动引起李先生的不满，这才安排李山城设下了路标，置身事外。现在事情不仅如自己所愿，而且超乎寻常地顺利，牵出了林集鲁不说，还确定了三十四号电台，但还不稳妥。不想李先生横插一竿子，只有一条道——找到密码本，破译过往电文。

被齐修治赋予重任的顾星浅也是心事重重。早在卢道雄觉察前三天，顾星浅就发现了烟摊的猫腻。姜未鸣顺水推舟，刻意更改见面地点，暴露出林集鲁。现在万事俱备只欠密码本。一旦失误，让范文蔚毁了密码本。前功尽弃不说，齐修治一定会起疑。范文蔚一女二嫁，还能左右逢源，绝对是艺高人胆大，不可等闲视之。密码本到手，保密室里沉睡的密电就会大白于天下。这次总部兵行险着，付出了如此巨大的代价，绝不能失败。

后半夜两点，诊所二楼房间的灯亮了。

很快，电话响了："报告处长，检测到三十四号敌台。"

十五分钟后，灯灭了。顾星浅又等了二十分钟，起身拉开窗帘。二十分钟足够收拾妥当进入梦乡，即使听见动静，也来不及反应。卢道雄见了信号立即带人下车，悄悄凑到跟前用铁丝弄开门，冲了进去，十几分钟后又一脸焦急地出来，冲这边摆了摆手，表示一无所获。

顾星浅虎着脸转身下楼，直上诊所二楼原来亮灯的屋子。屋子里面陈设不多，两个柜子，一个箱子，一张桌子，一把椅子，窗台上还有部电匣子。顾星浅直奔电匣子，用手摸摸后面，回身叫来卢道雄："老卢，把这两个柜子掉个个，把箱子放到门口。"

卢道雄压低声音："这些都翻过了。"

顾星浅一龇牙，卢道雄赶紧闭了嘴，乖乖地搬东西。搬完，顾星浅退到墙角："把人带进来。"

被推搡进来的范文蔚个子不高，面皮白净，一副玳瑁眼镜，瞟了一眼挂在墙上的时钟，面色平静："我是合法执业的正经医生。你们私闯民宅，我要去警察局告你们。"

顾星浅从角落里站出来："正经医生半夜不睡觉，发电报。你是奸细！"

范文蔚冷冷一笑："说我是奸细，说我半夜发报，你们翻了半天，找到什么了？"

顾星浅伸手拍打电匣子："三更半夜范医生听的是什么广播？还温乎呢。"

范文蔚脸色一下变白。

顾星浅鄙夷一笑："如果我没猜错的话，密码本应该在挂钟的夹层里吧！"

范文蔚涨红了脸："长官，这是误会，我是自己人。我要给徐大队长打电话。"

顾星浅冷冷一笑："不要徒劳了。"

早上吃过饭，顾星浅刚到办公室，卢道雄就冲进来，反手别上门，一躬到地，连声说："佩服、佩服。"

"你睡毛了。"

卢道雄满脸堆笑："你是怎么找到的发报机和密码本？我那些弟兄现在都是顶礼膜拜，说你是诸葛亮转世。"

"没什么。雕虫小技，何足道哉！"

卢道雄有些急不可耐："快说，别卖关子。我都想一道了。"

顾星浅只得如实招来："发报机是个大物件。你翻箱倒柜没找到，说明它就在明面，被忽略了。我摸了后面是温的，肯定它是最新式伪装成电匣子的发报机。至于密码本嘛，肯定是藏在隐秘处。我让你打乱屋子里的摆设，范文蔚进来，不看别的，看一眼钟没动，面色平和了很多，说明钟里有问题。"

卢道雄再次一躬到底。

"你不忙着审讯，跑我这干什么？"

"人交给丁先生了。"

看来齐修治铁了心改换门庭。这倒是可乘之机。

在梅机关开完会，顾星浅顺道拜访。小井见是顾星浅，很高兴从办公桌后面绕过来握了手："快请坐。"

顾星浅很客气地坐进沙发："您交办的事情已经办妥。人已经放了。"

小井笑着给顾星浅斟上茶："我就是搞研究的人，不会搞这种事情。多亏你了。"

顾星浅用食指轻叩茶几："小井君太客气了。我愿意效劳。"

小井靠在沙发背上有感而发："平心而论，我在这大上海，只有星浅君一个朋友，给你添麻烦了。"

顾星浅微微一笑："难得您把我当作朋友。"

"铃……"

小井接完电话，回身对顾星浅说："你先坐一下，我去一趟楼上。"

顾星浅连忙站起："我先走。"

小井做了请坐的手势："你等等。我去去就回。"

办公桌上平铺着南市地区电力图，中心地区用红笔分成了六个区域，写着从一到六，六个数字。"咚、咚"，走廊里响起脚步声。顾星浅急忙回到沙发上坐定。

小井一脸歉意地出现在门口："星浅君，本来还想一起去大阪酒屋吃个饭。现在有紧急公务，恕我不能留你了。等下次有机会吧。"

顾星浅连忙起身："不多打扰，在下告辞。"

小井走到办公桌前，卷了那张图夹在腋下，送顾星浅到楼梯口，鞠躬作别。一个下楼，一个上楼。

三楼除了机关长，只有几个秘书和勤务兵。电力图肯定是拿给机关长。小井不会无缘无故地研究电力图，机关长更不会。

正想着，邓文辉敲门进来："处长，您要的文件。"

顾星浅伸手接过文件，瞥见他左手食指裹着胶布："手怎么了？"

邓文辉一脸无奈："我昨天晚上在家削苹果。没想到突然停电，这不削手指上了吗？"

邓文辉的家就在南市。顾星浅心思一动："现在电力供应紧张，停电是常有的事。"

"很快就来电了。不像供应紧张，还是电压不稳。"

郝姐家也在南市。想到这，顾星浅起身进了电报班："谁有吃的？我有点饿。"

报务员们纷纷拿出好吃的孝敬顶头上峰。霍珂拿了苹果，取了柄小刀削皮。

顾星浅开着玩笑："小心点手。邓班长昨天晚上在家里削苹果，正赶上停电，把指头削了。"

郝姐接过话茬："昨天我家也停电了。你姐夫又没在家。吓死我了。幸好马上来电了。"

邓文辉、郝姐两家分属南市不同区域，都停了电，又很快来了，电压的可能性不大。这些和小井有什么关系呢？小井断了电？电台？顾星浅猛然醒悟。一旦断电，电台就会立即停止工作。通过和信号的对比，很快可以确定电台所在区域。以此类推，一点点地缩小范围，直到锁定最后一块电闸……

第二十三章

南市居民楼里，驻沪日本宪兵队特高课正在开会。为首的是山本课长："根据梅机关的情报，现在可以确定对面楼内有军统的重要电台。只要电台再次工作，我们就能锁定具体房间，进而通过它找到军统在上海的地下组织。"

"华东驻屯军司令部对此案高度重视。整个行动梅机关负责情报搜集，我们负责具体行动，没有中国人参与。一共设置五个观察点，通过电话保持联系，还专门配备了四个行动小组待命。每个小组六个人、两台车。"

"在确定具体的房间和人员之前，一定要小心从事，避免节外生枝。楼里发生的一切都要严密监视，所有出楼人员一律跟踪，不管是住客，还是邮差。"

傍晚时刻，淅淅沥沥的小雨终于停了。一个送奶工慢悠悠地骑着三轮车来到楼前，把奶放进订奶箱，离开了。过了一会，一个五十岁左右、长相斯文的中年人从楼里出来取了奶回到家，打开粘在下面的纸条：你已被监视，立刻销毁一切东西，服下牛奶，打电话叫救护车。

中年人立即叫来太太："丽珍，我们暴露了。"

太太看过纸条，也是一脸紧张："怎么办，耀轩？"

"按命令行事。"

销毁完一切有用的东西，两个人相对而坐。太太黯然落泪。耀轩走过去紧紧相拥："不要害怕。上峰一定在医院安排好了，不会有问题的。"

太太擦干眼泪："死我不怕。安澜战死后，若不是挂念你，我早就不想活了。只是安澜葬在异国他乡，我一直想等胜利之后去缅甸祭奠，恐怕是不可能了。"

两个人相拥而泣，良久才分开。

耀轩取了奶瓶打开盖子："打电话吧。"

太太走到电话旁拿起话筒，未语泪先流："市立医院吗？我先生昏倒了。"

耀轩仰头喝下牛奶，黯然看着妻子："丽珍，若是不幸落入敌手，绝对不能玷污儿子的英名。"言毕，渐渐倒下。

将近二十分钟后，耀轩被送进市立医院手术室，又经过一个多小时，被送进病房。

耀轩慢慢睁开眼睛："丽珍。"

太太握住丈夫的手，满是关切："你怎么样？"

"我没事。"

说话间，套间里侧的门被打开。一个男人探出头来："快！随我来。"里屋地中间有个大洞。三人顺洞而下，弯弯曲曲走了一段，进入锅炉房。打开门，外面是院子，一辆救护车已经等候在那里。等夫妻二人上了车，司机一脚油门，出了院子。刚拐了弯，一前一后两辆车堵住去路。几个黑衣人围拢过来，黑洞洞的枪口指向车里："下车。我们是特高课。"

就在一瞬间，司机突然加大油门倒退，撞开后车，一拐方向盘，越过前车，疯狂前行。黑衣人纷纷上车，紧追不舍。又拐了几个弯，汽车冲进一条马路。迎面两辆车并排停在中央，打着刺眼的大灯，后面追兵也到了，卡住退路。司机无奈刹车，打开车门，高举双手下车。

黑衣人拥上来，高叫："下车。"

耀轩平静地握住太太的手："马上就能见到安澜了。"太太笑着落下了泪，点头作别。

"砰、砰"两声枪响，惊起一堆蝙蝠在夜空里乱舞。夫妻二人壮烈殉国，满门忠烈。

卢道雄从走廊就跟着顾星浅，笑嘻嘻地进屋："顾处长吉祥。"

顾星浅斜了一眼："卢队长一脸慈祥恐怕没什么好事。我先说头里，这个月薪水用光了，你少打主意。"

卢道雄满脸堆笑："把我看成什么人了。今天来是想请阁下到寒舍一叙。"

"没空，有空也不去。你那个寒舍可真是寒舍。"顾星浅一口回绝。

卢道雄殷勤地给杯子里续上水："我说的是老家。后天，家父六十大寿，恳请顾处长赏脸光临。"

年年盛情相邀，总因为杂事未能成行。就连卢道雄老婆难产死了，赶上去镇江劳军也没顾上，所以顾星浅一直觉得有愧："你等着，我去请假。"

很快，顾星浅回来："老齐准假了。"开始翻箱倒柜找东西，"那两盒鹿茸呢？"

卢道雄闻言，麻利地放下报纸，蹑手蹑脚地走到门口，丢下一句："明早我开车接你。"快速离开。

顾星浅气得说不出话。

山清水秀，美丽的自然风光让人陶醉。路况不是太好，但轿车跑得很快。卢道雄一路家乡小调，兴致极高。顾星浅也受到感染，忘了烦恼，兴致勃勃地聊个不停。

"我还没见过你这么高兴。"

"回家能不高兴吗？"

卢道雄有些感动，紧抿嘴唇没说话。

一路上没看见日本兵，连皇协军也没见一个。远离了战争，仿佛只是和平年代一次普普通通的远足。离卢家越来越近，两个人的兴致越来越高，景色也越来越美。青山婀娜，风光旖旎。绕过小山，一湾碧水露出来，点映着几树怒放的桃花，仿佛进入了美丽的山水画中。

顾星浅由衷感叹："好一个所在！"

卢道雄也是心旷神怡。

顾星浅话锋一转："没想到竟养育出这等粗人。"

卢道雄被气乐了，没好气地回嘴："想必顾处长家一定是穷山恶水，满目疮痍。"

转眼到了卢家门前，青砖碧瓦，好一座大宅院，三进三出气派十足。门上对联不落俗套，极为应景。上联是"几点梅花归笛孔"；下联是"一湾流水入琴心"。

顾星浅读罢，连连叫好。"好联！好联！清新脱俗，浑然天成，一定是伯父的手笔？"

卢道雄得意地点点头。

顾星浅不无遗憾地摇摇头："可惜你不随伯父。"

卢道雄只当没听见，上去拍打门环。很快有人应门，满脸惊喜："少爷回来了。"

卢道雄乐呵呵地迈进门："老爷、太太好吗？"

佣人一边答应着，一边飞奔到里面报信去了。刚走到院子中央，卢道雄的父母已经迎出来了。卢道雄连忙鞠躬："阿爸、阿妈，我回来了。"顾星浅也跟着行礼。

卢道雄的父亲慈眉善目，标准的乡绅气质："是星浅吧？道雄老说你好。"

顾星浅笑着起身："道雄是我最好的兄弟，没少帮衬。"

进了屋，老人坐定，两个人重新见礼。卢道雄跪倒在地："孩儿祝父亲母亲健康长寿、长命百岁。"顾星浅也跟着磕头："晚辈顾星浅给二老请安，祝二老福如东海、寿比南山。"

老人连声叫道："快起、快起。"两个人起身在一旁落座，佣人端上茶点。

卢父笑呵呵地看着顾星浅："道雄一向鲁莽，性格暴躁。我和内子一直担心他在外面惹出什么乱子。每每言此，道雄总是说，有个好朋友善良义气，一直约束着他，不会出乱子。今天看到你，我们就放心了。"

卢母一脸慈爱："道雄很少夸人，对你却赞不绝口，说你聪明绝顶而且诚实守信。他性格简单，认准谁好就会坦诚相见。我们就把他交给你了。"

顾星浅心中满是愧疚："二老放心。我俩是生死弟兄，永不相负。"

"现在外面世道很差，兵荒马乱。我闲居僻壤，见识有限。你读过大学，视野开阔，一定要帮道雄看好前程。"

顾星浅心中一颤："伯父见教的是。"

正说话间，女佣进来报告："小少爷醒了。"

"快抱进来。"

孩子粉嘟嘟的小脸，黑葡萄似的大眼睛，煞是可爱。卢道雄伸手去抱，孩子有些认生，直往后躲。

"谁让你总也不回来，孩子都不认识了。"卢母嗔怪。

卢道雄嘿嘿地笑着，尴尬地搓着手。顾星浅早有准备，从口袋里取出块巧克力，剥了包装纸递给孩子。孩子倒不扭捏，伸出小手接过巧克力，闻了闻开始吃起来。顾星浅就势伸开两手，孩子扑到怀里，胖胖的身子扭来扭去，大脑袋不停地顶着顾星浅的下巴壳，一身的奶香煞是好闻。这一刻顾星浅才明白什么叫作绕膝之乐，爱不释手，深深地陶醉了。

卢母笑意盈盈："小孩子家认生，想不到竟和星浅如此亲昵！"

顾星浅笑着回话："看来我们父子真是投缘。"

第二天是正日子，十里八村前来拜寿的人络绎不绝。卢道雄怕顾星浅无聊，安排人带去湖边垂钓。湖面像镜子一样波澜不惊，偶尔有野鸭子划开水面，更平添了幽静。顾星浅向来对钓鱼兴趣不高，索性弃了鱼竿，一顶草帽遮脸，睡觉。

偷得浮生半日闲。顾星浅忘了一切，没有烦恼，没有忧愁，只剩下湖光山色，美景良田。这是睡得最香的一觉，梦里只有蓝天白云碧草红花，一个人漫无边际地走着，像是在寻找什么，又不知道在找什么。

草帽突然被人揭开，阳光刺痛双眼。顾星浅一下子醒了。原来是卢道雄来了："这么好的天气，睡什么觉？"

顾星浅悻悻地坐起来："扰人清梦，真是大煞风景。"

卢道雄笑着蹲下身，在鱼钩上装好饵料，掷入湖中："做什么春秋大梦呢？"

顾星浅静静地望着湖面发呆，半晌才说话："你说我就在这安顿下来，置几垧地，娶几房婆姨，生八九个娃可好？"

卢道雄笑个不停："想不到顾大处长竟有如此鸿鹄之志，如此传统的梦想。"

顾星浅一本正经："这就是我想要的世外桃源。"

卢道雄收了笑容："哪有什么世外桃源？最近这里一直在搞清乡。清乡队逼着阿爸做保长，负责向乡亲们催粮催款。阿爸哪里干得了这些，现在愁得嘴里面都是大泡。"

顾星浅仰面躺下，两手垫着脑袋："覆巢之下，安有完卵？哪里躲得开战争？日本人的想法就是以战养战，战争的消耗最终都会转嫁到老百姓头上。"

卢道雄放下鱼竿，少有的诚恳："星浅，你道道多，帮我想个办法。"

哪里有什么办法。顾星浅沉默了。卢道雄也不说话，看着湖面出神。天气说变就变，刚才还是晴空万里，转眼就下起了毛毛雨，浇在身上分外惬意。顾星浅心情转好，诗兴大发，轻轻吟诵："水光潋滟晴方好，山色空蒙雨亦奇。"

"陆亦奇！"顾星浅猛然坐起，"老卢，有办法了。我有个大学同学叫陆亦奇，上个月刚联系上，就在你老家这个县做县太爷。我们去求他放伯父一马。"

卢道雄高兴得直拍大腿："我就说，没有你解决不了的问题。"

第二天一早，两个人辞别老人，去了县城。县城不远也不大。两个人没费太多周折就找到县公署，递了名片上去求见县长。

时间不长，一个有些发福、穿着中山装的男人跑了出来，连声叫着"星浅"。顾星浅迟疑了一下，确认是老同学陆亦奇。两个人紧紧拥抱，半晌才分开。

顾星浅退后半步，上下打量："老陆，你胖了不少，我都认不出来了。"

陆亦奇满脸是笑，拉着顾星浅往里面让："快请。"

顾星浅拉过卢道雄做了介绍："这是我最好的同事卢道雄。"

陆亦奇热情地和卢道雄握了手："幸会、幸会。走，里边说。"

县公署的布置还算气派。陆亦奇进屋就吩咐："赶快准备酒菜，捡最好的来。"

顾星浅四周看看，打趣道："这才几年不见，你竟发达如斯！"

陆亦奇得意地笑笑："穷乡僻壤让大上海的老同学见笑了。你怎么有空到我这里来？"

顾星浅深情款款："上个月接完你的电话，我就想你想得厉害，不来不行。这不专程来看你。"

陆亦奇哈哈大笑："你自己相信就好。"

乐过之后，顾星浅一本正经："先说正事。老卢是我的生死弟兄，他父就是我父母。我这次来是和他一起给老伯过六十大寿。按说老伯薄有家产，也到了颐养天年、含饴弄孙的年龄，可是最近也摊上了麻烦。有人逼迫老伯出任保长，负责清乡催粮。老伯花甲之年，哪里还干得了这些？为这事弄得寝食难安。你说我们两个做小的，能不管吗？这不专程来恳求县太爷手下留情，放老伯一马。"

陆亦奇长叹了一声："你俩别看我做了县长，别人眼里风光得不得了，可这背后的辛酸实在是难以描述。这年仗是没完没了，打的就是人、钱、粮。我这个县长整天不干别的，就是催粮催款拉壮丁。多少次我都想，不干算了，可是不干这个又能去干什么？哪里有清净的地方？不瞒两位，我连附近的寺庙都没放过催粮催款，小和尚、小道士都拉了壮丁，想来真是罪过、罪过。"

一番苦情戏之后，陆亦奇开始讲义气："不过，老卢是自家弟兄。星浅这么说了，我当然得管。你们就放心吧，这个事就包在我身上。"

两个人连声感谢，高兴得不得了。说话间酒菜已经摆上，谈话移到餐桌上。

陆亦奇端起酒杯："今天可是好日子。老同学相聚，新朋友相识。来来来，先干一杯。"

顾星浅也端起酒杯："民国二十五年那年春天，也是这个时候，我一觉醒来，你了无踪迹。"

"打住、打住。"陆亦奇连忙插言，"当年不辞而别确实是我的过错，不过也是没有办法，家里非逼去日本留学。我走得匆忙，也没有来得及告别，敬你一杯，权当是赔罪。"

顾星浅喝了酒："老陆，赔罪不敢当。不过，这么多年老同学好容易见上一面，怎么还藏着掖着，不说实话呢？"

陆亦奇连忙辩解："我确实是去日本留学了。"

顾星浅摇摇手指："去日本留学不假，不过不是逼迫。"

陆亦奇仰天大笑："我就知道瞒不过你。"

顾星浅直勾勾地望着陆亦奇："谁没个十七？没个十八？说说吧，让我们兄弟俩开开眼。"

"那个时候我不是迷恋苏嘉瑞吗？她去了日本，我只好逼着家里也跟着去。"陆亦奇如实招来之后满是不解，"你是怎么知道的？这个事没人知道啊！"

顾星浅故作高深："昨夜，我想你想得睡不着，夜观天象看出来的。"

"不要故弄玄虚，你最讨厌怪力乱神的东西。"

"是嘉瑞说的。"

"苏嘉瑞？她在上海吗？你见过她？"陆亦奇连珠炮式的问题投向顾星浅。

顾星浅撩起桌帘，做探寻状："你踩电门上了？"

陆亦奇嘿嘿一笑。

"去年，她和她父亲苏文卿老先生一起弃暗投明，从重庆取道香港到的上海。"

陆亦奇略带惆怅："五年了，东京都一别，宛如梦中啊！"

顾星浅饶有兴趣："那就请陆县长为我们解解梦吧！"

陆亦奇动了真情，娓娓道来："嘉瑞是我的梦中情人。为了她，我追到日本，追到东京都，可我们毕竟是两种人。我虽然是富家子弟，可人家是官宦出身，祖上做过六部堂官的就有十几位。骨子里那种高傲，是永远去不掉的，所以我永远也追不上。"

顾星浅不信："老陆，你怎么还没有女士大气？嘉瑞说，你们有过一段罗曼蒂克的。"

陆亦奇靠在椅背上，想了想："也算有吧。难得遇上这样的痴情汉，苏小姐偶尔也会给我点阳光。"说罢，回屋取了相册，"我给你看看我们那时的相片。"

顾星浅接过相册逐页翻看，大发感慨："其实你俩还是蛮般配的。"

两个人的合影其实不多，后面是陆亦奇和一个男人的合影。顾星浅觉得面熟，定睛一看，竟然是小池。

"这是我的日本同学，也是电讯专家，听说死在上海了。"

顾星浅有些低落，毕竟死在自己的手里。陆亦奇没有发现顾星浅的低落，又翻开一页："这是我和他们兄弟俩的合影。他表弟也是个电讯专家，听说也在上海。"

顾星浅认出了这个人——梅机关的电讯专家小井。

第二十四章

　　在陆亦奇这借住一宿，第二天天亮，两个人踏上归途。卢道雄兴致很高，一路家乡小调没停过。顾星浅推说酒喝多了，头痛，蜷缩在后座上不说话。小井是小池的表弟，从来没听人说过。现在想来，两个人确实有几分相像。小井是小池遇刺后不久来的梅机关。是巧合，还是专门来复仇的？无论如何，一定得提防小井，那个彬彬有礼的日本绅士。

　　卢道雄小调唱完，觉得有些无聊，开始没话找话："你同学真不错。"

　　顾星浅闭着眼："哪不错？"

　　"对咱俩多热情啊！我家里的事，二话不说就答应了。"

　　"嗯。"

　　"你俩读书的时候关系很好吧？"

　　"嗯。"

　　"你别老嗯嗯的，说话。"

　　"他看不上我，我也看不上他。"

　　卢道雄一愣："不能吧？我看你俩很亲热。"

　　"他是富家子弟，我是穷光蛋。就像他说的，不是一种人。他是听说我在七十六号工作，好歹是中央机关，大衙门，又号称最年轻的处长，才愿意接触的。要是平头百姓，早就不记得我了。"

卢道雄沉默了一下："咱俩是一种人吗？"

顾星浅语气冰冷："不是。"

"你拿我当朋友吗？"

顾星浅翻翻眼睛："你脑子瓦掉了？陆亦奇当了县长，骨子里就是个商人，做什么事先掂量掂量合不合适。我和你什么时候掂量过。"

顾星浅的抢白让卢道雄很开心："星浅，你记住你和陆县长说过的话。"

"说他俩般配？"

"我父母就是你父母。"

顾星浅自觉轻佻，赶紧郑重其事："这句话我永远记得。"

"要是有一天我没了，家里都交给你了。"

顾星浅心中大恸："老卢，别说这些。我不愿意听。"

道路越来越窄，也越来越不平。刚拐过急弯，前面一块大石头堵在路中央。卢道雄打开车门，刚要下车去挪。路旁边蹿出几个人，手里拿着家伙："下车。"

两个人乖乖地下来，被按在车机盖上搜了身。为首的小胡子四十左右的年龄，大脸盘上两只小眼睛转来转去，下巴刮得发青，看过证件，冷笑一声："原来是七十六号的狗汉奸。你们也有今天。"

两个人都不说话。

小胡子挥挥手："没什么值钱的东西。把车开到一边，赶快撤。"

一行人沿着羊肠小道，走了约莫一个小时，进了小山深处的破庙。顾星浅被押进正殿。有人除掉头上的黑布，顾星浅睁开眼睛。面前黑黢黢的，只有供桌上亮着两支蜡烛，照着后面几个人的脸像阎罗王似的阴森。

小胡子坐在长凳上，就着烛光细细端详顾星浅证件半天，开了口："你是七十六号的电讯处长？"

"是。"

"卖国求荣的狗汉奸。"

顾星浅无言以对。

"你在七十六号都做过什么？"

"没做过什么。就是收发电报。"

"啪！"嘴巴子抽在脸上。热气从胃里返上来，牙龈出血，从嘴角渗了出来。

"死到临头，还不老实？信不信现在就送你上西天。"

顾星浅低着头。

小胡子放下证件，走到跟前："我看你也是读过书的人。不知道了国家兴亡、匹夫有责吗？国难临头，贪生怕死，给日本人做奴才。你的书都读到狗肚子里了吗？"

又一记耳光袭来，顾星浅感觉头有些炸裂，牙齿钻心地痛。

小胡子回到座位上，声音有些缓和："你今年多大年纪？"

"二十七岁。"顾星浅缓缓抬头。

"二十七岁？这么年轻就当上七十六号的处长，还是有些本事。你还年轻，走错了路还可以原谅，不要再执迷不悟了。弃暗投明吧，为国家民族做些有用的事。"小胡子从口袋里取出香烟，叼在嘴上。旁边有人拿出打火机点上。小胡子抽了一口，"我没时间和你纠缠。要么跟我干，要么上西天。给你一分钟的时间考虑。"

土匪？不像。土匪哪有会开车、穿皮鞋、用打火机的？江南救国军？也不像。这一带的江南救国军刚刚集体落水，不可能有分散的小部队。最重要的一点，不管是土匪还是江南救国军，整天窜来窜去，哪还有时间把下巴刮得发青？唯一的可能是在演戏。

"时间到了。"小胡子掐灭烟头，"看来你是执迷不悟，想顽抗到底了。拉出去毙了。"有人上来把顾星浅推到外面，摁倒在地。"哗"的一声，冷冰冰的枪口抵住后脑勺。顾星浅屏住呼吸，生死就在这一瞬间。空气仿佛已经凝固，顾星浅血脉偾张。二十七年的人生就在此刻终结？天空浩渺、山峰冷峻，这里就是我的埋骨之地？

表明身份，先过这一关再说吗？不。敌人要的就是这个。宁可死也不能暴露身份。相比那些被日寇屠杀的同胞，能活到今天已是幸运。没有什么值得留恋，早就想到会有这一天。来吧！

不知道过了多久。"哈哈哈。"尖厉的笑声此刻竟如此悦耳，"果然是条汉子，先押起来。"

一场豪赌，胜利收场。顾星浅被送到关押卢道雄的偏殿。

卢道雄迎上来："星浅，怎么样？"

顾星浅一笑："没事的。"

"什么人？土匪吗？"

"土匪哪有穿皮鞋，用打火机的？"

"江南救国军？"

"不大可能。我怀疑是徐芝园搞的花枪。"

"徐芝园？等哪天落在我手里有他好看。"

"别想哪天了，先想想今晚怎么过吧！"

"你挂彩了？"卢道雄这时才发现顾星浅嘴角的血迹。

"没事。"顾星浅一龇牙，"早知道昨晚在陆亦奇那多吃点，现在饿得慌。"

"你心可真宽。命都快没了，还惦记着吃。"

"要命，道上就下手了。"顾星浅带着歉意看看卢道雄，"冲我来的。连累你了。"

卢道雄满不在乎："别说这些没用的。咱俩是生死弟兄。"

顾星浅点点头，心里很是感动。又过了一会，天彻底暗了下来。说人心宽的卢道雄倒是先睡着了，打着呼噜。顾星浅可睡不着。后半夜，窗户那边传来一声轻响。顾星浅翻身坐起。

一切归于平静。

顾星浅摇醒卢道雄："醒醒，赶快逃命吧。"

卢道雄睡眼蒙眬，顾星浅指指窗户。两个人蹑手蹑脚来到跟前，轻轻一推，窗户果然开了。顾星浅率先爬上去，看看四周无人，轻轻跳下去。很快，卢道雄也出来了。两个人沿着山道急速前行了半个多小时，终于下了山，坐在道边喘着粗气，休息了一会。

天有些放亮。卢道雄眼尖："车在那。"

两个人一阵欢呼，却发现没有钥匙。顾星浅大失所望。卢道雄幸灾乐祸："顾处长也有没咒念的时候？"

顾星浅喜出望外："赶快。"

卢道雄从车的角落里翻出备用钥匙，得意地晃晃，打着了火。刚起步走，顾星浅大喊一声："刹车。"

卢道雄一脚刹车，一点反应也没有，连忙挂了空档，松了油门，脸有些白："徐芝园这个王八蛋也太损了。"

顾星浅下了车："看来得走回上海了。"

回到上海的第二天，一上班邓文辉汇报完工作说："小井前两天打电话找你。"

"说什么了？"

"没说什么，就问你什么时候上班。我说今天，他让你务必回电话。"

小井从来没有给自己打过电话，这次为什么一反常态？正想着，老高敲门进来："顾处长，明天电报局有个会，邀请你参加。这是老秦送来的请柬。"顾星浅看过柬顺手记在日历牌上。原来今天是十九号。两年前的今天，小池被军统击毙。

脑海里泛起小池的模样，和他一样聪明的小井会不会察觉到，自己从电力图上发现了端倪。如果他真的是为小池报仇而来，会不会设下圈套？故意离开，给自己留下机会，在座位下面地毯上撒些香灰或者在不起眼的地方放一根头发，从而确定是否偷窥？顾星浅很快否定了自己的想法。临时到访，小井不可能事前做好准备。即使发现偷窥，问题也不大，可以解释成好奇心作祟。但是如果南市电台有所异动，聪明的小井会不会产生丰富的联想？

顾星浅假称身体不舒服，去药店胡乱买了点药，在路边电话亭用暗语打给姜未鸣，得到肯定答复后，立即赶去书店。书店已经挂上盘点的牌子。

姜未鸣把他让进里屋："出什么事了？"

"南市电台怎么样了？"

"两名同志得到消息，销毁了一切，但是逃跑失败，一起自杀殉国了。"

"分区断电的事，总部怎么说？"

"总部回电说，梅机关制定了完整的分区断电计划，小井是负责人。"

"小井可能已经怀疑是我走漏了风声。"

"你暴露了？"姜未鸣大吃一惊。

"暂时还没有。小井性格孤傲，一定要亲手为他哥哥报仇。"

"他哥哥是谁？"

"电讯专家小池。两年前被我设计在帝国军犬医院门口除掉了。"

"你现在的处境太危险了。"

"我怀疑他要除掉我。"

姜未鸣高度紧张："那怎么办？"

"先下手为强。抢先一步除掉他。"

"你有什么计划？"

"我前些天帮小井办过事。看电力图那天，小井提出到大阪酒屋喝酒，后来有事没有成行。今天也许会旧事重提。酒屋离帝国军犬医院很近，我怀疑他会在医院门口下手。你带人在对面树丛中埋伏。必须一枪致命。"

"那你怎么办？"

"第二枪打在我的心脏位置。"顾星浅语气平淡，就像在谈论天气。

姜未鸣大吃一惊："星浅！"

"要想洗脱罪名，没有别的办法。大阪酒屋有一种白钢制的扁酒瓶。我要一个，放在洋服左边内衣口袋。"

"不行，太危险了。我马上请示总部安排你撤离。"姜未鸣一口回绝，不容置疑。

顾星浅不肯让步："小井危害太大，不清除后患无穷。今晚是最佳时机，也是最后的机会。没有更好的办法，按我的计划执行吧！记住一人一枪。到时我会用打火机指明位置。枪打在火焰顶部。一定记得拿走打火机。"

"万一有变，怎么联系你？"

"我回去给小井打完电话之后，不能再和外界有任何联系。"

"星浅，"姜未鸣忧心忡忡，"计划太仓促，稍有偏差，你性命难保。"

顾星浅深吸了一口气："生死有命，只能自求多福了。你赶快安排，我得走了。"

"等下。"姜未鸣急忙从柜子里翻出个白钢烟盒，"万一大阪酒屋没有酒，你用这个。"

顾星浅想了想，又还给姜未鸣："这样会引起怀疑。如果到时真的没有酒，就是我命该如此。"

姜未鸣满眼含泪，搂住顾星浅紧紧拥抱："老弟保重。"

顾星浅紧抿嘴唇，点头离去。

第二十五章

回到办公室，顾星浅打电话要邓文辉送些文件来。很快，邓文辉敲门进来，把文件放在桌上。

顾星浅一皱眉："不看见你，我都忘了给小井君回电。"一面示意邓文辉等下，"小井君，听说你找我？"

电话里传来小井客气的声音："顾先生帮了大忙，我一直没有感谢。今天正好赶上出门回来，晚上为你接风洗尘。"

"小井君太客气了。"

"今晚六时大阪酒屋，我们不见不散。我这边还有事，就这样说定了。"

顾星浅放了电话，说了几句，打发邓文辉走了。故意让邓文辉听见电话内容，是为了证明小井是聚会的发起者。接完电话之后，不再和外人接触，是为了表明没有部署的可能。

六时整，小井准时到达，一贯的彬彬有礼。两个人进了包间，身着和服的女招待端上酒菜。

小井一脸和善地端起酒杯："星浅君，我这个人不善交际，朋友很少。你是我唯一认可的中国朋友，为我们跨越国界的友谊干杯。"

顾星浅连忙附和："小井君太客气了，干杯。"

喝过酒，小井放下杯子："请原谅我的直率。我接触的中国人重情重义的少，愚昧混沌的多。小时候，祖父说中国是一个伟大的国家，人民勤劳善良。可是我来以后，觉得中国太落后了，人民也没有开化。中国军队一触即溃，军官愚蠢，士兵怕死，根本不是大日本皇军的对手。本来我想最多一两年的时间，皇军就可以饮马黄河的源头，真正建立起大东亚共荣圈。但是没有想到，还有一些中国人逆历史潮流而动，妄图螳臂当车。就在上个礼拜，我们锁定了南市地区一部军统电台。一对中年夫妇逃跑无望，当场自杀。正是有这些人的冥顽不灵，战争才会旷日持久。其实对中国人来说，大东亚共荣是最好的结果。我今年上半年去过满洲，那里的发展让人震撼。十年的变化，相当于过去几千年。汪先生治下也是一样。如果没有军统从中作梗、恣意破坏，发展会更快。"

小井平时话很少，今天的滔滔不绝让顾星浅很吃惊，只能频频点头，洗耳恭听。

小井很快把话题转到顾星浅身上："星浅君和一般的中国人不同，所以我才把你当作朋友。"

顾星浅轻轻一笑："小井君过誉了。"

"我听说你读大学的时候成绩非常好。如果没有这场战争，也应该是大学者了。"

顾星浅一脸惆怅："按中国人的说法，我没有那个命。"

小井表情木然："西方人说，上帝关上一扇门，就会为你打开一扇窗。没有成为大学者的星浅君成了七十六号最年轻的处长，前途无量。"

顾星浅摇摇头："我性格孤傲，注定不会在仕途上走得太远。"

小井有些伤感："我们是一样的人。如果没有这场战争，我们可能会一起在美国的大学里研究科学，成为知己。可惜了！你的话让我想起表哥，就是因为这次战争，迫不得已参加了帝国海军。"

顾星浅心里一沉："战争改变了我们的命运。他现在怎么样了？"

小井目光黯淡，没有说话，低头喝了一口酒，手指轻扣桌面，眼神迷离，低吟浅唱："我去你留，两个秋。"

趁小井起身去卫生间方便之机，顾星浅叫来服务生："来两瓶扁瓶酒。"

"对不起，先生。这种酒卖光了，要等到明天下午才能有。"

姜未鸣的担心变成现实，真的命该如此吗？星浅觉得脑子有些发胀。怎么办？这一带密探很多，不可能再和姜未鸣接触了。

很快，小井回来了："星浅君，外面夜色撩人，我们不喝了，出去转转。"

顾星浅只好答应。

出了门，顾星浅故意向左，被小井拉住："走这边。"

一切都在按照小井的剧本有条不紊地进行，顾星浅看到他脸上交替露出的伤感与得意。跑吧，再不跑就来不及了。可是，跑就等于不打自招，一点翻身的机会都没有了。帝国军犬医院已经近在咫尺，顾星浅还在做最后的权衡，心愈跳愈快，随时要蹦出来。

就在这时，道边出现一家杂货铺，还亮着灯。顾星浅不顾一切，径直走进去，小井也只好跟进去。

"有烟吗？"

"有的。"

顾星浅蛮有兴致地拿起个白钢烟盒："这个很漂亮，来两个，再来两包最贵的香烟。"

小井很纳闷："星浅君，你不抽烟买烟干什么？"

顾星浅轻轻一笑，开了烟，递上一根："烟酒不分家。喝完酒，抽支烟，让人想起读大学的时光，想起老朋友。"

小井犹豫了一下，接了烟。顾星浅从柜台上拿了打火机点了火，随手放回。两个人出了门，沿着街道继续前行。

"星浅君，想不想听听我表哥的故事？"

"洗耳恭听。"

"表哥七岁失去双亲，一直和我父母一起生活。他聪明勤奋，一心想好好读书，报答我的父母，可就因为成绩太好，被强行征召进入帝国海军服役。在那里，他的天赋得到很好地发挥，也引起了敌人的注意。两年前的今天，比这个时候能稍晚一些，就在这里被军统狙击。”

"他叫小池，星浅君应该熟悉这个名字吧。"小井慢慢转过脸来，眼里泛起光亮。

顾星浅故作一愣："小池君是您表哥？"

"表哥聪明绝顶，机敏过人，躲过多次暗杀，就因为我送给他的那条柴犬，最终倒在这里。什么人能有如此心机？"小井再次把目光投向顾星浅，眼里泛起金属的冷光，眼神变得犀利。

顾星浅怅然若失："往事如昨，历历在目。那个司机真的可恶，竟然为了钱做出这种事。"

小井嘴角挂着一丝冷笑："当时的特高课课长急于升迁，仅仅凭借司机口袋里一张朝鲜银行的单据草率结案。我根本不认可这个结果，申请来到这里就是要为表哥复仇。虽然不及表哥聪慧，但我更懂得隐忍，更有耐心，坚信一定会找到那个人，那个比表哥还要聪明的人。一直到上周把电力图摊在桌子上，故意出去，留给他看图的机会。"

"当我得到军统电台人员逃跑的消息，就知道苦苦寻找的凶手终于找到了。本来想顺藤摸瓜，没想到罪犯畏罪自杀，中断了线索。看来只有我自己来了，在表哥遇刺的地方，在两周年的忌日，亲手送凶手上路。"小井慢慢地转过身，一双眼睛死死盯住顾星浅。

顾星浅面无表情："小井君，你确定你说的都是真的吗？"

小井冷冷一笑，掏出手枪："不要做无谓的抵抗。我是梅机关公认的快枪手。"

敌后多年潜伏，见惯了血腥场面，真的面对枪口，真的生死一线，顾星浅脑子里一片空白，什么也没有想，只是冷眼看着小井。

小井有些感伤："你是我唯一认可的中国朋友，我也明白各为其主的道理，可是一定要替表哥报仇。对不起了。"

尽管一切都在意料之中，顾星浅仍然血脉偾张，浑身木然。

小井的脸上露出一丝歉意："星浅君，永别了！不要记恨我。"

"啪！"一声枪响划破夜空。

小井挣扎了一下，倒在地上。顾星浅从一片空白中醒来，慢慢地转过身，面向开枪的方向打着火机，等待那颗呼啸而来的子弹。没有别的办法，只有这颗子弹能帮助他逃离梅机关的魔爪。

　　"啪！"第二声枪响。顾星浅倒下了。

　　顾星浅醒来的时候，已经是第二天下午了。晚上，特高课的山本课长来了。山本身材瘦削，和多数日本人一样，单眼皮，两只眼睛透露着精明与狡诈："我是宪兵队特高课的山本课长，负责调查顾先生和小井君遇刺的案件。"

　　"小井君怎么样了？"

　　"他当场殒命了。"

　　顾星浅号啕痛哭。没有人能看出是在演戏，因为他确实悲痛万分。尽管是精心设计的结果，但是彬彬有礼、谦和的小井就这样罹难，确实让顾星浅悲从中来，良久才收了声。

　　山本简单问过病情后开始询问："顾先生的饭局是谁先提出来的。"

　　"是小井君。"

　　"时间和地点是由谁确定的？"

　　"也是小井君。我之前帮过一个小忙，所以小井君要设宴感谢。"

　　"什么忙？"

　　"缉私队抓了小井君家里保姆的儿子。我托人说情放出来了。"

　　"顾先生和小井君吃饭的时候说了什么？"

　　"就是一些家常话。小井君提到了他的表哥。"

　　"表哥？"

　　"也就是小池君。两年前我见过。"

　　"之前你了解他们的亲属关系吗？"

　　"我是当天才知道的。"

　　"小井君有什么异常吗？"

　　顾星浅想了想："提到表哥后有些伤感。从小井君的话中，我能听出他们感情很深，没想到结局一样悲惨。"

山本仔细看看顾星浅："顾先生不想知道为什么能平安无事吗？"

顾星浅抬起头："为什么？"

山本从皮包里取出中间是洞的白钢烟盒："是这个烟盒阻挡了子弹的力量。"

顾星浅接过烟盒，端详半天，想起来了："我们喝完酒，在路上买的。"

"顾先生平时抽烟吗？"

"不抽。"

"那为什么买烟？"

顾星浅想了想："可能喝了酒，想抽一根吧。"

"顾先生在酒屋要了扁瓶酒？"山本眯起了眼睛。

顾星浅很随意地点点头："要了。"

"你们一直喝的清酒，为什么还要扁瓶酒？"

"小井君平时话很少，当天情绪很高一直在讲话。我要酒是准备放在兜里出去喝。"

"是谁提议出去走走？"

"小井君。"

"方向是谁提议的？"

"我提议向左走，是小井君决定向右走的。"

"你们在路上说了什么？"

"主要也是关于表哥。具体的我说不上，就是很聪明，关系很好一类。"

"小井君有没有提到当天是小池君遇刺两周年的日子？你们又刚好处于遇刺地点附近？"

顾星浅想了想："提了。刚说一点，枪就响了。小井君倒下了。我回身去看，剩下的就不知道了。"

山本告辞出去了，留下顾星浅靠在床头，想着小井兄弟俩的遭遇，黯然神伤。

第二十六章

"桂花赤豆汤,白糖莲心粥。"清脆的叫卖声打断了顾星浅对小井兄弟的忧思。顾星浅伸手捅了捅长椅另一侧打盹的卢道雄:"你听这叫声多好听。"

卢道雄迷迷糊糊睁开眼睛,伸个懒腰:"你这是住院憋坏了,听啥都好听。"

"好几年没听过啦。"

"你整天躲在办公室,能听见啥。"

"也不知道好不好吃。"

卢道雄这才弄明白:"你以后说话少拐弯。我给你买去。"

半天没见卢道雄回来,顾星浅忍不住张望,却意外看见老师和师母从远处走来,赶紧一溜烟儿躲到树后。等到两个人走过,顾星浅正暗自庆幸,卢道雄不早不晚地回来了,没看见人就大声嚷嚷:"星浅,你上哪去了?"

顾星浅气得不行,一脸狰狞地探出头,摆摆手。卢道雄猛然看见顾星浅,一愣,继而看见前面闻声回头的老师夫妇,立刻明白了缘由,一时不知如何是好,僵在那了。

顾星浅知道躲不过去,只好硬着头皮走出来,接了饭盒:"干什么去了?这么半天才回来?"

卢道雄努努嘴。

顾星浅"这才"看见老师夫妇，连忙过去鞠躬："老师、师母，你们怎么在这？"

"星浅，你怎么了？"师母看见顾星浅的病号服，一脸关切。

"没什么，有点感冒，已经好了，一会儿就出院。"

"都住院了这么严重，怎么会是感冒？"

"这一段有点累，我也是想借机休息一下。你们来干什么？"

"你老师的老毛病又犯了，来找大夫看看、取点药。我俩昨天还说起你，怎么十多天没来了。"

"我刚刚出了趟门，回来就病了。本打算明天出院就去看你们。"

"别着急出院，把身体养好。我明天还得来，正好给你炖点鸡汤，补补身子。"

"不用了，师母。病已经好了，一会儿就回家了。"

"那……"师母看了一眼丈夫，回过头来，"多注意休息，我们先走了。"

等老师夫妇走远，卢道雄才低头过来："我是不是惹麻烦了？"

顾星浅气呼呼地坐到长椅上："喊什么喊？能丢了？"

卢道雄轻手轻脚地坐下："我也怕父母知道我的事。"

听到这话，顾星浅消了气，打开饭盒吃起来。卢道雄还是有点不放心："回病房吧，别让人看见。"

顾星浅气又来了："整个上海滩我就怕他俩看见。他俩看完了，我还怕谁看？"

卢道雄声音黯淡："但愿没认出来我这个青帮弟子。"

顾星浅有些不好意思："别多想了。一会儿出院，你叮嘱好大夫和护士，千万别说漏嘴。"老师记忆力极好，一定认出了青帮弟子，还会到医院去查个究竟。

从去年见面开始，方慕石心里就有不好的感觉。重情重义的星浅怎么会同在上海而不来探望？说是混得不好，可是衣着光鲜，哪里有不好的样子？闸北警局的事，找了不少人也不顶用，星浅怎么会一找就放人？那个对警察吆五喝六，对我毕恭毕敬的青帮弟子怎么会和星浅在一起？星浅明明在躲我，为什么要躲？

正想着，师母回来了："想什么呢？"

"还能想什么？"

"你也真是。谁能当汉奸，星浅能当吗？你自己的学生自己不知道啊？"

"你去问大夫了吗？"

"大夫说不知道。"

"没问问护士？"

"护士说是重感冒住院一个星期。"

胸口鼓鼓囊囊，明显是包扎后的结果，怎么会是重感冒？叮嘱医生和护士，可以解释为怕我担心。但是一个襄理，胸口怎么会无缘无故受伤？

"你要是还不相信，赶明星浅来了你自己问。"

说曹操，曹操就到，后面还跟着青帮弟子扛着袋面。

方慕石从屋里迎出来："星浅，身体好了吗？"

顾星浅鞠躬施礼："蒙老师挂念，全好了。"回身吩咐，"把面放到窗根底下。"

"是。"卢道雄把面放好，"顾襄理，我先走了。"

"嗯。"

老师捎了一眼外面的车子："星浅，以后来不要买东西。那位是？"

顾星浅心里一惊，百密一疏，忘换车牌了："老师您忘了，就是他把您从警局接回来的。原来在青帮混事，年初不干了，现在在我那听差。"

"我说怎么有点眼熟。"一袋面还让人扛进来，明摆着是为了解释为什么和青帮弟子在一起。费这么大心思，到底是为什么？

师母也从屋里出来："星浅，身体好了？"

"好了，师母。前几天出门可能着凉了。"

"也难为你，没个人照顾。"

"没事的。我一个人都习惯了。"

"一个人连个伴都没有，还不着急结婚？要不要师母帮你张罗张罗。"

顾星浅心思一动，但也只是笑笑，模棱两可："还是师母惦记我。"

"二十七岁啦，孩子都该上学了。"

师母开始忙乎晚饭。顾星浅想帮忙，被师母拒绝了："你身体刚好，陪老师说会话。"

刚说了几句话，天空开始打雷。老师看看挂钟："快五点半了，媛儿怎么还没回来，可别赶上雨。"

顾星浅站起来："我去车站接一下。"

师母看顾星浅出了院门，回过头来："刚才路上遇到刘太太要给媛儿说门亲事。是个医生，姓周，家境殷实，人也斯文。"

"哦，不急。"老师随口敷衍。

"还不急？媛儿都二十二了。"

老师没吭声，翻着手里的书。

"我知道你的心思，想把媛儿许给星浅。我倒没什么意见。媛儿也很喜欢。就是不知道星浅怎么想。"

老师合上书："星浅要是不喜欢媛儿，不会总来，但我总觉得他有事情瞒着我。"

"还是汉奸的事？我不是查完了吗？"

"等我查清这件事。要是星浅没做汉奸，就把话挑明，择个日子把事情办了。"

"等你查清，猴年马月了。"

"我一定尽快。"老师下了决心。

还没走到一半，雨点就噼里啪啦下来了，在水泥路面上跳起欢快的舞蹈。顾星浅撑起油纸伞，心中满是喜悦。恍惚间，和师妹已是多年的夫妻，一起买菜、一起接孩子、一起去看父母……

电车的刹车声打碎了顾星浅的遐想。师妹下了车，一身天蓝色的连衣裙，清纯可人。顾星浅快走两步，把伞支在师妹头上："师妹，下班了？"

师妹的脸上有淡淡的惊喜："这么巧？顾大哥。"

"老师说要下雨了，让我来接你。"顾星浅自己都觉得话没有味道。

"谢谢大哥。你也到伞下来吧，都淋湿了。"

"不碍事的。"顾星浅憨憨地笑了。

"妈妈说你病了。"

"没什么，已经好了。"

雨声里，顾星浅还能听到自己的心跳，多希望就这么走下去，就这么走到白头。

梅机关与宪兵队的联席会议正在会议室里举行。小林机关长主持会议："请山本课长向诸君报告小井君遇害案的情况。"

"小井君遇害后，我对涉及的人员进行了详细核查，并做了比对。具体的情况是这样的：顾星浅出门期间，小井君曾致电七十六号。据通讯班班长邓文辉证实，顾星浅回电时，小井君提出宴请，并确定了时间地点。"

"打完这个电话之后，直到赴宴前，顾星浅没有出过七十六号，也没有打出过电话。我们对七十六号所有电话的拔出情况进行了核对，不存在使用别人电话的情况，也就是说顾星浅在知道时间、地点之后没有通知安排的可能。"

"顾星浅死里逃生，是因为西服内口袋里白钢烟盒阻挡了子弹的力度。他平时不抽烟。烟盒是酒后在半路上买的。杂货铺老板证实，顾星浅买了两个烟盒，另一个在小井君的西服内口袋里被找到。"

小林机关长打断山本的话："小井君从不吸烟。"

"老板、老板娘均证实，顾星浅和小井君两个人在杂货铺点上烟后，一起离开。现在顾星浅身上唯一的疑点是在酒屋小井君去卫生间的时候，向招待要过白钢材质的扁瓶酒。顾星浅解释说，扁瓶酒适合携带，准备路上喝。"

"从谈话来看，顾星浅整体表现是真实的。在容易出现问题的关键地方，没有使用诸如喝多了、受到惊吓一类词汇进行遮掩，相反回答得很仔细，而且主动说起，小井君当晚提到他的表哥，也就是两年前在同一地点遇难的小池君。综上所述，我认为顾星浅的问题不大。现场的问题，请佐滕法医官为大家讲解。"

佐滕法医官鞠躬致意："小井君的枪伤是从背后进入，贯穿整个心脏。从捡到的弹头看，是一款最新式美制步枪，射击距离至少是五十米以外。顾星浅身上的枪口，明显出自同一把步枪，子弹从心脏正面射入，没有烟盒的阻挡，必死无疑。我倾向于认为顾星浅也是受害者。我的汇报完了。"

山本课长随即附和："我同意法医官的判断，顾星浅应该也是受害者。"

小林机关长发问："有没有可能是顾星浅故意放置了烟盒来阻挡子弹？"

"从理论上来讲，是有这种可能的。不过现场顾星浅被击中位置介于两盏路灯中间，能见度较差。有附近人证实，两声枪响间隔时间很短。如此短促的时间，如此昏暗的环境下，想要准确击中洋服内口袋的烟盒，没有可能。"

小林机关长思索片刻："顾星浅会不会用打火机指明位置？"

"现在没有发现打火机。"

"没有打火机，烟是怎么点的？"

"我们询问过杂货店的老板。顾星浅是用杂货店的打火机点的烟，用过后随手放回。在现场找到的所有物件中，没有可以燃烧或者发光的东西。"

"现场肯定清理过。不能因为没有找到，就确认没有。狙击的位置确定了吗？"

"已经确定。距离案发现场五十米左右的树丛，那里是非常理想的狙击地点。"

小林机关长用钢笔轻轻敲打桌面："两年前，更换密码的关键时刻，小池君遇害。两年后，推出分区断电检测电台的关键时刻，小井君罹难。节奏掌握得如此之准，真是令人叹服。现在看来，小井君被害一案疑点颇多。顾星浅没有通风报信的可能，那么军统是怎么得到消息的？"迟疑片刻，"你们调查过那个听到电话的证人吗？"

"证人邓文辉是七十六号的电话班班长，在听完电话后直到当晚九时许离开，期间没有外出，使用过一次电话，已经查实没有问题。"

"这件案子中存在两个疑点。一是顾星浅在小井君离席方便的时候，向招待索要过白钢材质的扁瓶酒。没有要到之后，在杂货铺里购买了同样材质的烟盒，恰恰这个烟盒挡住了子弹。二是军统这次罕见地使用了步枪，为什么不使用更方便携带的手枪？"

"顾星浅身上的疑点非常多。小池君遇害前曾见过顾星浅。推出分区断电检测电台期间，顾星浅曾去过小井君的办公室。不知道是小井君无意中泄露了什么，或者顾星浅发现了什么，那对中国夫妇令人惊奇地接到了消息。这些对我们来说，都需要去挖掘真相。"

"山本君对顾星浅的判断基于两点，一是顾星浅没有通知、安排的可能。二是不可能冒这种近乎于自杀的风险。但是至少有一点无法解释。从现在掌握的情况看，小井君酒后临时动议，提出到外面走走。那么军统为什么会在军犬医院提前设伏？总不会是夜观天象，未卜先知吧？这一点恐怕没有人会给我解释？哪怕是基于想象的猜测。"

"有一点我要说明，"山本课长插话，"走出酒屋之后，顾星浅提议向左走，小井君坚持向右走。这一点，有招待的证实。"

小林机关长并未理会山本的插话，继续自己的思路："这次事件是军统方面蓄谋已久的行动。顾星浅没有安排行动的可能，而且身负重伤。这个时候采取行动肯定会招来七十六号方面的严重不满，毕竟我们的推论没有明确的证据支持。我听说周佛海先生第一时间安排秘书前往医院慰问，丁默邨亲自到场。由此可见，汪精卫政府高层对顾星浅的认可。"

"中途岛海战之后，内阁数次明确指示要注意维护和南京政府的关系。与间谍的性命相比，日中关系才是大局，所以，我的意见是把这件事交给齐修治，责成他暗中调查。到目前为止，齐修治认为顾星浅还是值得信任的。岗村队长对这件事这么看？"

宪兵队队长岗村是个外表凶悍的家伙，两年前小池遇害的时候，时任宪兵队特高课的课长，负责侦破工作。因此，他对小林机关长重提旧事不是很满意："我不完全赞同机关长阁下的意见。为慎重起见，特高课昨天晚上在案发的时间和地点进行了模拟实验，仅击中一次，命中率是百分之五。这么低的命中率，军统如何保证顾星浅的绝对安全？"

"机关长阁下刚才提到的两大疑点，本人均不敢苟同。如果顾星浅确系经验丰富的谍报人员，肯定会事先在口袋里放置相关物件并编造好充分的理由，而不是在酒屋明晃晃地索要不成，再去外面仓促购买，给我们留下诸多疑点。顾星浅到达杂货店的时间是晚九时许，而该店的关张时间为八点半，当日延迟营业是因为等待收账的伙计。特高课已经查实，伙计收账一事无误。如果杂货铺正常关张，试问买不到烟盒的顾星浅如何躲避那颗子弹？"

"诸君都知道，使用手枪超过十五米的距离，即使最优秀的神枪手也难以保证一枪中的。现场距离超过五十米，使用步枪是唯一的选择。步枪有利于掌握方向，但是冲击力数十倍于手枪。使用步枪对于顾星浅来说，死亡的可能性倍增。因此，我认为顾星浅不是军统的谍报人员。"

"岗村君，我打断一下。"小林机关长语气谦和，"五十米距离绝对只能使用步枪。问题是军统如何事先确定的刺杀距离。按照常理，应该选择更方便携带的手枪进行成功率更高的近距离刺杀。"

"方便不假，但随身携带手枪在那一带游弋极易遭遇巡逻警察，很难保证不出问题，所以狡猾的军统选择在草丛里以静制动。"岗村一副胸有成竹的架势，"另外，我认为小池君和小井君的案件不能并案处理。理由很简单，小池君的案子早已结案，证据完整、充分。不能因为和小池君、小井君都有过接触，就先入为主，认为顾星浅有问题。"

"刚才机关长阁下提到，军统为什么会提前设伏的问题。我认为应该是军统提前查到了小井君兄弟俩的亲戚关系，断定忌日当天前去祭奠的可能性非常大，因此提前设伏。"冈村目光锐利，扫视全场，"诸君还记得刘省身的案子吗？这次只不过是故技重施。"

"我提醒诸君一点。顾星浅在数次破获军统电台案件中立功不小，特别是几个月前的三十四号电台案，成功缴获密码本，破译了之前的大量电文，对我们和军统的较量提供了不小的帮助，但他毕竟是知那人，在如此动荡的时局下，又处于如此重要的岗位，监视和调查都是必需的。"

"目前，宪兵队方面和七十六号的关系非常紧张。我不希望在如此微妙的时刻，因为顾星浅引起不必要的摩擦。宪兵队特高课会继续加强对该案中人证、物证的搜寻。同时我认为，将顾星浅交予齐修治暗中调查是明智之举。不管从能力上看，还是从忠诚上看，齐修治应该会不辱使命。"

第二十七章

雨后初霁，彩虹跨在天边。顾星浅从山脚下爬上来。正在半山腰亭子里张望的姜未鸣迎出来，满脸惊喜："星浅，身体没事了吧？"

"没事，全好了。多亏你的安排，要不真见不着了。"

"也是你吉人天相。那天你走了之后我去了现场，担心有变，在杂货店下了功夫，没想到后来真派上了用场。这次真的是太险了。我给静安寺上了香，还给教堂捐了款。现在你平安渡劫，我都不知道该买哪边的账。"

"你这可是病急乱投医。"

"只要你没事就好。"

"我没那么乐观。日本人没那么好对付。"

"总部第一时间协调周佛海，也是想给日本方面施加压力。现在的形势也只能走一步看一步了。"

"上次见面事情太急，有件事忘了告诉你。我回上海的路上被人劫持了。"

"什么人干的？"姜未鸣的好心情立刻跑到了爪哇国。

"从口气看是抗日分子。不过他们穿皮鞋，用打火机，一色的手枪。我觉得应该是徐芝园设的圈套。"

"你怎么逃出来的？"

"他们故意卖个破绽，准备制造车祸，好在被我及时发现了。"

"看来解决徐芝园刻不容缓。"姜未鸣皱着眉头。

"为首的人有不太明显的胶东口音，左耳下有一颗痣。"顾星浅从口袋里取出一张画，"这是他的画像。我想以此来攻击徐芝园。"

"范文蔚有消息吗？"

"一直在丁先生手里，肯定是嫌不够分量，还在等机会。"

"我一定尽快找到小胡子，再给徐芝园加把柴火。"姜未鸣收起画像，"星浅，你好像有心事？"

"没什么。"连续经历两场生死劫难，想要有个家的想法日益强烈，心情却愈发矛盾。这次有惊无险，下一次还会这么幸运吗？顾星浅想要倾诉，又害怕姜未鸣浇灭他最后一丝幻想。

姜未鸣善解人意地拍拍顾星浅的肩膀："有什么事，想好了跟我说。"

方慕石有个学生叫薛礼乾在市政厅负责发放车牌，所以才特别记下了青帮弟子的车牌号。站在市政厅门口等了一会，薛礼乾跑了出来："老师，您怎么来了？"

"我顺道来看看你。"

薛礼乾和门房打了招呼，把老师请到办公室。方慕石坐进沙发："小薛，你这环境还不错。"

薛礼乾给老师倒了茶水，恭恭敬敬地站在一边："您身体还好吧？"

"能吃能睡好得很。"

"您还在家赋闲吗？"

"老了，不愿干了。"

"您还是不愿给日本人工作。"

"不说这些。小薛，我来找你帮个忙。"

"您说。"

"帮我查查这个车牌是哪的？"

薛礼乾接过纸条，看了看："您查它干什么？"

"我的邻居让这个车撞了，想找司机评评理。"

薛礼乾笑笑，打电话让人去查。很快有人送来资料。

"车是威廉贸易行的。"

"威廉贸易行？"

薛礼乾翻了翻资料："是一家德国人开的公司，经营通信器材。老板叫约瑟夫。"

一块石头终于落了地。

送走方慕石，薛礼乾给顾星浅打了电话："方教授来了，我按你说的应付过去了。"原来当天方慕石留意车牌的时候，顾星浅就想好了对策，提前和薛礼乾打了招呼。

苏州大光明化工公司是一家专门生产纯碱的公司，副经理钱仲明就是劫持顾星浅的小胡子，自打从浙江回来一直闭门不出，这两天觉得风头已过，又听说有大买卖上门，才到公司露了面。

"这位是祁先生。这是我们钱经理。"两个人握了手。旁人退了出去。

祁先生长衣长衫、气质粗犷，来者不善的样子："钱经理还记得我吗？"

"祁老板有些面善，我一时想不起来。阁下是？"钱仲明殷勤地倒水点烟。

"真是贵人多忘事。"祁先生表情淡淡，"贱名不足挂齿。不过我老板的大名，钱经理想必不会忘记。"

钱仲明一愣："您老板是？"

"钱经理真是健忘！去了一趟浙江，连戴老板都忘了。"

钱仲明手一哆嗦。壶盖在壶上叮当作响。

祁先生冷冷一笑："戴老板让我转达对你的问候。"

钱仲明战战兢兢："兄弟我……我……也是一时糊涂。"

祁先生把茶杯重重一蹾："说起来，也是鸡鹅巷时期的老人儿，你忘了家法森严吗？"

钱仲明颤颤巍巍地站起来："当时情况危急，我也是想曲线救国。"

祁先生拍了茶几："这两年做了什么，你心里有数，戴老板也有数，一笔一笔都记着呢。"

钱仲明热汗淋漓。

祁先生摁灭了香烟："你痛斥卖国行径、高呼国家兴亡匹夫有责时的浩然正气呢？就饭吃了？"

钱仲明云里雾里，不敢说话。

"前一段，你去浙江做什么？"

钱仲明犹豫了一下："当时是奉徐芝园的命令，劫持一个姓顾的七十六号处长。说是卧底，让我假冒军统诱他承认。可是姓顾的十分狡猾，滴水不漏。我又怕把事情弄大，就偷偷地把他放了。"

"放了？前脚放人，后脚破坏刹车？"

钱仲明觉得再无隐瞒的必要，一五一十地招来："徐芝园原意是如果没得到有用的东西，就杀人灭口。我怕受牵连，就破坏了刹车，想伪造成车祸。"

"钱仲明，实话对你讲，不仅我们找你，七十六号也在找你。你以为徐芝园能一手遮天吗？"

钱仲明大惊："兄弟，救我啊！"

"本来该一枪毙了你。"祁先生目光凶悍，"不过，戴老板有好生之德，念在过去有功于党国的分上放你一马。"

"兄弟愿意为党国赴汤蹈火，在所不辞。"钱仲明声音颤抖。

祁先生态度有所缓和："你坐吧。徐芝园反水是戴老板的苦肉计。本来一切还算顺利，没想到被顾星浅几次坏了大事。这次徐芝园得到准确消息——顾星浅正在秘密调查他，所以才设下这个局。没想到你自作主张，放虎归山，误我大事，后患无穷。"

钱仲明眨巴眨巴眼睛："我还是有点糊涂。为什么徐芝园不直接请示总部除掉姓顾的，非要假我的手？"

祁先生微微点点头："难怪说你尚有可用之处。徐芝园的苦肉计是军统最高机密，即便到了现在也难说成功。贸然除掉顾星浅，在这样微妙时刻，只会加深七十六号对徐芝园的怀疑。再说，谁也不能确保上海区里面没有敌人的耳目。徐芝园才出此下策。我刚刚得到消息，七十六号已经找到你头上了。"

钱仲明大惊："我该怎么办？"

祁先生冷冷一笑："现在不承认是徐芝园指使，恐怕过不了关。你就咬住徐芝园怀疑顾星浅是卧底，设计诱供一条即可，绝对不能说让你杀人灭口，刹车的事也死活不能认。否则，谋杀长官一条罪就够你把牢底坐穿。"

"只要你不乱说话，徐芝园最多就是立功心切，不择手段。保住了徐芝园，也就保住了你。最多在七十六号待上十天半月，自然会有人放你出来。"祁先生留下一句，"你好自为之。"拂袖而去。

为防齐修治事后追查，得到姜未鸣消息的顾星浅又安排杜六去苏州寻找小胡子，暗示了范围。三天后，杜六发来的电报——人已找到。顾星浅随即打电话叫卢道雄过来。

很快，卢道雄推门进来："顾处长今天可是少有的清闲，喊洒家来消遣吗？"

"你不来我清闲，你一来我牙就疼。"

"上火了？看上哪家小姐了？也到了该娶媳妇的年龄了。"

"娶什么媳妇？还不是上次在山里让人给揍的。"

"一提这事，我牙根也疼。你赶快想想主意，这个仇不能不报。"

"人我已经找到了。"

卢道雄一下子站起来："找到了？在哪？"

"苏州大光明化工公司副经理钱仲明，就是为首的那个小胡子。"

"我这就去把他抓回来。"卢道雄转身欲走。

"老卢，你先坐下。我想过了。虽然是休假期间出的事，可是咱俩毕竟是七十六号的人。这个事又不是私人恩怨，所以我觉得还是得请示一下老齐。公家出面好一些。再说咱俩配枪都没了，早晚都得跟老齐交代。"

"听你的。"

看见两个人一起进来，齐修治有点纳闷："今天是什么日子？哼哈二将一起来了。"

卢道雄瞅瞅顾星浅，转过脸："长官，我俩来是求您给做主的。"

齐修治把卷宗一推："谁这么不开眼？连我的哼哈二将都敢惹。说。"

卢道雄气呼呼地："前些日子我俩休假回来的路上被人绑架了。"

"绑架？"齐修治大怒，"这么大的事，为什么才说？"

顾星浅小心翼翼："这些日子事情太多，小井君遇害，我又受伤住了院。怕您劳心。"

"糊涂。"齐修治拍了桌子，"这么大的事，能瞒得过去吗？"

两个人不敢说话。

齐修治发完脾气，语气缓和了下来："说说情况吧。"

"我们俩回来路上，马上就要出浙江地面，被几个人掳到山里。听口气是抗日分子，让我为他们干事，还搞了个假枪毙。半夜，我听见窗响，觉得是他们没办法了，故意放人。我们俩就越窗逃了。"

"你能肯定是故意放的？"齐修治有些疑惑。

"能肯定。我们下山的时候找到了车，但是刹车被搞坏了。他们是想制造车祸除掉我们俩。"

齐修治眼望窗外一脸阴沉："娘希匹！搞到我头上了。我最近修身养性，想着与世无争，却被人当作病猫。看来真的是好人难做啊！"

沉吟片刻，齐修治转过脸："你们两个现在来报告，是不是有线索了？"

"为首的是苏州大光明化工公司的副经理钱仲明。"

"钱仲明？这个名字我有印象。"齐修治背了手，起身转了两圈，"想起来了。军统苏州站的行动组组长，和徐芝园一起反的水。你是怎么查到的？"

"审讯的时候，我看见桌子上放着麻饼，所以怀疑他们从苏州来，画了像，让人去查的。"

"道雄，你马上去趟苏州，把人带回来。"

顾星浅连忙拦着："长官，抓钱仲明不是问题。问题是防止消息泄露，以免徐芝园杀人灭口。"

"你的意思？"

"道雄带人一走，行动大队那边就都知道了。不如我假说开会，去趟苏州把人带回来。"

齐修治想了一下："这样也好。我从马精武那借两个精干的人给你。你多加小心，随时电话联系。"

"是。"两个人退了出去。

弄到牙医密码本，一口气破译了两年的电文。就此一条，梅机关也无话可说，只能暗中调查顾星浅。徐芝园却胆敢直接下黑手，绝对是项庄舞剑意在沛公，真的是其心可诛！等顾星浅抓回钱仲明，弄到实据。我倒要看看李先生如何应对。

第二十八章

从公司后门溜出来的钱仲明被对面车灯一晃，刚有点愣神，就被人拿枪逼着上了车。车子径直进入苏州绥靖公署后院，在一座小楼前停下。钱仲明被拽出来，押到地下室。

早已等候在此的顾星浅拿钱打发走两个警察，坐到桌子后面。"钱组长，我们又见面了。"

"你……是顾处长？"

"这里就咱们两个人。说说吧。"

钱仲明一个劲儿哀求："顾处长，兄弟有眼不识泰山。您大人不计小人过，别和我一般见识。"

顾星浅一阵冷笑："说得轻巧。我两次差一点死在你的手上，一句大人不计小人过就打发了。钱组长真的是好气魄！"

钱仲明一副可怜状："我罪大恶极，死有余辜，可最后还不是让人打开窗户，放你们一条生路了吗？"

顾星浅轻轻一笑："谁指使你干的？"

钱仲明低下头，犹豫了一下："徐芝园。"

"原话怎么说的？"

"他说你是军统卧底，但是一直找不到证据，让我演一出戏，诈出实情来。"

"诈不出来呢？"

"那就想办法偷偷地放了。"

"你怎么办的？"

"我就是按照他说的，没诈出来，偷偷地把你放了。"

"为什么破坏刹车？"

"破坏刹车？没有啊！"

"自作聪明，制造车祸，逃避七十六号的追查，是不是？"

"绝对没有。我对天发誓，绝对没有破坏刹车。冤枉啊！"

顾星浅冷冷地看着他足有十秒钟，缓缓开口："审讯的场面你见的应该比我多。非要吃完皮肉之苦再招供，有意思吗？"

钱仲明不叫屈了，脸一会儿白，一会儿红。

顾星浅继续说："我审犯人从来没动过刑，今天也不想破这个例。不过，我审的犯人没有不招供的，你也破不了这个例。其实徐芝园怎么说的，不用你说我也清楚，肯定是能诈则诈，诈不出来，就杀人灭口。是不是？你不要急着否认。"

"你担心七十六号事后追查，自作主张，先在刹车上做手脚，然后放了我，企图通过车祸不声不响地完成了使命。钱组长高明啊！"

钱仲明急忙辩解："刹车的事我真的不知道。冤枉啊！"

"冤枉？"顾星浅淡淡一笑，"昨天夜里也是在这里，我审问的犯人和你一样嘴硬。你们是一个训练班出来的吧？"从口袋里摸出张照片举到眼前，"认识吗？"

钱仲明细看照片，是一个人坐在椅子上受审，再细看，竟是祁先生。

顾星浅抽回照片。"祁之光，军统二处特派员，从你那里出来后落网，受审五十七分钟后彻底交代。你在这里已经坐了二十九分钟，还准备坚持多长时间？"

钱仲明还是不开口，但明显变得紧张，额头渗出细细的汗珠，脸已经涨红。

"好吧！话不投机，我们听一段录音解解闷。"

录音机里面缓缓地传出声音："我叫祁之光，军统二处特派员。徐芝园投诚是戴老板的苦肉计，但是收效不大。据徐芝园讲是因为顾星浅从中作梗，希望除掉他。总部经过通盘考虑，认为这个时候杀掉顾星浅，只会引来更大的麻烦，所以迟迟没有行动。徐芝园急不可耐，启用了原来苏州站的行动组长钱仲明，设计陷害顾星浅。本来说好，陷害不成就直接解决掉。没想到钱仲明自作聪明，让顾星浅钻了空子跑掉了。我们通过内线得知，顾星浅已经查到钱仲明头上。上峰担心出问题，派我找到钱仲明，叮嘱他咬住立功心切一条，保住徐芝园。"

顾星浅关了录音机："钱组长，听清楚了吗？没有听清楚的话，可以多听几遍。"

钱仲明强撑着自己："既然如此，我交不交代还有什么用？"

"祁之光已经坦白，你再交不交代，确实意义不大。枪毙你的证据已经充分，链条已经完整。可是我为什么还要和你磨牙？说到底，还是有利用的价值。"顾星浅轻轻一笑，看看手表，"现在是四十六分钟。徐芝园投诚是苦肉计，有了祁之光的供词铁证如山。怎么办？一毙了之吗？不。戴老板付出这么多心血精心策划，我们理应奉陪到底，借此良机把上海的军统连根拔起，而你钱仲明就是其中一颗重要砝码。如果你能为我所用，不仅可以免掉牢狱之灾，还可以有一番作为。孰轻孰重？我给你十分钟时间考虑。要是到时间还是顽固不化，我就一枪崩了你，罪名是袭击长官，意图逃跑。"

"也许会是假枪毙，你可以赌一次。"顾星浅慢条斯理。

钱仲明终于崩溃："我招，我全招。"顾星浅轻轻按下录音键。钱仲明把前前后后如实地交代了一遍。诸如徐芝园是怎么交代的、他是怎么办的、祁之光是怎么说的……

心满意足，该有的都有了。顾星浅安排好钱仲明，自己细细推敲录音带，把所有关于祁之光的部分通通剪掉。这个人本来就是子虚乌有嘛！这样祁之光的话就神不知鬼不觉地变成了钱仲明嘴里的话。顾星浅把整理好的录音碟细听了几遍，确认没有纰漏，拿起电话要通卢道雄，安排接站事宜。

在卢道雄隔壁办公室，监听完的林集鲁放下耳机，给徐芝园打了电话："大队长，顾星浅去苏州抓了钱仲明，坐明天下午两点二十七分的火车回来，提前在安亭下车。"

"这个钱仲明真是成事不足，败事有余。一旦他到了上海，让齐修治抓了实据，我们就很难在七十六号立足了。你让老郭做好准备，一定要一击致命。"

"是。"

刚放下，电话又响了，还是徐芝园："集鲁，一不做二不休。你让老郭连同顾星浅一起干掉。"

"大队长，三思而后行。没有李先生的命令，干掉顾星浅恐怕后患无穷。一旦查到我们头上，逃脱不了干系。"

"只要顾星浅活着，我们在七十六号永无出头之日。无毒不丈夫。老郭动手后，你找个机会寻机处置。"

林集鲁脸上一怔："好吧。"

放下电话的徐芝园一脸颓色。范文蔚失踪多日，肯定是被顾星浅送到丁默邨那里了。丁默邨隐忍不发，是嫌材料不够分量，想一击致命，再加上这个钱仲明，后果不堪设想啊！只有下黑手了，事后李先生再怎么责怪，也总比落到丁默邨手里强。

一直寄予厚望的秦笑天，迟迟没有找到邱叔同神秘的高小同学。当时是急不得，现在可是慢不得。几经催促，还是如此拉胯，会不会是有什么小心思？过去光提防林集鲁，现在看秦笑天也不牢靠。再换别人去，也不会有好结果。弄到这步田地，也只能放手一搏了。

顾星浅一行人赶到火车站的时候，已经有人等在那里了。那人身材瘦小，皮肤黝黑，但眼神精明，摘下礼帽，微微一躬："是顾处长吗？"

顾星浅点点头，"你是？"

"鄙人胡忘秋，奉命前来接应。"那人递过派司，"齐长官训示，为防有变，改在终点下车。"

顾星浅脸上一笑，心里一沉："还是长官想得周到。"

胡忘秋把顾星浅一行人安排到最后一节车厢。两名警察在门口警戒，不允许任何人进入。

动用隐秘关系把钱仲明押在绥靖公署，就是为了避开齐修治的耳目，没想到还有后手。原计划是寄希望于徐芝园通过窃听掌握消息在安亭火车站杀掉钱仲明。现在临时更改下车地点，徐芝园还能有下手的机会吗？再加上一个碍手碍脚的胡忘秋，根本没有办法应变。一旦两头见面，一切都会穿帮，自己的卧底身份不言自明。如果不是急功近利，怎么会处于如此被动的局面之中？

早在计划酝酿之初，顾星浅和姜未鸣就为如何处置钱仲明争执不下，少有地红了脸。顾星浅的意思是用连环计，环环相扣置之于死地。姜未鸣却担心用力过猛，出现纰漏，主张文火慢炖。因为顾星浅一再坚持，姜未鸣最终做出让步。事情到了这一步，顾星浅后悔莫及，深感文火慢炖的老到。

火车呼啸前行，上海愈来愈近。顾星浅迟迟没有找到解决问题的办法，只能祈求徐芝园技高一筹了。对面的胡忘秋言语不多，浑身上下散发着精明强干的气质。顾星浅小心翼翼，生怕露出马脚。临近中午，火车停靠在不知名的小站加煤加水。顾星浅谢绝了胡忘秋下车透风的邀请，靠在椅背上苦思对策。

一个乡下女人举着篮桃子出现在窗外："先生，买点桃子吧。新鲜的水蜜桃，可甜了。"

顾星浅哪有心思，扬手拒绝之际竟然发现姜未鸣正站在不远处面向这边津津有味地吃着桃子，立即会意掏钱买了几个，去了洗手池，看四下无人，展开女人找的零钱。零钱里有一张纸条——安排钱仲明坐在对面靠窗位置。注意躲避第二枪。

有了姜未鸣的暗中相助，顾星浅稍稍松了口气，又开始焦虑怎么能把钱仲明换过来。硬来会引起胡忘秋的怀疑，只能走一步算一步了。顾星浅给随行两名警察分了桃子，剩下的放到座前小桌子上，递给胡忘秋一个："老胡，吃桃。"

胡忘秋眼里竟然闪过一丝恐惧："我不吃。"

顾星浅心里一动，他会不会对桃毛过敏，否则怎么会是那种表情。就在这时火车一颠，顾星浅一松手，桃子准确地砸在胡忘秋的手背上。胡忘秋一哆嗦，桃子"咣"的一声掉在地上，骨碌走了。

顾星浅一脸疑惑："怎么了，老胡？"

胡忘秋连忙解释："我对桃毛过敏。"

"对不起。"顾星浅很客气，"赶快洗洗吧。"

胡忘秋起身洗手去了。顾星浅招呼钱仲明："老钱，过来吃桃。"

钱仲明有些心虚，摆摆手："我不爱吃桃。"

顾星浅笑笑："别客气，午饭还得一会，吃个桃充充饥。"

钱仲明走过来。顾星浅指指对面："坐这吃，正好咱俩唠唠。"

钱仲明依言坐在对面。顾星浅递过桃子："老钱，以后就是一起的同人了，别想太多。"

"顾处长，以后就仰仗你了。"

"这桃子真甜。"顾星浅咬了一口桃子，"别见外。咱俩不打不相识，以后互相照应。"后面的话被汽笛声盖住了。火车又要进站了，开始减速，车轮的声音大了起来。

顾星浅保持原来的音量："老钱，以你的精明强干，一定会在七十六号站稳脚跟，一定会大有作为。"

钱仲明为了听清楚顾星浅的话，身体前倾，脑袋凑过来。这时火车"吭哧"一声到站停住了。就在白烟消弭的一刹那，一个黑影出现在窗口，抬手就是一枪。子弹从右太阳穴射入，钱仲明哼都没哼，身子一歪，倒在座位上。顾星浅迅速一低头，哈下腰。第二颗子弹打在后面的靠背上。

枪声淹没在火车巨大的声响里，就连同车厢的警察也没有察觉。洗手回来的胡忘秋，看到惊魂未定的顾星浅，大惊失色："怎么了？顾处长？"继而又看到倒在座椅上的钱仲明，大叫，"出事了！出事了！"

顾星浅俯下身，摸摸钱仲明脖子上的脉搏："死了。"

胡忘秋也蹲下身看了半天，抬起头一脸沮丧："齐长官一再叮嘱。我怎么交代啊？"

　　两名警察闻讯也跑过来："长官，出了什么事？"

　　顾星浅一脸严肃："有人枪杀了我们的要犯。"

　　警察大吃一惊，看到倒在地上的钱仲明："长官，现在怎么办？"

　　胡忘秋没敢表态，看看顾星浅。顾星浅长舒一口气："人早跑了，下去追也没有用，让地方警察局管吧。我们还是尽快回上海复命。"

　　办砸了差事的胡忘秋靠在椅背上一脸沮丧。坐在对面的顾星浅也是心事重重的样子，心里却是快活得不行，盘算着给姜未鸣捎件礼物，表达钦佩之情。

　　"带回来了吗？"齐修治一看见两个人进来就急忙追问。

　　"人被打了黑枪。"胡忘秋瞅瞅顾星浅，低头答道。

　　齐修治的脸上明显带着不满："怎么这么不小心？"

　　胡忘秋有些退缩，顾星浅接过话头："我事先做了防范，和老卢通话的时候，故意说错车次。没想到他们还是抢先一步。"

　　"还冲顾处长开了一枪，幸亏没打中。"胡忘秋补充。

　　齐修治右手拳打在左手掌里，有些懊丧："死无对证，后面的事情就难办了。"

　　顾星浅从怀里取出录音碟："我担心夜长梦多，提前进行了突审。整个过程，录了音。"

　　听完录音，齐修治如释重负："铁证如山，不虚此行。我这就向丁先生汇报。"

第二十九章

顾星浅没在安亭下车！接完林集鲁的电话，徐芝园气急败坏，又上了顾星浅的道。如果钱仲明平安到达上海，见着丁默邨……

"铃……"电话又响了，还是林集鲁："钱仲明被打死了。"

"谁做的？"徐芝园顿时来了精神。

"不知道什么人动的手。老张在火车站亲眼见到了钱仲明的尸体。"

死无对证，让徐芝园松了一口气。可转念一想，又觉得如芒在背。什么人杀死钱仲明？别人没有动机，一定是顾星浅。既然能算到我会下手，为什么不将计就计？那样不是更简单吗？为什么要大费周章嫁祸给我？答案只有一个——这样做的收益更大。天知道，顾星浅又在其中加了什么作料。事情到了这一步，没有别的办法，只能向李先生坦白，寻求支持了。

"李先生，出了事情。"

"什么事情？"

"上个月顾星浅从浙江回来途中，我安排人假装土匪绑架了他，想诈出实情。"

站在湖边的李先生面沉似水。

"现在顾星浅找到了我的人。"

"人在哪？"

“被打死了。”

“你做的？”

“不是我打死的。”

李先生一脸冰霜：“我只是授权你调查海马。谁给的权利可以绑架同僚？都这么做，七十六号还有没有规矩了？”

“顾星浅就是海马。刘省身上坟连警卫也没带，而我两周前就得到消息。这说明海马就在刘省身身边，通过只言片语或者蛛丝马迹发现了秘密。慕容家的保姆证实，案发前两周曾有人打过电话，询问相关事宜。小池的事情，很可能是顾星浅发现他爱狗心切，从而设下的计策。”

“省身的事情，没有直接证据，说服力不够。有可能军统早就掌握情况，认定省身一定会在忌日前后前去吊唁，进而安排了整个行动。小池的事情，上海宪兵队早已经有了定论。”

“就算司机真的收了军统的钱，又怎么会随身携带单子？一定是嫁祸。顾星浅……”

李先生打断徐芝园：“梅机关也对这个结论持有异议。但是宪兵队方面坚持认为，如果不是司机下毒，为什么其他主顾没有中毒的反应。这一点没有人解释得了。”

“顾星浅的弟弟亲眼看见过他和上线接头。只要你再给一些时间，我一定能找到……”

“找到那位高小同学？”李先生的脸上阴晴不定，“我费尽心思安插在戴老板身边的内线已经被除掉了。”

徐芝园大吃一惊。

“你所说的这些都是基于想象，没法摆上桌面。没有严密的推理，不能服众。顾星浅破译密码立过功，虽然职位不高，但名声在外，不管是宪兵队还是梅机关对他都是认可的。小井的事情，虽然疑点重重，但梅机关尚且投鼠忌器，何况我们？”

徐芝园还想说什么，看见宋秘书走过来，便没再说。

“李先生，车已经备好。”

"我马上去南京开会。这段时间你最好不要露面，也不要有任何动作。再出事端，天王老子也救不了你。"

坐进火车的李先生一路上都在看着窗外，直到宋天宇端上晚饭，才转过脸面色阴郁："天宇，怎么看徐芝园？"

宋天宇想了一下："您如此看重的人绝对不会是等闲之辈，汪先生速记员一案就是例证。不过，在七十六号几次哑火，过于急着翻身，说起来情有可原，但是不合时宜。"

"不合时宜？"

"您现在的大局是搞好方方面面的关系，稳住江苏，搞好清乡，而不是揪出卧底。七十六号再多几个卧底也翻不了天。"

"话虽如此，但是这个卧底的破坏力实在太强，长此以往，七十六号之前积累的声誉恐怕毁于一旦。徐芝园能力一流，认定的卧底八九不离十。我现在犹豫是不是要解决掉这个卧底。问题的关键是一点实质性证据也没有，只能暗杀，乱了规矩不说，恐怕也很难抚平。七十六号现在人心散了。齐修治在张啸天的问题上大唱对台戏，好在最后高抬贵手，算是给足了我的面子。现在他握着几张牌迟迟不出，明显是在等风。"

"齐修治虽然二心不定，但还有大局观。您维持住了局面，等不来风的齐修治还会转舵回来。"

"是啊！"李先生叹了口气，"齐修治三心二意，再加上徐芝园不甘寂寞，多事之秋啊！"

"李先生，我斗胆进一言。"

"天宇，有话直说，不要搞得这么生分。"

"现在的七十六号对您来说，是个小局，关键是不出大乱子。您分身乏术，应该放手把它交给齐修治。不管齐修治是老谋深算也好、老奸巨猾也罢，只有稳住他，才能假他之手稳住徐芝园，才能无后顾之忧。"宋天宇卖了个关子，"我有一句话不知道该不该讲？"

"讲嘛。"

"徐芝园一意孤行，如果不严加管束，迟早会给您惹出祸端。"宋天宇顿了一下，"还有吴四宝。"

李先生闭着眼睛皱起眉头。形势愈发不利。岗村素来不怀好意，新任的机关长又日趋冷淡。自从老师调回日本本土，自己失了靠山，丁默邨动作频频，齐修治虎视眈眈。本来对徐芝园寄予厚望，结果差强人意，关键时刻授人以柄。军统上海区负责人是戴笠高小同学这件事，只和他一个人提过。他应该不会外泄，但郭炳森为什么会暴露？

小井遇刺，顾星浅嫌疑极大。梅机关按兵不动，明显是有所顾忌，不想草率破坏与南京政府的关系。现在顾星浅和徐芝园矛盾激化，轻率处理，极易引起麻烦。何况，顾星浅后面还站着齐修治。齐修治的后面还有丁默邨、周佛海，还有梅机关。

还是得等一等。

农历九月初九是重阳节，也是方慕石的生日，又恰逢五十九周岁，按照过九不过十的老理，今年可是大寿。顾星浅早早张罗在华懋饭店摆寿宴，被方慕石以国难当头，哪有心思为由拒绝了。不去饭店摆宴，家里还是要庆祝一下的。顾星浅班也没上，一早儿就来忙活，杀鸡宰鱼，收拾卢道雄搞来的整只山羊。正忙得满头大汗，方慕石的好友田教授来了。顾星浅赶忙放下手里的活计，把田教授让到堂屋。

方慕石迎出来接过礼物，揶揄道："嘴这么急，还没到饭点就来了。"

头发蓬乱、不修边幅的田教授哈哈一笑："最近日子不好过，正好到你这里打打牙祭。"看一眼在院子里忙碌的顾星浅，"星浅真是个有情有义的后生。"

"我这些年也是拿他当儿子的。"

"我看是当女婿吧。"

方慕石笑笑，压低了声音："我确实有这个想法。"

"那还等什么？媛儿也不小了。"

方慕石叹了口气，皱了眉。

田教授看方慕石不愿说下去，换了话题："媛儿没回来？"

"她下午有课，一会儿就回来了。"

肚里藏不住话的田教授又把话绕了回来："星浅还在德国人的公司当襄理吗？"

"嗯。"

田教授眨眨眼睛："你好像不是很托底？"

方慕石又叹了口气："我总觉得他有事瞒着我。"

"你的学生你不了解吗？"

"话是这么说。上海沦陷他就没了踪影，直到这两年才出现。我们几个被抓那回，老郑表哥还是市政厅的高官，找了多少人也不管用。他一去就把我弄出来了。"

"你怀疑他通日本人？"

方慕石苦笑一声，没接茬。

"你没查查？"

"怎么查？我连他的车牌都找人打听了，没发现什么。"

"没去他公司看看？"

"没用。不会有破绽的。"

说话间，方鹿希也回来了，进屋打过招呼，到院子里忙活起来。

田教授瞅瞅外面一边干活、一边说笑的两个人有些感慨："果然是佳偶天成。"转过头来，"你可不能棒打鸳鸯。"

方慕石笑笑："这是做人的根本，我不敢含糊。"

田教授摇摇头："我看星浅做人没问题。"

"星浅做人绝对没问题，就算是当了汉奸，真到了节骨眼上，也不会忘了我这个老师，但是大节不能有亏，这是根本。"方慕石还想说什么，被进来的师母打断，"都准备好了，田教授入席吧。"

田教授闻言站起来，刚要出去，猛然想起什么："我现在是愈来愈糊涂了。还有贵客没到。"

"贵客？"夫妇俩一愣，"谁呀？"

“他来了。”

一个戴着玳瑁眼镜、身材挺拔的中年人出现在院门口，文质彬彬的气质中夹杂着活力。

“华年！”方慕石喜出望外，快步走到院子，和来人拥抱在一起，“别来无恙？”

“恙倒没有，都是沧桑。”

师母也过来招呼：“孟先生您可是稀客，多年不见了。”

孟华年脱帽致意，递上礼物：“方兄大寿，不敢空手而来，一点意思还望笑纳。”

“您太客气了。”师母热情招呼，“正好菜齐了，边吃边聊吧。”

“华年能来真是太好了。我们快有十年没见了。”方慕石高举酒杯，感慨万千。

“民国二十三年，可不是快十年了吗？”孟华年也是颇有感触。

“你今天怎么……”

“今天真是太巧了，意外撞见老田。说是你生日。我就不请自来了。”

“你既然回到上海，怎么才露面？”

“我年前才回到上海，一直想找你们，可是整天琐事缠身，再说一事无成也没脸见老朋友。”

顾星浅觉得话有些耳熟，好像当时自己也是这么说的。

“顾先生在哪里高就？”孟华年略带醉意。

“我在一家德国人的商行做襄理。”这个人是冲自己来的。从他进院，没有人提过“顾”字。不管是老师介绍，还是师母提及都是说星浅，看来是提前做了功课。

“星浅可是慕石的高足，要不是战争，一定会青出于蓝而胜于蓝。”田教授插话。

“哪里哪里。您过誉了。”

“孟先生是我家的恩人。当年，媛儿不慎落水，多亏孟先生相救。”师母的感激溢于言表。

"过去的事情不要再提了。媛儿如今可是大姑娘了，还没定亲吗？"

"没有。"师妹羞涩地低了头。

"女大不中留。你们可得抓紧啊！"

欢聚之后，顾星浅遵师命护送两位客人回家。等到田教授下了车，孟华年突然开口："我是什么人，你应该有所耳闻吧？"

顾星浅一愣，连忙回应："念书的时候听说一些。"

"我现在隶属中共华东局社会部，负责上海的地下工作。"

顾星浅又是一愣："哦。"

"有什么想法？"

顾星浅笑笑："您可能也知道。我在七十六号尽职，不过也是一些技术工作。"

"这两年军统死灰复燃。顾先生出力不少吧？"

"学生糊涂，不知所云。"孟华年到底是敌是友？意欲何为？

"慕石不会看错人，我也不会。顾先生身在曹营心在汉。袁天牧暴露之际，齐修治张网已待，待的就是顾先生吧？"

顾星浅一惊。

"临行之际，有人调走剩余值班车辆示警。顾先生还记得吧？"

原来如此。

"过去国共两党势同水火，现在聚集在抗日的大旗下，面对共同的敌人，更应该相互扶掖，共襄大业。"

顾星浅默默点头。

"据可靠消息，李士群已经起了杀心。你一定要多加小心。我这个人素来弄堂里搬木头——直来直去，仗着是你的长辈，初次见面，就有一事相求。"

"有事您尽管吩咐，学生一定不遗余力。"

"最近送往新四军的药品出了差头，连人带车一起失踪了。我担心是内部出了问题，稳妥起见，只能寻找外援了。送货路线沿苏州河自东向西，两端都有我们的眼线。车子被掠走只能走唯一的岔路，必须经过宪兵队的洋泾检查站。被敌人捕获，不可能一点风声也没有。如果落入外人之手，没有路条，怎么通过的检查站？"

私自与共党合作，触碰军统底线。一旦暴露，后果不堪设想。即便军统蒙在鼓里，妄动也是大忌。顾星浅有些后悔，怎么就那么轻易地答应了？仅仅是因为他救过师妹？还是……

卢道雄推门进来，神秘兮兮的表情："看我给你带什么好东西了？"说着从怀里取出盒人参放在茶几上。

顾星浅拿起来端详端详："今天怎么良心发现？"

卢道雄得意扬扬坐进沙发："抄了个倒卖黑货的铺子。"

"你小心人多嘴杂，惹一身骚。"

"没事，他们也没少拿，都习惯了。你拿去孝敬你老师，省得花钱买。"

顾星浅收好人参："还是外勤好，不像我这一点油水都没有。"

"不至于这么清汤寡水吧？前些日子不还有人给你送了两盒鹿茸吗？"

"让野猫叼走了。"

"嘴下留德啊！鹿茸换人参，你也没亏着。"

那条路上会不会有人临检，连车带药一起私吞，然后正大光明地通过宪兵队检查站？这么做风险极大。什么人有这么大胆子杀人越货？一般的蟊贼不敢，再说也过不了关。一定是像卢道雄这样穿官衣的，才敢如此胆大妄为。

"想什么呢？"

"没想啥。以后有这好事也带我一个。"

"你是光看贼吃肉，没看贼挨揍。这活也不好干，担着风险不说，分赃不均最容易出事。现在都学乖了。小物件现场分，大物件找个仓库藏起来，等风头过了再想办法卖出去。"

七十六号这样的强力部门是不屑于站在道边设卡检查的。那条路如此偏僻，缉私队不会去，警察的可能性最大。警察不会跨区办案，那片是南市警局的辖区。

药的保质期不过一年。这些人一定急于销赃变现。药瓶上有批号，又有那么多双眼睛盯着，他们一定会寻求可靠的大买家一次卖掉。最好的办法就是引蛇出洞。难的是怎么不露声色地把买药的消息传给南市警察。

其实，办法是现成的。郝姐的先生就在南市警局当队长，父亲还开着贸易行。不过，把郝姐一家牵扯进来是顾星浅极不愿意的，可是思前想后，也没有别的办法。

第三十章

一阵接一阵的大风刚消停，一场倾盆大雨又不期而至。遍地都是梧桐树叶子，顺着水流四处漂荡。站在窗前张望的瑞福通贸易行老板郝伯韬叼着烟袋，愁眉苦脸。

"邓老板来了。"有伙计站在门口通禀。

"快请。"

梳着大背头、镶着大金牙的邓老板满面笑容，双手作揖："给老哥请安了。"

"这么大的雨，怎么还亲自跑来啦？"

"今天可是送财神来了，下刀子也得来。"

"我现在正走背字，哪还有财神光顾？"郝伯韬忙着递烟点火，端上茶水。

"这段生意不顺？"

"最近进了批麻油，赔得棺材本都搭上了。"

"现在这个鬼行市，一般生意确实难做，要做就得做硬通货。"

"什么硬通货？"

"药品。"

"药品？"

"有人出这个数，要八十箱阿司匹林。"邓老板比画了个手势。

"要这玩意的都不是吃素的，搞不好要摊官司。"

"谁怕摊官司，老哥你还怕？你女婿在警察局当队长，女娃在七十六号。"

"尚晚就是五个人的小队长，阿珠是个报务员，指不上的。"

"老哥，要货的是我的老主顾，靠得住。你只要能搞到货，放到张啸天的仓库，货票押在我手上，让他们自己去提货。两头不见面，出不了乱子。事成之后，咱俩二八分账，我二你八。"

郝伯韬有些心动，核计了一下："就怕货不好弄啊！"

"好弄，人家会出这个价钱。老哥你道行深，路子野，就当是帮兄弟一个忙，老主顾得罪不起啊！"

电报班的几个报务员正聚在一起叽叽喳喳，看见顾星浅推门进来，立即散开各就各位。

顾星浅板着脸："大庭广众聚在一起说长官的坏话。"

报务员们急忙争辩："处长，您可冤死我们了。我们说电影呢。"

"电影？"顾星浅随便坐下来，顺手拿起桌子上的《申报》看了看，"还真是好电影。"

霍珂很惊喜："我们都想去看。"

顾星浅头也没抬："想看就去看。过了这村就没这店。"

霍珂留神顾星浅的脸色，小心翼翼："晚场时间赶不上。"

"想白天看？不工作了？"

霍珂察言观色，一看有门，冲旁边的报务员使了个眼色。几个人迅速包抄过来，一个劲儿央求："处长，这段时间没什么事，您就给放半天假呗。前段日子我们忙得脚打后脑勺，都累坏了。"

顾星浅摇摇头："工作时间放什么假？"

报务员们败下阵来。还是霍珂乖巧，搬来救兵："郝姐，你给我们说说情吧！"谁都知道郝姐的面子，顾星浅无论如何都得给的。

郝姐笑呵呵地说话了："顾处长，她们魂都飞到电影院了，你就开开恩吧！"

顾星浅无奈同意。几个报务员欢呼雀跃。

顾星浅吩咐霍珂："不能都去，得有人值班。"

霍珂得意一笑："早安排好了，郝姐值班。是不是郝姐？"

郝姐笑着答应："没事。你们年轻人去玩吧。"

顾星浅想了一下："你们看完电影，马上来个电话，我怕万一齐先生回来。"

霍珂满口答应。

顾星浅今天是故意来的电报班。这几个小姑娘都是铁杆影迷，有好电影怎么会甘心错过？电影只放映三天，没赶上礼拜天，加上这两天外面很乱，家里人肯定不会同意晚上出去，所以只要把话题往上一引，她们一定会哀求的。这么做是为了确定电影的时长。明天是接头的日子，确定好时长，就会刚好在散场的时候经过影院门口，在人流中自然失去踪影。顾星浅知道自己被跟踪了，最好的处理办法就是佯作不知，揭穿或者快速摆脱，只会带来更大的麻烦。

下午，霍珂如约打来电话："报告处长，电影刚刚散场。"

"哦，没什么事。齐长官没来。你们继续欢乐吧。"放下电话，顾星浅看看表，距开场时间一小时四十七分。明天晚上的散场时间应该是八点五十一分。

第二天晚上八点过了一点，顾星浅出了家门，左顾右盼，一副晚饭后散步的样子，到了和平饭店门口，才第一次看表。频繁看表，跟踪的人一定会怀疑。中间只看一次，调整步速。顾星浅不紧不慢地向着大光明电影院走去。后面的黑影不远不近地跟着。几乎就在走到影院门口的一刹那，门开了，人群熙熙攘攘地涌了出来，顾星浅很自然地融入其中消失了。

"怎么这么晚？"姜未鸣一边倒茶，一边问。

"我被跟踪了。"

姜未鸣的手在半空中停住："什么时候开始的？"

"一周前。"

"知道是什么人吗？"

"应该是徐芝园的人。"

"又是范文蔚又是钱仲明，怎么还是没有动静？丁墨邨真是个小脚老太太。"姜未鸣有点急躁。

顾星浅摇摇头："肯定是时候没到。丁墨邨可比我们着急。只能等啦。"

姜未鸣很无奈："也只好如此啦。我得到密报，李士群已经对你起了杀心。"

顾星浅一怔，难道他们有共同的消息来源？

"你做好准备，一旦收到我的报警电话，立即撤退，不能有丝毫的迟疑。"

"李先生暂时还顾不上我。有了范文蔚、钱仲明两把柴火，徐芝园这壶水就快开了。这个时候盲目出牌，只能前功尽弃。"

"我就怕夜长梦多。"姜未鸣转移了话题，"先说眼前吧。我们正在筹划除掉何天风、楚明仁。除掉一个，另一个就会万分小心，所以我的想法是一起除掉，可是这样做，机会也会少得多。我刚刚接到内线的消息，圣诞节那天有个迎接陈公博的私人宴会。何天风、楚明仁还有徐芝园都会参加。"

"这样的宴会肯定戒备森严，最起码会外松内紧，很难下手。"

"我也是寄希望他们饭后搞一些活动，伺机解决。可是最近一段时间南市一带敌人查得很紧，没有明确的时间、明确的地点，很容易出事。我希望你能想想办法。"姜未鸣语气诚恳。

顾星浅知道不是压力很大，姜未鸣不会轻易张嘴。可是这样的事情都是临时起意，想得到准确消息是很难的。

姜未鸣体贴顾星浅的难处："你现在被敌人跟踪，一定要减少活动。"

没等他说完，顾星浅有了主意："圣诞节你们在兆丰夜总会埋伏。"

姜未鸣不解。

顾星浅眯了眼："我被人跟踪，索性将计就计，那天晚上去兆丰夜总会以逸待劳。徐芝园得到消息，说不定会带他们到那去看个究竟。"

"这么做会不会牵扯到你？"

"这个我自有办法。徐芝园暂时不能动。虽然为了我的安全，你可以随机处置，但最好还是以静制动。"

姜未鸣点头。

"陈、楚二人遇刺。徐芝园安然无恙，自然会受到极大的怀疑，也许这会成为煮熟他的最后一把柴火。"

郝伯韬还真是道行不浅，张罗了不到半个月，药品生意就有了眉目。邓老板接到货已备齐的电话不久，贸易行里来了主顾，年纪不大，脸上都是麻子，一脸凶相。

麻子很傲慢地坐进沙发，跷着二郎腿上下打量："老板贵姓？"

"小姓邓，您怎么称呼？"

麻子没接话茬："听说你这里生意做得很大。"

"小本生意，都是朋友关照。"

"我手里有些货，邓老板可有兴趣？"

邓老板喜出望外："不知道是什么货？"

麻子前倾了身子，压低声音："阿司匹林。"

邓老板表情有些僵硬，核计了一下："我这里虽然是贸易行，什么都做，但主要还是给工厂送货。药品方面，我不是很熟，很少涉猎。"

麻子有些意外："邓老板，阿司匹林可是快货，一般人拿不到的。"

邓老板搓着手："好吃不假，可是烫嘴啊！"

麻子从口袋里取出药瓶放在茶几上："你不妨看看货。"

邓老板犹豫片刻，没拿样品。

"胆子这么小，怎么做大生意？"麻子用的激将法。

"这东西转手就是钞票，可是……"邓老板擦擦额角的汗珠，有些遗憾，"谢谢您的美意。做药生意风险太大，我还是不熟不做。"

麻子收起药，撇撇嘴悻悻而去。邓老板脸上泛起一丝冷笑。

一群乌鸦在"呱、呱"的叫声中越飞越远。两个身影在"咔、咔"的踩雪声中越走越近。第二次握手选址在冬日下午近郊的墓地，肃穆安详。

"慕石的高足的确不同凡响。郝伯韬来电话说货已经备齐了。"

顾星浅长舒一口气:"总算见亮了。"

孟华年摇摇头:"你别高兴得太早。对手很狡猾,提出先收钱,然后交付仓库的承兑票,自行提货。"

"你们认同吗?"

"两头不见面是我们先提的。当时的想法就是打消敌人的顾虑。原以为他们转移货物,一定会有痕迹,没想到一点线索也没有。"

"我再想想别的办法。"

"找你来不是为这个。药品和人我们都找到了。"

"怎么找到的?"

"上回见面之后第二天,我们在河边找到了送药同志已经打光子弹的手枪。他向来弹无虚发,我们因此推断对方有人中弹,查到附近的医院,当天确实有警察受了枪伤,但留下的名字是假的。"

顾星浅也有些意外:"这么狡猾?"

"的确。正当我们无路可走的时候,事情有了转机。前几天有人到买药的贸易行进行了试探。"

"试探?"

"说有阿司匹林要出手,表示可以先看看样品。"

"批号对上了吗?"

"我们的人没碰样品。如果表现出特别的兴趣,一定会打草惊蛇。"孟华年目光锐利,"这些警察如此谨慎,绝不会派外人去试探,多一个人就多一分危险。因此我推断,这个人当时一定在场。我们通过内线很快锁定了他——南市警局二大队六小队刘富贵。"

顾星浅松了口气:"总算不辱使命。"

孟华年还是眉头紧蹙:"事情还没有结束。眼下要做的是夺回药品,除掉凶手,为死难同志报仇。"

顾星浅点头:"需要我做什么?"

"六小队的队长这几天一直没有露面,承兑票一定在他身上。他的家庭住址,内线没有找到,你一定知道。"

"我怎么会知道？"顾星浅莫名其妙。

"就是你同事的先生。"

"丁尚晚？"顾星浅如雷贯耳。

孟华年点头肯定，很奇怪："你怎么这么大反应？"

顾星浅呆若木鸡，好半天才说话："他是我姐夫。"

"姐夫？你……"

"刚进七十六号就得了急病，是郝姐把我送到医院，然后又接到家里细心照料，才捡回这条命。"

孟华年点点头。

顾星浅有些气短："你能不能……"

"能不能放他一马？"孟华年的表情变得凌厉，"你不要糊涂。这种事情怎么能掺杂私人感情？"

顾星浅浑身战栗，血往上涌，想说什么又说不出来。

静了片刻，孟华年缓和了语气："星浅，我知道你重情重义，心地善良。战争年代，管不了这些了。"

顾星浅茫然失措，半晌才控制住自己，说道："能不能让他走得体面些？"

"怎么体面？"

顾星浅脑子一片空白，不知道说什么好。

孟华年拍拍顾星浅的肩膀："你放心，我会处理好的。"

顾星浅黯然拿出钢笔，颤抖着写下地址："无论如何，不能当着他家人面下手。"

辞别孟华年，顾星浅漫无目的地走在无边的月色里。街边的路灯把影子拉长又弄短，一会儿抛在前面，一会儿又甩在后面，像极了命运肆意的玩弄。

没想到是这么一个结果。这件事起因是报恩，结果却是恩将仇报。丁尚晚咎由自取，可毕竟是经自己的手啊！是自己杀了他，让郝姐变成了寡妇！何颜面对恩重如山的郝姐？两条腿像灌了铅愈发沉重，顾星浅踉踉跄跄坐在马路牙子上，精疲力尽，心里的苦楚向谁倾诉？

第三十一章

十二月二十五日，西方的圣诞节，汪伪二号人物陈公博莅临上海。一个中型欢迎宴会借着节日的喜庆气氛在上海滩最豪华的华懋饭店举行。金碧辉煌的宴会厅高朋满座，汪伪在上海的多名中央委员悉数到场，徐芝园、陈天风、楚明仁等人也受邀出席。

九点整，电话响了三声。顾星浅放下手头的书，打电话给卢道雄："老卢，圣诞节在哪狂欢呢？"

卢道雄没有好气："你往家里打电话，问我在哪狂欢？"

顾星浅非常同情："圣诞节还形只影单，我就发发善心请请你。"

卢道雄一愣："我下午找你出去，你不是说没心情吗？"

顾星浅不紧不慢："我现在有心情。"

卢道雄哀怨不已："我真是苦命，总是仰人鼻息。"

顾星浅接着不紧不慢："那就算了吧。我一个人去过圣诞节。"

"等我叫车去接你。"卢道雄败下阵来。

兆丰夜总会里热闹非凡，艳舞跳得正欢。舞台中央一个浓妆艳抹的歌女正在卖力地演唱《天涯歌女》。好容易一曲终了，乐队开始演奏舞曲，男男女女双双携手下场，大秀舞姿。

"你是我最好的朋友。为了你，我可以不惜一切。"卢道雄中午就有点过量，舌头有点大。

顾星浅有些酸楚，卢道雄说的是心里话，可是自己却用他来演戏："老卢，身逢乱世，人心不古。我们都要小心。"

卢道雄不以为意："家父说你聪明孤傲。如果活在太平盛世，一定会怀才不遇，只有乱世才会脱颖而出。"

顾星浅想了想："伯父说得有些道理。"

"我家祖上出过七位进士。要不是科举取消了，家父一定会成为第八位。"

"看你家门口的对联，就知道伯父才高八斗。"

"还有你不知道的——家父看人奇准。"

"伯父研究过《周易》吗？"

"那是算命，两码事。"

"我研究过《周易》。"

"你不可能对那玩意感兴趣。"

"那我现场给你算算。"

"好啊！"卢道雄来了兴致。

顾星浅闭了眼，大拇指挨个点过其他的指头，来回几次，口中念念有词，很快睁开眼："我预测徐芝园一会儿会来。"

卢道雄哈哈一笑："论聪明，你是第一。这个是算命，需要参透天机。你别装神弄鬼，搞怪力乱神那一套。"

顾星浅叹了口气："本大师第一次出手，难以服众，不信就算了。一会儿自有分晓。"

"你这学科学的大学生怎么会信这个，不要拿洒家消……"卢道雄话说了一半停住了。徐芝园一行人进来了。

卢道雄双手合十："还请顾大师不吝赐教。"

顾星浅一脸高深："此等天机，岂是尔等俗人所能参透的。"

卢道雄苦苦相求。顾星浅没有办法，只好道破天机："我刚才去卫生间，看见他们从车上下来。"

卢道雄气得直打嗝。

顾星浅继续调侃："这么多前辈，卢队长也不过去打个招呼？"

卢道雄一脸怒气："上次差点死在他手上。我真想一枪结果了他。"

"老卢，量小非君子，面子总还是要有的。再说，咱俩也斗不过他。"

卢道雄撇嘴："斗不过就这么干受着？"

顾星浅轻轻笑过："活着的范文蔚、死了的钱仲明、睚眦必报的丁先生，徐芝园的好日子到头了。"

范文蔚、钱仲明两颗活眼被顾星浅生生做死，输棋已是定局。闭门家中打谱度日的徐芝园被拉到欢迎宴会上也是无精打采，喝的闷酒，听到报告才来了精神。不爱喝酒、不善交际的顾星浅突然出现在夜总会，背后定有乾坤。徐芝园难以遏制内心的躁动，连忙呼朋引类前去看个究竟，刚下车还没等进门，林集鲁就过来密报："卢道雄和顾星浅在里边。"

"卢道雄？只有他们两个？"

"是。"

"让人盯着，看会不会有别人。"

"是。"

徐芝园一转念，拽住林集鲁："不会有人来了。我进去看看。"

顾星浅看见徐芝园过来，连忙站起来招呼："徐长官，这么巧！"卢道雄有点执拗，挨了一脚才不情不愿地跟着起来。

"真正太巧了。一进门就看见两位老弟，快坐快坐。我到七十六号这一年多来，印象最好的就是两位老弟。先敬两位一杯。"徐芝园有些微醺，"卢老弟是一大队的猛将，胆色过人，有我当年的影子。"

卢道雄面无表情："徐长官过誉了。能赶上徐长官一半我就知足了。"

徐芝园目光转向顾星浅："顾老弟聪明过人，有省身年轻时的影子。"

顾星浅迎面接住徐芝园阴霾一样的目光："您和刘长官年轻时就熟识吗？"

"今天我就卖卖老，给两位老弟讲讲刘长官的故事。我们都是特务处的老人儿，鸡鹅巷时期的老军统，有一段时间还在一起办过案，后来大家陆陆续续提拔了，只有他一直原地不动。其实好几个大案子，他都起了决定性的作用，但到了论功行赏的时候，功劳变成别人的啦。根本的原因是他的性格孤傲，不愿意接近上峰，更别提交际了。这样的人总让上峰觉得难以驾驭，所以一旦案子有了眉目，他就会被调走。如此几次，索性闭口不言，上峰也就逐渐疏远他了。不过他始终喜欢钻研，喜欢看书，积累了很多东西。"

"加入七十六号以后，省身得到李先生的青睐，如鱼得水，差一点没把老哥我逼上绝路。"徐芝园话锋一转，"顾老弟是刘长官最看好的，没有他的大力举荐，不会这么早晋升处长。说起来，刘长官对你有知遇之恩。"

徐芝园鹰隼一样的眼睛死死盯着顾星浅。本以为他的眼睛里会是愧疚，没想到满是泪水。

"刘长官待我恩重如山，没想到死得不明不白。"顾星浅率先提到刘省身的死，让已经酝酿完整、准备继续慷慨陈词的徐芝园乱了节奏。

顾星浅眼光深邃，投向远方："这件事恐怕永远是个谜。我死了也没有颜面去见刘长官。"

徐芝园一脸愧疚："是我不该提起这个话头。顾老弟也不要难过。有你这样重情重义的兄弟，省身九泉之下也会欣慰的。"正面交锋没有破绽可寻，只能无功而返，但直觉却让他更加认定之前的想法。

徐芝园刚回到那边，就有人吵吵饿了，要去国际饭店吃夜宵。一干人等便站起来往外走。到了门口，服务生叫林集鲁听电话。林集鲁听了一下，捂住话筒叫住徐芝园。徐芝园过来接过电话，里面满是忙音，显然对方已经挂了。

这时门口突然大乱。站在外面等车的陈天风、楚明仁没有任何征兆相继倒地。众人七手八脚地扶起，才看见两个人眉心被枪击中，还在往外淌血。

徐芝园赶过来看到这一幕，一股凉意从脚后跟升起，裹满全身。没有刚才那个奇怪的电话，或许也是一样的下场。谁打的电话？是想留他一条命，还是想做什么？

不管怎么样，麻烦来了，而且是大麻烦。是谁带来这么大的麻烦？今天参加宴会，临时起意来到这里，军统怎么会未卜先知？即便随从中有内线通风报信，这么短的时间，临时调度不可能来得及。临近年关，这一带的巡逻明显加强。时间和地点拿捏得多准，才能一击致命。这是不可能的啊！

冬日后半夜的上海街头，寒气逼人。一阵冷风吹过，徐芝园打了个冷战，酒有些醒了。是顾星浅，一定是顾星浅。他一定是察觉到被跟踪，将计就计下了饵料，可自己偏偏就上了钩。今天是怎么了？怎么可能中了这样的圈套？不应该喝这么多酒，又是白酒，又是葡萄酒，真的误事。

即便如此，自己作为顾星浅的死对头，怎么会侥幸逃脱？谁打的神秘电话？戴老板法外开恩？本来在军统也算得意，却意外中了齐修治的套路，逼上梁山。也许是做了汉奸交了霉运，落水七十六号诸事不顺，处处受制。难道上天在惩戒自己？一直守在身边的林集鲁也已悄然不见，想必是使命已达，功成身退。看着远处人群中的顾星浅，众叛亲离、山穷水尽的徐芝园眼里已经没有了仇恨，只有深刻的绝望。

一上班，霍珂就敲门进来："报告处长，我回来了。"

顾星浅抬起头，笑了笑："会开得怎么样？"

"还是老一套。"

顾星浅知道她有点喜欢自己，所以在一起总有些不自然，正合计再找点什么话题，霍珂从挎包里取出条领带，放到办公桌上："我送给你的礼物。"一转头，跑了。

一条质量上乘、做工考究的领带，淡淡的天蓝色，配着碎花。霍珂还是蛮有眼光的，怪不得看上自己。顾星浅哑然失笑，收好领带，拿着文件进了会议室。

今天的会，齐修治主讲。浅灰色条纹洋服配了条米黄色领带，看起来神清气爽。会不会是霍珂送的？突然蹦出的念头，顾星浅自己也觉得奇怪。齐修治来了就张罗开会，霍珂压根没有送领带的机会。就算有，怎么会刚送来就戴上？

春暖花开，天气很热。讲话的时间又有些长，齐修治摘了领带，放在一边。顾星浅倒水的时候，装作很感兴趣的样子，大大方方地拿在手里细看。领带后面的商标和自己那条是一样的！霍珂昨晚给齐修治送的领带？平常没发现他俩有什么接触，到底是什么关系？

午休的时候，电报班只有霍珂一个人值班，看见顾星浅，忙站起来："处长好。"

顾星浅笑笑："我来就是想说谢谢。"

霍珂低下头，没有作声。

"图案挺适合我。"

"我就觉得你能喜欢。"霍珂莞尔。

"走了快一个月，家里都挺好的？"

"挺好的。谢谢处长大人关心。"

"外婆好吗？"顾星浅绝对是没话找话。

霍珂眼里一黯，连忙把话岔开。

自从去年夏天休假以后，霍珂一直穿得很素。如果外婆过世，有什么不能说呢？问到眼前也不说，是在隐瞒什么？顾星浅闲聊了几句，回到办公室，找出去年日历牌翻到霍珂休假的日子。记忆没错，霍珂休假正是齐修治和老何消失的那一段日子。霍珂的外婆就是齐修治的母亲！母亲去世守口如瓶，亲戚关系刻意隐瞒，除了不愿别人知道自己的家事之外，一定是怕牵连霍珂。齐修治膝下荒凉，一定很喜欢这个外甥女，才会昨天送的领带今天就戴上。

知道这些又有什么用呢？顾星浅满脸苦笑，真的是得了职业病，什么事情都要弄清楚。刚收了笑，顾星浅突然灵光一闪，霍珂可是一九二一年出生的！齐修治如此喜欢霍珂，会不会拿她的生日作密码？

终于又等到和季道奎一起值班的日子，顾星浅三探齐修治办公室。这次一点也没有紧张，顺利进入办公室，把钥匙插进保险柜，右扭二十一，左扭七，再右扭十九，深吸一口气，一转把手，保险柜开了！朝思暮想的密码本就卧在那，旁边是几份文件，上面压着一块玉佩。顾星浅担心翻动文件会留下痕迹，强压冲动没有触碰，反复确认位置之后，取出密码本逐页拍照。

夜是那么静，静得连翻页的声音也显得那么大。就在这时，外面传来"咚、咚"的脚步声！顾星浅一手按住密码本，一手握着微型相机，像雕塑一样静静地站立，仿佛能听见血液在血管里流动的声音。一会儿，声音没了，应该是电报班的报务员去上卫生间。顾星浅又开始忙活，好容易拍完了，小心翼翼地把密码本放回原来的位置，关好门，仔细看看四周，确认没有问题，慢慢退回办公室。

瘫倒在沙发里，四肢无力，好长时间才发觉衣服已经湿透，顾星浅却是满心欢喜。历时两年，经历这么多的曲折，终于得偿夙愿，顾星浅明白更应该冷静。

第三十二章

"陈璧君把徐芝园的材料原封不动转给了李士群。李士群迫不得已交人了事。总算可以告慰表兄啦。"姜未鸣的声音有些许的震颤，深施一躬。

顾星浅急忙拦住："老姜，你说过，这不是私人恩怨。还是说公事吧。"

姜未鸣尽力调整好情绪："总部下达了新的任务。"

"什么任务？"

"除掉李士群。"

顾星浅一惊："这……恐怕我有心无力。"

"任务下给包括周佛海、你在内的几个人，没有时限，也没有明确的分工和具体的计划，更多的是依靠你们的默契与临场应变。李士群素来与上海宪兵队队长松岗不睦，他的老师又调回了日本本土。现在谈不上四面楚歌，却也是山雨欲来风满楼，除掉他的时机已经成熟。总部希望能找到并利用他和宪兵队、梅机关及汪伪内部的矛盾，假日本人之手除掉这一顽疾。"

"汪伪辖区现状已经引起日本内阁的严重不满。据内线通报，日本内阁特使山本雄一已于日前抵达杭州，不日将赴上海。他的使命就是了解汪伪政权的现状，寻求改善的办法。希望你设法与他取得联系。"

"这个层面的人物不是我能接触到的。"

"山本雄一是齐修治的同班同学，据说私交甚笃。"

顾星浅轻"噢"一声："齐修治可是老滑头，顾及和李先生的关系，不会过多介入。不过，现在齐李之间确实是渐行渐远。"

"我们正在做这方面的工作。有消息说丁默邨正在拉拢齐修治。"

顾星浅轻轻摇头："可能没有人比我更了解他。不管是李先生还是丁先生都是机会主义者。只有齐修治是为信念活着。我没有任何证据，但一直觉得他是死心塌地为日本人工作。"

"齐修治为日本人工作对我们来说也许是好事。这样他才能把更多的问题暴露给山本雄一。"

顾星浅想了想："或许是吧。"

"你上回提到的吴四宝，让我有个想法，或许可以从他身上打开缺口。这些年吴四宝跟着李士群助纣为虐，早已恶贯满盈。绑架方液仙，特别是撕票之后方家大闹市政厅，也引起日本方面的强烈不满。我们利用这个机会，先除掉吴四宝。一方面削弱七十六号的力量，另一方面把火引到李士群身上。你要做得不留痕迹。"

"这件事我负总责，居中调度，但主要是依仗你推波助澜，暗中相助。"姜未鸣神色庄重，"星浅，你屡屡带来惊喜，多次完成不可能完成的任务。总部对你颇多期许。除掉李士群是军统上下几年来梦寐以求却难以实现的夙愿。军统数万英魂不散，都在等待这一天。拜托了。"说罢，一躬到地。

顾星浅庄严还礼："竭尽所能，不辱使命。"

下午一上班，邓文辉就敲门进来："处长，这是上报警政部的材料，请您和齐主任签字。"

顾星浅接过文件："我去找齐长官签字，一会给你送去。"

齐修治正饶有兴致地欣赏一盆盛开的月季花，听顾星浅说明来意，看也没看，径直翻到最后一页签上名字。

顾星浅拿着文件正欲离去，被齐修治叫住："星浅，有什么着急的工作吗？"

顾星浅笑笑："没有。"

齐修治眼睛还在看着月季花："没有就坐坐。我这就这么不招顾处长待见。"

顾星浅忙解释："我怕打扰您的工作。"

"喜欢这花吗？"

"说实话，不是太感兴趣。"

齐修治净了手坐到沙发上，招呼顾星浅也坐下："年龄真是个神奇的东西。我年轻的时候也不感兴趣，现在却喜欢得不得了。等你到了我这个年龄，也会喜欢的。"

顾星浅笑笑，算是同意。

"最近听没听到外人说我们的风言风语？"

顾星浅不明就里，想了想："早些时候有个朋友说他表弟被七十六号抓了，求我帮助疏通。"

齐修治不作声。

顾星浅只能继续说："他表弟是给杜先生管家跑腿的，就因为这被抓进来。我托卢道雄花了三根黄鱼，才把人放出来。"

齐修治似笑非笑："我听说公价是八根黄鱼。顾处长的面子可是不小。"

顾星浅一脸坦诚："卢道雄也是这么说。我跟他说，不怕杜先生报复，难道不怕老天爷报应。他们可能也觉得再榨不出油水了，就同意了。"

"别看你平时话少，关键时刻话说得真是硬气。"

"朋友拿了四根。我看真是困难，退了一根。"

齐修治点点头："果然是菩萨心肠，霹雳手段。"

顾星浅有些抹不开面子："长官过奖了。"

齐修治点了根烟："七十六号现在成了绑票公司。始作俑者吴四宝，仗着李先生的宠幸，胡作非为，疯狂至极，有的时候甚至连我也不放在眼里。绑架化工大王那会，方家的一些朋友都是上海滩有排面的实业家找到我，希望能花钱消灾。没想到吴四宝一点面子也不给，弄得我灰头土脸，颜面扫地。"

顾星浅瞥见齐修治烟灰长了，赶忙把烟缸推到眼前："我听说吴太太遇到警察查车，竟然连开数枪，扬长而去。"

齐修治弹完烟灰，眼望着天花板："这些年打着给七十六号兄弟谋福利的名义，他在赌场妓院抽头，搂了不少，分到你名下，一个月也就五百吧。"

顾星浅点头："是。我听说他嫌给得少，要把公猪撵到妓院去。"

齐修治凛然变色："你听听，这叫什么话！堂堂国家机构，快变成土匪窝了。我是真的耻于和这样的人为伍。西方有句谚语——要使人灭亡，必先使人疯狂。吴四宝离死不远了。"接着满是感慨，"七十六号不比从前了，人心散了。连卢道雄也有样学样，干起了绑票生意。"

顾星浅知道，还能把不满说出来，说明还有缓和："卢道雄一时看人赚钱眼热，受不了手下兄弟鼓噪。我说过他，现在踏实多了。"

"难得有你这么一个好兄弟事事维护，要不然也难说。"

顾星浅听出了弦外之音："我俩在七十六号根基浅，没有长官护着，哪有今天？"

"这么说就远了。这些年你对我鼎力支持，我一直心怀感激，所以才愿意袒露心声。江湖上风大雨大，还是小心驶得万年船。不过，要想不翻船，关键还是要看准方向，顺势而为，借力打力，才能立于不败之地。"

顾星浅频频点头。

齐修治意味深长地结束了谈话："你是聪明人，不用我多说。"

顾星浅极不愿意介入这种人事纷争，担心成为牺牲品，影响工作，难得齐修治掏心掏肺，才顺着说几句。齐修治不会乱发牢骚，今天却刻意留下小肚鸡肠、睚眦必报的印象，是在掩盖什么？还是在暗示什么？

顾星浅很快找到了答案。

戈登路精致的樱花酒屋，身着和服、拖拉着木屐的女招待鞠躬致意，引领顾星浅到最里面的房间，拉开门，里面酒气弥漫，迎面袭来。和齐修治对饮的是个年纪相仿的日本人，眉目谦和，学者风范。

顾星浅鞠躬致意后，转向齐修治，双手递上文件："长官，您要的文件。"

齐修治一手接过放在一旁："辛苦了！"

顾星浅再次鞠躬告退，被齐修治拦住："星浅，上来。为你引荐我在日本留学期间结识的挚友山本君。"

顾星浅依言脱了鞋，跪坐在侧："山本君，初次见面，请多关照。"

山本点头致意。

"这就是我最欣赏的年轻人顾星浅。"

山本很客气："果然是谦谦君子。"

齐修治面色微醺："山本君是著名学者，这次应帝国内阁的邀请，对南京新政府的经济民生各方面做出全面评价。"

顾星浅点头："结识山本君这样的名士，真是荣幸备至。"

山本微微一笑："能和星浅君这样的青年才俊相识是我的荣幸。"

齐修治拿了一壶清酒递给顾星浅："先慢荣幸，我们干一杯再说。"

三人饮罢。齐修治脸色绯红："星浅，山本君是日本国内鼎鼎大名的政治家，备受推崇，这次来上海，按戏文里的说法就是微服私访。"

山本接过话头："星浅君，中国占领区的近况，内阁很不满意，把它作为课题交给我，希望能找出解决问题的方法。我此行先到杭州，然后去的南京。上海是我的最后一站，也是最重要的一站，不同于其他城市，这里的问题最为严重。"

"我十分想结识各界有识之士，以便更准确地把脉这里的情况。听说星浅君读书时成绩特别好，工作上也卓有建树，所以特别想听听你的看法。"

顾星浅一下子明白，昨天谈话是齐修治提前为今天定的调子："感谢齐先生的栽培，感谢山本君的厚爱，放肆了。"

山本含笑举杯，三个人又喝了一杯。

顾星浅放下酒盅，神色庄重："山本君，皇军在前线势如破竹，需要稳定的后方。稳定的后方可以弱化占领区的反抗情绪，也可以瓦解未占领区的战斗意志。"

山本点头："这句话我会写进报告里面。"

"遗憾的是我没有看到当局在这方面所做出的努力。去年春天，我前往浙江南部农村为朋友父亲祝寿。那一带是中国传统富庶之地，现在吃饭都成了问题，可以说怨声载道，连寺庙也要缴纳高额的赋税，不得幸免。我朋友的父亲是标准的乡绅，家庭富裕，受人尊重，现在被逼担任保长清乡，生活标准下降得很快。"

"这些我有所了解。星浅君能否讲得再细一些？"

"物资短缺，物价飞涨。农民生产的稻米、棉麻等是按实物数量上缴，当他们购买必需品时又必须面对高昂的物价，造成生活标准急剧下降。战争期间试图保留原有的生活标准是不切实际的，但下降得过快，容易激起人们的反抗心理。"

"星浅君认为问题出在哪里？"

"战时经济难免存在问题。对重要物质的严格管理也是必需的，但是有人利用手中的权利囤聚居奇，从中牟取暴利，人为加大了物价的上涨幅度，恶化了农民的生存空间。南京政府再不采取严厉措施进行打击，恐怕激出民变也未可知。"

"清乡不得人心，却不得不为。李先生的清乡委员会只完成不到三成的任务，却造成物价飞涨，民怨沸腾。这一点必须马上解决。"山本态度坚决，应该是早有想法，"城市的情况呢？"

顾星浅欲言又止，看看齐修治。齐修治正津津有味地品尝着雪花牛肉。

"星浅君，"山本看穿了顾星浅的心思，"修治君是我的要好同学，你是他最信任的部下，所以我们也是朋友。今天，我们开怀畅饮，畅所欲言。没有什么对错可言，就是朋友间私下的交流。"

"嗨。上海是经济中心，是实业家的乐园。政府的重要职责之一就是为实业家提供有力的保障。只有实业兴旺，才能让更多的人安居乐业。可是据我所知，上海实业家当前的处境难尽人意。"

山本很有兴趣地点点头。

"政府方面缺乏对实业家的制度保障。富有的实业家成为别有用心者眼里待宰的羔羊。有些政府官员利欲熏心，利用手中权力，借战争之名，置实业家的生产、生活于不顾，巧取豪夺。更有甚者绑架，勒索巨款，收到钱后直接撕票。所作所为，为土匪、流氓所不齿。这样的生存环境，试问实业家怎么能安心生产？"

"撕票是什么意思？"山本的汉语尚有不足。

津津有味吃着牛肉的齐修治突然插话："就是杀人。"看来耳朵一直没闲着。

"苛政猛于虎。汪先生的政府亟待整肃。"山本脸色阴沉，"星浅君，你可以说得更具体。"

"具体的情况我不是太了解。不过，我有一些工商界的朋友，可能有切身的体会。"

"能和工商界的朋友私下交流，我是非常期待的。如果可能，我想明天晚上在这里宴请上海工商界的朋友。"

顾星浅偷眼看看齐修治。齐修治微微点头。

顾星浅转向山本："您放心，他们一定准时赴约。"

山本哈哈一笑："修治君，星浅君这样的部下真是难得。"

齐修治微微有些得意，给出了评价："才高八斗，忠义无双。"

第二天一早，顾星浅就找到杜六："给你一上午的时间，务必找到方液仙的弟弟。"

不到中午，杜六回话："方液道和几个生意场上的朋友在静安的肥皂厂里不知道搞什么名堂。"

顾星浅暗喜："天助我也。"

"我去肥皂厂转了一圈，前后门都有白相人。"杜六提醒。

肥皂厂正门两侧墙跟底下是个小集市，一溜的小贩一字排开，卖啥的都有。来来往往的路人也不少，很是热闹。突然间，两个人起了冲突，先是厮打在一起，继而一个逃，一个追，掀翻了一溜儿筐子和篮子。水果、蔬菜、馒头、包子……轱辘得到处都是。小贩们躲闪着、叫骂着、收拾着，场面乱成一锅粥，就连肥皂厂的门房听到动静也跑出来看热闹。

趁着这个乱乎劲，头戴礼帽、贴着小胡子、戴着墨镜的顾星浅快步钻进厂子，直接走上小二楼，进了里头的房间。

屋子里正在交头接耳的四个人看见生人闯进来震惊不已："你要干什么？"

"各位，请镇定，我没有恶意。"顾星浅做了噤声的动作，转向穿着格子洋服的中年人，"您是方液道先生吗？"

方液道点头。

"时间紧迫，长话短说。我个人非常同情令兄的遭遇。现在有机会可以为你伸张正义。日本内阁对占领区的现状非常不满，邀请的战略家正在上海了解工商业的现状。几位借此机会反应际遇，或许可以假日本人之手达到目的。"

"我凭什么相信？"

顾星浅从怀里掏出山本雄一的名片递给方液道："戈登路的樱花酒屋恐怕一般日本人也进不去。当面喊冤，直达日本天庭，这样的机会千载难逢。还望速做决断。"

方液道合计了一下："前后门都有人守着。我们能去得了吗？"

"那些事有人处理。你们四点半从后门出去，乘坐车牌七七三九的轿车，就会见到那个日本人。"

"好。"几个人面面相觑，下了决心。

下午四点半，四个人突然下楼，从后门出来。号牌七七三九的轿车如风而至，四个人迅速上车驶离。一个戴礼帽的家伙从附近的茶水铺里跑出来，登上旁边的汽车尾随在后。

两辆轿车一前一后驶上小路，连拐几个弯之后，前面出现临时哨卡。四五个警察正在挨个盘查车辆。前车直接放行，后车刚要跟上，一名警察横在车前挡住去路。

坐在副驾驶上的家伙不耐烦地大喊："老子是七十六号的，赶快让开。"

警察斜眼瞅瞅他："还真他妈有比我还横的。你是不是七十六号的，老子都要查。熄火。"其余警察一拥而上，几支枪对准两个人。

"误了老子的事，你们都好不了。"

警察大怒，冲天放了一枪："拿不出证件，你现在就没好。"

僵持了一下，司机拿出证件。警察看了半天，回头摆手："放行。"

哪还有前车的影子？

第三十三章

花团锦簇、气氛庄严神圣。顾星浅和师妹并肩站在牧师前，台下满是观礼的亲朋。师妹一袭白色婚纱圣洁动人。顾星浅西装笔挺、温文尔雅。

气质不俗的白发牧师手按《圣经》庄严发问："顾先生，你是否愿意娶方女士为妻，无论她贫穷或者富有，疾病或者健康。"

"铃……"电话铃声大作。顾星浅满是愤怒。如此庄严时刻，怎能有电话搅局？铃声愈来愈大，终于把顾星浅从梦境拉回到现实。顾星浅迷迷瞪瞪睁开眼睛，醒了醒神拿起电话，里面传来齐修治的声音："星浅，马上到我办公室来。"

顾星浅匆匆赶到，齐修治正一脸阴沉地等着他："梅机关已经侦破了抢劫正金银行运钞车案。"

"嗯。"顾星浅还在半梦半醒之间。

"你不想知道是谁干的吗？"

"谁干的？"

齐修治嘴里蹦出三个字："吴四宝。"

"吴四宝？吴大队长？"顾星浅这下彻底醒了。

齐修治没有说话，点点头。

"他怎么敢劫日本人的运钞车？真的是活得不耐烦了？"

齐修治眯了眼，望着漆黑的窗外："你带着卢道雄那班人连夜行动，务必找到吴四宝。"目光转回来，"梅机关给的期限是明晚六时。我不管你用什么手段，活要见人，死要见尸。"

顾星浅刚想张嘴，看看齐修治满脸冰霜，咽回了想说的话："是。"

"从现在开始，我就在这里等你的消息。"

回到自己的办公室，顾星浅坐在沙发上一头雾水。吴四宝这个恶贯满盈、作恶多端的汉奸为什么要打劫日本银行？是不是太疯狂了？除掉李先生的工作刚刚有了进展，吴四宝又主动送上门来，真的是苍天有眼。

正想着，卢道雄推门进来了，一屁股坐到旁边："人已经集中起来了，加上吴四宝一共少了四个，与梅机关提供的人数相符。"

"除了吴四宝，那三个人什么情况？"

"廖明晖没结婚住单身宿舍；李天罡和老母亲同住，家里有个乡下来的亲戚当保姆；冯麒麟老婆是高小教员，俩孩子。"

"躲在哪都得吃饭，都得有人送饭。平常日子狐朋狗友一大堆，等出了事早跑干净了，只有家里人靠得住。佘爱珍太过招摇、廖明晖单身、李天罡家里除了老母，就是乡下亲戚。"顾星浅起身站到窗口，望着漆黑的外面沉默片刻，"如果一定要从这些人里找出送饭的人，只能是冯麒麟的老婆。你查清他家的地址和电话。"

卢道雄非常麻利，很快找来地址："他家没有电话。"

顾星浅看看表，已经是后半夜一点半了："咱俩现在到他家门口蹲坑，希望有意外收获。"

冯麒麟家临着大街，离十字路口不远。附近的大树下，正好有块空地可以停车，还算适合隐蔽监视，能看见他家大门。

卢道雄点了一根烟："星浅，没干过这活吧？"

顾星浅打个哈欠："外勤真的不容易，危险不说，也太辛苦了。"

卢道雄叹了口气："头几年还行，给的也多。这两年给的少，兄弟们干活提不起精神。他们几个也是想钱想疯了。"

顾星浅也叹了口气："钱有多少能够？这回可是走到头了。"

卢道雄怔怔地看着窗外："他们都是给日本人拼过命的。"

顾星浅从卢道雄的烟盒里拿出根烟点上："说这些没用。绑架化工大王，收了赎金还撕了票。后来方家人来要尸体，我听说又讹了一笔，也太不讲天理了。这回好，弄到日本人头上了。老房子着火，没救了。"

卢道雄感激地看了顾星浅一眼："幸亏你提醒，要不我们几个早晚也得这样。"

顾星浅打个哈欠："卢队长现在可是殷实得很。"

卢道雄虚情假意："还不是仰仗处长大人提携。"

天亮得晚，两个人一身疲惫。卢道雄推醒昏睡的顾星浅，自己下车去买早点。顾星浅睡意全无，看着紧闭的院门出神。今天是礼拜天，有可能一天也不开门。

吃罢早点，顾星浅有了主意："老卢，与其这么傻等，不如进去看看。"

"怎么进去？"

顾星浅想了想："直接进去告诉冯麒麟老婆——李先生已经准备好了船，今晚送他们离开上海。"

卢道雄犹豫了一下："会不会打草惊蛇？"

顾星浅决心已定："没有别的办法。只能如此啦。"下了车刚走两步，又折了回来，"把墨镜拿来，别让她看出来我在外面蹲了半宿。"

顾星浅戴上墨镜，走到院门口，轻轻拍打门环。门很快开了，出来个三十岁左右的女人，个子挺高，眼睛很亮，态度从容："您找谁？"

顾星浅微微一躬致意："是冯太太吧？"

女人面无表情地点点头。

顾星浅把派司亮了一下："我是冯先生的同事。"

女人看看四周："请进院说话吧。"

不大的院子收拾得干净整洁。顾星浅透过窗玻璃，瞭了一眼厨房，只有一个小锅在火上冒着气。女人关门过来："您有什么事吗？"

顾星浅压低了声音："李先生让我来的。"

女人没有说话，很仔细地看着顾星浅。

"李先生今晚在吴淞口六号码头准备了船，安排他们离开上海。"

女人眼里亮了一下，随即恢复常态："我也找不到我先生。"

顾星浅再次鞠躬致意："话已带到，在下告辞。"

女人欲言又止的样子，送客出门。顾星浅已经确认她知情，否则一定会问出了什么事，而不是强调找不到人。回来一说，卢道雄也觉得在理。

过了一会，院门开了。冯太太换了身衣服出来，四下瞅瞅向西走了，先是买了点早点，又去了附近的集市，和小贩有一句没一句地讨价还价，接着在小道口趁人多突然加速拐进去，走到一栋石库门门口，轻轻敲了两下。很快有人开门把她让了进去。

卢道雄眯着眼："你说吴四宝他们能藏在这吗？"

顾星浅打量打量："房子太小，附近居民又多，不适合隐藏。烟囱一直在冒烟，会不会在给他们准备早饭？"

卢道雄点点头："这个女人很警觉。她是通过这里的人和冯麒麟联系。"

很快，冯太太出来了。

"跟不跟？"

顾星浅想了一下："这么早串门，一定有蹊跷。我们就在这死等。"

一会儿，又出来个女人，胳膊上挎着食盒，向东走了。

卢道雄有点着急："是给他们送饭吧？跟不跟？"

顾星浅看着女人的背影："挎在胳膊上，走路还很快，食盒一定是空的。调虎离山。再等等。"

又一会，出来个三十岁左右的精壮汉子，四周看看，回身从门里取出食盒，关了门向西走去。卢道雄冲顾星浅一挑大拇哥。两个人在后面悄悄尾随。汉子穿过几条弄堂，来到一座僻静的院子前，四下看看，敲打门环。门开了，汉子迈步进去。

顾星浅一推卢道雄："快。"两个人冲到院门口。片刻之后，门开了，汉子一脚门里一脚门外，被卢道雄一把薅开。两个人冲了进去。

门里站着的人惊慌失措，很快认出了不速之客："老卢，顾处长。"

顾星浅点头："李先生让我们来的。"

凶神恶煞般的吴四宝闻声从屋子里出来："顾星浅、卢道雄，你们两个来找死啊？"

顾星浅推开指向自己的手枪，走到院子中央："吴大队长，我俩奉李先生的命令，请你们回去。"

吴四宝冷笑不止："如今老子犯了事，回去也是死路一条，正好临死抓两个垫背。"

顾星浅不慌不忙："吴大队长不怕死，总得想想三位兄弟。三位兄弟不怕死，总得想想家里人。梅机关已经锁定四位，限定今晚六时前交人。误了时辰，恐怕没人担待得起。"

吴四宝不像刚才那么嚣张了，有点瘪茄子。另外三人更是慌了神的样子。

顾星浅入情入理："弄到今天这种局面，试问几位，除了李先生又有什么人可以依靠？"扫了一眼四人脸色，"七十六号义字当先。几位和我回去，李先生不会袖手旁观，还可以上下通融，或许还有生机。如果不回去，几位想想，我俩能找到你们，梅机关找不到吗？只怕到时连讲话的机会都没有。"

吴四宝一贯听调不听宣，不买自己的账，齐修治不想落个睚眦必报的恶名，吩咐关进优待室，等候李先生发落。现在的吴四宝可烫手，闹不好李先生也要跟着吃瓜落儿。

匆匆赶回的李先生得知人已收押，长舒一口气："吴四宝这次捅破了大天。抓不到人，递不上当票不说，日本人一定会迁怒于我，借机生事。关键时刻还是得老兄帮衬啊！”

齐修治很谦逊：“这件事我不贪功，是顾星浅一手办理的。”

“顾星浅？他是怎么办的？”李先生来了兴趣。

“顾星浅分析了形势，认定他们一定有家人送饭。吴四宝家太招摇、廖明晖没有亲属、李天罡家里就一个老母、只有冯麒麟老婆有可能。他和卢道雄两个在冯麒麟家外守了半宿没有结果，就径直闯进去，假传你的命令，说已经准备好船，晚上把他们送出上海。冯麒麟老婆上当了，去找她表弟。这几天就是她表弟负责送饭。这小子也很诡道，先让媳妇拿个食盒往东走，企图调虎离山，然后才出来向西走。顾星浅跟到地方，趁开门的时候硬闯进去说服了他们几个。”

李先生靠在沙发靠背上神色凝重：“沉机默运我不如袁世凯、明测事机我不如孙中山。顾星浅不可小觑啊！”

齐修治心中一颤，上次说这话是在分析卧底的时候，莫非他？“您的意思是说……”

“今天这件事，你处置得当，风采不输当年。七十六号再展雄风，还得靠你这样的老将。”李先生打着哈哈，走了。

齐修治望着他的背影，沉默良久。两大心腹相继出事，主政一省的李先生还念念不忘卧底，是手伸得太长，还是想借机搞事？今天的事情顾星浅做得干净漂亮，却引来无端的猜忌。怀疑固然是特工应该有的品质，可是这个时候提起，是不是有些不近人情？

硬声打断，不给为顾星浅说话的机会，一方面说明心意已决，另一方面也说明已经不再信任自己啦。既然梅机关有命在先，李先生忘义于后，就别怪我齐修治心狠了。

第三十四章

女儿大了，该嫁人了。心仪的顾星浅明明很喜欢却迟迟不肯表态。到底有什么事情瞒着自己？自打在薛礼乾那碰了壁，侦查工作一放就是小半年。

师母摆上碗筷："刘太太刚才来过，还是想问问那门亲事。"

"嗯。"

"刘太太说，两家先见一见，了解一下。"

"嗯。"

"慕石，女大不中留。不能再拖了，这样的条件以后很难找得到。"

太太的话有道理，女儿的婚事确实到了眼前，可是……

"要不等星浅来，我说说这事，看看他的反应。"

"再等等吧。"

"再等？媛儿都多大了？给你一个月时间，把这事了结。"

限时令并没有收到预期效果。方慕石旧病复发，住进了市立医院。顾星浅跑前跑后，殷勤备至。方慕石非常感动，病情也一天天见好。吃过中饭，田教授拎着一网兜水果来了。

"你怎么来了？"

"我去叔恒家拜访亲家，回来顺道去看你。弟妹说你住院了。"

叔恒是田教授的儿子。

"还是老毛病，差不多了。明后天就出院了。"

"这些天都是星浅照顾你？"

"我比不得你有儿媳妇伺候。好在还有学生。"

"你骨子里还是老思想，总想有个儿子。星浅不就是儿子吗？"

方慕石笑笑："亲家怎么突然来了？"

田教授叹口气："从河南老家逃难过来。全家整整二十口人，都挤在叔恒的房子里。"

方慕石也叹了口气："活着就好。星浅老家被日本人的飞机炸平了。父亲也没了。"

"天杀的小日本。"田教授咬牙切齿。

"一家二十口，吃饭怎么办？"

"叔恒把《申报》的活辞了，去了《南京新报》。"

"《南京新报》？"方慕石想了想，"没听说过。"

"周佛海办的。薪水多一倍。以前想去，被我骂了个狗血喷头。可是……"田教授话说半截，有些愧色，"二十口人都指着叔恒吃饭，我还能说什么，只能默许。"

"你也别太计较。当记者又不是当特务。"

"跟当特务一样，天天跑警察局、宪兵队，给那些汉奸歌功颂德。"田教授语气低落，沉默了一会儿，转了话题，"他们俩的事你想得怎么样了？"

"这些天我躺在床上思前想后。星浅的人品不会错，我回去就张罗把婚事办了，下个月请你喝喜酒。"

"这就对了。星浅可是佳婿难得。"

聊了一会，田教授有事急着走，方慕石就打发刚刚回来的顾星浅去送。

"下个月喝你的喜酒。"田教授是个直性子，心里藏不住话。

顾星浅心花怒放，兴冲冲往回走在花坛前迎面遇上薛礼乾，闲聊了几句。这一幕恰巧被站在窗口的方慕石目睹——原来他们认识。

顾星浅从徐州开完七天的大尾巴会刚回来，齐修治的电话就追来了："到我办公室来。"

齐修治一脸疲惫，看见顾星浅欠了欠身："坐、坐。"

顾星浅非常恭敬地坐到沙发上，摆出一副洗耳恭听的样子。

齐修治点了根烟："叫你来是想问问你那的情况。"

"情况还可以，工作都是正常进行。"

"情绪怎么样？"

"还可以，"顾星浅迟疑了一下，"补贴欠了五个月。大家有些微词。"

齐修治很少过问具体情况。欠补贴，工作热情不高这些事尽人皆知，明知故问，肯定是有什么想法。顾星浅低头不语。

半晌，齐修治睁开眼睛："新侦测的电台怎么样了？"

"还在进一步收集资料。"

"你怎么看？"

"从掌握的情况看，这是一部大功率电台，信号强，频率快，不像重庆方面常用的美式电报机，更像是日式电报机的风格。"

"嗯。"

"苏州河一带房屋密集，使用大功率电台很容易点亮邻居的电灯，所以一般的地下人员绝对不会使用，而且每天早上五点准时发报，不符合军统的活动规律。"顾星浅看齐修治听得非常认真，总结道，"我怀疑是第三方人员电台，用于特定目的。"

"和我的判断是不谋而合。"齐修治坐直了身子，态度恳切，"你有没有办法把它挖出来？"

"单纯依靠技术手段，可能性不大，还是排查稳妥些。"

"排查动静太大，只会打草惊蛇。"齐修治看到顾星浅不解，耐心解释，"为什么五个月没发补贴？国库已经空了，无法维持政府的正常运作。为这事税警老张急得蛇盘疮都犯了。现在上上下下的日子都不好过，日本人还天天催粮催款。咱们这，日本人也下了指标。"

"这些也不是我们的工作范围啊！"

"没钱谁也玩不转，还管什么范围不范围。吴四宝的事情你听说了吗？"

"不是关在宪兵队吗？"

"前天放出来了。"

"噢，看来李先生在日本人那面子还是很大的。"

"昨天死了。"

"死了？"

"宪兵队临放人的时候给吴四宝下了毒。日本人可不管昨天有多大功劳，今天犯了事，就不让你有明天。"齐修治目光神秘，"日本人现在对李先生也很不满。"

顾星浅瞪大了眼睛："李先生可是为日本人立下过汗马功劳的。"

"日本人的字典里从来没有'功劳'两个字，现在就是要钱要粮。"说着话，齐修治递过来一份文件。顾星浅双手接过，一看上面"绝密"二字，又赶忙递了回去。

齐修治摆摆手："没什么保密的，就是要钱要粮。"

顾星浅翻了翻，把文件放回桌面："这么大量，时间又这么紧，真是很难办。"

齐修治吐了个烟圈："汪先生为这个事着急，从楼梯上摔下来，小腿折了。"

"我听说李先生也病了。"

齐修治压低了声音："兼着清乡委员会的差，日子难熬啊！日本人认定粮价飞涨，民怨沸腾，都源于李先生清乡不力，中饱私囊。"说罢走过来，顾星浅刚要起身被按住了肩膀，"你一上班就在七十六号，没经历过外面的风雨。这些年我一直把你当作兄弟，但是有很多话没有讲。一个是你还年轻，有些事还不明白。再一个也不想让你过早地陷进去。现在形势诡异，我也怕你走错路，到时后悔就晚了。"

"今天的七十六号不是从前的七十六号。从前丁先生只是个坐橐儿的主帅，遇到事情都是李先生自行定夺。自打出了那档子事以后，丁先生退隐，李先生实至名归，后来更上一层楼外放了省长。可是月满则亏，江山从来都是轮流坐的！你不是外人，我打开天窗说亮话。丁先生已经得到周先生的首肯，准备重掌七十六号。汪夫人也点头了。"

"需要我做什么？"

"我们现在有充分的理由，怀疑那部电台是李先生做投机生意所用。你的任务就是把它挖出来。"齐修治两眼放光，盯紧顾星浅，"你有什么打算？"

顾星浅连忙应付："先把两台收集车摆在邻近的路上搜寻信号，然后通过比对，确定基本范围。"

"你把手上所有工作都停了，专心办好这件事。我静候佳音。"

长官如此看重，顾星浅自然不敢怠慢，连家也不回，拿着半圆尺，在市区地图上反反复复地计算，弄了三四天才算有了点眉目，赶忙打电话汇报："齐长官，那部电台……"

齐修治打断顾星浅："到办公室说。"

"现在情况复杂，电话不安全。他们有一个内部监听小组，从上个月开始，除了李先生，剩下的电话全部都要监听。"齐修治说罢，话锋一转，开始催问电台的事。

"电台所处位置道路狭窄，信号车无法靠近。另一方面，离得太近，信号也容易失真。所以现在只能确定大致范围，电台肯定就在其中。"

"多大范围？"

"东西两条路，南北四条街，大概七百多户人家。"

齐修治不是很满意："这么大的范围就是没有范围。上次有些话可能没有说清楚，我现在把话挑明，必须一击中的。"

再往下已是黔驴技穷，无咒可念。已经好几天没有睡好了，疲惫不堪的顾星浅看着看着地图就睡着了，醒来屋子里一片漆黑，抬起手腕看看手表，也没看清几点，晃晃悠悠走到门口，打开灯，差一刻五点，伸了个懒腰，没想到这个盹打了一宿，想着再睡会吧，刚眯着，挂钟打了五下，立马睡意全无，浑身酸痛，站起来活动活动筋骨。

五点，该发报了。天还黑着，对面民宅里已经有人家亮灯了。这家人一定是勤快人。发电报的也是勤快人。顾星浅猛一激灵，天没亮得打灯。灯是信号，可以凭灯找人，急匆匆下了楼，开车直奔苏州河，在确定的范围内来来回回转了几圈，心里有了主意，回来的时候，正好碰见齐修治从车里下来，连忙迎上去："齐长官，找到办法了。"

"什么办法？"

"发报肯定得打灯。您让人去附近的水塔顶上留心天天五点打灯的人家，翻进去看看就可以确定。"

齐修治长出一口气，满眼都是赞赏："这么难办的事，也就是你顾星浅。"

薛礼乾和顾星浅认识，极有可能在车牌问题上保持默契。出院在家休养的方慕石苦想半个月，终于想起了田教授的儿子。叔恒总跑那些汉奸部门，应该有门路。方慕石心急火燎地跑到报馆，正好在门口遇见刚要出去的叔恒。

"方叔叔，您怎么来了？"

"叔恒，能不能帮我查一部车。"

"您给我牌号。我拿去市政厅问问。"

"那边我问过了，说没有。可能是特种车辆。"

叔恒想了想："我认识警察局一个管总务的主任。他应该能明白。我打电话问问。"一会儿回来，"应该是警政部发的牌子，号段好像是特委会的。"

"特委会是什么衙门？"

"特委会是个空架子，没几个人，主要是特工总部。"

"特工总部？"

"就是七十六号。"

方慕石变了颜色。

　　"不过，现在车牌乱得很。他也不能确定。"

　　不能冤枉好人。星浅怎么会和七十六号挂上钩？那是魔窟啊！可是他确实古怪。不如……不如去七十六号找找看，要是没有，就彻底断了这个念想。想到这，方慕石辞了书恒叫了出租车直奔七十六号。

　　门口站岗的警卫看见方慕石，厉声喝止："站住，干什么的？"

　　方慕石面带笑容："我有个学生叫顾星浅，好像在这里当差。"

　　"顾星浅？"警卫合计了一下，回头问同伙："你认识吗？"

　　同伙摇摇头："你都不认识，我怎么能认识？"

　　方慕石递过写着牌号的纸条："这是他的车吧？"

　　警卫明确拒绝："这是保密的。没事赶紧走。"

　　方慕石没办法，转身要走，听见后面嘀咕"电讯处长姓顾吧"？心里一惊，连忙转回头，"两位能帮我联系一下吗？"

　　警卫打完电话回来："电讯处没人接。"

　　"我能记下号码吗？"

　　警卫再次拒绝："号码是保密的。"

　　"顾处长多大年龄？"

　　"你的学生多大年龄？"

　　"二十七。"

　　警卫合计了一下，"差不多吧。"

　　烈日当头，方慕石却浑身发冷，有不好的预感。十有八九顾处长就是顾星浅。聪明好学，一身傲骨，自己认定将来必成学术大家的顾星浅真的成了汉奸？他想确定又不敢确定，心里还有最后一丝幻想。也许只是巧合，姓顾的人多了。

　　解决了电台问题的顾星浅心情大好，没下班就特意去集市买了新鲜的海虾和韭菜。师母说过——老师有两大偏爱，一个是顾星浅，一个是三鲜饺子。

　　师母闻声从屋子里走出来，笑着招呼："星浅来了。"

"老师出去了？"

"上午急匆匆出去了，也没说去哪。"

"我刚买的虾，还蹦呢，正好包三鲜馅饺子。"

师母埋怨不已："来吃饭就行了，老这么花钱，你老师回来还得说。"

"他说他的。我买我的。不搭界。"

师母笑笑："就数你滑头。"

顾星浅脱了洋服，挽了袖子："现在开包，一会儿老师、师妹回来，正好下锅。"

师母回屋取了面板、擀面杖放在石桌上。两个人和面、擀剂子、调馅忙得热乎，都没注意到方慕石回来了。方慕石抱着残存的一丝幻想，轻轻喊了一声："顾处长。"

专心擀剂子的顾星浅听见有人叫自己，随口应了一声，立刻觉得不妙，回头看见老师脸涨得通红，满面怒容。

最害怕的事情终于发生了！

觉出气氛不对的师母，疑惑地看着方慕石："什么顾处长？出什么事了？"

方慕石举起拐杖点着顾星浅："你问问他，干的好事。"

顾星浅无数次想过这个场面，尽管哪一次都没有想到办法，却总是一厢情愿地认为不会发生。可是，它终于发生了。顾星浅心如死灰，垂手而立。孤悬敌后，九死一生，巨大的生存压力没有压垮，可是亲人的误解让他百口莫辩。

方慕石冷冷地看着顾星浅："我和你说过，无论发生什么情况都不能忘了自己是中国人，饿死也不能做汉奸。你忘了吗？"

顾星浅无言以对。

师母满脸惊异："你真的做了汉奸？"

顾星浅张张嘴想说什么，又闭上了。说什么？说是卧底吗？

方慕石气得浑身发抖："七十六号的长官，怎么不说话了？哑巴了？"

师母担心地扶住方慕石，回头时眼里已经起了寒意："你真的是七十六号？好手好脚做什么不好，偏偏去做汉奸，就算真的没有活路，到家里来，至少还有你一口饭吃。"

多年的委屈在这一刻爆发，眼泪不争气地流了出来。顾星浅万念俱灰，抬头看看灰蒙蒙的天空，没有一丝光亮。

方慕石被扶到石凳旁坐下，眼望长空，长叹一声："唉！"声音里带了哭腔，"顾星浅，你我师生情分已了。你走吧，不要再来了。"

顾星浅哭喊了一声："老师！"

方慕石摆摆手，示意离开。师母在旁边不停拭泪。

顾星浅站立良久，一躬到地："老师、师母保重身体。"

一切，幻想的一切美好都在这一刻被打回原形，他又要回到冰冷世界里了。顾星浅迈着沉重的脚步，一步一步地走出院子。院门"吱嘎"一声在他身后关上了。他永远远离了那个地方，那个在心里定义为家的地方。两只脚仿佛丧失了抓地力，像柳絮一样，没有根基，随风飘摇。

尽管理智像古典钟表里报时的鹦鹉一样，总是准时蹦出来提醒，但他一直拒绝相信，总觉得会一直瞒下去，像普通人一样和师妹厮守终生，一家人平静地生活。其实，以顾星浅的理性，早就明白这事早晚一定会发生，只是没想到发生的一刻比想象的更残酷，更痛苦，更无助。

顾星浅彷徨走到街口，迎面遇上下班归来的师妹。师妹看见他一脸痛苦的表情，关切地询问："顾大哥，你不舒服吗？"

顾星浅心如刀绞，勉强挤出笑容："没什么。我可能很长一段时间不会来了。"

"怎么了？有什么事情吗？"

"如果……"顾星浅无助地看着师妹，想说——"如果我不是汉奸，是重庆的卧底，你愿意等我到胜利那一天吗？"对老师、师母尚不能说的话，怎么能和师妹说？师妹那么单纯，应该有幸福快乐的生活，不应该承受这样的重压。等到胜利那一天？什么时候能胜利？天天行走在悬崖边上，能看到那一天吗？还是放手吧！

"如果……以后家里有什么事，记得来找我。"

师妹一脸茫然："我不明白你的意思。"

顾星浅强装笑颜："天晚了，回去吧。"

"你以后真的不再来了吗？"师妹有些失落。

顾星浅几近崩溃："师妹，结……婚的时候告诉我，我来为你……祝福。"说罢夺路而走，留下黯然的师妹，在街口站了很久。

像醉酒一样的顾星浅，凭着潜意识，跌跌撞撞地找到自己的家，机械一般地开了门，直挺挺地倒在床上，没有眼泪，眼泪已经流干。那一刻他甚至想好了退路——终止卧底生涯，离开七十六号，去做一个普通的国民。想着想着，睡着了。梦里还是熟悉的院子，老师、师母还有师妹，只是没有人理睬他。顾星浅时睡时醒，辗转反侧，仿佛热锅里的锅贴，来回地煎熬。一个卧底的心灵痛楚是难以名状的，永远无法倾诉。

第三十五章

夜幕下的杭州，静谧如常。办完了公事，顾星浅心情沉重地沿着西湖漫步，想起老师、师母、师妹，心一直在滴血。尽管已经过去半个多月，但是痛楚却与日俱增，浸入骨髓，直到肚子一个劲儿地抗议，才离开湖畔，进到附近的饭馆，要了碗刀削面低头吃起来。

三个黑衣人推门进来，腰间鼓鼓囊囊，直接坐在靠近门口的位置，五大三粗的样子却没有气势汹汹，和伙计说话的声音很小。顾星浅立马觉出不对，竖起耳朵隐隐约约听到伙计说——我家的碗大，那几个人又说了什么听不清。很快伙计托着三碗面出去，拎着空盘回来，明显是去送饭。顾星浅瞥了一眼窗外，不远处停着辆车，打着车灯。反方向一定也有，因为一辆车坐不下六个人。

附近的买卖都已经关门打烊，只有这家还开张。两辆车相对而停，目标一定在饭馆里。从车的摆位看，是准备抓人的。破获电台，坐实倒卖违禁物资、谋取私利的传闻，耗掉了李先生最后一点耐心。应该是他下毒手了。

顾星浅脑子快速运转，来硬的肯定不行。打，打不过。跑，跑不赢，只好静观其变了。"啪、啪、啪。"晚来风急，冷雨敲窗，渐渐模糊了玻璃。顾星浅假意去看外面的天气，抹掉窗户上的哈气。两辆车都开了雨刷，明显是在监视这边的动静。他们是想在异地悄无声息地解决自己。

只能放手一搏，好在有这场及时雨。顾星浅招手叫来伙计结账：
"拿五斤黄豆，用两个袋子装好，别让人看见，剩下的钱不用找了。"

　　伙计眉开眼笑，一会儿回来，变戏法式地从衣服里翻出两个装
满黄豆的布袋。

　　差一分八点。来的时候，瞥见对面岔路里的警署。杭州的警察
应该和上海一样，八点换班。现在冲出去，幸运的话也许会碰上换
班的警车。上帝保佑，只有这样了。

　　顾星浅一手拎着一个袋子，往外就走。三个人旋即起身跟了过
来。顾星浅突然起速，快速推开门，向岔路警署狂奔而去。后面的
人紧追不舍。眼看距离越来越近，喘息声近在耳畔。顾星浅猛回头，
把豆子扬了出去。雨天路滑，加上满地豆子，追击速度立刻减慢，
有人摔倒了，双方距离拉开了。后面的人觉得追不上了，绝望了，
开枪了。顾星浅猛然身子一颤，中弹了，倒下了，就势滚到电线杆
子后面，几陷昏迷，脑子里快速闪过母亲、老师、师母还有师妹……

　　就在这时，远处突然亮起灯光，一辆警车呼啸而来。双方开始
枪战，子弹在顾星浅旁边飞来飞去。一切都远去了，虚无了。顾星
浅出现了幻觉，渐渐地闭上了眼睛。

　　等到醒来的时候，已经躺在医院的病床上，空气里弥漫着来苏
水一类的味道。顾星浅不知道到底是活着还是死了，吃力地活动了
一下身体，一阵剧痛袭来，不禁长出一口气，还活着。

　　护士小姐拿着药进来，看见顾星浅睁着眼睛，很是惊喜："你
醒了？"

　　顾星浅声音微弱："这是什么地方？"

　　"你刚醒，别多说话。"

　　护士小姐出去不久，一个中等身材、长长脸的中年人来到床前，
摘下礼帽致意："顾先生？"

　　"你是？"

　　"鄙人是军统杭州站站长柳原直。"

　　顾星浅一愣，没有说话。多年的潜伏经验，让他牢记一点，不

把握的时候绝对不说话。

"戴局长向你致意。"

顾星浅心中翻江倒海，却面无表情。

"在你遇袭的前一天，梅机关抓获了我们在七十六号的卧底海马。海马被捕后供出了军统上海区的名单，多名同人被捕，你也因此暴露。幸亏遇袭的时候赶上巡逻警察，这才把你送进医院。当天夜里，我收到总部命令，连夜组织营救之后狂奔数百里赶到长沙。这是国军医院，你现在安全了。戴局长有令，一旦身体允许，我们立刻护送你回重庆。"

安全了！自由了！再没有那种提心吊胆、命悬一线的日子。顾星浅脸都涨红了。柳原直看出了顾星浅的激动，笑着安慰："老弟，不要激动。这些年你受苦了！"

顾星浅昏了过去。柳原直连忙跑出去喊来医生。一阵手忙脚乱之后，医生交代了几句，退了出去。柳原直便坐到沙发上守候。

顾星浅并没有昏迷，只是需要时间整理思路。柳原直到底是敌还是友？海马暴露了？投敌了？姜未鸣呢？姜未鸣到上海后重建情报体系，吸取了过去的教训，采用多点一线的方式。只要姜未鸣没有投敌，上海区被全面破坏的可能性不大。如果柳原直说的是真的，姜未鸣必定落水附逆！问题是海马只和总部保持电报关联，怎么能供出姜未鸣？这一关绕不过去！

海马前一天被捕，自己第二天遇袭。既然海马供出姜未鸣，姜未鸣供出我，为什么不直接抓捕？从那天的情况看，他们是想悄无声息地抓人，为什么要这样？遇到巡逻警察不表明身份却仓皇撤退，这说明没有暴露，他们只是想暗中除掉我。

按柳原直的说法，上海区已经被全面破坏。这样一个紧张时刻，李先生应该焦头烂额，却对我念念不忘，忙中添乱。这不应该。即使真的暴露，总部怎么这么快就知道我的位置？姜未鸣知道我身在杭州，但没有理由把这点小事报告给总部。应该是个骗局，柳原直在套我的话，床下应该有窃听器。自己遇袭的消息七十六号肯定已经知道了，他们是想抢在齐修治到来前套出我的话。

坐在沙发上的柳原直，一张十六号的报纸遮住了脸。四号来的杭州，八号遇袭，已经过去一周了吗？如果过了一周，很多事情就可以重新解释了。想着想着，顾星浅慢慢睡着了，等到再睁开眼睛，柳原直的笑脸就在眼前。

"你醒了。"

顾星浅知道躲不过去，开了口："我怎么在这？"

"你的上线接到警报之后，放弃了最后的逃生机会，电告总部你的下落。也是你命不该绝，负责抢救的医生是我们的内线，根据口袋里的证件确定了身份。杭州站倾巢出动，这才把你救出来。"

顾星浅有些恍惚。当年袁天牧为了掩护自己放弃了逃生的最后机会，姜未鸣也是吗？先说姜未鸣叛变供出自己，后说放弃逃生机会。柳原直前后矛盾。这到底是破绽还是误判？

"这次事发突然。七十六号一名在押人员经多方营救逃出虎口，却被人在火车上认出，海马因此暴露，经不住梅机关的严刑拷打，供出了上海区的潜伏人员名单。现在，总部高度紧张。你应该是上海区唯一的幸存者。"

海马救人的事情是真实的，出差前姜未鸣提到过。柳原直了解这件事，说明海马确实出事了。否则，不管他是敌是友，都不会知道。不排除姜未鸣在海马的问题上有所保留，或者后期有了关联导致暴露的可能。姜未鸣先是向总部示警，然后禁不住酷刑供出了自己？今天是十六号，从时间上讲，也是对得上的。

顾星浅看着柳原直的笑脸，耳畔又想起袁天牧的话——除了死人没有人值得信任。柳原直讲了两次，总部和上海区所有的关系都断了，想从你这了解一些情况。总部应该很清楚，自己对上海区几乎是一无所知。柳原直到底是不明就里，急于邀功，还是另有所图？

左臂上面开始痒起来，顾星浅揉了两下，突然有了主张。每次发作，吃邻居中医诊所三味药一周时间准好。这次三号吃的药，现在还痒，说明还没到十号，柳原直看的却是十六号的报纸。是手术改变了药效？还是精心准备了道具？还有什么东西可以佐证？闭了眼，冥思苦想。对了，还有手表。

"我的钱包呢？"

柳原直拉开床头柜最上面的抽屉，把一堆东西放在桌面："都在这，钱包、手表、证件、钥匙。"

手表还在走。八号早上上的弦，现在还能走，说明今天是受伤之后的第二天或者第三天，顶多是十号，绝对不会是十六号。柳原直在说谎。他是李先生派来套话的。

顾星浅语气冰冷："我很累了，需要休息。"言毕，闭了眼，不再说话。

不出所料。将近傍晚的时候，齐修治和卢道雄赶到了病房。顾星浅挣扎着，准备坐起，被齐修治按住。齐修治满脸关爱，还有些激动："老弟！你受苦了！"

顾星浅努力一笑："我是命不该绝。"

"你出事以后，杭州警察局把电话打到我那。我立即向丁先生和周先生作了汇报，周先生发了脾气……"齐修治停住话头，卢道雄知趣地退了出去。

"认定是李先生对你查出电台的报复。星浅，你是为我挨的枪子。这份情，老兄我记下了。"齐修治有些动情。

顾星浅也有些感动："您别这么说。"

"这两天七十六号也出了问题。"齐修治眼神幽幽。

"什么问题？"

"我们捕获了军统在七十六号潜伏多年的卧底。"

"我知道。"

齐修治没有说话，问号在眼里。

"下午他们派人试探过我，提到了这件事。谁是海马？"问不问，顾星浅反复斟酌过。问是人之常情，不问反倒有假。

齐修治眼里闪过一道奇怪的光："李先生的秘书宋天宇。"

"宋秘书？"顾星浅早已猜中，但表情震惊，"真想不到会是他。"

齐修治很认真地端详了顾星浅一眼，岔开了话题："这次多亏你反应机敏。过去讲撒豆成兵，你可是撒豆退兵。周先生和丁先生都对你赞不绝口。大难不死必有后福。"

顾星浅叹了一口气："多亏遇上警察巡逻，那点豆子能解决多大问题。"

齐修治哈哈一笑："已经到了揭锅的时候了，我不能久留。道雄带几个弟兄在这保护你。把身体养好，早点赶回上海。"

第三十六章

夜晚的风声大得吓人，仿佛所有东西都在一起同频共振。姜未鸣坐在车里，好像在等待什么人。

一辆轿车悄然停在后面，下来一个黑衣人，帽檐压得很低，拉开后门坐进来："先生，老家的情况还好吧？"

姜未鸣从后视镜收回目光："老家一切安好，只是今年的收成一般。"

黑衣人摘下帽子："我是李先生的秘书宋天宇，代号海马。"

"鄙人是军统上海区现任区长姜未鸣。你的电台已经被梅机关监视，发报员已经转移。从现在开始，我是你的上线。"

"有什么任务？"

"救出曾天泽。"

"曾天泽是要犯，营救难度很大。"

"总部电文中说，李先生自顾不暇之际，正是营救的最佳时机。一旦错过，曾天泽难逃一死。营救成功后，你立刻撤退到苏州三合旅馆，有人在那里接应。如果营救失败，不幸落入敌手，希望你能承认卧底身份，认领七十六号这些年的无头公案。"

成功则救出曾天泽，失败也能转移压力，帮到那位神秘的同僚。总部的安排左右逢源，不可谓不深思熟虑，但丢车保帅的味道浓重。是不是他们察觉到了什么？

"咳、咳，"一阵咳嗽声打断了思绪，宋天宇连忙走进母亲的房间。白发苍苍的母亲脸憋得通红，不停地咳嗽。宋天宇疾步上前扶母亲坐起，轻轻拍打后背。

过了一会，母亲脸色趋缓，好一些了："天宇，你回来了。"

"回来了。阿妈，你吃过药了吗？"

"吃过了。"

"张妈哪去了？"

"她乡下亲戚来，说有事情出去，明天早上回来。"

宋天宇拿了垫子靠在床头，服侍母亲坐好，又倒了水。

"怎么这么晚？"

"今天事情多，忙不过来。"

"吃过饭了吗？"

"吃过了。"

宋太太也过来了："你回来了。"

"孩子睡了？"

"刚哄着。"

"天宇、文怡，正好张妈不在，我有话想跟你们说。"

"您说。"

"阿妈的日子不多了。"

"阿妈，快别这么说。邵医生不是说了嘛，就是一点小毛病。"

宋母苦笑："我是基督徒，死了是去天堂，没有什么可悲哀的，只不过确实舍不得你们。现在世道越来越差，兵荒马乱的。你们一定要好好地活着。仗总有打完的时候，人活着才是最重要的。"

夫妇二人一个劲儿点头。

"铭章是什么时候没的？"宋母突然变脸。

宋天宇如雷贯耳，跟跄半步："阿妈，您不要多想。我哥哥没事的。"

宋母两行泪流下来，又开始咳嗽。宋太太忙用手不停摩挲婆婆的后背。宋天宇端着水杯在一旁急得直转。

好半天，宋母才缓过来："你还要骗我到什么时候？"

　　宋天宇单膝跪地："阿妈，儿子没有骗您。现在到处都在打仗，交通阻断，确实没有音讯。"

　　宋母叹了口气："昨天下午张妈收拾衣服。铭章那件毛衣遍寻不见，肯定是你拿去建衣冠冢了，是不是？"

　　宋天宇先是大惊失色，继而哽咽不止。

　　"阿妈已是垂死之人，就是想知道我儿子是怎么没的？"

　　宋天宇满脸是泪："阿妈，我哥哥是民国二十七年二月在徐州会战中为国捐躯的。当时，我哥哥奉命坚守滕县，苦战四日，誓死不退……"

　　宋母听着听着，昏了过去。宋天宇夫妇手忙脚乱地按人中，敲后背。半晌，宋母睁开眼睛，大哭不止："这么说，铭章已经故去五年了。"

　　宋天宇哭着点头。

　　宋母抓住宋天宇的胳膊："天宇，阿妈就剩一个儿子啦，你可千万不能再出差错了。"

　　夫妇俩安慰了好长时间，服侍吃了安眠药，宋母才慢慢地睡着了。宋太太想明天一起陪母亲去医院看病，被宋天宇拒绝了："明天我还有事。你带阿妈去看吧。"

　　家里老的老、小的小，一片狼藉。这样离不开人的时候，自己却要离开了。第二天一早，天还没亮，宋天宇就醒了，悄悄地下了床，走进母亲房里。大概是安眠药的作用，一贯早起的母亲还在休息。宋天宇站在床头，心里不是滋味。刚刚知道哥哥噩耗的母亲，又会怎样面对自己的不辞而别？宋天宇不敢往下想，磕了一个头退了出来。

　　熟睡的儿子握紧两只拳头，举在两侧。宋天宇怜爱地看了一会，低头在额头上吻了一下，转身要走，发现太太站在门口。宋天宇看着相濡以沫的太太，百感交集，把她搂在怀里："我可能要出趟远门，要很长时间，家里就交给你了。"

宋太太好像明白了什么，眼泪不停地流："天宇，你一定要保重，一家人等你回来。"

宋天宇穿上外衣，给太太鞠了个躬："文怡，对不起。你受累了。"强忍泪水，夺门而出。

七十六号的拘押所按照程序，只有李先生的手令才能放人。李先生外出期间，必须有齐修治的手令。宋天宇想了一宿也没想出万全之策，只好硬来了，早早赶到离极司菲尔路最近的早点摊子，边吃小笼包边等待从对面电车站下车的拘押所所长毛明。

毛明出现了。宋天宇起身出来，偶遇刚过完马路的毛明，招呼道："毛所长，一大早这是要去哪？"

毛明看是宋天宇，憨憨地笑了："宋秘书，您真会开玩笑。还能去哪？上班呗。"

宋天宇拍拍毛明的肚子："这肚子可又见大。你老婆的肚子怎么样了？"毛明结婚六七年，老婆的肚子一直没有动静。是宋天宇好心把自家的秘方给了他，所以才有此一问。

毛明满脸堆笑："正想着跟您报喜呢！您家的祖传秘方就是见效。"

"那可是天大的好事。你怎么谢我？"

毛明嘴咧着："您吃了吗？我请您吃饭？"

宋天宇撇撇嘴："你可是越来越滑头了。看我从早点摊子出来要请吃饭。平常怎么不请呢？"

毛明面色微红，极力争辩："那就今天晚上，我做东。"

"那我们一言为定。"

"一言为定。"

忙了一上午，心神不定的宋天宇才有时间给家里打了电话。张妈告诉他，太太叫了救护车把老太太送医院了。尽管焦急万分，但宋天宇知道，现在绝对不能离开。

快下班的时候，终于等来毛明的电话："宋秘书，晚上请您吃饭。"

宋天宇哈哈一笑："真的吗？我都不敢相信。"

"这还能有假吗？"

"我是和你开玩笑。"

毛明急了："宋秘书，我们这些粗人心眼实诚，无论如何您都得赏光。"

宋天宇犹豫了一下："你现在在哪？"

"在所里。"

"我过去当面说。"

到达拘押所的时候，毛明早在门口恭候了，茶水也已经沏好。宋天宇就是想利用毛明一直想巴结自己的心理："我今天真想和你出去喝点酒。"

毛明一听话茬不对，赶忙哀求："宋秘书，我在醉月楼位置都订好了。您可不能不给面子啊！"

"不是不给面子。李先生刚刚来电话，晚一会儿要回来。"宋天宇一脸神秘。

"真的吗？"毛明不太信，"您可别拿我们这些粗人开玩笑。"

宋天宇笑笑："我不可能拿这种事开玩笑。李先生说抓了个军统头目，一会儿可能到你这，也不找谁对口供。"

"啥时来？我在这等着。"毛明这回信了，有点紧张。

宋天宇看着毛明有点想笑："该下班下班，等在这反而假了。你交代值班的兄弟精神点，别睡觉就行了。"

毛明立刻站起来："您先坐。我去安排一下。"

宋天宇也站起来："我跟你去看看。好长时间没过来了，别有什么纰漏。"

毛明满脸感激地领着宋天宇下到值班室。几个手下看见他俩，连忙一字排开站好。

宋天宇忙着招呼："兄弟们，辛苦了。"又对毛明笑笑，"你这几个人什么时候都是精精神神的。"

毛明连忙点头："请宋秘书训示。"

宋天宇摆手："都是兄弟，哪有什么训示？今晚李先生要过来提人。兄弟们小心点就行了。"

毛明虎着脸："今晚都精神点。要是出了问题，我饶不了你们。"

辞了毛明，宋天宇到食堂吃了晚饭，回到办公室给家里打了电话。电话还是张妈接的："太太来过电话了。老太太的情况不太稳定，已经住院了。"

顾不上了。

宋天宇有些犹豫，要不要通知姜未鸣除掉毛明？他隐隐有一种不安，担心毛明会误事。可是想到毛明老婆正怀着孕，宋天宇心软了。又一想，毛明家没有电话联络不畅，只要行动迅速，应该没有问题。

晚上十点多钟，宋天宇收好相框里的全家福，站起来环视一周闭了灯，想了一下又打开，下楼吩咐值班队长："借两个人到后楼。"一行三人来到后楼。宋天宇让两个特务在门口等候，自己进了地下室的拘押所。

几个看守正在来回巡视，看见宋天宇，连忙过来敬礼："宋秘书，李先生什么时候来？"

"李先生有点累，不过来了，让我把人带过去。"

看守们面面相觑："按照我们的规矩，没有李先生或者齐长官的手令，不能放人。"

宋天宇笑笑："毛明没交代你们吗？"

看守们有点迟疑。

"怎么，信不着我？要不让李先生过来？"

看守们犹豫片刻："您要提谁？我们给您送过去。"

"曾天泽。"

看守们进去，很快押着曾天泽出来了。宋天宇没说什么，转身离开。两个看守除去曾天泽的手铐，左右簇拥着跟在后面。到了楼门口，正在等待的特务迎上来。

宋天宇吩咐两个看守："你们先回吧。这有兄弟负责。"

两名看守互相看看，回去了。几人来到前楼，上了车。院门口的警卫见是宋天宇，没敢怠慢抬杆放行。车子在夜色中行进了一会儿，拐进了一个小院。宋天宇停了车，吩咐把人押下去。两名特务刚下车，就被人掳走了。

宋天宇马不停蹄，驾车疾驰而去。曾天泽随即换了衣服和证件，被护送到车站坐上火车。完成任务的姜未鸣黑暗中长舒一口气，只是没想到两边都出了问题。

事情坏就坏在毛明身上。毛明晚上在家惦记这事怎么也睡不着，半夜爬起来，到街上的电话亭给所里打电话。铃声响了很久也没人接。这帮小子肯定又去睡觉了。毛明气急败坏刚要撂电话，有人接了："喂。"

毛明破口大骂："你们这群小赤佬，为什么才接电话？"

"我们刚才忙着提曾天泽，没听着电话。"

毛明满腹怀疑："李先生没来吗？"

"宋秘书说，李先生累了，改在办公室提审。"

毛明眼珠转了转："宋秘书拿手令了吗？"

"宋秘书说没有手令，还说要不让李先生来，我们没办法就让带走了。"

毛明顾不上骂人："你们没去护送吗？"

"送到楼门口，交到行动队两名兄弟手里。"

一种不祥的预感袭来，毛明有些发紧："你马上到前楼警卫室去问问李先生回没回来，马上。"

如果宋天宇私放曾天泽，那后果实在是太可怕了。今天怎么那么巧？早上遇到，晚上又破天荒地到了拘押所，会不会是圈套？毛明的腿不由自主地有些哆嗦。

"所长，警卫说李先生没回来。宋秘书带着曾天泽出去了……"

出大事了！毛明的心彻底凉了，颤颤巍巍地取出号码本，找到号码拨打电话："齐长官，我是毛明。刚才，宋秘书到拘押所，声称李先生要提审曾天泽，把人带走了。"

李先生远在杭州。宋天宇一定是把曾天泽放走了。齐修治明白这件事的分量，稍微合计了一下："曾天泽有什么明显的特征？"

"右嘴角有一个伤疤。"

"拘押所一共有几个人值班？"

"三个。"

"加你四个立即赶到火车站。按发车顺序，每列火车一个人上车查找。"

"是。"

曾天泽非同小可，军统营救之后一定会在第一时间转移。晚上没有轮渡，除了铁路就是公路。齐修治虽然在梦中被吵醒，但是思路非常清晰，打电话到值班室命令封锁所有公路关卡，扣押过往人员。如遇抵抗，就地枪决。

毛明家就在火车站后身，率先赶到月台，紧跑几步跃上了已经缓缓启动开往济南的火车，上车之后立即找到乘警亮明身份，要求以查票为名，寻找右嘴角有伤疤的人。两名乘警半个小时后回来复命——人已经找到。毛明松了口气，看来苍天有眼，也是我命不该绝，马上用车上电台报告给七十六号。齐修治接到电话，立即通知附近的行动队赶往下一站上车捉拿。

睡梦中的曾天泽被人薅起，睁眼看到洋洋自得的毛明就明白了一切，一言不发，任由摆布。与此同时，宋天宇在出城关卡也被堵住。本来可以顺利通过的他惦记生病的母亲，绕路去医院看了一眼，耽误了时间。

第三十七章

坐镇七十六号的齐修治得到两个人被抓的消息，甚是得意。李先生岌岌可危之际，还是我齐修治反应神速、调度有方，避免了事态的进一步恶化。

凌晨三时，两个人被陆续带回。齐修治训斥了毛明几句，又表扬了几句，吩咐把曾天泽重新收监，要单审宋天宇。押上来的宋天宇一袭白色西装，满脸倦意，气质依然从容不迫，像从前一样微笑致意。

"据我所知，李先生与你情同手足。你这一出乘人之危，落井下石，实在非君子所为，为我所不齿。到底是一时糊涂还是逼不得已？"宋天宇要是顺杆儿爬，就得交代背后的隐情。其中一旦有假，这顶军统卧底的帽子跑不掉。齐修治留了口子，也留了后手。

没想到宋天宇直接认账，害齐修治白费心机："李先生对我不薄，可是相比民族大义，不值一提。"

齐修治冷笑："这么说，你承认是军统卧底喽。"

"不错。我加入七十六号就是为了抗日。"

"你在七十六号都做了什么？"

"这些年让齐长官伤神的案子都是我做的。也就是因为这些，李先生疏远了你。"

齐修治淡淡地吸了口烟："我已近知天命之年，疏远与否早就不再挂怀，只是感兴趣于你的手法。"

宋天宇轻轻一笑："方才所言是因为这些年承蒙齐长官关照。我的话到此为止，你可以试试刑具了。"

这个时候大刑伺候，谁也说不出什么，但齐修治不想把事情做绝，或许点到为止才是最好的办法。宋天宇的表现明显早有准备，再深究已经没有意义了。天快亮了，李先生就要到了。

齐修治垂下眼睑，沉默片刻，吩咐送拘押所，一转念又担心毛明趁机报复，改口送优待室。宋天宇会意，转过脸轻声道了谢。

星夜赶回的李先生在优待室里足足闷坐了半个小时，才开始袒露心声："周佛海告了御状。我昨晚去见汪夫人，虽然没有避而不见，但也是敷衍搪塞。事到如今，我真的后悔当初没有听你的劝告，弄到这样的局面。四面楚歌，自顾不暇之际，你又出了事。没想到你就是我千方百计要找的海马。"

宋天宇点头不语。

李先生眉头紧蹙："兄弟一场，你让我怎么办？我又能怎么办？"

宋天宇落了泪。

李先生眼看着地面："有什么话要留下吗？"

宋天宇泪流不止，还是不说话。

李先生一脸沉重地站起来走到门口，背对着宋天宇："这次如果能平安度劫，你的家人我会妥善照管。"

宋天宇一躬扫地，泪流满面。李先生从优待室出来直奔会议室。七十六号的重要人物已经等候多时了。李先生坐上首位，面色铁青："拘押所一共有多少在押犯人？"

毛明回答："一共二百七十四人。"

"连同优待室犯人一共二百七十五人，今晚九时执行枪决。老齐，你负责安排吧。"说罢，离席而去，留下满屋目瞪口呆的众人。谁也没想到，在这样一个朝不保夕、岌岌可危的时刻，李先生能下如此狠手。

齐修治面带威严扫视全场："今晚全体加班，任何人不得离开。

拘押所按健康程度排序，提供犯人名单。一大队负责行刑。二大队负责押送犯人。三大队负责警戒。总务处准备麻袋，安排车辆，清理现场。"

晚八时五十分许，七十六号一片肃杀。齐修治命令，验明正身，准备行刑。二十余名特务鱼贯走进拘押所，按名单提人。所有犯人都明白到了最后时刻。有的情绪激动，箕踞以骂；有的面向家乡磕头，告别亲人；也有的一言不发，漠然视之。尽管形态各异，但没有一个人贪生怕死。贪生怕死的早已投降，留下的都是铁骨铮铮的英雄！

齐修治面色铁青地坐在椅子上监斩。一下子处死这么多人，齐修治也有些紧张。李先生葫芦里究竟卖的什么药？是以此表达对日本人的忠贞不二，还是在用这种决绝的方式结束和军统的斗法，抑或只是在高压之下的一时盲动？

今天的会上，李先生对抓住海马只字未提。齐修治知道宋天宇曾救过他的命，两个人关系绝非寻常，况且自己的秘书是军统卧底，面子上也过不去，但是绝对没想到李先生会如此心狠手辣。常言道，人之将死其言也善。李先生却反其道而行之。

齐修治本来想把事情通报给丁先生和梅机关，但是看着穷途末路、困兽犹斗的李先生，也不愿横生枝节。李先生肯定是察觉到自己和梅机关的关系，才刻意疏远。这样关键的时刻，一动不如一静，以免惹火烧身。

每名犯人由两名特务押送，十人一组押到后院空地依次排开，扣上麻袋，用力一推倒地。行刑队上前连开三枪。随即有人过去系紧麻袋，把尸首抬上卡车。

宋天宇最后一个登场，白色西装尽是褶皱，脸上满是憔悴，只是眼神依旧平和。在齐修治的授意下，行刑队网开一面，没套麻袋，也没推倒，先开了枪，然后才套上麻袋，算是给了李先生最后的面子。

枪决进行得很快。不到两个小时，二百七十五名烈士壮烈殉国，英勇牺牲。鲜血从车厢四周接缝的地方流出，溅落到地上，无声无息。

大门口的栏杆缓缓摇起。二十一辆载着烈士遗体的卡车鱼贯而出，驶向龙华殡仪馆。没有星星的夜空突然下起淅淅沥沥的小雨，仿佛在轻声哭泣。车队经过花园，一个衣着褴褛的流浪汉坐在长椅上拉起二胡。曲调悲凉哀婉，如泣如诉，仿佛是在为烈士们清唱安魂曲。

　　都知道李先生将要被整肃，却没有人猜对方式。从岗村家赴宴归来后不久，李先生暴病而亡。据说死的时候，身体抽搐严重脱水，瘦得像一只猴子。七十六号风声鹤唳，人人自危。在日本人的胁迫下，李夫人在病死的报告上签下名字。

　　心想事成之际，齐修治却是满心的难过，毕竟曾有过一段愉快的共事时光。有些事情谋划了很久，做了很多，最终出现希望的结果，才发现并不是自己的本意。这也许就是人性的复杂。李先生的死，齐修治不是操刀者，但在其中推波助澜，先是借山本之笔，后又假顾星浅之手，对事情的最终促成厥功至伟，自然难辞其咎。让他心寒不已的还有日本人的解决方式。李先生为了所谓的大东亚共荣圈费尽心血，虽然最后肆意妄为，引起各方不满，但是不是可以采取温和一点的手段？唇亡齿寒，齐修治没法不想到自己。真到了卸磨杀驴的时候，日本人是不会手软的。

　　李先生身后的七十六号，被梅机关操刀改组。因为担心昔日下属闹事，改组的原则就是分散削弱。七十六号元气大伤，丁先生挂名，齐修治主政，名称几次更迭，人也少了不少，实力大不如前。就连大门前的极司菲尔路，也为了消除昔日的影响，改成了梵皇渡路。

　　千辛万苦弄来的密码本，酣睡了一年多，就在快要被忘了的时候，派上了大用场。那是个普普通通值班的日子，顾星浅正百无聊赖地躺在床上看闲书，忽然听见电报班的开门声音，接着是一阵咚咚的脚步声。一会儿，门又开了，报务员赵芬在喊："霍珂，六号电报。"

　　六号电报——只能齐修治亲译的神秘电报。顾星浅一骨碌坐起。费尽多少周折搞到密码本，不就是为了这一天嘛。得手后一直沉睡的密码本，今天终于要走上前台了！机不可失。顾星浅脑海里迅速重温了一遍预谋已久的计划，开始行动。咚、咚、咚。霍珂急速返回。顾星浅起身跟着进了电报班。屋里只有霍珂和赵芬两个人。

赵芬看见顾星浅，忙放下手里的画报："顾处长，您还没休息啊？"

"刚眯着，被你一声呐喊惊醒了。"顾星浅戏谑道。

赵芬爽快地笑了："我嗓门太高了。"

说话间，霍珂放下耳机，开始整理电文。顾星浅趁她们俩没留意，把进门桌子上的医用胶布握在手心。霍珂开始打电话，顾星浅趁机退回到办公室，从抽屉里取出裁纸刀，又在桌子上折了些纸。很快，霍珂从电报班出来经过门口。

"霍班长。"

霍珂应声而入："顾处长，什么事？"

"你是要去保密室吧？帮我把这个文……啊！"锋利的裁纸刀在顾星浅的左手食指上划了口子，殷红的鲜血立刻流了出来。

霍珂花容失色，尖叫一声："啊！"

顾星浅指指柜子："帮我把胶布拿来。"

霍珂手忙脚乱放下文件夹子，打开柜子翻找胶布，半天未果。"我回屋拿。"随即快步走出。顾星浅左手拇指按住伤口，右手打开办公桌下面的小门，取出早就准备好的相机开始拍照，好在电报稿只有两页。刚照完，东西放回原处，那边电报班门声一响，霍珂匆匆拿了胶布回来，帮着细心缠好。

"没事了，谢谢霍班长。"

霍珂一脸关心："疼不疼？"

"没事，去忙吧。"

片刻，霍珂从保密室回来，进门关切地询问："怎么样？还疼吗？"

顾星浅摇摇缠着胶布的手指："小意思。"

霍珂这才放心地回去。那边电报班门一关，顾星浅迅速起身忙活起来。工夫不大，底片洗出来了。顾星浅收好东西，开了台灯，把密码誊到白纸上，销毁了照片，又从办公桌旁一人多高的资料中一页页找出珍藏已久的密码本。密码本放在哪里，曾一度令顾星浅困扰。深思熟虑之后，把密码本一页页按照规律，分散夹在一米多高的资料堆里。绝对不会有人料到这堆明晃晃的资料里会藏有如此重要的东西。

这封来自武汉卫戍区第一兵团司令部的密电中说：薛岳司令长官将于明早十时赴捞刀河余家港附近视察地形，预计十一时抵达，十二时离开。为避免调动部队引起敌军注意，仅由当地守军一个团负责警戒。

这么重要的情报一旦被日军掌握，后果不堪设想。薛将军危矣！长沙危矣！顾星浅汗毛连根竖起，必须尽快通知姜未鸣，但是三更半夜进进出出难免引人注目，将来一旦被查就是铁证，必须天亮之后才能离开。算算时间还够，没有必要冒暴露的危险。顾星浅心神稳了稳，想睡一会，但是怎么也合不上眼睛，只能一会躺着，一会坐着，实在不行就蹲着，趴在地上做俯卧撑，终于挨到天亮，开车出了院，等拐了弯，立即加速，一路狂奔赶到姜未鸣家。姜未鸣的反应非常奇怪，这么重要的情报不急着上报，反倒纠结起齐修治什么时候能看到。

顾星浅耐着性子："他去南京了，一早往回返。正常的话，八点左右能上班。"

"八点看到情报通知梅机关，不到九点，前线日军就能得到消息。"

"赶快通知总部吧。"顾星浅急得不行。

姜未鸣不敢看顾星浅的眼睛，懊恼不已："太不凑巧了。我的发报机电池坏了。敌人盘查太紧，最快下午才能送到。"

顾星浅这才明白缘由，一下泄了气。姜未鸣也是青筋暴露，面色通红，在地上来回转着圈。挂钟嗒嗒嗒地走，把气氛搅得越来越焦灼，顾星浅最终赶在绝望之前想出了法子："这边不行，就解决那边——堵住齐修治。”

姜未鸣长出一口气：“具体怎么办？”

“齐修治习惯出发前往值班室打电话，得知有电报后，一定会十万火急往回赶。宁沪公路进入上海地界后有一条小道，我和他走过，能近半个小时。不管用什么方法，把路封死。即使立即掉头回去重走宁沪公路，至少会耽误一个小时，最快九点才能赶到，加上取件、破译时间，到梅机关至少得九点半，传到长沙前线日军手里怎么也得十点。再调动军队，肯定来不及。”

八点没来。九点还是没来。九点二十二分，终于来了。车还未停稳，齐修治就下了车，直奔楼上保密室，很快下来回到办公室，“咔”的一声，锁上了门。顾星浅在电话班一直待到十点，也没见齐修治的电话灯亮起。肯定是破译完，发现时间来不及，把这件事压了下来。

二十几天后，会议室正在开会，门突然被打开，几名气势汹汹的日本特务冲了进来。顾星浅认得为首的是梅机关的行动课长三浦。

正在讲话的齐修治一愣，站起来：“三浦中佐，有什么公干？”

三浦冷笑：“我奉机关长阁下的命令专程来请齐先生到梅机关一叙。”

齐修治久经战阵，在众多部下面前更是不会丢了风度，从容合上文件夹：“有劳三浦君，请。”

几名日本特务裹挟着齐修治离开，留下一屋子人目瞪口呆。大家面面相觑，又不敢评论，静了一会，散了。

顾星浅低着头回到办公室，刚要关门，卢道雄就进来了：“老齐被梅机关抓了？”

顾星浅把文件一扔，一屁股坐在沙发上：“刚才开会的时候，三浦中佐闯进来把人带走了。”

卢道雄有些急促：“梅机关为什么抓人？老齐不会是军统吧？”

顾星浅看着卢道雄着急的样子，有些好笑：“没想到你对老齐这么关心。”

"这个时候你还笑得出来。"

"你不总说老齐这不好、那不好吗？"

"那都是一时的牢骚话。你怎么还当真了。还是你说得对，老齐纵有千般不好，有一样好——护犊子。"卢道雄还是很诚恳，"要是真出了事，以后怕是再也找不到这么好的长官了。你倒是说话呀，老齐到底是不是军统？"

"老齐怎么会是军统？这些年他抓的军统能装一火车了。脑子瓦掉了，自己收拾自己？

顾星浅的分析很让卢道雄服气，但还是穷追不舍："那梅机关为什么抓他？"

"不知道。其实抓比不抓强。李先生倒是没抓，直接就给弄死了。"

卢道雄犹豫了一下，有些恳切："星浅，你有没有想过以后怎么办？"

顾星浅黯然神伤："是啊！以后怎么办？"

卢道雄一脸坦诚："你赶快想想办法，不能到时抓瞎。"

两天后，齐修治平安归来，精神抖擞，面色如常，但细心的顾星浅还是看出了变化，他好像对什么都淡漠了。

顾星浅汇报工作刚一开口，齐修治就摆摆手："你看着处理吧。"

顾星浅看齐修治兴致不高，站起来告辞："我先出去了。"

"坐下，陪我说会话。"齐修治声音黯淡，少有的怒形于色。"这些年枪林弹雨，不说功劳，还有苦劳。日本人就是喂不熟的狼，翻脸无情。"

顾星浅麻溜起身关了门："长官，消消火。这种事在哪个朝代，在哪里都会有，您别太计较。"

齐修治长叹一声："咳！有时候我也想不明白到底图什么，不定哪天就横尸街头，留下汉奸的千载骂名，还不如遁入空门，青灯古卷，专心礼佛。"

顾星浅耐心安慰："长官，人在屋檐下，不得不低头。日本人的行事风格您比我清楚，这次好在有惊无险。您想想李先生这些年鞍前马后立下多少功劳，不也是说弄死就弄死了吗？"

齐修治一脸惆怅地靠在椅背上："说起李先生，我心里更是难过。"

顾星浅连忙拦过话头："李先生可以说是鸟尽弓藏，但有些事情也确实做得过了头。说句难听的话——忘本了。"这么说是为了宽慰齐修治，减少负罪感。果然，话起了作用。

"你这么说，我还能好受一些。有些事不是我们能左右的，只是履行命令而已。"

"乱世之中，谁的日子都不会好过。您别想太多。"眼尖的顾星浅注意到，齐修治的鬓角多出了不少白发。

齐修治点燃一根雪茄，不再说话，眼睛直勾勾地望着窗外出神，不明白为什么要和顾星浅说这些。是蓦然回首终于找到了知音，还是有意进行试探？自己也搞不清楚。

韩随仁无疑是暴露了。那份军事部署情报无疑是量身定制的。潜伏多年经验丰富、性格极度谨慎、当年特务学校的第一名怎么会跌这么大跟头？能发出第二封电报，说明第一封已经得到验证。如果是诱饵，谁敢拿薛岳的性命当儿戏？除非车祸是精心设计的保险丝，但千里之外、一夜之间哪会布置得如此完美，谁又会对我们之间的联系了如指掌？问题一定出自韩随仁那边，不过这边也不把准。知道我去南京的人除了李山城就是顾星浅。梅机关严令秘密调查小井遇害一案，明确顾星浅有重大嫌疑。这一段，先是忙着和李先生斗法，后来又是七十六号重组。一直没顾上。会是他做的吗？他有这么大神通吗？

第三十八章

教堂门口，喜气洋洋。前来贺喜的亲友来回穿梭。

神色黯淡的顾星浅在人群中找到老师和师母，深施一躬："老师、师母，给你们道喜了。"等到抬起头，眼角已满是泪花。

老师微微一颤，还是满脸严肃。

师母笑着招呼："星浅，你能来我真的很高兴。"

顾星浅双手递上礼物："我的一点心意，送给师妹和……妹夫。"

老师张张嘴，欲言又止。

师母笑着用手拦住："你师妹在里面，去看看，把礼物交给她。"

仿佛跨越了万水千山，两条腿沉重不堪。早已处惊不乱，这一刻却难掩惆怅。总有残存的希望在维系，总有微弱的幻想在支撑。如今尘埃落定，终究有缘无分，还是错过了。师妹别嫁，脸上却洋溢着初为人妇的幸福。顾星浅满腹心事被疾风吹起，又被骤雨冲净，终于在跋涉到师妹面前那一刹那释然啦！是看到师妹有了更好归宿的欣慰，还是发乎情、止乎礼的理智？也许兼而有之吧！

师妹看见顾星浅，眼波流转，轻声招呼："顾大哥，你来了。"一边挽过新郎，"我先生周自横。这是我师哥顾先生。"

新郎很有风度地拱手："顾先生，久仰。"

顾星浅礼貌回应后把礼物递给师妹："我的一点心意，祝你们百年好合，白头偕老。"

两个人连声道谢。

一个小姑娘凑过头来，笑嘻嘻地插嘴："什么宝贝让我们开开眼。"

顾星浅做了请便的手势。师妹打开锦盒，里面是一对瑞士金表。周围人一阵惊呼。师妹也是一惊："太贵重了。"

顾星浅抬手示意："戴上吧。"

新婚夫妇都有些迟疑。不知道什么时候过来的师母发话了："戴上吧，你师哥一番盛情。"

新郎、新娘互戴了手表。珠联璧合，熠熠生辉。满是赞叹声中，顾星浅抱拳告退，跨出教堂那一刻，心底已经清澈，终于卸下情深义重，换来一身孑然。

老师还站在原地，面对顾星浅的告别面无表情。师母追出来："星浅，等下照完相再走。"

"不了，还有事。"顾星浅刹那间恢复了昔日的顽皮神情，"等明年当上舅舅，我再来给小外甥送长命锁。"笑着鞠躬作别，只是再转过身，眼底又起了迷雾。

一九四五年的元旦与一场大雪联袂而至。在漫天大雪中，顾星浅艰难跋涉到接头地点，奇怪的是姜未鸣没有到。他从来都是先到的。在接头时间过了半个小时之后，一位衣着考究、十足上海滩小开形象的中年男子出现在顾星浅眼前："我从老家来，带来了家里人对你的问候。"

顾星浅一愣，脱口而出："老家年景还好吧？"

"这几年的收成是一年不如一年了。"

小开对完暗语，伸出手来："鄙人董令侃从重庆来主持上海区的工作。"

顾星浅对突然的变故有些意外："老姜去哪里了？"

董令侃潇洒一笑："上峰对上海的局面不是很满意，调姜先生去北平了。"

随意臧否前任，举止实在轻浮。何况姜未鸣呕心沥血，主持的上海地下工作稳健扎实。面无表情的顾星浅心中尽是不满。

董令侃侃侃而谈："当下，太平洋战场美军频频告捷，日军只能龟缩在几个小岛负隅顽抗。缅甸战场远征军已经开始大举反攻，连续光复松山、腾冲等战略要地，打通了滇缅公路。中国战区的形势为之一变。我们作为敌后情报工作者应该顺应形势的变化，积极行动起来，主动出击，力争早日光复。"

董令侃的慷慨陈词，只起到了副作用。顾星浅一脸平静，甚至有点心不在焉。抗日艰苦卓绝之际，身处后方逍遥自在。胜利在即，冲到前线邀功镀金。无尺寸之功，却居功自傲。工作安排贪大求全，与姜未鸣低调务实的作风相左，显然是想借机捞取政治资本。

董令侃对顾星浅的沉默很意外，也很不满："星浅，你是总部的王牌，这几年工作卓有成绩，但不能居功自傲，停滞不前。现在的形势一日千里，你应该抓住有利时机，尽快打开局面。"

顾星浅掸掸身上的雪，语气平淡："我们卧底要的是稳健，不讲局面。"

董令侃有些尴尬，转而一笑："你可能是误会了我的意思。这场卫国战争艰苦卓绝，老百姓苦不堪言，都盼着胜利早点到来。我们有理由相信，一九四五年是我们的胜利之年。在这样一个伟大的时刻，我们作为军人，更应该负重致远，勇于流血牺牲，解民于倒悬。"

顾星浅微微翘起嘴角："作为卧底，我服从总部的命令。总部给我取名暗礁，就是希望不管风云如何变幻，始终守得住寂寞。"

这话连绵里藏针都说不上，相当地露骨。不管是袁天牧，还是姜未鸣在交流的时候，讲的是总部意见，即使临机处置，也都是坦诚相见。唯独这个董令侃绝口不提总部，想法完全背离，居高临下，一副高高在上的样子让顾星浅很不舒服，深藏在骨子里的冷傲一下子跳了出来。顾星浅提到总部对自己代号的寓意，就是明确告诉董令侃——你的私人命令，我不接受。

董令侃相当地圆滑，对顾星浅这番不加掩饰的表露当然洞悉，轻松岔开话题："最近有什么任务？"

顾星浅还是一脸平静："我没有什么具体任务，负责收集战略情报。"

董令侃不以为意："李士群死后，七十六号每况愈下，名存实亡，哪还有什么战略情报？"

顾星浅几乎是耐着性子听完。多年的潜伏生涯，在哪里都是演戏，只有在上线面前，才是难得的轻松一刻。如今这难得的一刻真的难得了。董令侃的话真是太难听，丝毫不顾及别人的想法。在他眼里，顾星浅只不过是一个下属，听命就是了。

董令侃背了手："你和周佛海、丁默邨、万里浪这些人有接触吗？"

"我这个级别偶尔见到这些长官也就是敬个礼、问声好，接触不上。"顾星浅不知道董令侃葫芦里卖的什么药，随口应付。

"我的意见是尽早接触这些人。现在形势日趋明朗，我们应该抓住机会，敦促他们弃暗投明。"董令侃一副胸有成竹的样子。

顾星浅心里一翻个。看来派他来，总部也是没有办法，所以有所保留。这也再一次说明，总部根本没有给自己安排这方面的任务。

"你负责这项工作。"董令侃的口气不容置疑。

顾星浅咽回想说的话："我尽力而为。"

董令侃似笑非笑："我可是翘首以待。"

回到办公室，顾星浅仍然难以置信。总部这般操作，让危机四伏的敌后工作蒙上了一层滑稽、轻佻的神采。如此飞扬浮躁，置潜伏人员生命安危于何地？

顾星浅想起昨天收到的怪信——没有寄件人的地址，里面只有一张宣纸，上面用各种字体写着"忍"字。现在才知道是姜未鸣告诫自己要忍耐。不忍又能怎么办？董令侃是个绣花枕头，头脑空空，除了夸夸其谈、异想天开之外，一点思路也没有。问题是这样的人往往依仗后台刚愎自用，草率行动。让他主持上海地下工作的大局，总部不顾及后果吗？胜利曙光乍现，盲目乐观，后患无穷啊！

尽管早有心理准备，接下来事态发展还是超出了顾星浅的想象。军统四面出击，暗杀汉奸，袭击军事目标，闹市区频频播撒传单，大有全面接管上海的架势。日本人的反应极为迅速和恐怖。在梅机关的统一调度下，宪兵队、政保总署、警察局等强力部门侦骑四出，到处抓人，一时间监狱里人满为患，大批抗日人士被处决。上海滩血雨腥风，笼罩在白色恐怖之中。

　　顾星浅对形势焦急万分，对董令侃深怀不满。与生俱来的孤傲再一次跳出来，觉得有必要和董令侃开诚布公地谈谈。其实理智如顾星浅，应该明白这种谈话只会起到反作用。

　　谈话在早上的黄浦江边进行。

　　上海滩小开又一次迟到了："星浅，找我来，有什么情报吗？"

　　"没什么情报，就是想和你聊聊。"顾星浅态度诚恳。

　　"那也好。最近工作繁巨，难得轻松一下，正好谈谈下一步的打算。"董令侃语调轻松。

　　"这些年我们这些潜伏人员几经磨难，吃了不少苦。"

　　"是啊！同志们辛苦了。"董令侃随口应付。

　　"相比那些牺牲的同志，我们都是幸存者。他们牺牲在黑暗里，而我们至少看见了胜利的曙光。胜利来之不易，每个人都有权利见到那一天。"顾星浅瞥见董令侃满不在乎的神态，心中一凉，语气变得坚硬，"不要再进行无谓的行动了。让九死一生的英雄们看到胜利。"

　　董令侃眼神冷漠："顾先生以为胜利是从天上掉下来的吗？是什么都不做就可以等来的吗？胜利需要战斗，我们不怕牺牲。明天下午，上海抵抗力量将召开争取最后胜利的大会。我们要用震耳欲聋的爆炸声、抗日英雄的呐喊声、汉奸的惨叫声，警醒沉睡的市民去迎接光复的到来。"

　　顾星浅尽力调整好情绪："我们这些九死一生的人，不怕牺牲，但是也不能无谓地牺牲。今年刚刚过去一个月，梅机关已经处死反抗志士数百人，加上在各类行动中牺牲的同志，超过一千人罹难。

这些牺牲本可以避免。"

"说到底，顾先生是看到胜利在即，有些怕死了。"

董令侃轻佻的语气让一向平和的顾星浅彻底暴怒："我怕死，就不会在上海沦陷之后加入军统，不会设计向自己的胸口开火，不会冒着暴露的危险一次次传递情报。董先生不怕死，抗日艰苦卓绝之际，是在前方浴血杀敌，还是在敌后命悬一线？"

董令侃面色阴冷："顾先生认为在后方就不是抗日吗？"

"你知道我们这些人经历过什么？你知道我们付出了多少？一年三百六十五天，一天二十四小时。分分秒秒都战战兢兢，时时刻刻都有灭顶之灾。刀尖上行走，枪口下偷生。这样的日子你知道是怎么过的吗？"顾星浅一生中罕见发火，"我要求你把我的话带到总部。"说罢拂袖而走。董令侃断不会把这些话带到总部，但话不投机，也只能这样了。

第三十九章

宪兵队和梅机关的联席会议时间不长。会议内容就是针对最近日益猖獗的破坏行为，要求各单位通信部门放弃过去定期上报的模式，改为随时发现情况随时报告，以便及时处理。事态的发展果如所料，日本人再次加大了打击力度。

散会回来，顾星浅特意绕道令白路。路边二楼的窗台上，那个神秘的景泰蓝花瓶又出现了——这是有人要和李山城接头的暗号。

年初两次出差归来，李山城都跟着进了齐修治办公室，之后拎着鼓鼓囊囊的袋子出去，半小时后回来复命，再出来两手空空。如此神秘兮兮，背后指定有文章。车出门向东，来回用了将近半个小时，扣除中间办事时间，办事地点应该在十分钟车程之内。顾星浅在地图上确定了大致范围。

小年那天，顾星浅又看见李山城上楼，立即开车赶到预定范围，换乘出租车仔细搜寻，找到汽车之后便躲到对面茶楼偷偷监视。几分钟后，李山城出来了。刚开始还没认出来，直到拉开车门的瞬间才得以确认。顾星浅有些迷惑，瞥见新进门的茶客才明白缘由。从来都是光头示人的李山城今天戴着礼帽，这才造成辨认的迟滞。

袋子里面装的礼帽！为什么戴礼帽？为什么要到这里喝咖啡？工作时间？喝完就走？来回都经过齐修治？一定是来交换情报的，情报就藏在礼帽里！咖啡馆进门墙上有挂钩，顾客来时挂上帽子，走时取走。李山城肯定是利用这一点，不用朝面就完成了情报的交换。

顾星浅感叹设计精妙之余，又开始纠结李山城是如何知道要去接头的。两次都是出差回来径直去接头，所以不可能是电话，肯定是街上的标志物。一次川沙，一次金山，顾星浅都在车上，就用铅笔在市区图上标出了轨迹，其中一段是重合的——令白路。

等李山城再去接头的时候，顾星浅拿了相机，开车赶到令白路拍下沿街楼房窗口的陈设。刚去接头，信号不会马上撤去。对比之前的照片，结果立刻出来了。时有时无的是一个景泰蓝花瓶。

现在，这个要求见面的信号又出现了，顾星浅却有点郁闷。过去一直有上线的配合，才能如鱼得水。现在和董令侃势同水火，形同路人。正忙于迎接最后胜利的他会在意吗？会派人去那里一探究竟吗？

交换机上齐修治的通话灯一直在亮，先是打往梅机关，时间很长，接着打往各个大队，看来是出了大事，要大动干戈了。回到办公室，顾星浅在窗前伫立，纠结要不要联络董令侃。没有实质内容，董令侃肯定会嗤之以鼻的。

正想着，卢道雄推门进来了。

"你不是回老家了吗？"

卢道雄一屁股坐进沙发："上面来令了。哪都不许去，原地待命。"

看来真的要有大动作。顾星浅想起董令侃的话——明天要召开迎接最后胜利的大会。是不是齐修治得到了消息，准备一网打尽？顾星浅坐立不安，来回在屋子里徘徊。这种没有实据，仅靠分析出来的结果不一定准确。一旦有误，上海滩小开肯定以为是自己有意为之，借机发难该如何应对？

大行不顾细谨，什么都查个四平八稳，都查个铁证如山，黄花菜都凉了。何况事关重大，哪还有心思介意这些鸡零狗碎？顾星浅耐着性子等到整点，打了董令侃的电话，三下。董令侃没有回拨。

是有事不在，还是因为早晨的冲突，解决接触？顾星浅心里七上八下，上海滩小开实在让人摸不着头脑。在焦急、烦躁中度过了漫长的一个小时，又到了整点，顾星浅再次拨打。谢天谢地，董令侃回拨了。顾星浅长出一口气。谁能想到极度危险的敌后情报工作还有这种沟通上的麻烦？

按照预先方案，紧急联络之后，当晚要在黄浦江边的秘密所在见面。这样危急时刻，什么事都可能发生，要做万全准备，何况董令侃还有暴露的可能。为防意外，顾星浅带了两支枪，一个手雷，换上了适合奔跑的裤子和鞋子，提前一个小时赶到接头地点附近的制高点。这个地方极利于隐蔽，而且会监视到所有进入接头地点的人。一旦有风吹草动，可以早做应对。

一个半小时之后，董令侃终于到了，依旧风度翩翩。顾星浅又足足观察了二十分钟，确认没有人跟踪之后，出现在董令侃面前。

董令侃面无表情："顾先生迟到了。"

顾星浅哪还顾得上这些："令白路五十七号，二楼东数第五个窗户住的是不是你的人？"

董令侃一愣，想了想："好像老乔住在那。你怎么知道？"

"他叛变了。"

董令侃目瞪口呆："不……可能吧？"

"七十六号现在所有外勤人员停止外出，原地待命。我怀疑要趁你们开会之机，一网打尽。"

董令侃的脸上闪过一丝恐惧，随后变成慌乱，一把抓住顾星浅的胳膊："你肯定吗？"

一个军统大区的领导者，遇到情况竟慌乱如斯。总部真是慧眼如炬！顾星浅从心底升起鄙夷："你不要有丝毫怀疑，马上组织应变吧。"

董令侃感激涕零，仓皇而去。顾星浅仰天长叹，造化弄人啊！一旦董令侃落入敌手，一定会贪生怕死，供出自己。如今只好祈求上天保佑董令侃了。面对苍穹，顾星浅满脸苦笑，一切都是天意，只有看造化了。

　　隔了一天的早上，卢道雄早早就来报到。顾星浅头也没抬，等他坐下沏好茶，自然会说个没完。奇怪的是，今天的卢道雄一直不说话。顾星浅干完手上的活，拿起报纸抬头瞅瞅，没办法只好自己开头："怎么不说话？"

　　"等你问呢。"

　　顾星浅把报纸翻了个个："我懒得问。"

　　卢道雄不知道怎么了，也拿起一张报纸较上了劲。

　　顾星浅只好认输。"你憋着不难受啊？"

　　"你再不问，我就得说了。昨天军统在闸北开会，老齐得到情报，集合所有人员，准备一网打尽。"

　　顾星浅面无表情地又拿起一张报纸。卢道雄看看，不说了。

　　"咋不说了？"顾星浅放下报纸，"准备下回分解？"

　　"我这讲得眉飞色舞，你那一点反应都没有。没情绪。"卢道雄今天脾气不小。

　　"那我问问，"顾星浅像哄小孩一样，"昨天行动了？"

　　"嗯。"

　　"抓住了？"

　　"抓住了。"卢道雄回答得很干脆。

　　董令侃真是烂泥扶不上墙，自己也危险了。顾星浅面色如常，依然用冷淡的语调往下问："抓了多少？"

　　"就一个。他们提前得到信都跑了，剩下个两眼一抹黑的苏北人。审了半宿，也没问出个子丑寅卯来。"

　　顾星浅自顾掩饰，无暇顾及卢道雄脸上的变化。刚才说抓住了的时候，顾星浅虽然面色不变，声音如常，但是因为过度紧张，脚尖抬起来了，听到没什么的时候，脚松弛下来，放平了。这些桌子下面的小动作，顾星浅没留意，却被坐在远处的卢道雄看在眼里了。

　　停顿片刻，顾星浅才想起来："老齐呢？"

　　卢道雄摸了一下额头，吁了口气："老齐本来准备一网打尽，没想到竹篮打水一场空。我听说，他的线人被砍死了，老惨了。"

董令侃色厉内荏，手段可是极为狠毒。七十六号的人什么没见过，他们说惨，肯定是真惨。顾星浅隐隐有些内疚，说不清楚。危机解除，顾星浅暗自松了一口气。让他意想不到的是，更大危机已经张牙舞爪地悄然来临。第一次见面，董令侃就忘了告诉他，齐修治在长沙军中的奸细韩随仁漏网了。

"顾处长，我是门卫。有一位自称是您师母的女士想要见您。"

师母？一种不祥的预感袭来。

"我马上出去。"顾星浅撂下电话急忙下楼，在院子里见到一脸焦急的师母，"师母，出什么事了？"

半年多不见的师母明显苍老，白发已经很明显了："星浅，你老师快不行了。"

顾星浅已有预感，却还是深感震撼："怎么了？"

"这半年你老师身体一直不好。大夫说，就是这两天的事了。"

顾星浅倒退半步，深吸一口气："老师在哪？"

师母眼中含泪："在市立医院。这半年晚上总睡不着觉，整夜咳嗽。我看出他想见你，问也不说话，就来找你了。"

顾星浅面如死灰："师母，您别难过，老师会好起来的。"

病房里，师妹、妹夫还有田教授等亲戚朋友守在床边，看见顾星浅，闪开一条通道。顾星浅冲到床边，跪倒在地，拉着老师的手，眼泪一下子流出来："老师！"

老师缓缓地转过头，脸上遍布老年斑，皱纹堆砌，眼睛已经失去了活力，声音也没有了底气："星浅，你来了？"

"嗯。"顾星浅哽咽不止。

"我想问你个事情。"

顾星浅俯下身，把耳朵凑到老师嘴边："老师，您说。"

老师气息微弱："我想了很久。你是不是有什么苦衷？"

顾星浅一惊，呆呆地看着老师急于知道真相的眼睛，犹豫了一下，轻轻点了一下头。老师眼泪涌出，努力想说什么已经说不出来了。

师母含着眼泪凑到另一侧耳边："你是不是要认星浅为义子？"

老师慢慢地点了下头，伸出手好像想要摸一下顾星浅，但举到一半就垂了下来，气息渐渐停止，撒手人寰。众人哭声一片。顾星浅更是悲从中来，难过得不能自己。还是妹夫周自横过来力劝："顾大哥，我岳父仙游，您作为长子，还是操办后事要紧。"

顾星浅抹了眼泪，感激地拍拍他的胳膊："谢谢。"

遵照恩师遗愿，顾星浅执长子礼操办后事。方慕石一生教书育人，桃李满天下，再加上亲朋故交，葬礼上来宾络绎不绝。

苏嘉瑞也来了，一袭黑纱，面带哀婉："星浅，节哀顺变。"

顾星浅鞠躬回礼："谢谢。"

苏嘉瑞轻轻叹了一口气："希望他老人家一路走好。"

顾星浅四见苏嘉瑞，却是四个不同的版本。第一次张扬，第二次轻松，第三次沉重，这次却是落寞。苏嘉瑞不是一个合格的特工，一切都在脸上。也许她本就不该承受这些吧！

刚刚送走苏嘉瑞，让人震惊的是齐修治和卢道雄竟然一前一后进来了。顾星浅来不及细想，迎了上去。

齐修治一脸关切："星浅，我来晚了。"

顾星浅很不好意思："没想到惊动您了。"

齐修治有些责怪："你应该早点告诉我。别说了。行礼吧。"两个人跪倒在地，磕了三个头。

礼毕起身，齐修治拍拍顾星浅的肩膀："我和道雄待在这里，恐怕不太方便，先走了。"

老师的突然故去，让顾星浅暂时回归正常人的生活轨道，一时间忘了肩负的使命。齐修治的到来让顾星浅猛醒。这件事绝非体恤部下这么简单。这些年，齐修治秉承外松内紧的原则秘密监视自己。能知道老师故去，就一定会知道自己经常去走动，当然也会知道关系中断。狡猾的齐修治应该能分析到原因。嫉恶如仇，坚守民族大义的老师最后时刻能允许"汉奸"执长子礼料理后事，这一条足以让齐修治坚信自己就是卧底！宁愿暴露监视也要露面，就是要佐证对自己的判断。

顾星浅冥思苦想的时候，齐修治正坐在公园的长椅上，静静地望着湖面出神。他已经确定顾星浅就是这些年苦苦寻找的卧底，绝对不会错。记不住这是第几次了，尽管每一次都是他主动终止，但怀疑就像脸上的胡子，顽强地长出一茬又一茬。

留学东瀛的齐修治有着完整的日式思维。从加入日本特务机构那天开始，已经全盘日化，抓出卧底不会有一丝一毫的犹豫。但没有任何证据就抓人，或者下黑手，他是不屑的，那是无能的表现，也是土匪的风格。一定要掌握足够的、完整的证据摆在面前，让顾星浅无言以对。

然而，他还是有些犹豫。顾星浅是得力的，或者说是不可或缺的，至少在眼前复杂的时局面前。乱局之中立于不败之地，需要智慧、需要胆识，更需要实力。顾星浅就是他的实力。几次出手，干净利落地解决问题，加重了他在周佛海、丁默邨还有梅机关眼中的分量。自断肱股之臣，自剪羽翼，不是犯傻吗？

齐修治左右为难，进退维谷，甚至有些后悔，后悔贸然参加葬礼。顾星浅和老师断绝关系，绝对是因为汉奸身份的暴露。如此不可调和的矛盾在最后时刻竟然得到和解，只有一个原因——那就是方慕石知晓了顾星浅的卧底身份。齐修治有困扰多年的难题终于破解的兴奋。

吊唁之前，齐修治得到李山城的报告。查遍附近的警察局、修车厂、大车店，都没有找到那场离奇车祸一丝一毫的踪迹。也就是说，那场车祸就是为他一个人上演的堂会！知道自己当日行踪的除了李山城，只有顾星浅。顾星浅一定就是背后那只黑手！齐修治有一种急于见到当事人找出原委的冲动，所以才贸然赶到葬礼现场，现在又有些后悔。聪明如顾星浅者，一定会看出问题，更加谨慎。想要抓住把柄只怕是难上加难。

想起葬礼上偶遇的苏嘉瑞，齐修治心里一沉。策反计划本来滴水不漏，万万没想到周佛海会钦点顾星浅摸底。苏嘉瑞怎么会是顾星浅的对手？戴笠一定是掌握了苏家的底细将计就计。周佛海的态度逐渐坚决，是不是也在将计就计？当时还以为游刃有余。即便顾星浅发现端倪，也还可以从容应对。后来事情的发展虽然不出所料，不过现在想来，顾星浅更多的是在试探。

　　齐修治心生凉意。顾星浅虽然不够老辣，却始终棋高一着，这场斗法胜算不大。不过，终于找到对手的快感，还是很让人振奋。尽管屡屡失手，他一定要赢最后一局，要让顾星浅输得心服口服。

第四十章

　　发送完老师的顾星浅第一天上班就接到老秦的电话，请他务必到闸北的云居酒肆见面，有急事。和上次一样，等在门口的老秦抢先付了车钱，拉着顾星浅进了最里面的房间。顾星浅进门就是一愣，里面已经有人背了手站在窗前。老秦并没有言语，关门退了出去。顾星浅对老秦的唐突颇为不满，待到那人转过身来，才发现原来是孟华年。

　　"星浅，我们又见面了。"

　　"孟先生，一向可好？"

　　"八年浴血奋战，终于守得云开见月明，哪有不好之理？上次多亏你鼎力相助，一直想当面道谢。今天正好有这么一个机会。"

　　顾星浅笑笑："您客气了。能为老师的恩人做点事，我心里很痛快。"

　　孟华年听出了顾星浅的意思："你还是愿意把我们的关系定义为私人关系。其实上次的事完全可以称之为国共合作的典范。抗日哪有私事？你为了抗日，交出恩人的先生。天宇同志为了抗日，放下老母幼子。"

　　果然是宋天宇。

　　"不管是不是军统的卧底，你都是有良心的中国人。现在抗日形势日趋明朗，胜利为之不远。你应该早做抉择。战争结束以后，按照所有爱好和平人士的看法，国共两党应该组建联合政府，为民谋取福祉。可是以今日国民党之反动、之腐败无能，这一切只会是美丽的泡影。国共之间难免一战，历史要做出选择，人民也要做出选择。我们要建立一个新的中国，民主、富强。"孟华年滔滔不绝，口若悬河，"要让老百姓过上真正的幸福生活。"

"不比先生，我只是误入歧途的读书人，真的光复了，自顾尚且不暇，哪还有时间顾及这些？"

顾星浅的淡然早在孟华年的预料之中："有所顾虑是应该的，我也不想让你过早站队。"

顾星浅笑容朴实，一言不发。

"胜利在即，我们看看军统总部是如何运作的。一个虚有其表、依靠走夫人路线的花花公子成了上海区的长官，盲目出击不说，竟然召开什么迎接胜利大会，视数百名潜伏人员的生命为草芥。会议当天，花花公子得到情报，仓皇撤到镇江，宛若惊弓之鸟。这样的人无论在哪个情报机构都会被整肃，可就是因为能替那些夫人们搞到美国货，依然优哉游哉。顾先生心绪能平吗？"孟华年目光如电，"这份情报如果我没猜错的话，也是你的功劳。"

顾星浅一副茶楼听书的表情。孟华年心生敬意，果然人才难得。"军统如此，光复后的政府会如何运作，你心里应该有数。请你不要忘了还在水深火热中挣扎的百姓，不要忘了当初卧底时的初心，不要忘了你肩上的责任，不要辜负你自己的年华。"

顾星浅心如撞鹿。孟华年的排比句，句句都在他心里炸响。很多想了很久也没有想明白的事在这一刻变得清楚，很多想说却没说的话在这一刻得到共鸣。但是数年的潜伏生涯无时无刻不在提醒——不能激动，更不能妄动。暗礁之所以威力巨大，就是因为安稳。

顾星浅笑着开口："先生一席话，学生受益匪浅，但还有很多地方懵懵懂懂，以后还望多多点拨。"寥寥数语，不接受，不拒绝，不留把柄又留下了机会。

孟华年的脸上闪过一丝敬佩："星浅，我不奢求一番谈话就能改变什么，更希望你能审时度势，主动站到人民一边来。"

顾星浅的心里，其实早已经有了决定。卧底七十六号，是为了共纾国难。现在打跑日本人，又要内战，哪有中国人打中国人的道理？还是解甲归田，退归林下吧！

孟华年仿佛看透顾星浅的心思，语重心长："历史变局之际，没有人可以置身事外。所谓树欲静而风不止。希望你早做抉择，我们后会有期。"

一个衣着褴褛、头发蓬乱、浑身脏臭的要饭花子一瘸一拐地走到七十六号大门前驻足观望。

警卫厉声喝止："要饭的，赶快滚开。"要饭花子没有反应，只是呆呆地看着门口的牌子发愣。警卫的枪托重重砸在要饭花子的身上，"还不快滚，不看看这是什么地方？"

要饭花子迟缓地转过头，浑浊的眼里含着泪，嘴巴吃力地嗫嚅着，少顷，把手里的盆子扬手砸在警卫身上："混蛋！去告诉齐修治，老子韩随仁到了。"

就在此时，齐修治刚好乘车经过，目睹了这一切。李山城气哼哼地下车，准备教训一下要饭花子。要饭花子却绕过来，把脸贴在车窗上。齐修治定睛一看，不由得大吃一惊。

韩随仁！

齐修治和韩随仁是日本留学期间的同学，一同被影佐祯昭相中，进入陆军中野学校学习。回国后，韩随仁进入国军序列潜伏，这些年仕途通畅，抗战后期担任武汉卫戍区第一战区的副参谋长，一直和齐修治单线联系，传递出了不少有价值的情报。当日薛岳视察归来，让他大吃一惊。由于和齐修治之间的联系是单向的，他无法得知事情的底细。几天之后，薛岳赴重庆参加国防部会议，回来后即着手制定第三次长沙会战计划。他又像往常一样参与，并且凭借多年养成的战略素养，寻找到了战机，再一次发出密电。

按照惯例，从来没有间隔如此之密连续发出两封电报。这是一种自保措施，何况第一封电报又石沉大海。可是机会难得，他斟酌再三，觉得风险可控，做出了少有的冲动之举，贸然发出第二封电报。这一次齐修治没有耽搁，迅速汇报给梅机关。日军两个师团直扑醴陵，却一无所获，由此造成的缺口被薛岳利用，成功完成对日军四个师团的合围。天炉战法取得奇效，歼灭日军十万人，取得抗战以来最大胜利！

就在发出电报的第二天傍晚，韩随仁偶遇前来领取军火的第四军军需处长。驻地附近就有弹药库，却舍近求远，这说明第四军根本没有在醴陵。如此重要的事情一无所知，很明显他已经被怀疑了。不能有片刻的犹豫，必须马上离开。韩随仁随手拿了一份文件进入通讯连，趁没人注意，从后窗跳出，一路风餐露宿，受尽苦难，来到上海投奔齐修治。

齐修治赶紧把韩随仁拉进车里，一起回到家中。一切安排妥当，李山城退回到车里等候，屋子里就剩下两个老同学。韩随仁未语泪先流，齐修治也是泪流不止。当年从日本学成归来二十八九岁的年轻人一别十八年，如今已经四十六七岁，人到中年了。

韩随仁声音哽咽："东京都一别，我们十八年未见了。"

"唉！"齐修治一声长叹，"世事一场大梦，人生几度秋凉？当年读诗的时候总觉得难以想象，如今都在眼前了。"

韩随仁满饮了一杯酒："是不是我们这样为日本卖命的中国人注定不会有好下场？"

齐修治一脸茫然："好在咱俩都没有孩子，不会祸及子孙。人家都说，留美学生亲美，留日学生反日。咱俩选的是一条不归路，到最后众叛亲离，就连日本人也不待见。这次情报失误后，梅机关把我找去好一顿盘问。我也是心灰意冷，万念俱灰。"

韩随仁也是意兴阑珊："逃亡这一路，我一直在想，总也理不出头绪。我一向谨慎，这么多年从未引起怀疑。至少到上次薛岳长官视察的时候没有任何问题。薛岳如期视察，军队没有异动。只要及时赶到，肯定会围而歼之。为什么日军没有动作？"

齐修治脸上闪过一丝不易察觉的尴尬："可能是时间来不及吧？"

韩随仁正色道："离余家港最近的日军联队只有七十公里的路程，只要在十点前接到命令，完全有时间在援军赶来之前解决掉负责警卫的一个团。"

齐修治起身给韩随仁斟酒来掩饰自己的尴尬："也许皇军高层有自己的考量。"

韩随仁用手捂住酒杯："你什么时间通知的梅机关？"

齐修治看着咄咄逼人的韩随仁，知道瞒不过去，说了一句："我记不清具体的时间了。"

韩随仁大怒，指着齐修治："你误我大事！误我终生！"

齐修治索性低头不语。

半晌，韩随仁质问道："到底是怎么回事？"

"我当时在南京，第二天早上才知道消息，匆忙赶回又遇到交通事故耽误了时间，直到九点三十分才看到密电，等破译完，已经九点四十。来不及了，我就把这件事压下来了。"

韩随仁直拍大腿："你知不知道现在是什么形势？过去我们总是问中国能坚持多久，现在问的是，日本还能挺多久？一旦日本战败，你我将死无葬身之地，所以才冒着暴露的危险发出情报，希望阿南惟几抓住机会消灭薛岳。薛岳一死，门户洞开，整个中国战局就会为之一变，日本还有翻身的机会。就因为你，大日本皇军陷入万劫不复的境地。你我也终将走上断头台，身败名裂。齐修治，你害人害己，永远是大日本帝国的罪人。"

齐修治汗颜不语。

韩随仁仰天长叹："罢罢罢，我运即国运。日本战败已是定局，这都是天意使然，不是我们能左右的。"

齐修治杀心渐起。留下韩随仁，始终后患无穷，一旦梅机关掌握自己私自外出贻误军机的事情，只有死路一条。杀了他，这件事永远没有人知道。

韩随仁的情绪平复了一些，闷闷地不说话。齐修治看看桌子上的残羹冷炙:"我让司机取些酒菜来。"说罢,下楼回到车里,命令李山城:"带上家伙,结果了他。"

几分钟后,李山城气喘吁吁地回来:"长官,人跑了。"

齐修治呆若木鸡。现在的韩随仁山穷水尽,困兽犹斗,什么事都能干出来。齐修治自感来日无多,末日将近。

从韩随仁的话来看,薛岳视察的情报是准确无误的,而随后的作战计划肯定是为他量身定制的。也就是说,他是因为传递薛岳视察情报暴露的。电报只经霍珂和保密员两个人的手。霍珂不会出问题。如果是她,问题早就出了。保密员也是一样。还有一个关键问题,不管是谁把电文传递出去,没有密码本,不过是一张废纸。密码本一直在保险柜里保管。钥匙从未离身,只是偶尔交给老何。老何从小一起长大,跟了自己十几年,又是一根筋,肯定不会出纰漏。即便出了纰漏,被人钻了空子。保险柜的密码从未告诉别人,怎么可能泄露?即使真的有人打开保险柜,怎么会不动那摞文件?文件上面玉佩的挂绳用胶水粘在层板上,只要一动,就会裂开,再开保险柜的时候立刻就会发现。什么人既能弄到钥匙,又能搞到开柜密码,打开保险柜后又坚决不动那摞文件?这需要多大的心力、耐力和控制力啊!绝对不会有人做到的!

"顾星浅"三个字突然出现在脑海里挥之不去。如果非要找出一个人来,那一定就是顾星浅!铁了心要查个明白,死也要做个明白鬼,齐修治按了电铃,吩咐秦顺把霍珂找来。秦顺是老何心梗病故后新来的勤务兵。

霍珂敲门而入,顺手关门,一脸嬉笑:"舅舅大人有何吩咐?"

齐修治一反常态,青筋暴露,语气强硬:"你九点二十七分接到电报,四十一分才送到保密室,这中间十四分钟干什么去了?"

霍珂有些紧张:"我给你打电话来的。"

"打了十四分钟电话?"

"打了一会儿没通,我就去保密室了。"

齐修治一拍桌子:"你和顾星浅说什么了?"

霍珂一愣："你怎么知道？"说完，自觉失言，连忙闭嘴。

齐修治用诈成功，冷冷地看着霍珂："说吧。"

霍珂从未见舅舅如此吓人，心里有点突突："我去保密室的路上，顾处长喊我帮他捎份文件。进去取的时候，他正在裁纸，不小心割了手，我帮着包扎来的。"

"包扎？在哪找的胶布？"

"回屋拿的。"

"电报夹是否随身携带？"

霍珂回忆了一下："没拿，好像放在他的桌子上了。"

"取胶布用了多长时间？"

"胶布平时就放在一进门的桌子上，那天就没了。我翻了半天，才从包玉婷的抽屉里找到一卷。"

"顾星浅之前去过电报班吗？"

"去过。"

"什么时间？"

"我收电报的时候。"

"顾星浅知不知道你在收六号电报？"

"知道。"

"他怎么知道？"

"电报来的时候，我正在卫生间。赵芬喊我说六号电报。"

"随后顾星浅进来的？"

"是。"

真相大白！齐修治长叹一声，摆摆手。霍珂蹑手蹑脚地出去了。

数年辛苦追逐总算没有白费，终于笑到了最后。如今也只剩下这一点值得欣慰了。老何去年病故，看来顾星浅至少一年前就偷配了钥匙。问题是保险柜密码，他是如何弄到的？齐修治百思不得其解。

眼下的关键是怎么处理顾星浅。送交梅机关？贻误军机的事情肯定暴露无遗。送交丁先生？丁默邨现在到底怎么回事没人说得清，没准已经被策反。还是秘密解决吧！大厦将倾之际，胜利结束为期数年的追逐，对自己的职业生涯也是一个交代。然而，心底又悄然升起一丝难过。这是之前处理类似事件从来不曾有过的。顾星浅绝对是最好的属下，能力突出不说，从来不说是非，不争名利，像一块美玉无声地存在，这些年鞍前马后解决了多少麻烦。可是不杀他，怎么对得起韩随仁？万死弄来的情报被窃取，潜伏十八年最终身败名裂、亡命天涯。自己为了逃避贻误军机的罪名，弄得好友反目，随时可能遭遇暗算。如此狼狈不堪，不都是拜这位得力部下所赐吗？

掰断手里的铅笔，齐修治紧抿嘴唇，下了最后的决心，叫来李山城："你今天晚上在江边的房子里守候，六点的时候会有人来。不管是谁，解决掉。事后弄点汽油烧了。"接着按电铃叫郑顺进来，"顾处长呢？"

"说有急事出去，一会就回来。"

"等回来，你通知他今天晚上六点丁先生召见。这是地址，千万不能迟到。"安排完，齐修治心里满是不安，想喝口水压一压，谁知道洒了一身。也许李先生下令处死宋天宇时就是这种心情吧！

不见也好，见也是徒增伤感。齐修治决定躲出去，散散心，没想到刚出了院门，就看见了躲在大树后焦急万分的霍珂。

霍珂意外看见舅舅，吓得花容失色："舅……舅？"

"你在这干什么？"齐修治明知故问。

"我……我等邮差，有封信，很重要……"霍珂也算在七十六号没白待，编瞎话不用打草稿。

"想通风报信吗？"齐修治表情吓人。

"没……我……"霍珂话连不上了。

"上车。"

霍珂执拗着不肯。

齐修治低声怒吼："上车。"

霍珂冷冷地看了舅舅一眼。就是这一眼，让齐修治心底一凉。阿珂生性柔顺，今天的眼神却如此陌生，一反常态肯定是担心顾星浅所致。老话说得不错，女生外向啊！顾星浅有什么三长两短，她都会记到自己账上，到头来亲人反目，连个上坟的人都没有喽！十八年前，从日本回到老家，第一次见到阿珂，就把她当作亲闺女，百般疼爱。如今好友反目，阿珂也要成为仇人吗？齐修治心里万般难过。霍珂再怎么不愿意，也还是上了车，一路上一言不发，到了家，招呼也不打，扭身进了里屋。

姐姐、姐夫大吃一惊："怎么了？"

齐修治连忙换了表情："和我怄气呢。"

"我当什么事呢！阿弟来得正好，我做了你最爱吃的汤圆。快洗手吧。"姐姐一边说着话，一边端出冒着热气的汤圆，"吃咱们的。一会儿她饿了，自己就出来了。这几天，气就不顺。邻居二姑来提亲，条件不错。你姐夫刚说一句，她就大发脾气。"

"是啊！"齐修治应付着，"该嫁人啦。"

"她心里头还是惦记着顾处长。"

齐修治闷头吃了口汤圆，百感交集。最爱吃的汤圆，恐怕再也吃不上了。大日本帝国、东亚共荣圈，今年通通都得完蛋。日本人滚蛋不会带上自己，迎接自己的就是枪毙，还得插着汉奸的牌子。留下什么？什么也没有，只有阿姐会痛哭流涕，还会时常想起自己。阿珂？也许一辈子都会因为顾星浅怨恨自己。里屋隐隐约约传来哭声，齐修治有些心疼。妻子离世的时候，自己不也是这样，一个人躲在屋子里哭泣吗？如今轮到阿珂了吗？当初真不该把她放到七十六号。要么就顺了阿珂的意，既成全了她的心思，又除了自己最大一块心病——担心她战后会受到牵连，岂不是两全其美？

这怎么可以？齐修治为自己的动摇感到震撼。除掉顾星浅是职责所在，也是夙愿。从来没有想过会有所动摇，可是它确实动摇了。想努力摆脱，却分明听见"咯吱、咯吱"的声音，大厦将倾，摇摇欲坠。霍珂的哭声变得响亮。齐修治心乱如麻。为了她，放弃自己的信仰吗？这辈子到底图个什么？

"当……"挂钟响了。齐修治吓了一跳，如梦初醒。"六点了？"

"钟快几分。"

齐修治缓过神来，隐隐约约听见屋子里好像有动静，连忙起身进屋。霍珂已经坐起，正从抽匣里取剪子。齐修治冲上去一手合上抽匣，低声怒吼："你要干什么？"

姐姐、姐夫闻声跟着进来："怎么了？"

霍珂只哭不作声。

"顾星浅到底有什么好？"齐修治已经有些气短。

"不管好不好，我非他不嫁。"霍珂梨花带雨，态度却是极为鲜明。

"你……"齐修治脸上的肌肉一跳一跳，看看手表，马上六点了。就要来不及了，或者已经来不及了。

"你跟了他，一辈子都不会有平静日子过。"齐修治已经被逼到了绝境。

"那我也愿意。"语气斩钉截铁。

"你……别后悔！"压倒大象的最后一根稻草轰然落下。齐修治心一横，颤巍巍地抓起电话，闭了眼，"行动取消，让他回办公室等我。"放下电话，转过身如释重负，"没事了，吃饭吧。"

霍珂还在哭，姐姐、姐夫也还蒙在鼓里。

"还哭什么？不都顺你的意了吗？"齐修治呵斥完又回头解释，"阿姐、姐夫，阿珂一直为她和顾星浅的婚事跟我置气。现在，我同意了。"

霍珂不哭了，睁着带着泪花、哭红的眼睛："真的吗？舅舅。"

"假的。"齐修治又爱又气，转身回到餐桌消灭掉一碗汤圆，"你们见过顾星浅吗？"

"见过两次。说心里话我俩都很喜欢。不过……"

"顾星浅确实是难得的佳婿。阿珂眼力不错。"

"阿弟，这个另说。将来国军打回来……"

"这个你们不用担心。我就这么一个外甥女，不会让她所托非人。"

"真的不用担心？"姐姐追问。

"这个事你们不用操心，也绝不能和外人讲。"

"顾处长会答应吗？"

"这个包在我身上。你们准备嫁妆吧。"

第四十一章

下雪了。雪花翩翩落下，又被雨刷无情推开，露出挡风玻璃后面忧心忡忡的顾星浅。丁先生怎么会无缘无故召见？召见为什么要经过齐修治？李山城的眼神明显不知道来人是谁，为什么说在等我？没有那个电话，会发生什么？

齐修治先到了，正背了手站在窗前对着漫天飞舞的雪花出神。顾星浅双膝并拢，一脸恭敬，笔直地站在地中间。

半晌，齐修治叹了口气："应念岭海经年，孤光自照，肝肺皆冰雪。"自打被梅机关教训，齐修治变得多愁善感，今天不知道又怎么了？

缓缓转过身的齐修治一脸平静，神色如常，招呼道："星浅，坐吧。"看着眼前这个木讷、内向、不善言辞的人，齐修治内心万千起伏，这些年就是他兴风作浪，刘省身、徐芝园、小池、小井、自己甚至李先生都败下阵来，几乎全军覆没的军统死灰复燃，苦心经营多年的卧底被连根挖起。这样一个让自己声名扫地、狼狈不堪的对手，浮出水面却只能徒呼奈何。既不能送上断头台，还得把视为己出的阿珂嫁给他，造化弄人啊！这也许是最明智的选择了。阿珂心满意足，曾经在伪政府任职的污点再不会被人提起，现在也只有这一点值得欣慰了。顾星浅尽管高深莫测，但是人品贵重，绝不会始乱终弃。这点把握还是有的。

齐修治点了根雪茄，语气缓缓："三月份还下雪，今年的冬天实在太冷了。我初来上海那天也下着雪，那一年和你现在一样，也是二十九岁。二十九岁早该娶妻生子了。有心仪的人吗？"

眼前泛起师妹的容颜，顾星浅已是云淡风轻："有过，还没开始就结束了。"

"天意弄人。"齐修治叹了口气，"这么晚叫你来是想给你保个媒。"

顾星浅怎么也想不到齐修治会说这个，一时蒙住了，半晌才讷讷说道："世道这么差，我哪还有这个心思？"

齐修治勉强地笑了："乱世也得结婚，也得传宗接代。要不然人类不早就灭亡了。你父母都不在了，也没有亲人。我虚长几岁，勉强算得上是个称职的长官，自然责无旁贷。"

顾星浅不明白葫芦里究竟卖的什么药，刚要开口，齐修治示意不要打断："我保的可是位好姑娘，保证你们琴瑟和鸣、举案齐眉。"

顾星浅觉得还是应该以情动人："感谢长官垂爱。到了这个年纪，我也知道应该成家了。不过……"故意欲言又止。

"不过什么？"

"形势一日数变，我恐怕自身难保，不想添个累赘，误人误己。"

齐修治把目光移向窗外，外面的雪下得愈紧了："形势确实是一日千里。明年这个时候再下雪，你我只恐阴阳两隔喽。"

顾星浅有些惶恐地站起来："长官……"

齐修治做了一个下压的手势，示意坐下："一九四五年注定是不平凡的一年。很多人的人生将在这一年急转。世界潮流，浩浩荡荡，顺之者昌，逆之者亡。汪先生已经仙游，抛掉了一切烦恼。我也会追随而去。人之将死，其言也善，就算为来世积德吧。安排好你的终身大事，我也好安心上路。"

顾星浅眼神一暗："长官，别这么说。"

或许是太善于伪装，也许正是本色出演，让自己放松了警惕才一败再败。齐修治苦笑之后，定定神："霍珂怎么样？"

顾星浅又是一愣，随口应付："挺好的。"

齐修治哈哈一笑："人家可是非你不嫁啊！"

顾星浅不知道说什么好，一时无语。

"古语说，娶妻以贤不以貌。最重要的是人品端正，忠贞不渝。霍珂说不上国色天香，也还周正，高中毕业，对于女人来讲，学历也算可以，性格开朗活泼，虽然你可能更喜欢文静一点的，但她知书达理，善解人意，应该会是个贤妻良母。"

顾星浅摇摇头，语气坚定："长官，霍珂确实是个好女子。不过现在我自身难保，怕耽误了人家。"

齐修治再次把目光移向窗外，沉默片刻说道："火候到了，汤圆自己就会浮上来。有些事当时查不清楚，看不明白，可是一而再、再而三地发生，时间久了，回头想想也就明白了。"

顾星浅一脸茫然。齐修治叹了一口气，心里说话，就让你这一脸茫然害得我好苦："老何活着的时候说过——七十六号最聪明的是顾处长、最仁义的也是顾处长。"

这个时候提起老何莫名其妙，在提醒什么？

齐修治眼望着天花板，面无表情："还有一层意思。我膝下荒凉。霍珂是阿姐的孩子，我一直视如己出。我姐夫是高小教员，阿姐在家相夫教子。现在她俩很担心一旦国军光复，霍珂在七十六号的工作经历会很不利，所以我今天保媒也有白帝城托孤之意。希望你能看在同事多年，好歹有过知遇之恩的情分上，答应这门婚事，善待霍珂。"

使诈还是要挟？一时半刻顾星浅不得要领，只得讷讷地说："我不是很明白您的意思。"

齐修治浅浅一笑："聪明无过于顾处长。你怎么会不明白？这场追逐今天终于跑到终点，但愿能和气完场、各生欢喜。"

顾星浅已经完成了基本的判断——齐修治是在逼迫自己迎娶霍珂。山穷水尽之际，给外甥女安排好出路是人之常情。把自己送交梅机关，他难逃贻误军机的罪责。杀了自己泄了私愤，于事无补。利用这些把柄要挟自己就范，了却霍珂心愿，确保光复后不受牵连，才是最明智的选择。

齐修治语气从容："你现在就给我个明确的答复。同意了，我们就议议婚礼。不同意呢，就当我什么也没说。"

顾星浅心中翻江倒海，表情依旧平和。齐修治心中暗暗喝彩，霍珂的眼力真是不错。胸有激雷而面如平湖，顾星浅绝对是个做大事的人，也不枉败在他手下。顾星浅明白齐修治已到了穷途末路。作为铁杆汉奸深知清算已经不远，对前途彻底绝望，最后想给外甥女安排一条退路。可是一旦答应，就要厮守一生，代价太大了。不答应，齐修治会不会翻脸无情？凭当天手指划伤一条，就会坐实罪名，自己肯定会被处死。死，想过多少回了，没什么可怕。可是胜利在即，多有不甘啊！

齐修治面带微笑，像是老师出了难题，欣慰地看着最得意的弟子冥思苦想、百思不得其解的样子。一辈子很长，谁知道谁算计了谁，谁知道谁是谁的棋子，谁又会笑到最后。

行动就会有痕迹，时间长了，谁都知道谁。顾星浅心里盘算，还是有些自视甚高了。潜伏数年，危机不断，好在有惊无险，胜利在即，还可以全身而退。霍珂就算作胜利的代价吧！好在也是中上之姿，人也聪明随和。

顾星浅抬头稳稳地接住齐修治暖暖的目光："谢谢长官垂爱，卑职听从安排。"

齐修治仰天大笑，笑声中有欣慰，有辛酸，也有心痛。惝恍一生，也算有个好的交代吧。等到真的见了阎王，这个一直苦苦追逐的敌人，却要以晚辈的身份祭奠自己。

人生如戏，远比戏剧要精彩得多。

齐修治起身打开保险柜，取出一枚玉佩："你能同意这门婚事，我很欣慰。霍珂有了好的归宿，我也就放心了。这枚玉佩是我祖上传下来的，把它交给你，做个信物，一代一代传下去。"

顾星浅摆手拒绝。

齐修治不由分说，硬塞到手里："这枚玉佩据说是南朝刘裕的心爱之物，相当贵重，你好好保存。"坐到顾星浅旁边，"现在我们就是亲人了。我的日子不多了，最想见到你和霍珂完婚。你既然答应了婚事，细节上的事想必不会和我计较。明天是周日，皇历上是个好日子，举行婚礼如何？"

顾星浅有些迟疑："长官，是不是有些仓促？"

齐修治和蔼一笑："你应该叫我舅舅。结婚是人生大事，但是战争年代，一切从简吧。你俩完婚，了却心事，我也就可以安心上路了。"

实际上是暴露了。回到办公室反手锁了门，顾星浅反复回想刚才的对话。虽然没有铁证如山，单凭当晚划破手指一项，就足以让所有人确认，自己就是潜伏在七十六号的卧底！如果不是光复在即，不是齐修治担心被追究，不是霍珂一往情深，自己就会倒在胜利前夕。

顾星浅额头渗出细细的汗珠，确实大意了。光复在即，汉奸们没了心思，自己也放松了。不到演出结束灯亮起来那一刻，绝对不能卸下行头。

"笃、笃、笃，"有人敲门。顾星浅心绪已经平和，起身开了门。霍珂双颊绯红，有些不自在地站在门口。看到这个明天就要嫁给自己的女人，顾星浅的心底意外有一丝温柔流过："进来吧。"

霍珂进了门，眼看着脚尖，一脸娇羞："舅舅说你愿意娶我，说你会一辈子对我好。"

顾星浅含着笑："是的。"

霍珂扭捏了一下："我想听你亲口对我说。"

顾星浅随即收了笑，神色庄重："我愿意娶你为妻，愿意一辈子对你好。"

霍珂兴奋地捂着脸跑了。

这些话没想过，不知道怎么就说出来，而且说得这么自然。到底是真情流露，还是卧底多年养成的表演习惯，顾星浅自己也不清楚。只有师妹曾让他怦然心动，但面对霍珂，确实有一丝温柔流过心底。温柔流过，接着却是一紧。霍珂下班的时候不在，现在突然出现，明显是和齐修治一起回来的。联想李山城的眼神、神秘的电话，顾星浅明白——刚才是霍珂救了自己。

第四十二章

离教堂还有一段距离，齐修治下了出租车，穿过一条小弄堂，拐过弯。一个声音从后面喝道："站住。"

齐修治站住了，却没有回头："随仁，今天是我外甥女结婚的日子。婚礼过后再过来找你。"

韩随仁语气冰冷："齐修治，不要要这些小孩子把戏。时至今日，我还能信任你吗？"

齐修治依然没有回头："你没向梅机关揭发，还是念了过去的情分。欠你的终究会还给你，给我最后半个小时。等外甥女嫁了人，我就可以安心上路了。"没等韩随仁说话，抬脚直奔教堂。

雪后初霁，教堂干净明亮。阳光透过彩色玻璃照进来，温暖宜人，烘托出的气氛庄严神圣。

头发花白的牧师主持婚礼，循例发问："顾先生，你是否愿意娶霍小姐为妻？无论她贫穷还是富有、健康还是疾病。"

顾星浅一脸郑重："我愿意。"

牧师再度发问："霍小姐，你是否愿意嫁给顾先生？无论他贫穷还是富有、健康还是疾病。"

霍珂激动不已："我愿意。"

牧师手按圣经，语气庄严："我仅以圣灵、圣父、圣子的名义宣布，两位新人结为夫妻。"

礼成。一家人喜气洋洋。齐修治也动了真情："星浅，记住你说过的话，好好对待霍珂。"转向霍珂，声音有些哽咽，"阿珂，今天你终于嫁给喜欢的人，以后就是顾太太了。不管出现什么情况，一切都要听你先生的，好好过日子。"

新婚夫妇满口应承。阿姐也高兴得不得了，一个劲儿张罗："阿弟，一起回家吃个团圆饭吧。"

齐修治眼圈有些发红："阿姐，我还有事要办，你们一家先回吧。"转过脸，手搭在顾星浅肩膀上，再次叮嘱："善待你的家人。"

几人于是离去。拐弯的时候，顾星浅回头看见齐修治恋恋不舍地站在那里，一种不祥的感觉涌上心头，想喊他一起走，但嗓子眼发紧，终究没有喊出来。

齐修治目送一干人等离开，仰天长叹，没想到这里就是我命丧之地。阿妈、阿爸：儿子不孝，没能为齐家留下子嗣，好在霍珂今天喜结连理，也算是一点交代吧！

安排好一切的齐修治态度轻松地走向韩随仁："昭和二年年底，我们在东京都洒泪分别，当时盟誓永不相负，相约为大东亚圣战奋斗终身。十八年来，我为了当初的誓言，兢兢业业，从未倦怠，没想到最后因为小小的失误，让你一生心血付之东流。我自知死有余辜，只求速死。"

韩随仁冷笑一声："齐修治，事到临头还在狡辩。什么叫兢兢业业？什么叫从未倦怠？薛岳视察的情报如果仅仅是因为你的失误被压下来，那为什么他会有所察觉，给我设下圈套？"

齐修治早有准备，不慌不忙："我译完电稿，发现时间来不及了，就坐在办公室冥思苦想。这个时候勤务兵来通知开会，我一时糊涂，把电稿落在桌子上。事后，我抓了勤务兵，他供认不讳，已经解决掉了。"

韩随仁摇摇头："你说的话鬼才相信，简直是天方夜谭。京都特务学校的高才生怎么会犯如此低级的错误？你是欲盖弥彰，肯定是在保护什么人。"果然犀利，不愧是京都特务学校第一名，就像老师影佐祯昭所言——韩随仁极善于从纷繁复杂的事情中找到根本。

齐修治面色不变："随仁，你多虑了。你看我的头发都白了，牙齿也掉了好几颗，精力大不如前了。出现这样的低级失误，也真的是愧对你和老师。"

韩随仁不为所动："论情报工作你不如我，但论细节处理，你在我之上。我想不管是不是勤务兵干的，你都已经把他结果了。死人没法开口，我也不会公开露面去调查，所以，尽管满腹怀疑，还是得接受这样的结果。是不是？"

齐修治不置可否："这只是你的推断。"

韩随仁冷冷一笑："其实很简单。如果勤务兵是近期失踪或者死亡的，那就说明是你为了完善细节下的毒手。"

齐修治心里有些紧张，但是脸上一点都没有："我只求速死谢罪，剩下的事情你自便吧。"

"十八年之功，毁于一旦。"韩随仁眼睛里都是血丝，"我当然要查个水落石出。不过，现在简单了。甩锅给勤务兵，说明你在保护一个人。我只要查明谁是七十六号跟你最亲近的人，就找到了真凶。"

齐修治的心里几陷崩溃，但是面不改色："十八年的修行，你的水平已经不在老师之下。老师说过，你擅长从大的地方着眼。你说的东西从逻辑上讲无懈可击，但是没有任何证据可以佐证。七十六号我最亲近的人就是我的外甥女，也就是今天的新娘。如果你认为她是凶手，我阻挡不了，你可以下手了。"

齐修治反守为攻，放手一搏。

韩随仁一时无语，沉默片刻，语气低沉："当年在名古屋你为救我身负重伤，今天放你外甥女一马，也算扯平了。不过，你为了保全自己，竟然让人杀我。这笔账怎么算？"

齐修治淡然一笑，"一念之差，铸成大错。唯有以命相抵。"

"你后悔过当年的选择吗？"韩随仁的态度突然变软。

"当时太年轻，总想着干一番事业，封妻荫子，青史留名，却偏偏忘了自己是中国人。"齐修治声音有些哽咽，"事到如今，后悔已经晚了。"

韩随仁凄然一笑，改了称呼："修治，你我为之奋斗一生的大东亚圣战今年注定会以失败告终。就算今日不死，到时我们也会死得很难看。"

齐修治黯然神伤："现在上路，至少会体面些。"

"我们一起上路，好歹黄泉路上还有个伴。"韩随仁的声音也有些颤抖。

齐修治闻听此言，面色一变："随仁，我死有余辜。三千世界，总有你偷生的地方。"

"韶华已逝，功败垂成，苟活于世还有什么意思？不如我们一起上路。"

"你要三思啊！"

韩随仁微微一笑："当初是自己的选择，我不后悔。现在也是自己的选择，我也不后悔。"

齐修治眉头渐渐舒展："随仁，死在你手上，我不会抱怨。今生多有亏欠，来世再做兄弟。"

韩随仁颤颤巍巍地举起枪，语气柔和却坚定："希望有来世，希望再没有战争，我们还是兄弟。"

齐修治含泪闭上了眼睛。

枪响了。枪又响了。

一进院子，顾星浅就觉出不对劲。同人的表情全都怪怪的，像木偶一样。难道……

卢道雄已经在等他了，一脸的落寞："老齐死了。宪兵队的人刚刚来过。"

顾星浅面无表情地走到办公桌前，挂好公事包，拉开椅子坐了下来。

卢道雄愣愣地看着："你怎么了？"

顾星浅语气平淡："我知道了。"

卢道雄一头雾水："你怎么这么奇怪？"

顾星浅眼看着窗外："我前天就知道了。"

卢道雄一脸惊恐："你不是鬼上身了吧？"

顾星浅眼神空洞地看了卢道雄一眼："老齐应该知道有人追杀，而且也不想躲避。"

卢道雄脸上闪过一丝复杂的神情："是军统干的吗？"

"不会。如果是军统，老齐怎么会坐以待毙？应该是私人恩怨。"

"听说凶手当场自杀了。"

"他俩应该也曾过从甚密，到最后却是手足相残。"

"你怎么知道这么详细？"

"都是感觉。要不然，老齐不会是那种口气。"

卢道雄低头不语。

顾星浅看着卢道雄的样子，心里有些难过："别想这些不高兴的事了，我和你说件喜事。"

卢道雄抬起头，语气黯淡："这年头哪还有喜事？"

"我结婚了。"

卢道雄"刷"地站起来："什么时候？我怎么不知道？拿不拿我当兄弟？"

顾星浅做了请坐的手势："老卢，你我生死弟兄。按说你应该早早知道，不过战争年代没有那么多讲究，我也是匆忙决定。婚礼只有她父母和老齐参加。"

"老齐参加了？"

"嗯。"

"哪天？"

"昨天。老齐肯定是参加完婚礼在回去路上出的事。现在回想当时的神态，他应该有心理准备。"

卢道雄有些狐疑地望着顾星浅，半晌才反应上来："你怎么会不告诉我而告诉老齐？"

"老齐是我太太的舅舅。"

卢道雄睁大了眼睛："你到底搞的什么鬼？"

"老齐前天把我叫去，说日子不多了，想给外甥女保个媒。我同意了，昨天去教堂举行的仪式。"

卢道雄还是没缓过劲："我怎么觉得你像在开玩笑。"

顾星浅轻描淡写："战争年代，人贱如狗，能娶上媳妇，我也知足了。"

卢道雄恢复了常态："新娘子是个美人吧？什么时候让我开开眼？"

"现在就可以。出门左转去电报班找一个叫霍珂的。"

"霍珂？你和霍珂结婚了？霍珂是老齐的外甥女？"

顾星浅点头。

卢道雄往沙发后背一靠，眼望着天花板沉默了一会："这事我越寻思越纳闷。不是别的，霍珂也不是你喜欢的类型啊！"

顾星浅苦笑："我自己都不知道喜欢什么类型。你知道？"

卢道雄眨眨眼睛："你喜欢知书达理、文静贤淑又有思想的聪明女人。"

顾星浅点点头："生我者父母，知我者老卢。这个世界上还有这样完美的女人吗？"

卢道雄狡猾一笑："有，有段日子你心情特别好，应该是遇到了。"

顾星浅不露声色："我这就去告诉霍珂，你说她不是我想要的女人。"

"这个就算了。她现在是弟妹，我可不想开罪。"卢道雄连忙摆手，又把话题绕了回来，"你说私人恩怨，这个我理解，但是老齐甘心受死，是不是因为对局势的绝望？"

顾星浅神情复杂，一言不发。

卢道雄声音低落："星浅，你有没有想过将来？有没有想过我的将来？”

顾星浅不知如何作答，只能沉默回应。

卢道雄一声长叹："夫妻本是同林鸟，大难临头各自飞。何况我们只是异姓兄弟。"

"你扯远了。我也是没有头绪，想起这个就烦。"

卢道雄话里有话："你是有大智慧的人。做事情想得多，看得远，不像我这样的俗人只看眼前。"

顾星浅叹了口气："谢谢你的看重。纵然我有些小智慧，碰上这样一个变局，又能如何？我也是走一步看一步。"

卢道雄的眼里传来异样的眼神，让顾星浅颇感意外。

卢道雄收回目光，也叹了一口气："老齐临终托孤，是对你人格的认同。你在如此严峻的关头迎娶霍珂，肯定是对将来有了把握。否则，不管是你还是老齐都不会这么做。"说罢站起来，"谁都有难言之隐，谁都有不可与外人言。我先走了。"

顾星浅连忙阻拦："别走，我还没说完呢！"

卢道雄扬长而去，留下顾星浅目瞪口呆。卢道雄肯定是发现了什么，或者察觉到了什么。顾星浅后悔不应该公开婚讯。本来已经和霍珂说好暂时保密，但为了宽慰卢道雄却脱口而出。更深的是自责。真到了胜利的时刻，卢道雄怎么办？眼看着他受戮吗？不眼看着又能如何？

第四十三章

尽管齐修治的死造成了巨大的震撼，但所有人都在极力淡化，不去想就要到来的清算。只有霍珂一时缓不过来。新婚宴尔的幸福被突如其来的噩耗打乱，悲喜两重天，好在有顾星浅极力安慰，时时相伴。霍珂婉拒了警政部的安排，听从顾星浅的主张，把齐修治和韩随仁安葬在南郊公墓相邻的墓穴。顾星浅的说辞是舅舅能安心受戮，凶手能当场自杀，说明渊源颇深，安葬在一起，好歹黄泉路上也有个伴。为了避人耳目，墓碑上一个刻的本名——齐家国，一个刻的化名——齐家仁。

肃立坟前，顾星浅心绪难平。尽管正邪不两立，但不管出于什么目的，到底是他放了自己一马。他的死固然是咎由自取，但也是自己一手造成的。要是有一天霍珂知道这些，又会怎样对待自己呢？面对莽莽青山，悠悠碧空，顾星浅难掩失落。

风声愈来愈紧。汉奸们四处挖门盗洞，妄图和军统搭上关系，好歹保全自己的狗命。日本人却像打了鸡血一样开始了最后的疯狂。很多盲目乐观、过早暴露的抗日分子倒在了黎明前夕。顾星浅不再露面，躲在家里避免麻烦，只是胜利将近，烦恼反而更多了。最大的烦恼来自卢道雄，昔日的生死弟兄遭此大变，该何去何从？

正想着，卢道雄裹挟着酒气找上门来。

"怎么喝这么多酒？"

卢道雄直挺挺地坐进堂椅，眼望着天花板："苦闷。"

"那些事都过去了，别多想。"去年年中，卢家惨遭土匪洗劫，卢父惊吓而死。卢道雄一直为此耿耿于怀。

"家里事不想了，现在想的是自己。"卢道雄直勾勾地看着顾星浅，"大厦将倾，光复在即。我们这些汉奸马上就要被枪毙，能不苦闷吗？"

顾星浅倒了杯热水，放在卢道雄面前。

卢道雄一摆手："不喝那个。"颤颤巍巍站起来，熟门熟路地打开柜门，取出一瓶白酒，"来，咱俩喝。"

顾星浅连忙制止："老卢，再喝就醉了。"

"醉了就好了，没有烦恼了。"

顾星浅看着卢道雄颓废的样子，心里隐隐作痛，取了杯子倒了酒，又沏了壶茶，给卢道雄倒了一杯。

卢道雄连酒带茶一饮而尽："你不怕吗？"

"能不怕吗？这些年做了那么多事，军统都记着账，终有一天会找我算的。"

卢道雄眼神呆滞："你是我认识人里最聪明的一个。什么难事都能帮着解决，我一直很感激。"

"别说这些，咱俩是生死弟兄。这些年，你帮了多少事，我心里有数。"顾星浅心中有愧，极力劝慰。

"先父曾经说过，你聪明正直，让我多和你学，多和你在一起。"

顾星浅低了头："真的是愧对伯父。"

卢道雄眼神幽幽："家母也说过，咱俩不是一条道上的车，终究得分道扬镳。"

顾星浅闻言一愣，又低了头。

"现在想想，二老说得都对。"

"老卢，你喝多了。"

"喝多了但不糊涂。这些年，七十六号出了这么多无头公案。宋秘书出事以后都推到他身上。其实上面也知道，七十六号还有一个隐藏更深的奸细。徐芝园受命追查，结果被人算计。李先生痛下杀手被一把黄豆化解，反被坐实贪赃枉法，落了个鸟尽弓藏。只剩下老齐穷追不舍，最后也只能横尸街头。"

"没有人比他更聪明，没有人比他更沉稳。像飓风一样，刮起来天昏地暗，刮过去没有一丝痕迹，没有人能找到他，除了我卢道雄。"

顾星浅内心翻江倒海，表情呆呆地看着卢道雄。

对视良久，卢道雄缓缓地说道："上次我讲老齐抓人，看见他办公桌下的两只脚因为紧张脚尖绷起，后来知道没事才松了下来。那天我回到家里，回想这些年的事情，虽然一点证据也没有，但是想想就能明白，只有他才能不留痕迹、不露声色地做到。过去御史弹劾官员，可以风闻言事，就是因为足够聪明的人不会留下证据。"

顾星浅有醍醐灌顶的感觉，自以为了如指掌的卢道雄竟能说出这样一番话，实在应该刮目相看。

卢道雄眼神直勾勾地："他是我最好的朋友。在这个乱世之中，除了父母，我只信任他一个人。为了他，我可以赴汤蹈火，万死不辞，但是我们各为其主。军统找到徐芝园的时候，子弹只差一厘米就能要了我的性命，也是拜这位最好朋友所赐。"

"我知道事情不能绞在一起说，谁都难以周全。毕竟人在江湖，身不由己。但，想想这些总让人齿冷。人家做初一，我为什么不能做十五？也不能怪我心狠。一入社会就在七十六号，除了抓人杀人，别的什么也不会，但我明白什么叫恪尽职守。"卢道雄给自己倒了满满一杯酒，一饮而尽，又紧紧盯着顾星浅，未几，趴在桌子上鼾声大作。

顾星浅心里万千起伏，几乎不能自已。总以为他有勇无谋、头脑简单、唯利是图，没想到还懂得鸟尽弓藏、风闻言事、各为其主、恪尽职守。尽管无论如何都不相信，可那句"恪尽职守"已经明白无误地表明——他准备告发了。是多年被蒙蔽的集中爆发，还是差一点被杀的报复，抑或是高危时刻的一时错乱？

不管怎么样，危险已经来临。君子不立危墙之下。还有机会，只要杀了他，还可以补救。杀了他？顾星浅被自己的冷酷惊到了。尽管是两条道上的车，但一直是最好的朋友。有什么困难，第一个想到的就是他。一声"老卢"，不管什么样的刀山火海，卢道雄都会义无反顾地冲上去。真的要你死我活？顾星浅的心颤抖不已。什么时候变得如此冷酷？

　　光复在即，暗无天日的潜伏生涯终于露出曙光，在这样一个时刻倒下，实在心有不甘。没有办法，只能除掉他，作为潜伏者，别无选择。顾星浅下定决心，推了几下，又轻轻叫了几声"老卢"！卢道雄毫无反应。顾星浅伸手从抽屉里拿出手套戴上，慢慢拿出手枪，又取了一个厚厚的棉垫子抵在太阳穴上，刚要扣动扳机，许多往事不合时宜地浮现出来，一起爬山、一起游泳、一起被抓……

　　手臂慢慢地垂了下去，理智命令不了内心。那是亲如手足、可以生死相依的兄弟啊！可是，自己肩负重大使命，杀他是职责所在。兄弟情深终究大不过民族大义，决不能再犯弟弟那次错误了。手臂再次举起，刹那间又想起卢老伯笑眯眯的神情。斯人一去，堂上老母何人奉养，膝下幼子托付何人？自己虽然可以代劳，可手刃卢道雄，如何面对他的至亲？

　　可是不杀他，自己就得受戮，蜜月中的霍珂就要变成寡妇。一时的妇人之仁，后患无穷啊！况且现在不杀，光复以后他也难逃明正典刑……

　　到底是杀还是不杀，来来回回地揪斗。满脑子都是糨糊，混沌不清。顾星浅深感无力，终于一屁股坐到堂椅上，把枪扔在桌子上。

　　不知道过了多久，卢道雄睁开眼睛，看看顾星浅，又看看桌子上的枪："为什么不动手？"

　　顾星浅目光呆滞："试了几次，下不去手。"

　　卢道雄长叹一声，潸然泪下："这些年在七十六号杀人如麻，坏事做绝，迟早会遭报应。我来之前已经想好。你打死我，就欠了我，就得一辈子补偿。没想到你不忍下手，我很欣慰。这个世界人情似纸，希望你永远记得还有过像我这样的朋友。"

"家母年迈、幼子尚小，现在都拜托给你。还望念在往日的情分上，为家母养老送终，抚养希墨长大成人。我在地狱里感恩不尽，来生做牛做马，报答你的恩情。"言毕，卢道雄伏案号啕痛哭。顾星浅也是大哭不止。

良久，卢道雄抹了眼泪站起身来，一躬到地："星浅，拜托了。"夺门而出。顾星浅呆若木鸡，想要去追，又觉得双腿乏力，动弹不得。多年以后回想起当时的情景，甚至怀疑自己是不是故意不动，留给卢道雄自杀的时间。可是真的追上去又能如何？面对即将到来的大变故，他们是那么地渺小，无力抵抗，只能默默接受。

七十六号十室九空，连门口的警卫也没了影。昔日何等森严的所在，如今变成随意进出的大车店。殡葬车拉走了卢道雄的尸体，也拉走了顾星浅的魂魄。本该唏嘘不已的顾星浅站在院子当中，眼神迷茫，形同梦游。

遵照卢道雄的遗愿，骨灰葬在家乡的小山上。顾星浅背着骨灰先坐火车，后坐汽车，再坐牛车，折腾一整天，天黑的时候赶到附近县城住了一宿，第二天天一亮爬上山，选了向阳的地方，用铁锹挖了深坑，倒进骨灰，再用土填平夯实。一切都是卢道雄的意思——不留坟头，不立碑。

小山是卢道雄幼年常常玩耍的地方，前面是座深潭，风水还算不错。正值夏季，不知名的野花开得极为烂漫，各式各样的小虫飞来飞去，有的径直落在身上、大胆一点的落在脸上来回走动。顾星浅眼神空洞，像帝陵前的石雕一样傻傻不动。

天渐渐黑下来，顾星浅爬起来，鞠了三个躬："当初要不是为了和我在一起，你可能也不会进七十六号，也就不会有今天。说起来，都是我对不住你，耽误了你一生。这些年你我亲如兄弟。我因为卧底身份，利用了你，辜负了你，给你赔罪了，希望你不要怨恨。再也不会有对我这么好的朋友了。

"卧底魔窟，命悬一线，两面人身心俱疲，你这个唯一的朋友陪伴我度过了最艰难无助、暗无天日的日子。没有你，我不知道会不会挺过来。这些年，白天像人晚上像鬼。身体里面有两个我一直在打架。每句话我都反复掂量，每件事我都小心翼翼，成宿成宿睡不着，早早有了白发。在应该娶妻生子有个家的年龄，活得像条丧家的狗。很多时候真的想一死了之，多亏你默默相伴，在黑暗里还能有一丝友谊的光，照亮我的心田。

"谢谢你这些年陪我一起高兴一起难过。我心情低落的时候叱责你，你也从未生气，一直把我当作兄弟。如果没有你，也许等不到光复我就疯掉了。老卢，这个地方有山有水，你安息吧。我已经和霍珂说好，把伯母和孩子接来一起住。霍珂天性柔顺，一定会善待她们。等希墨长大了，我领他来认祖归宗。等我死了，也埋在这，永远陪着你。"

赶到卢家门口的时候，天已经彻底黑了，好在月光如水。几只萤火虫飞来飞去，给乡间的傍晚带来一丝生机。远处的湖边传来蛙鸣，更衬出寂静。门口的对联还在，已是相当地破旧了。敲门没有人应，推开虚掩的大门走进去。院子里破败不堪，想起几年前拜寿的情景，恍如隔世。

正惆怅间，卢母领着孩子出来了。几年的时光在卢母身上留下了太多的痕迹。锦衣玉食、养尊处优的老夫人换成了彻头彻尾的乡下老太太，只是偶尔一个眼神、一个动作，依稀可以看到大户人家的影子。

顾星浅一躬到地："伯母，给您请安了。"

"星浅？"卢母脸色很难看，"你来了？"

顾星浅笑着直起身："我来看看您老人家。"

卢母勉强招呼："快进屋吧。"

顾星浅摩挲着孩子的头顶，一起进了屋。几年不见，希墨已经满地跑了。只是当年粉雕玉琢的娃娃，如今满是乡土气了。

卢母坐在椅子上，面色变得平和，宛若几年前："你终于来了。"

顾星浅心中一惊："伯母，您身体还好吗？"

卢母面色变得伤感："道雄最后一次回来时说——如果有什么不测，你会为他料理后事。"

顾星浅狠了狠心："伯母，我这次是送道雄回来的。"

卢母的表情慢慢变换，没有哭天抢地，只是泪水涟涟："早知道会有这么一天。把命都搭进去了。"

顾星浅急忙劝解："伯母节哀，小心身体。"

卢母泪流不止。顾星浅没有办法，拉住孩子的小手："希墨，去劝劝奶奶。"

小希墨不知道发生了什么，听话地摇着奶奶的胳膊："奶奶，莫哭。"

卢母搂住希墨，伤心不已："如今只有我们孤儿寡母，可怎么活呀？"

顾星浅小心开导："伯母，道雄临终前，再三叮嘱让我照顾你们。"

卢母渐渐收住悲声："道雄是怎么走的？"

"饮弹自杀。"

"现在在哪？"

"葬在后山了。"

"道雄一生鲁莽，好在最后还有你这个朋友为他发送。"

顾星浅汗颜不已，声音轻颤："我辜负了您和伯父的期望。"

"你和道雄终究不是一种人。不过，道雄的眼光不错，难得你有情有义。"

"伯母，道雄已经作古。临终前，他叮嘱我代他赡养伯母，养育希墨。伯母请放心，我一定履行诺言。"

卢母表情复杂："我已经年迈，大去之日不远。希望你能把希墨养大成人。"

"您请放心，家里我都安排好了。明天一早，我们一起回上海。"

卢母站起身来："我去做点晚饭。你也累了，吃过饭早点休息。"

好几天没睡安稳觉了，这一觉睡得很香沉，直到被希墨摇醒。

"顾叔叔，奶奶不知道怎么了，怎么弄也不醒。"

顾星浅五雷轰顶，冲到卢母房里，人早就不行了。桌子上放着一张宣纸。卢母用小楷写着嘱托。"星浅贤侄：老妪年迈，随吾儿西去了。唯有膝下孙儿放心不下，托付予你。还望念在道雄的分上，把他养大成人。卢家世代不忘大恩。"

本来还想通过赡养老人，缓解一下内疚。弄到这步田地，如何向道雄交代？顾星浅泪流不止，瘫坐在地。希墨不明白发生了什么事情，害怕得不行，紧紧偎着顾星浅。顾星浅搂住孩子，放声痛哭。

仰仗族人帮忙，卢母的后事也还顺利。磕完头，顾星浅擦干眼泪，带着希墨登上回上海的列车。希墨头一次坐火车，充满了好奇，不停地东张西望。顾星浅满腹心事，看着窗外出神。

酝酿已久的大暴雨彻底爽约，乌云渐渐散去，一缕阳光穿透云彩射了下来，带着七彩的光芒。天色慢慢变亮，辽阔的田野渐渐露出美丽的真容。

一阵"撕拉、撕拉"的声音响过之后，列车喇叭开始播放苏州评弹《十面埋伏》。琵琶声音时而婉转流畅、时而艰涩低沉，节奏逐渐转急。旅客们正听得入迷，琵琶声突然中断，广播里传来了一个男子的声音，情绪低落，声音黯淡。旅客们听不懂日语，都露出惊奇的神情，不明所以。顾星浅没有表情地听着，渐渐闭上了眼睛。

日本人无条件投降了！！！

八年之努力，今日功成，短暂的欢愉却难以为继。卢道雄、刘省身、齐修治、袁天牧、小池、小井……一个个鲜活的面孔浮现在车窗玻璃上。这些人或敌或友，终究因自己而死。顾星浅想要伤感，又觉得苍白乏力，好像内心早已经被掏空，只剩下躯干。

第四十四章

　　希墨突然换了环境，有些恐惧和不安。没想到的是霍珂异常熟练地做起了母亲，对希墨呵护备至，亲热得不得了。看来齐修治的话原是不错的。

　　"星浅，就要到中秋了。你买些月饼，我们去走走亲戚。"

　　顾星浅多买了几斤，除了探望师母、霍珂的亲戚，还要看看郝姐。自打丁尚晚离世，郝伯韬一病不起，郝姐便辞了工作，专心打理贸易行。顾星浅心中有愧，常来忙前忙后。

　　听见响动，正坐在椅子上拨拉算盘的郝姐，满是欢喜地迎上来："星浅，好多日子没来了。"

　　顾星浅侧过身："看看还有谁来了。"

　　霍珂冒出来："郝姐，我好想你啊！"

　　郝姐一脸惊喜："霍珂，我也好想你！"

　　霍珂哈下腰，对希墨轻声细语："希墨，叫姑姑。"

　　"这是？"郝姐有些疑惑。

　　"郝姐，我们可是全家出动。"顾星浅笑着介绍，"这是我太太，这是我孩子。"

　　郝姐愣在那里："这……是怎么回事？"

　　还是霍珂伶牙俐齿："郝姐，我和星浅结婚了。婚礼仓促没有请您，今天特意来赔罪。这是道雄的孩子，我们收养了。"

郝姐才缓过神来:"恭喜恭喜。星浅,这么大的事都不告诉我,还拿不拿我当姐姐?"

顾星浅笑着解释:"时间太匆忙,就在教堂走了一下形式。"

郝姐招呼大家落座,让人摆好水果茶水,才想起问:"道雄他?"

顾星浅叹了口气:"道雄已经作古,临终前把孩子托付给我。"

郝姐拭了泪:"道雄其实最聪明,一早认准你值得托付,果然没看错。"

"最近生意还好吗?"

"市面上这么乱,哪还有什么生意?"

"再过些日子,都稳定下来就好了。"

"但愿吧。我听说军统满街抓汉奸,你没事吧?"

顾星浅笑笑:"郝姐,有件事一直瞒着您。我就是军统,这些年一直在七十六号卧底。"

郝姐猛然收了笑:"你是军统?一直都是?"

"一直都是。"

郝姐脸色突然变黑,身子也有点轻微摆动。屋子里一下子变得安静。

霍珂怕她乱想,急忙打岔:"郝姐,你这些花养得真好!"

很快,郝姐恢复了常态,和霍珂唠起了家常。希墨也不认生,在屋子里跑来跑去。

过了一会,郝姐看看挂钟:"快到中午,希墨该饿了。我先带你们娘俩去楼下汤圆店。星浅坐一会,我有话说。"

墙上的油画换成了国画,是一幅工笔的花鸟图,画的两只飞燕。跋录的是晏几道的《临江仙二首其二》:落花人独立,微雨燕双飞。落款是丁尚晚于癸未年春苏州河畔。顾星浅有些唏嘘。从年份看,应该是姐夫最后的遗作。姐夫身后,家事一塌糊涂,都是自己的罪过。

正想着,外面传来郝姐上楼的脚步声,不似以往轻快。顾星浅怕郝姐睹画思人,连忙坐回。郝姐面色更趋黯淡,手里多了壶茶,倒了一杯递过来："那杯凉了，换一杯。"

顾星浅伸手接过，放在一旁。

郝姐示意："星浅，喝茶。"

顾星浅端起茶杯，刚放到嘴边，又想起什么："刚才有个电话，我记了号码在桌子上。"说罢一指。郝姐顺眼一瞥，"嗯"了一声，回头看时，顾星浅放了手里的空杯，默然不语。

郝姐面色变得哀婉："还记得你姐夫吗？"

"记得。"顾星浅低了头。

"你姐夫是读书人，本来在局里写写算算，后来非要去队里。我一直不明白为什么。他走了以后，我找到了日记。原来他一直为上门女婿什么都靠娘家而郁闷，所以非要去队里捞些外快，学别人抓私货，没想到出了意外。一个弟兄被打伤，他们还打死了司机。等看到一卡车的阿司匹林就知道惹了大祸，把尸体抛进河里，把药藏了起来。过了一段风平浪静，队里几个人开始撺掇卖药换钱。恰巧有买主找上我父亲，你姐夫想出货又害怕其中有诈，一直犹豫。队里的刘富贵按捺不住去探听虚实，你姐夫知道后担心暴露，躲在家里，坐立不安，那天晚上睡不着觉，后半夜爬到阁楼上，看见远远来了一辆车，停在附近关了灯也不见人下来。你姐夫知道冤家上门了，想打电话求教，可是打不通。"

"那几个小时不知道他是怎么过来的。最后那篇日记满是泪痕，他后悔，难过，却没有一点办法，一直在纠结——怎么会这么快找上门？他向来谨慎，从不告诉任何人住址，而且我们年前刚搬过家。我听从他的吩咐也没有透露过。前思后想，只有你知道。可你是我弟弟，无论如何不会害我呀，所以一直没有找到答案，直到今天。"郝姐的眼神渐渐犀利，"买药为什么偏偏找上我父亲，一定是你暗中教唆。我家地址也一定是你泄露。先生遇害，父亲一病不起，我和三个孩子成为孤儿寡母，一切都是拜你所赐。顾星浅，你的心不痛吗？"

顾星浅多年的修行瞬间破功，泪流满面："郝姐，写下你家地址那晚，我一夜未眠。真的是没有办法。"

"没有办法？你说得好轻巧！如果是你的家人，你下得去手吗？"

顾星浅缓缓抬起头："郝姐，还记得星远吗？"

"不是去广州了吗？"

"他死了。"

"死了？什么时候？"

"我告诉你去广州的时候，就已经死了。"

郝姐大惊。

"星远为了保护我与敌人同归于尽。如果不是我，他怎么会死？我害死了我唯一的亲人啊！姐夫的事，本来我想求情，可是真的是有心无力。都是我的错，是我恩将仇报。"

郝姐抽泣半晌，抬起头冷冷地看着顾星浅："我知道你说的是真心话。虽然情同姐弟，但杀夫之仇不能不报。茶里我下了毒。你要恨就恨吧，我也是没有办法。"

顾星浅慢慢垂下眼帘："郝姐，你回头的时候，我把茶倒在花盆里了。"

郝姐长叹一声，声音哽咽："尚晚，都是我无能，不能替你报仇。"

顾星浅脑子里一片混沌，表情凄凉地望着窗外出神。这一刻，一切都是虚无的。

良久，郝姐擦干眼泪："你走吧。我们的恩怨一笔勾销，从此就是路人了。"

顾星浅呆坐片刻，木然而起："姐夫和伯父的事都因我而起。我虽然身不由己，但难辞其咎。您多保重。"说罢一躬扫地，黯然下楼，留下痛不欲生的郝姐。

脚步沉重、一脸阴沉的顾星浅推开饭店的门，自动换了平常的表情。霍珂看见他一个人进来，很奇怪："郝姐呢？"

"郝姐有事不来了。你怎么不吃？这家汤圆老有名气了。"

"和舅舅最后一顿吃的就是汤圆，再也不吃了。"霍珂神色低落，"你吃吧，要什么馅的？"

顾星浅也有些低落："还是来碗馄饨吧。"郝姐听到自己是军统神色突变，接下来支走娘俩，不用伙计亲自端来茶水，一系列非常举动，让顾星浅光复以来松弛的神经骤然绷紧。要不是警觉，再也见不到这娘俩了。

眼前这个柔顺的女人是自己最亲近的人。她要是知道舅舅实际上死于自己之手，会不会也端来有毒的茶水？活泼可爱的希墨将来要是知道自己罔顾卢道雄死活，会不会记恨？顾星浅不敢往下想，原本以为潜伏只是一件外套，光复后脱掉便是，没想到血脉已通、侵入骨髓，想要剥离却像剥皮一样无法承受。

郝姐外表随和，却是个犟板筋，一句"从此就是路人"表明再没有缓和的机会。顾星浅知晓其中厉害，却没想到事情会急转直下，变得愈发不可收拾。

再见面的郝姐躺在病床上，全身打着石膏，面色憔悴，说话有气无力："星浅，我知道你一定会来。"

十几天不见，怎么变成这副模样？顾星浅泪水夺眶而出："郝姐，我来晚了。"

郝姐声音虚弱："军统有人看上我家的贸易行，说是汉奸产业要收缴。我没有活路了。"

"为什么不跟我说？"

"我下毒害你，哪还有脸？"

"郝姐……"顾星浅哽咽了。

"这些天我想明白了，其实怪不得你。你姐夫有错在先，就算你不说，他们迟早会找上门。那晚他们在外面苦等一宿，没有破门而入惊吓孩子，肯定也是你有话在先。"

"郝姐，别多想，多休息，过些天就好了。"

郝姐勉强挤出一点苦笑："我过不了这一关。以后要是有机会，帮我照看家里，不枉咱俩姐弟一场。"

顾星浅瘫坐在医院长椅上，肝肠寸断。与世无争、心地善良的郝姐，帮自己洗过衣服喂过饭的郝姐就这样被军统逼上绝路！切断郝姐家唯一的生路，破灭最后一点的希望，这样的军统和七十六号有什么区别？腐败无能的政府让人绝望。这样的政府视人民为草芥，随意掠夺民脂民膏。百姓还有活路吗？顾星浅想起孟华年的话，这时候才觉得振聋发聩。

　　郝姐葬礼非常简单，来人稀少，只有几个亲属，再就是电讯处的同人了，除了邓文辉之外悉数到场，就连一年前告老还乡的老高也来了。顾星浅明显感觉到了昔日同人眼神里的异样。在人们的眼里，见死不救、忘恩负义的军统卧底哪还有脸来参加葬礼？

　　顾星浅不理会旁人的误解，一个人坐在角落里，回想起从前的过往，第一次为曾经是军统感到羞耻，心中渐渐涌起念头，要为郝姐伸冤，要为千千万万像郝姐一样的百姓寻找出路。

　　缺席郝姐葬礼的邓文辉竟然登门造访，不似以往的谦卑，眉宇间颇有些志得意满。顾星浅知道他有话要说，怕不方便去了对面公园，找了个偏僻角落的长椅。

　　邓文辉先是感慨："日本人终于滚蛋了。我们终于可以不用伪装，堂堂正正做人了。"

　　我们？伪装？莫非他？顾星浅跷了二郎腿。

　　邓文辉接着表情庄重："顾先生受军统委派卧底七十六号，功勋卓著，可是有没有想过，这些年一帆风顺，是有人暗中相助。顾先生聪明绝顶，肯定能猜出一二。我现在公开身份是军统上海区的情报人员。不过，真实身份是共产党。"

　　顾星浅面无表情。不管他隶属军统还是中共，暗中相助是不可能的，说这些只不过是为了套关系："既然如此，有什么指教？"

　　"顾先生对时局怎么看？"

　　"赶走了日本人，顾某人心愿已成，还想什么时局，只想找份差事养家糊口。"

　　"顾先生过谦了。当前国共一场大战在所难免。先生大才正可以大展宏图。"

"文辉，"顾星浅叹了口气，"你还是不了解我。我本来就是读书人，对政治不感兴趣。过去国难当头，没有办法才勉为其难。现在赶跑了日本人，正好回归本性。"

"顾先生确实是读书人，不过人在江湖身不由己。别的不说，戴笠也不会忘了你。我们希望顾先生审时度势，尽早站到人民这一边来。"

顾星浅轻轻一笑："我素来反对内战，文辉就别逼我站队了。"

"顾先生还是不愿敞开胸襟啊！以我的了解，您虽然是读书人不假，但胸中有块垒，值此风云变幻之际，正是大显身手之时。先生大才，怎能荒废？"

顾星浅的心弦被轻轻拨弄。正是建功立业、大有一番作为的年纪，谁甘心碌碌无为？

"赶走了日本人，天下就太平了吗？老百姓就可以过上好日子了吗？"邓文辉一脸正气，"蒋二公子提前获悉胜利消息，囤积香烟、白酒转手抛售，牟取暴利，这虽是小事，但如此作为让人作呕。各级官员五子登科，大发光复财，顾先生应该有所耳闻。有民谣说，盼中央，盼中央，中央来了更遭殃。"

顾星浅继续面无表情。

邓文辉继续慷慨陈词："抗战胜利，老百姓都盼望过上好日子。我们党也提出了和平建议，毛主席也亲赴重庆，诚意满满。可是国民党一方连最基本的谈判方案都拿不出来，一方面惺惺作态，一方面调兵遣将。战争在所难免。"

"顾先生天性纯良，念书的时候就向往救民于水火。亡国灭种之际，为了民族舍生忘死，立下不世功勋。这些我们党都是看在眼里的。现在日本人投降了，可是内战爆发在即，人民还生活在水深火热之中。先生事业未竟，怎能半途而废？"

顾星浅放下二郎腿，表情变得轻松："难得贵党如此看重。顾某只是寻常读书人，卧底七十六号已是勉为其难，就算有些成绩，也是心力交瘁，实在不想再做冯妇了。"

没有收到预期效果，邓文辉脸上有淡淡的失望："顾先生也不急于表态。我们有的是耐心，坚信顾先生终究会站到人民一边来。"

送走邓文辉，顾星浅又在长椅上坐了下来。邓文辉的话不无道理。光复之际，全国人民盼望和平，希望藉此过上好日子。可是所见所闻，确实大失所望。中央来了更遭殃啊！亡国灭种之际毅然冒着生命危险潜伏敌后，为的就是尽自己绵薄之力救民于水火。现在老百姓还在水深火热之中，自己能超脱世外吗？

顾星浅有些犹豫，但不知道究竟犹豫什么，也许更多的是彷徨吧！才结束暗无天日的卧底生涯，实在不愿意回头。特别是有了老婆、孩子之后，国家民族都远去了，每天想的就是柴米油盐，人间烟火。可是郝姐的遭遇又怎能让他置身事外？今天旧话重提，顾星浅心灵深处的许多东西又被重新唤醒。邓文辉的话虽然不乏道理，但人却是不认可的。一桩婚事怎么会找两个媒婆？孟华年掌握宋天宇的信息，是可以信赖的。邓文辉的表现更多的是试探，如果接下来军统有所举动的话，就确认无疑了。要是这样，现在肯定有眼睛在盯着自己。在这张椅子上坐的时间越长，就越说明自己的顾虑，也就更容易被接受。

第四十五章

军统上海区办公的现址就是原来梅机关的办公楼。光复后顾星浅首次踏足,在二楼楼梯口摩挲着扶手,张望小井的办公室,感慨万千,恍如隔世。终于不用向日本人鞠躬行礼了,终于可以直起脊梁骨了。那个彬彬有礼的日本绅士也早该转世投胎,蹒跚学步了。

董令侃一番客套之后,从烟盒里取出雪茄递过来,顾星浅摆手拒绝。

董令侃点上火:"昔日一别,半年有余。今日重逢,天翻地覆。"

顾星浅没有那么多的感慨。冒死相救,只字不提,虽在意料之中,但对董令侃的人品,也有了更深的认识。

"你身在虎穴屡立奇功。戴局长对你可是青睐有加,本来要亲自主持嘉奖会,可是现在事情太多,这才一拖再拖。"

"我对嘉奖一类的事情向来没什么兴趣。在七十六号这些年,能全身而退已是最高的奖赏了。"顾星浅轻描淡写。

董令侃笑笑:"高风亮节,董某不胜钦佩。老弟对今后有什么打算?"

顾星浅看看董令侃吐出的眼圈,心生凉意:"找份差事谋生而已。"

董令侃一脸遗憾:"老弟执意离开军统,真是党国的损失啊!"

没有一句挽留。顾星浅心中满是鸟尽弓藏的悲凉。杜六前几天讲过，杜先生一心要出任市长，不料刚到上海就遭到冷遇，只好自比夜壶——用时拿出来，没用的时候丢在床下。所以，顾星浅心里是有准备的。好在本来就没指望过什么，谈不上失落，只是确有些难过。

　　董令侃站起来，来回在屋内踱步："老弟的功劳是任何人无法抹杀的。嘉奖令和重金奖赏是一定的。到时，董某一定亲自奉上。"

　　出来走到大街上，心情焕然一新。白云苍狗，聚散无常。人生走到这里，翻开了新的一页。六年敌后潜伏生涯至此彻底结束。还能活着已是幸运，董令侃的惺惺作态根本就不在眼里。

　　家里竟然是铁将军把门。霍珂知道自己被军统找去，一定急着知道内情，怎么会出去？

　　邻居刘太太听见动静探头出来："顾先生，你可算回来了。"

　　顾星浅心里一紧："刘太太，出什么事了？"

　　刘太太急三火四走出来："顾太太被抓走了。"

　　顾星浅大吃一惊："什么？"

　　刘太太递给顾星浅一份拘捕令，大意是因霍珂在沦陷期间出任伪职，现予拘捕调查。上海光复后，军统开展了大规模的整肃行动，不少汉奸被捕，大快人心。但顾星浅怎么也不会想到，整肃会落到霍珂头上。

　　在招待室足足等了四十分钟之后，顾星浅才被带去见董令侃。

　　董令侃一脸疑惑："老弟怎么去而复返？"

　　顾星浅心急但面色平和，不紧不慢："董先生，有个事情想麻烦一下。"

　　董令侃很圆滑一笑："你太客气了，说吧。"

　　顾星浅勉强笑了一下："我太太在七十六号做话务工作。虽然是伪职，不过也是维持生计，没做过什么出卖国家的事。今天刚刚被捕，能不能放出来？"

　　董令侃语气缓缓："你太太是齐修治的外甥女，不是普通的报务员，至少是班长，究竟做没做过出卖国家的事，还需要调查。不能因为你的一家之言，就轻易放过。何况她的事情，你也不一定都清楚。敌我分明，这是关乎民族大义的事情，来不得半点马虎。据我所知，你收养了汉奸的儿子，前几天还祭奠了军统著名叛徒。老弟听我一句劝，不要再和这些人有任何瓜葛。你教书也好，做别的工作也罢，没有这些瓜葛岂不是更好？"

顾星浅感觉火要从喉咙里冒出来："董先生，我的婚姻虽然是被胁迫，但已经完婚，是合法夫妻。霍珂出任伪职级别较低，又没有卖国求荣的实据，属于可以宽大人员。犬子今年五岁，中国话还说不明白，难道要父债子还？我身在敌后，和敌人是同人是朋友，孰能无情？要是处处泾渭分明，针锋相对，漫说个人生死，总部交办的任务又该如何处置？"

董令侃冠冕堂皇："读书的时候我演过话剧，有时沉迷在角色里很长时间走不出来，但是演出已经结束，你应该回到现实中来。不能因为立过功，就可以不受党国法度的约束。"

顾星浅心如死灰，明白无论如何董令侃都不会同意释放霍珂。他并不想卖人情，也不想摆资格，只是想按照条例行事。可是董令侃官气十足，无法通融。

董令侃装模作样地叹了口气："我们是患难之交，一起做过地下工作，共过生死，但是职责所在，你不要怪我。"

顾星浅没有说话。

董令侃有些尴尬："好吧，我保证尽快查清放人。现在，破例准你探视。"

顾星浅顾及霍珂的感受，只好违心接受董令侃的人情，被带到地下室等候。很快，一脸颓废的霍珂被带进来，看见丈夫一下子扑在怀里，大哭不止。

顾星浅心疼不已："珂儿，别怕，我来了。"

霍珂止住悲声："我们快走。"

顾星浅深感无力，柔声劝慰："你暂时还不能走。"

霍珂一愣，松开怀抱，退了一步，眼睛里透着绝望："你不要我了？"

顾星浅怜惜地摸摸她的头："我们是夫妻，在上帝面前发过誓，永远在一起的。"

霍珂不解："你不也是军统吗？你可以证明我没卖国。"

顾星浅拍拍霍珂的肩头："没事的。只是例行审查，很快就会出去的。"

有人进来，要带霍珂走。

顾星浅强压泪水，用力冲霍珂点点头："你安心待几天。我一定救你出去。"

霍珂哭着被带走了。顾星浅觉得胸口有块大石头，压得喘不过来气，早知道董令侃妄图集上海地下工作的功劳于一身，对自己十分嫉妒，可是没想到手段竟如此毒辣。刚刚撵跑日本人，又开始内斗，人性为什么如此低劣？

沐浴着胜利的光辉，却不被胜利者所容。这到底是宿命还是救赎？顾星浅茫然地走着，不知道要走多远，要往哪里走。身处虎穴多年，有过紧张、忧虑，有过恐惧，却从未绝望过。即使在日军所向披靡之际，也从未绝望过。可是今天，他终于绝望了。以前盼着国军光复，盼着日本人完蛋。总有个盼头，今天盼什么呢？顾星浅实在走不动了，坐在路边的马路牙子上茫然地望着远方。

一辆轿车从远处驶来，停在路边，有人下车："星浅，真的是你。"

顾星浅茫然抬头，惊喜看到来人竟是姜未鸣，不争气的眼泪一下子流了下来。

姜未鸣大惊："你怎么了？竟如此失态！"

顾星浅黯然神伤："是不是卧底都不会有好下场？我害死那么多人，一定会有报应。"

姜未鸣安慰性地笑笑："和我说说情况。"

顾星浅叹了口气："董令侃抓了我太太。"

"为什么？"

"说是要审查。"

"据我所知，你太太属于可以不再追究人员。董令侃怎么敢公然违背《接收条例》？他是想逼走你，全吞上海地下情报工作的大功。他原是南京警备司令部的参谋，临战调往后方，胜利前夕又调到敌后，神通广大，心胸却如此狭小。"

"星浅，今日之中国，这些事情都是正常的，没有谁可以幸免。不过，抗日英雄卧底归来遭此冷遇，真让人齿寒。撵走我，是给董令侃倒地方。可是为什么还要对你苦苦相逼？鸟尽弓藏，是不是太快了？我好在还是戴局长的同学，比你的境遇好一些。正好戴局长这两天在上海，我们这就去面见，给你讨个公道。"

二十分钟后，车子到了一个大院门口。门前满是持枪的卫兵。验过身份，两个人被带到接待室等候。很快，有人来请姜未鸣。去了一会儿，有人来请顾星浅。

顾星浅跟着来人来到二楼走廊尽头的房间门口。来人敲了两下之后打开门，侧身而立。姜未鸣已经迎过来："星浅，快进来，这是戴局长。"

顾星浅立正行礼。

戴笠还礼后，满面笑容走过来握手："暗礁贤弟，我们可是神交已久，今天终于有幸见到真神。很长一段时间，要是没有你的情报，我觉都睡不安稳。有两次你生死不明，我也是坐立不安，一定要等到消息才能放心。"

等在沙发上坐定，戴笠敛去笑容："看到暗礁，不禁让人想起那段峥嵘岁月。抗日期间军统在编四万五千人，阵亡一万八千人，十损其四。每每想起这些总让人扼腕。行将全军覆没之时，暗礁挺身而出，挽狂澜于既倒，为军统保住了颜面，为国家民族立下大功。"

"战后百废待兴，对我们的卧底英雄怠慢了。不过，有些事情只是暂时的，还要从长计议，总会好起来。党国正是用人之际，很需要你这样的英才。如果不嫌弃，希望你能留下来。"

顾星浅一脸严肃："卑职去意弥坚，还请局座成全。"

戴笠沉默片刻："事了拂衣去，深藏功与名。暗礁让人肃然起敬。既然去意坚决，我也不想为难。有什么话要说吗？"

顾星浅明白该说什么："卑职有一事相求。"

"请讲。"

"卑职太太光复前在七十六号做报务员，按照《接收条例》属于可以免于追究人员，现被上海区羁押。恳请戴局长恩准开释。"

戴笠目光柔和："你的事情我多少知道一些。娶了上司的外甥女不离不弃，收养同人的儿子视如己出，光复后还祭奠过军统叛徒。有人说你敌我不分，我却觉得有情有义。一个有情义的军统最杰出卧底被逼到这里，看来我们确实怠慢了英雄。"

戴笠按了铃。有人敲门进来。戴笠表情严厉："闫秘书，你马上坐我的车到上海区，护送顾夫人还家。"

"是。"

"另外，去财务处取我个人账户五千美金，交予顾夫人安家。"

顾星浅连忙阻拦："局座，万万不可。"

戴笠摆手让秘书退下："未鸣和我都非常赞赏你的气节。卧底多年，分文不取，一心报国。这是我个人的一点敬意，万勿推辞。"说罢在办公桌上铺了宣纸，用镇纸压好，取了毛笔蘸饱墨，沉吟少许，写下几行字，吹干。"暗礁贤弟惠存。"

顾星浅双手接过细看：录宋词半阕，与暗礁同志共勉。莫听穿林打叶声，何妨吟啸且徐行。竹杖芒鞋轻胜马，谁怕？一蓑烟雨任平生。落款也是知名不具。

顾星浅会心一笑，毕恭毕敬："多谢局座赐字，卑职告退。"

送走顾星浅，两个人回到窗前。姜未鸣低头不语。戴笠笑着开口："未鸣，怎么不说话？这里就是两个老同学，言者无罪。"

"局座有话在先，我就说个痛快。顾星浅出生入死为军统立下赫赫战功。这样对待他，是不是让人心寒？"

戴笠笑笑："顾星浅是军统最杰出的英雄。这一点毋庸置疑。也正是因为这一点，我才一定要如此。"

姜未鸣有些不解。

"这样的英才怎能弃之不用？可是他一直游离于我们掌控之外，到底是什么人，我们不能不查。"

"就算是查，为什么要这么查？如果他因此心灰意冷，跑到共党里面去，岂不是因小失大？"

戴笠没有正面回答："共党在南京区闹出那么大动静，让军统脸上黯淡无光啊！这也就是我迫不得已同意董令侃出任上海区区长的原因。上海的重要性毋庸多言。董令侃弱一些，更需要精兵强将。我对顾星浅的考察就是基于这一点。今天见到真神，和我想的一样——是个热血青年，没有什么信仰，自由惯了的。这一点不管是共党还是我们都不会喜欢。不过这样的人物，是谁都不会放过。前几天，上海区安排人试探过他。"

"顾星浅怎么可能会被试探出来？"姜未鸣苦笑。

"共党一贯推崇布闲子。我担心他们早就接触过顾星浅，所以试探有没有结果并不重要，关键是把该说的说清。试探之后，顾星浅在椅子上坐了很长时间，说明他肯定还不是共党。如果是的话，不会这么纠结。我也就放下心叫你来演这出《捉放曹》。"

"还是局座目光长远。"姜未鸣恍然大悟。

戴笠叹了口气："董令侃毕竟是夫人钦点的人选，相较来说，更稳妥些。不过顾星浅也不是泥捏的菩萨，这么些年在七十六号吃过见过，心里的章程大得很。这两个人搅在一起，不对路是肯定的，但也不一定全是坏事。"

"我是担心他不屑于官场上的明争暗斗，心灰意冷还好说，要是让共党钻了空子……"

"这就是我让你主政特派员公署的本意。对于顾星浅这样的人既要大胆用其长，也要小心监控，时刻不能掉以轻心。你们在上海合作默契，共过生死，你又对他极为推崇。可是党国前途要紧，绝对不能懈怠，再出第二个宋天宇。"

"这点轻重我还是拎得清的。"姜未鸣还想再说点什么，看戴笠神情变得淡漠，便缄了口。

尾　声

　　剧本早已写好，从邓文辉的试探，到董令侃的调虎离山，再到姜未鸣意外出现，最后戴老板亲自参演。目的就是拉拢。郝姐的死，已经让国民政府的信誉彻底破产。现在幸存的一点和平幻想又被生生掐灭。树欲静而风不止，置身事外已无可能。当年卧底是为了救民于水火，现在使命未完，岂能半途而废？

　　是时候给老秦打个电话喽！

　　"敬礼！"所有警卫和走廊里的工作人员立正，行军礼。顾星浅不要名利，又怎会在乎这些形式？只不过确有些获得认可的感动。就这样，一步步走出院子，走上大街，走进人海，渐渐隐身到人海中消失不见了……

　　欲知后事如何，敬请期待《暗礁二》。